Selma Lagerlöf

Geschichten zu
Weihnachten

Selma Lagerlöf

Geschichten zu Weihnachten

Aus dem Schwedischen übersetzt
von Marie Franzos

PETERSBERG

Vorwort

Die schwedische Schriftstellerin Selma Lagerlöf (1858–1940) war die erste Frau, die den Nobelpreis für Literatur erhielt. Zu ihren populärsten Werken gehört das bekannte Kinderbuch »Die wunderbare Reise des kleinen Nils Holgersson mit den Wildgänsen«, in dem der kleine Nils das Land, die Kultur und die Geschichte Schwedens aus der Vogelperspektive kennenlernt. 1900 vom Verband der schwedischen Volksschullehrer beauftragt, wird es in Schweden bis heute in der Schule eingesetzt. Daneben veröffentlichte Selma Lagerlöf zahlreiche Erzählungen und Romane, deren Inhalte stark in der schwedischen Heimat verwurzelt sind. Nordische Legenden und Mythen werden mit christlichen Elementen verbunden und erschaffen eine ganz eigene, tiefsinnige und religiöse Welt.

Für »Geschichten zu Weihnachten« wurden Sagen aus Lagerlöfs »Christuslegenden« und weitere weihnachtliche oder winterliche Erzählungen zusammengestellt, die mal in die winterliche Heimat der Autorin entführen, um dann im Morgenland die Wunder des Christentums zu erleben.

Inhalt

Der Weihnachtsmorgen

Als das kleine Mädchen ein Jahr alt war, nahm sie Jan Andersson am Weihnachtsmorgen mit in die Kirche zur Christmette. Seine Frau meinte freilich, das Kind sei doch noch recht klein, um schon in die Kirche mitgenommen zu werden, auch fürchtete sie, es könnte sich wieder so ungebärdig anstellen wie damals beim Impfen. Aber Jan setzte seinen Willen durch, weil es ja nicht gegen die Sitte verstieß, wenn kleine Kinder mit zur Weihnachtsmette genommen wurden.

So machten sich die Leute von Skrolycka mit Klara Gulla am Weihnachtsmorgen schon früh um fünf Uhr auf den Weg. Es war bedeckter Himmel und so finster wie in einem Sack, aber die Luft war nicht kalt, sondern fast mild und dazu vollkommen still, so wie es dort in der Gegend Ende Dezember zu sein pflegt.

Gleich zu Anfang ging es einen engen Pfad zwischen den Äckern und Gehölzen in Askedalarna entlang. Dann mussten die Wanderer dem steilen verschneiten Weg über den Snipahügel folgen, und erst dann kamen sie auf ordentliche Wege.

Das große zweistöckige Wohnhaus auf Falla hatte in allen Fenstern brennende Kerzen; es winkte den Leuten von Skrolycka zu wie ein Leuchtturm, und so konnten sie den Weg bis zu Börjes Haus finden. Dort trafen sie mit ein paar Nachbarn zusammen, die sich am Abend vorher Fackeln zurecht gemacht hatten, mit denen sie sich nun den Weg erhellten; an diese schlossen sich die Leute von Skrolycka an. Jeder Fackelträger ging an der Spitze einer kleinen Schar. Die meisten schwiegen, aber alle waren frohen Mutes. Sie kamen sich vor wie die Weisen aus dem Morgenland, die beim Schein des Wundersterns dahinwanderten, um den neugeborenen König der Juden zu suchen.

Als die ganze Schar die Waldhöhe erreicht hatte, musste sie an einem großen Steinblock vorbei, den einstmals ein Riese drunten in Frykerud an einem Weihnachtsmorgen Richtung Svartsjöer Kirche geschleudert hatte, der aber zum guten Glück über den Kirchturm weggeflogen und hier auf dem Snipahügel liegen geblieben war.

Als die Kirchgänger sich jetzt dem Stein näherten, lag er wie gewöhnlich auf der Erde; aber alle wussten, dass er während der Nacht auf zwölf goldene Pfeiler aufgehoben worden war und dass der Troll darunter gesessen und getrunken und getanzt hatte.

Es war wirklich kein Vergnügen, am Weihnachtsmorgen an so einem Steinblock vorbeigehen zu müssen, und Jan sah eifrig zu Katrine hinüber, ob sie auch das Kind fest an sich gedrückt hielte. Katrine schritt sicher und ruhig weiter ganz wie gewöhnlich und unterhielt sich halblaut mit einer Nachbarin. Sie schien gar nicht daran zu denken, was das für ein gefährlicher Platz war.

Hier auf der Höhe standen uralte wetterfeste Tannen. Wenn man diese so im Fackelschein mit den großen Schneeklumpen auf den Zweigen wahrnehmen konnte, drängte sich einem unwillkürlich der Gedanke auf, dass mehrere von ihnen, die man vorher für Bäume gehalten hatte, nichts anderes waren als Trolle mit stechenden Augen unter den weißen Schneemützen und mit langen scharfen Krallen, die aus den dicken Schneefäustlingen hervorstachen.

Das konnte man ja ertragen, so lange sie sich ruhig verhielten, aber wie, wenn einer von ihnen den Arm ausstrecken und eines der Vorübergehenden an sich reißen würde? Für die Erwachsenen und alten Leute war es wohl nicht so gefährlich, aber eines hatte Jan doch immer gehört: Die Trolle hatten eine besondere Liebe für winzig kleine Menschenkinder, je kleiner, desto besser!

Es kam ihm vor, als halte Katrine die kleine Klara gar so sorglos. Ach, für die großen krallenbewaffneten Trollhände war es gar keine Kunst, ihr das Kind zu entreißen! Hier mitten auf dem gefährlichen Platz wagte es Jan indes nicht, Katrine das Kind aus den Armen zu nehmen. Gerade dadurch hätte sich das Trollpack am Ende zu rühren angefangen.

Schon fing es von dem einen Trollbaum zum anderen an zu raunen und zu rauschen. Es knarrte droben in den Zweigen, wie wenn sie versuchen wollten, sich in Bewegung zu setzen.

Jan wagte die anderen nicht zu fragen, ob sie das auch sähen und hörten, was er sah und hörte. Denn das hätte ja gerade die Frage sein können, die das Trollpack zum Leben erweckte.

In dieser Erwartung wusste er nur eins, was er tun konnte. Er stimmte mitten im Wald ein Lied an.

Jan hatte eine schlechte Singstimme, und er hatte auch im Beisein anderer noch nie gesungen. Es fiel ihm sehr schwer, den Ton richtig zu treffen, und er wagte deshalb nicht einmal in der Kirche mitzusingen; aber jetzt musste er singen, mochte es gehen, wie es wollte.

Er sah, dass die Nachbarn sich über ihn wunderten. Die vor ihm gingen, stießen einander an und schauten sich nach ihm um, doch das durfte ihn nicht hindern, er musste weiter machen.

Gleich darauf flüsterte ihm indes eine der Frauen zu:

»Wartet ein wenig, Jan, ich werd' Euch helfen!«

Und dann stimmte sie mit der richtigen Melodie und dem richtigen Ton in das Weihnachtslied ein.

Es klang schön durch die Nacht zwischen den Bäumen. Die anderen konnten nun auch nicht zurückbleiben, sondern stimmten ebenfalls mit ein.

»Gruß dir, du schöne Morgenstund, durch der Propheten heil'gen Mund ist sie verkündet worden!«

Da ging es wie ein ängstliches Sausen durch die Trollbäume. Sie zogen die Schneemützen so tief herein, dass man nichts mehr von ihren bösen Trollaugen sah, und ebenso zogen sie die ausgestreckten Krallen unter Tannennadeln und Schnee zurück. Als der erste Liedervers verklungen war, konnte niemand mehr sehen, dass da oben auf der Waldhöhe etwas anderes vorhanden war als gewöhnliche, ungefährliche, alte Tannenbäume.

Die Fackeln, die den Leuten aus Askedalarna durch den Wald geleuchtet hatten, waren abgebrannt, als die Schar die Landstraße erreichte. Aber von da an ging es mit Hilfe der erleuchteten Bauernhäuser weiter. Wenn ein Haus aus dem Gesichtskreis entschwand, gleich schimmerte ein anderes in geringer Entfernung auf. Die Leute hatten in alle Fenster Lichter gestellt, um den armen Wanderern den rechten Weg zu der Kirche zu zeigen.

Schließlich erreichten die Leute einen Hügel, von dem man die Kirche sehen konnte. Da stand sie vor ihnen: aus allen Fenstern strömte heller Lichterschein heraus, und sie sah aus wie eine riesengroße Laterne.

Als die Wanderer die Kirche sahen, blieben sie unwillkürlich stehen, der Anblick raubte ihnen den Atem. Nach all den kleinen Häu-

sern und niederen Fenstern, an denen sie vorbeigepilgert waren, kam ihnen die Kirche überwältigend groß und überirdisch hell vor.

Als Jan die Kirche erblickte, musste er unwillkürlich an ein paar arme Leute in Palästina denken, die die ganze Nacht unterwegs gewesen waren und ein kleines Kind bei sich hatten, ihren einzigen Trost und ihre einzige Freude. Sie kamen von Bethlehem und wollten nach Jerusalem, weil das Kind im Tempel zu Jerusalem beschnitten werden sollte. Aber sie mussten sich in dunkler Nacht dahinschleichen, weil es so viele gab, die dem Kindlein nach dem Leben trachteten.

Die Leute von Askedalarna waren in aller Frühe von zuhause weggegangen, um vor denen anzukommen, die zur Kirche fuhren, aber in der Nähe der Kirche wurden sie doch von diesen eingeholt. Sie kamen mit schnaubenden Pferden und klingenden Schellen dahergefahren, jagten in sausendem Galopp dahin und zwangen die armen Fußgänger, sich auf den hohen Schneewall am Wegesrand zu retten.

Jetzt hatte Jan das Kind auf dem Arm. Unaufhörlich musste er den Fuhrwerken ausweichen. Er kam auf dem finsteren Weg nur sehr schwer vorwärts; aber vor ihm lag ja der strahlende Tempel, und wenn sie nur dorthin gelangen konnten, dann waren sie sicher und geborgen.

Jetzt erhob sich hinter ihnen lautes Schellengeklingel und Pferdegetrappel. Ein großer Schlitten mit zwei Pferden davor kam dahergefahren. Drinnen saß ein junger vornehmer Herr in schwarzem Pelz und hoher Pelzmütze mit seiner jungen Frau an der Seite. Er führte selbst die Zügel, aber hinter ihm stand der Kutscher mit einer lohenden Fackel in der hocherhobenen Hand. Die Flamme flackerte im Luftzug weit zurück und ließ einen langen Schweif von Rauch und sprühenden Funken hinter sich.

Jan stand auf dem Schneewall am Weg mit dem Kind im Arm. Es sah sehr gefährlich aus; sein einer Fuß sank plötzlich tief in den Schnee hinein, und er war kurz davor umzufallen. Da zog der kutschierende Herr heftig an den Zügeln und rief Jan, den er vom Wege verjagt hatte, an.

»Gib das Kind her, dann fahre ich es in meinem Schlitten mit zu der Kirche!« sagte er freundlich. »Wo so viele Fuhrwerke unter-

wegs sind, ist es gefährlich, wenn man ein kleines Kind zu tragen hat.«

Doch Jan antwortete:

»Ich dank' schön, aber's geht ganz gut.«

»Wir werden die Kleine hier zwischen uns setzen, Jan,« sagte die junge Frau.

»Ich dank' schön, aber es geht ganz gut.«

»Ach so, du wagst das Kind nicht aus dem Arm zu lassen,« sagte der Herr, und dann fuhr er lachend davon.

Die Wanderer zogen weiter; aber der Weg wurde immer gefährlicher und beschwerlicher. Schlitten folgte auf Schlitten. Im ganzen Kirchspiel gab es kein Pferd, das nicht am Weihnachtsmorgen unterwegs gewesen wäre, um Leute nach der Kirche zu fahren.

»Du hättest sie das Kind wohl mitnehmen lassen können,« sagte Katrine. »Ich fürchte, du wirst doch noch mit ihm hinfallen.«

»Hätt' ich ihnen das Kind überlassen sollen? Du weißt nicht, was du sagst. Hast du nicht gesehen, wer es war?«

»Was wäre denn für eine Gefahr dabei gewesen, wenn wir es mit den Hüttenbesitzern von Duvnäs hätten fahren lassen?«

Da hielt Jan Andersson von Skrolycka plötzlich an.

»Ist das der Hüttenbesitzer von Duvnäs mit seiner Frau gewesen?« fragte er, und es sah aus, als sei er eben aus einem Traum erwacht.

»Gewiss ist es die Herrschaft vom Hüttenwerk gewesen. Für wen hast du sie denn gehalten?«

Ja, wo war Jan mit seinen Gedanken gewesen? Was war das für ein Kind, das er die ganze Zeit über getragen hatte? Wohin stand ihm das Ziel seiner Reise? In welchem Land war er jetzt eben gewandert?

Er strich sich mit der Hand über die Stirn und sah etwas verlegen aus, als er Katrine antwortete:

»Ich hab' geglaubt, es sei der König Herodes vom Land Inda und Herodias, seine Frau.«

Die Legende von der Christrose

Die Räubermutter, die in der Räuberhöhle oben im Göinger Wald hauste, hatte sich eines Tages auf einen Bettelzug in das Flachland hinunterbegeben. Der Räubervater selbst war ein friedloser Mann und durfte den Wald nicht verlassen, sondern musste sich damit begnügen, den Wegfahrenden aufzulauern, die sich in den Wald wagten. Doch zu der Zeit, als der Räubervater und die Räubermutter sich in dem Göinger Wald aufhielten, gab es im nördlichen Schoonen nicht allzu viel Reisende. Wenn es sich also begab, dass der Räubervater ein paar Wochen lang Pech mit seiner Jagd hatte, dann machte sich die Räubermutter auf die Wanderschaft. Sie nahm ihre fünf Kinder mit, und jedes der Kleinen hatte zerfetzte Fellkleider und Holzschuhe und trug auf dem Rücken einen Sack, der gerade so lang war wie es selbst. Wenn die Räubermutter zu einer Haustüre hereinkam, dann wagte niemand, ihr das zu verweigern, was sie verlangte, denn sie überlegte keinen Augenblick, in der nächsten Nacht zurückzukehren und das Haus anzuzünden, in dem man sie nicht freundlich aufgenommen hatte. Die Räubermutter und ihre Nachkommenschaft waren ärger als die Wolfsbrut, und gar mancher hatte Lust, ihnen seinen guten Speer nachzuwerfen, aber dies geschah niemals, denn man wusste, dass der Mann dort oben im Wald hauste und sich zu rächen wissen würde, wenn den Kindern oder der Alten etwas zuleide geschähe.

Wie nun die Räubermutter so von Hof zu Hof zog und bettelte, kam sie eines schönen Tages nach Öved, das zu jener Zeit ein Kloster war. Sie klingelte an der Klosterpforte und verlangte etwas zu essen, und der Türhüter ließ ein kleines Schiebfensterchen herab und reichte ihr sechs runde Brote, eines für sie und eines für jedes Kind.

Aber während die Räubermutter so still vor der Klosterpforte stand, liefen ihre Kinder umher. Und nun kam eines von ihnen heran und zupfte sie am Rock, zum Zeichen, dass es etwas gefunden hätte, was sie sich ansehen sollte, und die Räubermutter ging auch gleich mit ihm.

Das ganze Kloster war von einer hohen, starken Mauer umgeben, aber der kleine Junge hatte es zustande gebracht, ein kleines Hintertürchen zu finden, das angelehnt stand. Als die Räubermutter hinkam, stieß sie sogleich das Pförtchen auf und trat, ohne erst zu fragen, ein, wie es eben bei ihr der Brauch war.

Aber das Kloster Öved wurde zu jener Zeit von Abt Johannes regiert, der ein gar pflanzenkundiger Mann war. Er hatte sich hinter der Klostermauer einen kleinen Lustgarten angelegt, und in diesen drang nun die Räubermutter ein.

Im ersten Augenblick war sie so erstaunt, dass sie regungslos stehen blieb. Es war Hochsommerzeit, und der Garten des Abtes Johannes stand so voller Blumen, dass es einem blau, und rot und gelb vor den Augen flimmerte, wenn man hineinsah. Aber bald zeigte sich ein vergnügtes Lächeln auf dem Gesicht der Räubermutter, und sie begann einen schmalen Gang hinunterzugehen, der zwischen vielen kleinen Blumenbeeten durchlief.

Im Garten stand der Laienbruder, der Gärtnergehilfe war, und jätete das Unkraut aus. Er war es, der die Tür in der Mauer halb offen gelassen hatte, um Queckengras und Melde auf den Kehrichthaufen davor werfen zu können. Als er die Räubermutter mit ihren fünf Bälgern hinter sich her in den Lustgarten treten sah, stürzte er ihnen sogleich entgegen und befahl ihnen, sich zu trollen. Aber die alte Bettlerin ging weiter, als sei nichts geschehen. Sie ließ die Blicke hinauf und hinab wandern, sah bald die starren weißen Lilien an, die sich auf einem Beet ausbreiteten, und bald den Efeu, der die Klosterwand hoch emporkletterte, und bekümmerte sich nicht im Geringsten um den Laienbruder.

Der Laienbruder dachte, sie hätte ihn nicht verstanden. Da wollte er sie am Arm packen, um sie zum Ausgang zu führen. Aber als die Räubermutter seine Absicht bemerkte, warf sie ihm einen Blick zu, vor dem er zurückprallte. Sie war unter ihrem Bettelsack mit gebeugtem Rücken gegangen, aber jetzt richtete sie sich zu ihrer vollen Höhe auf. – »Ich bin die Räubermutter aus dem Göinger Wald,« sagte sie, »rühr mich nur an, wenn du es wagst.« Und es sah aus, als ob sie nach diesen Worten ebenso sicher wäre, in Frieden von dannen zu ziehen, als hätte sie verkündet, dass sie die Königin von Dänemark sei.

Aber der Laienbruder wagte es dennoch, sie zu stören, obgleich er jetzt, wo er wusste, wer sie war, recht sanftmütig zu ihr sprach. – »Du musst wissen, Räubermutter,« sagte er, »dass dies ein Mönchskloster ist, und dass es keiner Frau im Land gestattet wird, hinter diese Mauer zu kommen. Wenn du nun nicht deiner Wege gehst, dann werden die Mönche mir zürnen, weil ich vergessen habe, das Tor zu schließen, und sie werden mich vielleicht von Kloster und Garten verjagen.«

Doch solche Bitten waren an die Räubermutter verschwendet. Die ging weiter durch die Rosenbeete und guckte sich den Ysop an, der mit lilafarbenen Blüten bedeckt war, und das Kaprifolium, das voll rotgelber Blumentrauben hing.

Da wusste sich der Laienbruder keinen anderen Rat, als in das Kloster zu laufen und um Hilfe zu rufen.

Er kam mit zwei handfesten Mönchen zurück, und die Räubermutter sah sogleich, dass es nun Ernst wurde. Sie stellte sich breitbeinig in den Weg und begann mit gellender Stimme herauszuschreien, welche furchtbare Rache sie an dem Kloster nehmen würde, wenn sie nicht im Lustgarten bleiben dürfte, solange sie wollte. Aber die Mönche meinten, dass sie sie nicht zu fürchten brauchten, und sie dachten nur daran, sie zu vertreiben. Da stieß die Räubermutter schrille Schreie aus, stürzte sich auf sie und kratzte und biss, und ebenso machten es alle ihre Sprossen. Die drei Männer merkten bald, dass sie ihnen überlegen war. Es blieb ihnen nichts andres übrig, als in das Kloster zu gehen und Verstärkung zu holen.

Wie sie über den Pfad liefen, der in das Kloster führte, begegneten sie dem Abt Johannes, der herbeigeeilt war, um zu sehen, was für ein Lärm das wäre, den man vom Lustgarten hörte. Da mussten sie gestehen, dass die Räubermutter aus dem Göinger Wald in das Kloster gedrungen war; sie hätten nicht vermocht, sie zu vertreiben, und wollten sich nun Unterstützung herbeischaffen.

Aber Abt Johannes tadelte sie, dass sie Gewalt angewendet hätten, und verbot ihnen, um Hilfe zu rufen. Er schickte die beiden Mönche zu ihrer Arbeit zurück, und obgleich er ein alter, gebrechlicher Mann war, nahm er nur den Laienbruder mit in den Garten.

Als Abt Johannes dort ankam, ging die Räubermutter wie zuvor zwischen den Beeten umher. Und er konnte sich nicht genug über sie wundern. Er war ganz sicher, dass die Räubermutter nie zuvor in ihrem Leben einen Lustgarten erblickt hätte.

Aber wie dem auch sein mochte, – sie ging zwischen all den kleinen Beeten umher, die jedes mit einer anderen Art fremder und seltsamer Blumen bepflanzt waren, und betrachtete sie, als wären es alte Bekannte. Es sah aus, als hätte sie schon öfters Immergrün und Salbei und Rosmarin gesehen. Einigen lächelte sie zu, und über andere wieder schüttelte sie den Kopf.

Abt Johannes liebte seinen Garten mehr als alle anderen Dinge, die irdisch und vergänglich sind. So wild und grimmig die Räubermutter auch aussah, so konnte er es doch nicht lassen, Gefallen daran zu finden, dass sie mit drei Mönchen gekämpft hatte, um ihn in Ruhe zu betrachten. Er ging auf sie zu und fragte sie freundlich, ob ihr der Garten gefalle.

Die Räubermutter wendete sich heftig gegen Abt Johannes, denn sie war nur auf Hinterhalt und Überfall gefasst, aber als sie seine weißen Haare und seinen gebeugten Rücken sah, da antwortete sie ganz freundlich: »Als ich ihn zuerst erblickte, da schien es mir, als ob ich nie etwas Schöneres gesehen hätte, aber jetzt merke ich, dass er sich mit einem anderen nicht messen kann, den ich kenne.«

Abt Johannes hatte sicherlich eine andere Antwort erwartet. Als er hörte, dass die Räubermutter einen Lustgarten kannte, der schöner wäre als der seine, bedeckten sich seine runzeligen Wangen mit einer schwachen Röte.

Der Gärtnergehilfe, der danebenstand, begann auch sogleich die Räubermutter zurechtzuweisen. – »Dies ist Abt Johannes, Räubermutter,« sagte er, »der selbst mit großem Fleiß und Mühe von fern und nah die Blumen für seinen Garten gesammelt hat. Wir wissen alle, dass es im ganzen schoonischen Land keinen reicheren Lustgarten gibt, und es steht dir, die du das ganze liebe Jahr im wilden Wald hausest, wahrlich nicht zu, sein Werk bewerten zu wollen.«

»Ich will niemand bewerten, weder ihn noch dich,« sagte die Räubermutter, »ich sage nur, wenn ihr den Lustgarten sehen könn-

tet, an den ich denke, dann würdet ihr jegliche Blume, die hier steht, ausrupfen und sie als Unkraut fortwerfen.«

Aber der Gärtnergehilfe war kaum weniger stolz auf die Blumen als Abt Johannes selbst, und als er diese Worte hörte, begann er höhnisch zu lachen. – »Ich kann mir wohl denken, dass du nur so schwätzest, Räubermutter, um uns zu reizen,« sagte er, »das wird ein schöner Garten sein, den du dir unter Tannen und Wacholderbüschen im Göinger Wald eingerichtet hast! Ich wollte meine Seele verbürgen, dass du überhaupt noch nie hinter einer Gartenmauer gewesen bist.«

Die Räubermutter wurde rot vor Ärger, dass man ihr also misstraute, und sie rief: »Es mag wohl sein, dass ich niemals vor heute hinter einer Gartenmauer gestanden habe, aber ihr Mönche, die ihr heilige Männer seid, solltet wohl wissen, dass der große Göinger Wald sich in jeder Weihnachtsnacht in einen Lustgarten verwandelt, um die Geburtsstunde unseres Herrn und Heilands zu feiern. Wir, die wir im Wald leben, haben dies nun jedes Jahr geschehen sehen, und in diesem Lustgarten habe ich so herrliche Blumen gesehen, dass ich es nicht wagte, die Hand zu erheben, um sie zu brechen.«

Da lachte der Laienbruder noch lauter und stärker: »Es ist gar leicht für dich, dazustehen und mit derlei zu prahlen, was kein Mensch sehen kann. Aber ich kann nicht glauben, es könnte etwas anderes als Lüge sein, dass der Wald Christi Geburtsstunde an einer solchen Stelle feiern sollte, wo so unheilige Leute wohnen, wie du und der Räubervater.« – »Und das, was ich sage, ist doch ebenso wahr,« entgegnete die Räubermutter, »wie dass du es nicht wagen würdest, in einer Weihnachtsnacht in den Wald zu kommen, um es zu sehen.« Der Laienbruder wollte ihr von neuem antworten, aber Abt Johannes bedeutete ihn durch ein Zeichen, stillzuschweigen. Denn Abt Johannes hatte schon seit seiner Kindheit erzählen hören, dass der Wald sich in der Weihnachtsnacht in ein Feierkleid hülle. Er hatte sich oft danach gesehnt, es zu sehen, aber es war ihm niemals gelungen. Nun begann er die Räubermutter gar eifrig zu bitten und anzurufen, sie möge ihn um die Weihnachtszeit in die Räuberhöhle kommen lassen. Wenn sie nur eins ihrer Kinder schickte, ihm den Weg zu zeigen, dann wolle er allein hinaufreiten,

und er würde sie nie und nimmer verraten, sondern sie im Gegenteil so reich belohnen, wie es nur in seiner Macht stünde.

Die Räubermutter weigerte sich zuerst, denn sie dachte an den Räubervater und an die Gefahr, der sie ihn preisgab, wenn sie Abt Johannes in ihre Höhle kommen ließe; aber dann wurde doch der Wunsch, ihm zu zeigen, dass der Lustgarten, den sie kannte, schöner sei als der seinige, in ihr übermächtig, und sie gab nach.

»Aber mehr als einen Begleiter darfst du nicht mitnehmen,« sagte sie. »Und du darfst uns keinen Hinterhalt und keine Falle stellen, so gewiss du ein heiliger Mann bist.«

Dies versprach Abt Johannes, und damit ging die Räubermutter. Aber Abt Johannes befahl dem Laienbruder, niemand zu verraten, was nun vereinbart worden war. Er fürchtete, dass seine Mönche, wenn sie von seinem Vorhaben etwas erführen, einem alten Mann, wie er es war, nicht gestatten würden, hinauf in die Räuberhöhle zu ziehen.

Auch er selbst wollte den Plan keiner Menschenseele verraten. Aber da begab es sich, dass Erzbischof Absalon aus Lund gereist kam und eine Nacht in Öved verbrachte. Als nun Abt Johannes ihm seinen Garten zeigte, fiel ihm der Besuch der Räubermutter ein; und der Laienbruder, der dort umherging und arbeitete, hörte, wie der Abt dem Bischof vom Räubervater erzählte, der nun so viele Jahre vogelfrei im Wald gehaust hätte, und um einen Freibrief für ihn bat, damit er wieder ein ehrliches Leben unter anderen Menschen führen könnte. – »Wie es jetzt geht,« sagte Abt Johannes, »wachsen seine Kinder zu ärgeren Missetätern heran, als er selbst einer ist, und Ihr werdet es dort oben im Wald bald mit einer ganzen Räuberbande zu tun bekommen.«

Doch Erzbischof Absalon erwiderte, dass er den bösen Räuber nicht auf die ehrlichen Leute im Land loslassen wolle. Es sei für alle am besten, wenn er dort oben in seinem Wald bliebe.

Da wurde Abt Johannes eifrig und begann dem Bischof vom Göinger Wald zu erzählen, der sich jedes Jahr rings um die Räuberhöhle in Weihnachtsschmuck kleide. »Wenn diese Räuber nicht schlimmer sind, als dass Gottes Herrlichkeit sich ihnen zeigen will,« sagte er, »so können sie wohl auch nicht zu schlecht sein, um die Gnade der Menschen zu erfahren.«

Aber der Erzbischof wusste Abt Johannes zu antworten. – »So viel kann ich dir versprechen, Abt Johannes,« sagte er und lächelte, »an welchem Tag immer du mir eine Blume aus dem Weihnachtsgarten im Göinger Wald schickst, will ich dir einen Freibrief für alle Friedlosen geben, um den du mich bitten magst.«
Der Laienbruder sah, dass Bischof Absalon ebenso wenig wie er selbst an die Geschichte der Räubermutter glaubte, aber Abt Johannes merkte nichts davon, sondern dankte Absalon für sein gütiges Versprechen und sagte, die Blume wollte er ihm schon schicken.

Abt Johannes setzte seinen Willen durch, und am nächsten Weihnachtsabend saß er nicht daheim in Öved, sondern war auf dem Weg nach Göinge. Einer der wilden Jungen der Räubermutter lief vor ihm her, und zum Geleit hatte er den Knecht, der im Lustgarten mit der Räubermutter gesprochen hatte.
Abt Johannes hatte sich den ganzen Herbst über schon sehr danach gesehnt, diese Fahrt anzutreten, und freute sich nun sehr, dass sie zustande gekommen war. Aber ganz anders stand es mit dem Laienbruder, der ihm folgte. Er hatte Abt Johannes von Herzen lieb und würde es nicht gern einem andern überlassen haben, ihn zu begleiten und über ihn zu wachen, aber er glaubte keineswegs, dass sie einen Weihnachtsgarten zu Gesicht bekommen würden, er dachte nichts anderes, als dass das Ganze eine Falle sei, die die Räubermutter mit großer Schlauheit Abt Johannes gelegt hätte, damit er ihrem Mann in die Hände falle.

Während Abt Johannes nordwärts zur Waldgegend ritt, sah er, wie überall Anstalten getroffen wurden, das Weihnachtsfest zu feiern. In jedem Bauerndorf machte man Feuer in der Badehütte, damit sie zum nachmittägigen Bad warm sei. Aus den Vorratskammern wurden große Mengen von Fleisch und Brot in die Hütten getragen, und aus den Tennen kamen die Burschen mit großen Strohgarben, die über den Boden gestreut werden sollten.
Als er an dem kleinen Dorfkirchlein vorüberritt, sah er, wie der Priester und seine Küster vollauf damit beschäftigt waren, sie mit den besten Geweben zu behängen, die sie nur hatten auftreiben

können; und als er zu dem Weg kam, der nach dem Kloster Bosjö führte, sah er die Armen des Klosters mit großen Brotlaiben und langen Kerzen daherwandern, die sie an der Klosterpforte bekommen hatten.

Als Abt Johannes alle diese Weihnachtszurüstungen sah, da spornte er zur Eile an. Denn er dachte daran, dass seiner ein größeres Fest harre, als irgendeiner der anderen feiern sollte.

Doch der Knecht jammerte und klagte, als er sah, wie sie sich auch in der kleinsten Hütte anschickten, das Weihnachtsfest zu feiern. Und er wurde immer ängstlicher und bat und beschwor Abt Johannes, umzukehren und sich nicht freiwillig in die Hände der Räuber zu geben.

Aber Abt Johannes ritt weiter, ohne sich um seine Klagen zu kümmern. Er hatte bald das Flachland hinter sich und kam nun hinauf in die einsamen, wilden Wälder. Hier wurde der Weg schlechter. Er war eigentlich nur noch ein steiniger, nadelbestreuter Pfad, und nicht Brücke nicht Steg halfen ihnen über Flüsse und Bäche. Je länger sie ritten, desto kälter wurde es, und tief drinnen im Wald war der Boden mit Schnee bedeckt.

Es war ein langer und beschwerlicher Ritt. Sie schnitten auf steilen und schlüpfrigen Seitenpfaden den Weg ab und zogen über Moor und Sumpf, drangen durch Windbrüche und Dickicht. Gerade als der Tag zur Neige ging, führte der Räuberjunge sie über eine Waldwiese, die von hohen Bäumen umgeben war, von nackten Laubbäumen und von grünen Nadelbäumen. Hinter der Wiese erhob sich eine Felswand, und in der Felswand sahen sie eine Tür aus rohen Planken. Nun merkte Abt Johannes, dass sie am Ziel waren, und er stieg vom Pferd. Das Kind öffnete ihm die schwere Tür, und er sah in eine ärmliche Berggrotte mit nackten Steinwänden, Die Räubermutter saß an einem Blockfeuer, das mitten auf dem Boden brannte, an den Wänden standen Lagerstätten aus Tannenreisig und Moos, und auf einer von ihnen lag der Räubervater und schlief. – »Kommt herein, ihr dort draußen!« rief die Räubermutter, ohne aufzustehen. »Und nehmt die Pferde mit, damit sie nicht draußen in der Nachtkälte zugrunde gehen!«

Abt Johannes trat nun kühnlich in die Grotte, und der Laienbruder folgte ihm. Da sah es gar ärmlich und dürftig aus, und

nichts war geschehen, um das Weihnachtsfest zu feiern. Die Räubermutter hatte weder gebraut noch gebacken, sie hatte weder gefegt noch gescheuert. Ihre Kinder lagen auf der Erde rings um einen Kessel, aus dem sie aßen; aber darin war nichts Besseres als dünne Wassergrütze.

Doch die Räubermutter war ebenso stolz und selbstbewusst wie nur irgendeine wohlbestallte Bauersfrau. – »Setze dich nun hier ans Feuer, Abt Johannes, und wärme dich,« sagte sie, »und wenn du Wegzehrung mitgebracht hast, so iss, denn was wir hier im Wald kochen, wird dir wohl nicht munden. Und wenn du vom Ritt müde bist, kannst du dich auf eine dieser Lagerstätten ausstrecken und ruhen. Du brauchst keine Angst zu haben, dass du verschlafen könntest. Ich sitze hier am Feuer und wache, und ich will dich schon wecken, damit du zu sehen bekommst, wozu du ausgeritten bist.«

Abt Johannes gehorchte der Räubermutter in allen Stücken und nahm seinen Schnappsack hervor. Aber er war nach dem Ritt so müde, dass er kaum zu essen vermochte; und sowie er sich auf dem Lager ausgestreckt hatte, schlummerte er ein.

Dem Laienbruder ward auch eine Ruhestatt angewiesen, aber er wagte nicht, zu schlafen, weil er ein wachsames Auge auf den Räubervater haben wollte, damit dieser nicht etwa aufstünde und Abt Johannes fesselte. Allmählich jedoch erlangte die Müdigkeit auch über ihn solche Gewalt, dass er einschlummerte. Als er erwachte, sah er, dass Abt Johannes sein Lager verlassen hatte und jetzt am Feuer saß und mit der Räubermutter Zwiesprache pflog. Der Räubervater saß daneben. Er war ein hochaufgeschossener magerer Mann und sah schwerfällig und trübsinnig aus. Er kehrte Abt Johannes den Rücken, und es sah aus, als wolle er nicht zeigen, dass er dem Gespräch zuhörte.

Abt Johannes erzählte der Räubermutter von all den Weihnachtszurüstungen, die er unterwegs gesehen hatte, und er erinnerte sie an die Weihnachtsfeste und die fröhlichen Weihnachtsspiele, die wohl auch sie in ihrer Jugend mitgemacht hätte, als sie noch in Frieden unter den Menschen lebte. – »Es ist ein Jammer, dass eure Kinder nie verkleidet auf der Dorfstraße umhertollen oder im Weihnachtsstroh spielen dürfen,« sagte Abt Johannes. Die

Räubermutter hatte ihm zuerst kurz und barsch geantwortet, aber so allmählich wurde sie kleinlauter und lauschte eifrig. Plötzlich wendete sich der Räubervater gegen Abt Johannes und hielt ihm die geballte Faust vor das Gesicht. – »Du elender Mönch, bist du hierhergekommen, um Weib und Kinder von mir fortzulocken? Weißt du nicht, dass ich ein friedloser Mann bin und diesen Wald nicht verlassen darf?« Abt Johannes sah ihm unerschrocken gerade in die Augen. – »Mein Wille ist es, dir einen Freibrief vom Erzbischof zu verschaffen,« sagte er. Kaum hatte er dies gesagt, als der Räubervater und die Räubermutter ein schallendes Gelächter aufschlugen. Sie wussten nur zu wohl, welche Gnade ein Waldräuber vom Bischof Absalon zu erwarten hatte. – »Ja, wenn ich einen Freibrief von Absalon bekomme,« sagte der Räubervater, »dann gelobe ich dir, nie mehr auch nur so viel wie eine Gans zu stehlen.«

Den Gärtnergehilfen verdross es sehr, dass das Räuberpack sich vermaß, Abt Johannes auszulachen; aber dieser selbst schien ganz zufrieden zu sein. Der Knecht hatte ihn kaum je friedvoller und milder unter seinen Mönchen auf Öved sitzen sehen, als er ihn jetzt unter den wilden Räuberleuten sah.

Aber plötzlich sprang die Räubermutter auf.

»Du sitzest hier und plauderst, Abt Johannes,« sagte sie, »und wir vergessen ganz, in den Wald zu sehen. Jetzt höre ich bis in unsere Höhle, wie die Weihnachtsglocken läuten.«

Kaum war dies gesagt, als alle aufsprangen und hinausliefen; aber im Wald war noch dunkle Nacht und grimmiger Winter. Das Einzige, was man vernahm, war ferner Glockenklang, der von einem leisen Südwind hergetragen wurde.

›Wie soll dieser Glockenklang den toten Wald wecken können?‹ dachte Abt Johannes. Denn jetzt, wo er mitten im Waldesdunkel stand, schien es ihm viel unmöglicher als früher, dass hier ein Lustgarten erstehen könnte.

Aber als die Glocke ein paar Augenblicke geläutet hatte, zuckte plötzlich ein Lichtstrahl durch den Wald. Gleich darauf wurde es ebenso dunkel wie zuvor, aber dann kam das Licht wieder. Es kämpfte sich wie ein leuchtender Nebel zwischen den dunkeln Bäumen durch. Und so viel vermochte es, dass die Dunkelheit in schwache Morgendämmerung überging.

Da sah Abt Johannes, wie der Schnee vom Boden verschwand, als hätte jemand einen Teppich fortgezogen; und die Erde begann zu grünen. Das Farnkraut streckte seine Triebe hervor, eingerollt wie Bischofstäbe. Die Erika, die auf der Steinhalde wuchs, und der Porst, der im Moor wurzelte, kleideten sich rasch in frisches Grün. Die Mooshügelchen schwollen und hoben sich, und die Frühlingsblumen schossen mit schwellenden Knospen auf, die schon einen Schimmer von Farbe hatten.

Abt Johannes klopfte das Herz heftig, als er die ersten Zeichen sah, dass der Wald erwachen wollte. – ‚Soll nun ich alter Mann ein solches Wunder schauen!‘ dachte er. Und die Tränen wollten ihm in die Augen treten.

Nun wurde es wieder so dämmerig, dass er fürchtete, die nächtliche Finsternis könnte aufs Neue Macht erlangen. Aber sogleich kam eine neue Lichtwelle hereingebrochen. Die brachte das Murmeln von Bächlein und das Rauschen der eisbefreiten Bergströme mit. Da schlugen die Blätter der Laubbäume so rasch aus, als wären grüne Schmetterlinge herangeflattert und hätten sich auf den Zweigen niedergelassen. Und nicht nur die Bäume und Pflanzen erwachten. Die Kreuzschnäbel begannen über die Zweige zu hüpfen. Die Spechte hämmerten an die Stämme, dass die Holzsplitter nur so flogen. Ein Zug Stare, der das Land überflog, ließ sich in einem Tannenwipfel nieder, um zu ruhen. Es waren prächtige Stare. Die Spitze jedes kleinen Federchens leuchtete glänzend rot, und wenn die Vögel sich bewegten, glitzerten sie wie Edelsteine.

Wieder wurde es für ein Weilchen still, aber bald begann es von neuem. Ein starker, warmer Südwind blies und säte über die Waldwiese alle die Samen aus südlichen Ländern, die von Vögeln und Schiffen und Winden in das Land gebracht worden waren und auf seinem kargen Boden nirgend anders blühen konnten; und sie schlugen Wurzel und schossen Triebe in demselben Augenblick, da sie den Boden berührten.

Als die nächste Welle kam, fingen Blaubeeren und Preiselbeeren zu blühen an. Wildgänse und Kraniche riefen hoch oben in der Luft, die Buchfinken bauten ihr Nest, und die Eichhörnchen begannen in den Baumzweigen zu spielen.

Alles ging nun so rasch, dass Abt Johannes gar nicht Zeit hatte, zu überlegen, welches Wunder gerade geschah. Er hatte nur Zeit, Augen und Ohren weit aufzumachen. Die nächste Welle, die herangebraust kam, brachte den Duft frischgepflügter Felder. Aus weiter Ferne hörte man, wie die Hirtinnen die Kühe lockten, und wie die Glöckchen der Lämmer klingelten. Tannen und Fichten bekleideten sich so dicht mit kleinen, roten Zapfen, dass die Bäume wie Seide leuchteten. Der Wacholder trug Beeren, die jeden Augenblick die Farbe wechselten. Und die Waldblumen bedeckten den Boden, dass er ganz weiß und blau und gelb war.

Abt Johannes beugte sich zur Erde und brach eine Erdbeerblüte. Und während er sich aufrichtete, reifte die Beere. Die Füchsin kam aus ihrer Höhle mit einer großen Schar von schwarzbeinigen Jungen hinter sich her. Sie ging auf die Räubermutter zu und rieb sich an ihrem Rock, und die Räubermutter beugte sich zu ihr hinunter und lobte ihre Jungen. Der Uhu, der eben seine nächtige Jagd begonnen hatte, kehrte wieder nach Hause zurück, ganz erstaunt über das Licht, suchte seine Schlucht auf und legte sich schlafen. Der Kuckuck rief, und das Kuckucksweibchen umkreiste mit einem Ei im Schnabel die Nester der Singvögel.

Die Kinder der Räubermutter stießen zwitschernde Freudenschreie aus. Sie aßen sich an den Waldbeeren satt, die groß wie Tannenzapfen an den Sträuchern hingen. Eines von ihnen spielte mit einer Schar junger Hasen, ein anderes lief mit den jungen Krähen um die Wette, die aus dem Nest gehüpft waren, ehe sie noch flügge waren, das dritte hob die Natter vom Boden und wickelte sie sich um Hals und Arm. Der Räubervater stand draußen auf dem Moor und aß Brombeeren. Als er aufsah, ging ein großes schwarzes Tier neben ihm einher. Da brach der Räubervater einen Weidenzweig und schlug dem Bären auf die Schnauze. – »Bleib du, wo du hingehörst,« sagte er. »Das ist mein Platz.« Da machte der Bär kehrt und trabte in andere Richtung davon.

Immer wieder kamen neue Wellen von Wärme und Licht, und jetzt brachten sie Entengeschnatter vom Waldmoor her. Gelber Blütenstaub von den Feldern schwebte in der Luft. Schmetterlinge kamen, so groß, dass sie wie fliegende Lilien aussahen. Das Nest der Bienen in einer hohlen Eiche war schon so voll von Honig, dass

er am Stamm hinuntertropfte. Jetzt begannen auch die Blumen sich zu entfalten, deren Samen aus fremden Ländern gekommen waren. Die Rosenbüsche kletterten um die Wette mit den Brombeeren die Felswand hinan, und oben auf der Waldwiese sprossen Blumen, so groß wie ein Menschengesicht. Abt Johannes dachte an die Blume, die er für Bischof Absalon pflücken wollte, aber eine Blume wuchs herrlicher heran als die andere, und er wollte die allerschönste wählen.

Welle um Welle kam, und jetzt war die Luft so von Licht durchtränkt, dass sie glitzerte. Und alle Lust und aller Glanz und alles Glück des Sommers lächelte rings um Abt Johannes. Es war ihm, als könnte die Erde keine größere Freude bringen als die, die ihn über den plötzlichen Anbruch der schönen Jahreszeit erfüllte, und er sagte zu sich selbst: »Jetzt weiß ich nicht, was die nächste Welle, die kommt, noch an Herrlichkeit bringen kann.«

Aber das Licht strömte noch immer zu, und jetzt deuchte es Abt Johannes, dass es etwas aus einer unendlichen Ferne bringe. Er fühlte, wie überirdische Luft ihn umwehte, und er begann zitternd zu erwarten, es würde nun, nachdem die Freude der Erde gekommen war, des Himmels Herrlichkeit anbrechen.

Abt Johannes merkte, wie alles still wurde: die Vögel verstummten, die jungen Füchslein spielten nicht mehr, und die Blumen ließen ab, zu wachsen. Die Seligkeit, die nahte, war von der Art, dass einem das Herz stillstehen wollte; das Auge weinte, ohne dass es darum wusste, die Seele sehnte sich, in die Ewigkeit hinüberzufliegen. Aus weiter, weiter Ferne hörte man leise Harfentöne und überirdischen Gesang. Abt Johannes faltete die Hände und sank in die Knie. Sein Gesicht strahlte von Seligkeit. Nie hatte er erwartet, dass es ihm beschieden sein würde, schon in diesem Leben des Himmels Wonne zu kosten und die Engel Weihnachtslieder singen zu hören.

Aber neben Abt Johannes stand der Gärtnergehilfe, der ihn begleitet hatte. Er sah den Räuberwald voll Grün und Blumen, und er wurde zornig in seinem Herzen, weil er sah, dass er einen solchen Lustgarten nie und nimmer schaffen könnte, wie er sich auch mit Hacke und Spaten mühte. Und er vermochte nicht zu begreifen, warum Gott solche Herrlichkeit an das Räubergesindel verschwende, das seine Gebote missachtete.

Gar dunkle Gedanken zogen durch seinen Kopf. »Das kann kein rechtes Wunder sein,« dachte er, »das sich bösen Missetätern zeigt. Das kann nicht von Gott stammen, das ist aus Zauberei entsprungen. Es ist von des Teufels arger List hierher gesandt. Es ist die Macht des bösen Feindes, die uns verhext und uns zwingt, das zu sehen, was nicht ist.«

In der Ferne hörte man Engelsharfen klingen, und Engelgesang ertönte, aber der Laienbruder glaubte, dass es die böse Macht der Unholde sei, die nahe. »Sie wollen uns locken und verführen,« seufzte er, »nie kommen wir mit heiler Haut davon, wir werden betört und dem Abgrund verkauft.«

Jetzt waren die Engelscharen so nahe, dass Abt Johannes ihre Lichtgestalten zwischen den Stämmen des Waldes schimmern sah. Und der Laienbruder sah dasselbe wie er, aber er dachte nur, welche Arglist darin läge, dass die bösen Geister ihre Künste gerade in der Nacht betrieben, in der der Heiland geboren war. Dies geschah ja nur, um die Christen umso sicherer ins Verderben zu stürzen.

Die ganze Zeit über hatten die Vögel Abt Johannes Haupt umschwärmt, und er hatte sie zwischen seine Hände nehmen können. Aber vor dem Laienbruder hatten sich die Tiere gefürchtet: kein Vogel hatte sich auf seine Schulter gesetzt, und keine Schlange spielte zu seinen Füßen. Nun war da eine kleine Waldtaube. Als sie merkte, dass die Engel nahe waren, nahm sie ihren ganzen Mut zusammen und flog dem Laienbruder auf die Schulter und schmiegte das Köpfchen an seine Wange. Da vermeinte er, dass der Zauber ihm nun völlig auf den Leib rücke, ihn in Versuchung zu führen und zu verderben. Er schlug mit der Hand nach der Waldtaube und rief mit lauter Stimme, so dass es durch den Wald hallte:

»Zieh du zur Hölle, woher du gekommen bist!«

Gerade da waren die Engel so nahe, dass Abt Johannes den Hauch ihrer mächtigen Fittiche fühlte, und er hatte sich zur Erde geneigt, sie zu grüßen. Aber als die Worte des Laienbruders ertönten, da verstummte urplötzlich ihr Gesang, und die heiligen Gäste wendeten sich zur Flucht. Und ebenso floh das Licht und die milde Wärme in unsäglichem Schreck vor der Kälte und Finsternis in einem Menschenherzen. Die Dunkelheit sank auf die Erde hinab wie eine Decke, die Kälte kam, die Pflanzen auf dem Boden schrumpf-

ten zusammen, die Tiere enteilten, das Rauschen der Wasserfälle verstummte, das Laub fiel von den Bäumen, prasselnd wie Regen.

Abt Johannes fühlte, wie sein Herz, das eben vor Seligkeit gezittert hatte, sich jetzt in unsäglichem Schmerz zusammenkrampfte. Niemals kann ich dies überleben, dachte er, dass die Engel des Himmels mir so nahe waren und vertrieben wurden, dass sie mir Weihnachtslieder singen wollten und in die Flucht gejagt wurden.

In demselben Augenblick erinnerte er sich an die Blume, die er Bischof Absalon versprochen hatte, und er beugte sich zur Erde und tastete unter dem Moos und Laub, um noch im letzten Augenblick etwas zu finden. Aber er fühlte, wie die Erde unter seinen Fingern gefror, und wie der weiße Schnee über den Boden geglitten kam.

Da ward sein Herzeleid noch größer. Er konnte sich nicht erheben, sondern musste auf dem Boden liegen bleiben.

Aber als die Räubersleute und der Laienbruder in der tiefen Dunkelheit zur Räuberhöhle zurückgetappt waren, da vermissten sie Abt Johannes. Sie nahmen glühende Scheite aus dem Feuer und zogen aus, ihn zu suchen, und sie fanden ihn tot auf der Schneedecke liegen.

Und der Laienbruder hub an zu weinen und zu klagen, denn er erkannte, dass er es war, der Abt Johannes getötet hatte, weil er ihm den Freudenbecher entrissen, nach dem er gelechzt hatte.

Aber als Abt Johannes nach Öved hinuntergebracht worden war, sahen die, die sich des Toten annahmen, dass er seine rechte Hand hart um etwas geschlossen hielt, was er in seiner Todesstunde umklammert haben musste. Und als sie die Hand endlich öffnen konnten, fanden sie, dass, was er mit solcher Stärke festhielt, ein paar weiße Wurzelknollen waren, die er aus Moos und Laub hervorgerissen hatte. Und als der Laienbruder, der Abt Johannes geleitet hatte, diese Wurzeln sah, nahm er sie und pflanzte sie in des Abtes Garten in die Erde.

Er pflegte sie und wartete das ganze Jahr, dass eine Blume daraus erblühe, doch er wartete vergebens den ganzen Frühling und Sommer und Herbst. Als endlich der Winter anbrach und alle Blätter und Blumen tot waren, hörte er auf zu warten. Als aber

der Weihnachtsabend kam, da überkam ihn die Erinnerung an Abt Johannes so mächtig, dass er in den Lustgarten hinausging, seiner zu gedenken. Und siehe, wie er nun an der Stelle vorbeikam, wo er die kahlen Wurzelknollen eingepflanzt hatte, da sah er, dass üppige grüne Stängel daraus emporgesprosst waren, die schöne Blumen mit silberweißen Blättern trugen.

Da rief er alle Mönche von Öved zusammen; und als sie sahen, dass diese Pflanze am Weihnachtsabend blühte, wo alle anderen Blumen tot waren, da erkannten sie, dass sie wirklich von Abt Johannes aus dem Weihnachtslustgarten im Göinger Wald gepflückt war.

Aber der Laienbruder sagte den Mönchen, nun da ein so großes Wunder geschehen sei, sollten sie einige von den Blumen Bischof Absalon schicken.

Als nun der Laienbruder vor Bischof Absalon hintrat, reichte er ihm die Blumen und sagte:»Dies schickt dir Abt Johannes. Es sind die Blumen, die er dir aus dem Weihnachtslustgarten im Göinger Wald zu pflücken versprochen hat.«

Und als Bischof Absalon die Blumen sah, die in dunkler Winternacht der Erde entsprossen waren, und als er die Worte hörte, wurde er so bleich, als wäre er einem Toten begegnet. Eine Weile saß er schweigend da, dann sagte er:»Abt Johannes hat sein Wort gut gehalten; so will auch ich das meine halten.« Und er ließ einen Freibrief für den wilden Räuber ausstellen, der von Jugend an friedlos im Wald gelebt hatte.

Er übergab dem Laienbruder den Brief, und dieser zog damit von dannen, hinauf in den Wald und suchte den Weg zur Räuberhöhle. Als er am Weihnachtstag dort eintrat, da eilte ihm der Räuber mit erhobener Axt entgegen. – »Ich will euch Mönche niederschlagen, so viele euer auch sind!« rief er. »Sicherlich hat sich um euretwillen der Göinger Wald in dieser Nacht nicht in sein Weihnachtskleid gehüllt.«

»Es ist einzig und allein meine Schuld,« sagte der Laienbruder, »und ich will gerne dafür sterben. Aber zuerst muss ich dir eine Botschaft von Abt Johannes bringen.« Und er zog den Brief des Bischofs heraus und verkündete ihm, dass er nicht mehr vogelfrei

sei, und zeigte ihm das Siegel Absalons, das an dem Pergament hing. – »Fortan sollst du mit deinen Kindern im Weihnachtsstroh spielen, und ihr sollt das Christfest unter den Menschen feiern, wie es der Wunsch des Abtes Johannes war,« sagte er.

Da blieb der Räubervater stumm und bleich stehen, aber die Räubermutter sagte in seinem Namen: »Abt Johannes hat sein Wort getreulich gehalten, so wird auch der Räubervater das seine halten.«

Doch als der Räubervater und die Räubermutter aus der Räuberhöhle fortzogen, da zog der Laienbruder hinein und hauste dort einsam im Wald unter unablässigem Gebet, dass sein hartes Herz ihm verziehen werde.

Und niemand darf ein strenges Wort über einen sagen, der bereut und sich bekehrt hat, wohl aber kann man wünschen, dass seine bösen Worte ungesagt geblieben wären, denn nie mehr hat der Göinger Wald die Geburtsstunde des Heilands gefeiert, und von seiner ganzen Herrlichkeit lebt nur noch die Pflanze, die Abt Johannes dereinst gepflückt hat. Man hat sie Christrose genannt, und jedes Jahr lässt sie ihre weißen Blüten und ihre grünen Stängel um die Weihnachtszeit aus dem Erdreich sprießen, als könnte sie nie und nimmer vergessen, dass sie einmal in dem großen Weihnachtslustgarten erwachsen ist.

Die Heilige Nacht

Als ich fünf Jahre alt war, hatte ich einen großen Kummer. Ich weiß kaum, ob ich seither einen schwereren erlitten habe. Es war damals, als meine Großmutter starb. Tag für Tag hatte sie bis dahin in ihrem Zimmer auf dem Ecksofa gesessen und Märchen erzählt. Ich kann es mir gar nicht anders vorstellen, als dass Großmutter dasaß und vom Morgen bis zum Abend erzählte und erzählte, während wir Kinder ganz still neben ihr saßen und lauschten. Es war ein herrliches Leben. Und es gab keine Kinder, die es so schön hatten wie wir. Sonst weiß ich nicht mehr viel von meiner Großmutter. Ich entsinne mich nur, dass sie schönes, schlohweißes Haar hatte, dass sie mit tiefgebeugtem Rücken einherging, und dass sie immer dasaß und an einem Strumpf strickte. Auch entsinne ich mich, dass sie immer, wenn sie ein Märchen erzählt hatte, ihre Hand auf meinen Kopf legte und dabei sagte: »Und all dies ist so wahr, wie ich Dich sehe und wie Du mich siehst.«

Dabei fällt mir auch noch ein, dass sie Lieder singen konnte. Das tat sie jedoch nicht alle Tage. Eine dieser Volksweisen handelte von einem Ritter und einem Meerweib, und der Kehrreim lautete: »Es stürmt der Wind so eisig kalt auf Meereswellen hin.«

Und dann erinnere ich mich auch noch eines kleinen Gebetes, das sie mich lehrte, und ein Psalmenvers kommt mir in den Sinn. An all die schönen Märchen, die sie mir erzählte, habe ich nur eine schwache, verworrene Erinnerung. Nur einer einzigen Geschichte entsinne ich mich so gut, dass ich sie nacherzählen könnte. Es ist eine kleine Geschichte von Jesu Geburt.

Seht, das ist nun fast alles, was ich noch von meiner Großmutter weiß, ausgenommen das eine, dessen ich mich am besten entsinne, und das war die schmerzliche Sehnsucht, die ich empfand, als sie von uns gegangen war. Ich erinnere mich noch jenes Morgens, an dem das Ecksofa plötzlich leer dastand, und wie unbegreiflich es uns erschien, dass die Stunden jenes Tages ein Ende nehmen könnten. Dessen entsinne ich mich. Das werde ich niemals vergessen.

Und ich erinnere mich, dass wir Kinder hereingeführt wurden, um die Hand der Toten zu küssen. Wir fürchteten uns davor, aber

da sagte uns jemand, es sei das letzte Mal, dass wir Großmutter für alle Freude danken könnten, die sie uns gespendet hatte. Und ich erinnere mich, wie Märchen und Lieder, in einem langen, schwarzen Sarge verpackt, vom Gutshof wegführen und niemals zurückkehrten. Ich erinnere mich, dass uns damals etwas aus dem Leben unwiederbringlich entschwunden war. Es war, als hätte sich die Pforte einer ganzen herrlichen Zauberwelt geschlossen, in der wir zuvor frei ein- und ausgehen konnten. Und nun war niemand mehr, der sich darauf verstand, diese Pforte zu öffnen. Ich erinnere mich, dass wir Kinder ganz allmählich lernten, mit Puppen und Spielzeug zu spielen und wie andere Kinder zu leben – und das mochte wohl so aussehen, als entbehrten wir Großmutter gar nicht mehr, oder als erinnerten wir uns ihrer nicht. Aber noch heutigen Tages, nach vierzig Jahren, wie ich nun dasitze und diese Legenden über Christus sammle, die ich im fernen Morgenland vernommen habe, ersteht in meinem Inneren die kleine Geschichte von Jesu Geburt, die meine Großmutter zu erzählen pflegte. Und ich verspüre Lust, sie noch einmal zu erzählen und in meine Legendensammlung aufzunehmen.

Es war ein Weihnachtstag, an dem alle, außer Großmutter und mir, zur Kirche gefahren waren. Ich glaube, dass wir im ganzen Haus allein waren. Wir hatten nicht mitfahren können, weil die eine zu jung und die andere zu alt war. Und wir waren beide ganz traurig darüber, dass wir nicht zur Frühmette fahren und die Weihnachtskerzen nicht sehen konnten. Als wir aber so in unserer Einsamkeit dasaßen, begann Großmutter zu erzählen:

»Es war einmal ein Mann, der in die dunkle Nacht hinausging, um sich etwas Feuersglut zu holen. Er ging von Hütte zu Hütte und klopfte an jede Tür, ›Helft mir, Ihr lieben Leute!‹ sagte er. ›Mein Weib ist eben eines Kindleins genesen, und ich muss Feuer anzünden, um sie und das Kindlein zu erwärmen.‹

Aber es war tiefe Nacht, so dass alle Menschen fest schliefen. Niemand antwortete ihm.

Der Mann ging immer weiter. Schließlich gewahrte er in weiter Ferne einen hellen Feuerschein. Er wanderte in dieser Richtung fort und sah, dass das Feuer im Freien brannte. Eine Menge weißer

Schafe lagerte schlafend ringsumher, und ein alter Hirte saß daneben und bewachte die Herde.

Als der Mann, der das Feuer holen wollte, die Schafe erreicht hatte, sah er, dass drei große Hunde schlafend zu des Hirten Füßen lagen. Bei seinem Kommen erwachten sie alle drei und sperrten ihre weiten Rachen auf, als ob sie bellen wollten, man vernahm jedoch keinen Laut. Der Mann sah, dass sich die Haare auf ihrem Rücken sträubten, er sah, dass ihre spitzen Zähne im Feuerschein weißleuchtend aufblitzten, und er sah auch, dass sie auf ihn zustürzten. Er fühlte, dass einer ihn ins Bein biss, der zweite nach seiner Hand schnappte und der dritte ihm an die Kehle sprang. Aber die Kinnladen und die Zähne, mit denen die Hunde ihn beißen wollten, gehorchten nicht, und der Mann erlitt nicht den geringsten Schaden.

Nun wollte er vorwärts gehen, um zu holen, was er brauchte. Aber die Schafe lagen Rücken an Rücken so dicht gedrängt, dass er nicht vorwärtskam. Und der Mann schritt über die Rücken der Tiere zum Feuer hin. Aber keines erwachte oder bewegte sich.«

Bis dahin hatte Großmutter ungestört erzählen können, länger jedoch vermochte ich nicht an mich zu halten, ohne sie zu unterbrechen. »Weshalb taten sie es nicht, Großmutter?« fragte ich. »Das wirst Du bald erfahren,« sagte Großmutter und erzählte weiter.

»Als der Mann schon beim Feuer angelangt war, blickte der Hirte auf. Er war ein alter, heftiger Mann, unfreundlich und hart gegen alle Menschen. Als er nun einen Fremden nahen sah, griff er nach einem langen, spitzen Stab, den er in der Hand zu halten pflegte, wenn er seine Herde weiden ließ, und schleuderte ihn nach dem Mann. Der Stab flog sausend gerade auf ihn zu, aber ehe er ihn treffen konnte, wich er zur Seite und flog an ihm vorbei ins Feld hinaus.«

Als Großmutter so weit gekommen war, unterbrach ich sie nochmals. »Großmutter, warum wollte der Stecken den Mann nicht treffen?« Aber Großmutter kümmerte sich um meine Frage gar nicht, sondern fuhr in ihrer Erzählung fort.

»Nun kam der Mann auf den Hirten zu und sprach zu ihm: ›Lieber, hilf mir und lass mich etwas von Deiner Feuersglut nehmen! Mein Weib ist eben eines Kindleins genesen, und ich muss Feuer anzünden, um sie und das Kindlein zu erwärmen.‹

Der Hirte hätte es ihm am liebsten abgeschlagen, aber er dachte daran, dass seine Hunde diesem Mann keinen Schaden hatten zufügen können, dass die Schafe nicht vor ihm davongelaufen waren, und dass sein Stab ihn nicht hatte hinstrecken wollen. Da wurde ihm etwas bänglich zumute, und er wagte nicht, ihm die Bitte abzuschlagen. ›Nimm so viel Du brauchst!‹ sagte er zu dem Mann.

Das Feuer war jedoch fast gänzlich niedergebrannt. Weder Holzscheite noch Zweige waren vorhanden, nur ein großer Gluthaufen lag da, und der Fremde hatte weder Schaufel noch Eimer, um darin die rotglühenden Kohlen heimzutragen.

Als der Hirte dies sah, sprach er abermals: ›Nimm so viel Du brauchst!‹ Und er freute sich, dass der Mann nicht imstande sein würde, die Glut mitzunehmen.

Aber der Mann beugte sich nieder, las mit bloßen Händen die glühenden Kohlen aus der Asche und wickelte sie in seinen Mantel. Und die Kohlen versengten ihm weder Hände noch Mantel, und der Mann trug sie davon, als wären es Äpfel und Nüsse.«

Aber hier unterbrach ich die Märchenerzählerin zum dritten Mal. »Großmutter, warum wollten die Kohlen den Mann nicht verbrennen?«

»Das wirst Du noch erfahren,« sagte Großmutter und erzählte weiter.

»Als jener Hirte, der ein so böser und heftiger Mensch war, all dies sah, fragte er sich selber verwundert: ›Was kann das für eine Nacht sein, da die Hunde nicht beißen, die Schafe sich nicht fürchten, der Speer nicht tötet und das Feuer nicht versengt?‹ Er rief den Fremden zurück und sprach zu ihm: ›Was ist das für eine Nacht? Und wie kommt es, dass alle Dinge Dir Barmherzigkeit zeigen?‹

Da sprach der Mann: ›Das kann ich Dir nicht sagen, wenn Du es nicht selber erkennst.‹ Und wollte seines Weges gehen, um bald ein Feuer anzuzünden und sein Weib und Kind erwärmen zu können.

Der Hirte aber dachte, er wolle den Mann nicht ganz aus dem Gesicht verlieren, ehe er erführe, was all dies zu bedeuten habe. Er stand auf und ging ihm nach, bis er dorthin kam, wo der Fremde hauste.

Da sah der Hirt, dass der Mann nicht einmal eine Hütte besaß, um darin zu wohnen, sondern sein Weib und Kind lagen in einer Felsenhöhle, die nur nackte, kalte Steinwände hatte. Und der Hirte dachte, dass das arme unschuldige Kind vielleicht in dieser Höhle erfrieren und sterben würde, und obwohl er ein hartherziger Mann war, rührte ihn dieses Elend, und er sann nach, wie er dem Kind helfen könnte. Er löste seinen Ranzen von der Schulter und nahm daraus ein weiches, weißes Schaffell, gab es dem fremden Mann und sagte, er solle das Kindlein darauf betten.

Aber sobald er gezeigt hatte, dass auch er barmherzig sein konnte, wurden ihm die Augen geöffnet, und er sah, was er zuvor nicht wahrgenommen hatte, und hörte, was zuvor seinen Ohren verschlossen war:

Er sah, dass er inmitten einer dichten Schar kleiner, silberbeschwingter Engel stand, die einen Kreis um ihn bildeten. Und jedes Englein hielt ein Saitenspiel, und alle sangen mit jubelnder Stimme, dass in dieser Nacht der Heiland geboren sei, der die ganze Welt von ihren Sünden erlösen würde.

Da verstand er, weshalb sogar alle leblosen Dinge in dieser Nacht so froh waren, dass sie niemandem etwas zuleide tun mochten.

Und nicht nur rings um den Hirten waren Engel, überall gewahrte er sie. Sie saßen in der Felsenhöhle, und sie saßen draußen auf den Bergen, auch unter dem Himmel flogen sie hin und her. Sie kamen in großen Scharen auf den Wegen dahergewandelt, und wenn sie vorbeischritten, blieben sie stehen und warfen einen Blick auf das Kindlein in der Höhle.

Jubel und Freude, Sang und Spiel waren allüberall, und der Hirt sah es in der dunkeln Nacht, in der er sonst nichts hatte wahrnehmen können. Voll Freude, dass seine Augen geöffnet waren, sank er auf die Knie und lobte Gott.

Und als Großmutter so weit gekommen war, seufzte sie und sprach: »Aber was der Hirte sah, das könnten wir auch sehen, denn die Engel fliegen in jeder Weihnachtsnacht unter dem Himmel einher, wenn wir sie nur zu erkennen vermögen.«

Und dann legte Großmutter ihre Hand auf meinen Scheitel und sprach: »Dessen sollst Du eingedenk sein, denn es ist so wahr, wie

ich Dich sehe und Du mich siehst. Nicht auf Kerzen und Lampen kommt es an, noch auf Sonne und Mond, sondern was nottut, ist einzig und allein, dass wir die rechten Augen haben, Gottes Herrlichkeit zu sehen.«

Peter Nord und Frau Fastenzeit

I

So vertraut wie ein Heim steht das kleine Städtchen vor mir. Es ist so klein, dass ich alle seine Winkel und Ecken kennen lernen, mit jedem Kinde gut Freund werden und alle Hunde beim Namen rufen konnte. Wer über die Straße ging, wusste, bei welchem Fenster er den Blick aufschlagen musste, um ein schönes Gesicht hinter der Scheibe zu erblicken, und wer durch den Stadtpark wanderte, kannte die Zeit, wann er da gehen musste, um die Person zu treffen, die er treffen wollte. Auf die schönen Rosen im Nachbargarten war man fast ebenso stolz, als wenn sie im eignen gestanden hätten. Geschah etwas, was kleinlich oder gewöhnlich war, so schämte man sich, als wäre es in der eignen Familie passiert, aber bei dem allergeringsten Ereignis, einer Feuersbrunst oder einer Marktschlägerei, brüstete man sich und sagte: »Seht nur, welches Gemeinwesen! Geschehen solche Dinge anderswo? Welch wunderbare Stadt!«

Und in dieser meiner geliebten Stadt verändert sich nichts. Komme ich wieder einmal hin, so werde ich dieselben Häuser und Kaufläden wiederfinden, die ich von jeher kenne, dieselben Gruben im Steinpflaster werden mich zu Fall bringen, dieselben steifen Lindenhecken, dieselben rundgeschnittenen Fliedersträucher meinen bewundernden Blick fesseln. Wieder werde ich sehen, wie der alte Ratsherr, der die ganze Stadt regiert, mit elefantenschweren Schritten die Straße hinabgewandert kommt. Patriarch und Vorsehung, welch ein Gefühl der Sicherheit hat man nicht, wenn man dich so wandern sieht! Und der taube Halfvorson wird noch immer in seinem Garten umhergehen und graben, während seine wasserklaren Augen suchend starren, als wollten sie sagen: »Alles, alles haben wir durchforscht, jetzt Erde, wollen wir uns bis in dein Innerstes bohren.«

Aber wer nicht mehr da sein wird, das ist der kleine, runde Peter Nord. Ihr wisst doch, der kleine Wermländer, der in Half-

vorsons Kramladen stand, er, der die Kunden mit seinen kleinen mechanischen Erfindungen und seinen weißen Mäusen unterhielt. Von ihm ist eine ganze Geschichte zu erzählen. Über alles und alle in der Stadt gibt es Geschichten. Nirgends geschehen so wunderliche Dinge.

Er war ein Bauernjunge, der kleine Peter Nord. Er war klein und rund, er war braunäugig und hatte ein lachendes Gesicht. Sein Haar war heller als Birkenlaub im Herbst, die Wangen waren rot und flaumig. Und ein Wermländer war er. Niemand, der ihn sah, konnte glauben, dass er aus einem anderen Land komme. Mit prächtigen Eigenschaften hatte ihn die treffliche Heimat ausgerüstet. Hurtig war er bei seiner Arbeit, rasch mit den Fingern, flink mit der Zunge, klar im Kopf. Und dazu ein Narr, gutmütig und hoch hinaus, gefällig und streitlustig, neugierig und plapperhaft. Der Tollkopf, er war nicht imstande, einem Bürgermeister größere Ehrfurcht zu zeigen, als einem Bettler. Aber Herz hatte er, verliebt war er jeden zweiten Tag, und die ganze Stadt zog er ins Vertrauen.

Die Arbeit im Laden verrichtete dieses glücklich veranlagte Kind in irgendeiner übernatürlichen Weise. Die Kunden wurden bedient, während er die weißen Mäuse fütterte. Geld wurde gewechselt und gezählt, während er seine kleinen, selbstfahrenden Wagen mit Rädern versah. Und indes er den Kunden von seiner allerletzten Verliebtheit erzählte, ließ er das Litermaß nicht aus den Augen, aus dem der braune Sirup sich sachte herabringelte. Und es machte den bewundernden Zuhörern Spaß, zu sehen, wie er plötzlich über den Ladentisch sprang und auf die Straße stürzte, wo er mit einem vorbeigehenden Gassenjungen einen Strauß ausfocht, um dann mit ruhiger Stirn in den Laden zurückzukehren und den Knoten an einem Paket zu knüpfen oder ein Stück Stoff fertig zu messen.

War es nicht natürlich, dass er der Günstling der ganzen Stadt wurde? Wir fühlten uns alle verpflichtet, bei Halfvorson einzukaufen, seit Peter Nord hingekommen war. Und selbst der alte Ratsherr war stolz, wenn Peter Nord ihn in eine dunkle Ecke zog und ihm den Käfig mit den weißen Mäusen zeigte. Es war sehr spannend und aufregend, die Mäuse zu zeigen, denn Halfvorson hatte ihm verboten, sie im Laden zu halten.

Da aber kamen mitten in dem heller werdenden Februar ein paar trübe Tage mit nebligem Tauwetter. Peter Nord wurde auf einmal ernst und still. Er ließ die weißen Mäuse ihren Drahtkäfig benagen, ohne sie zu füttern. Er versah seine Obliegenheiten tadellos. Er balgte sich nicht mit den Gassenjungen. Konnte Peter Nord es vielleicht nicht vertragen, dass das Wetter umgeschlagen hatte?

Ach nein, die Sache war die, dass er einen Fünfzigkronenschein oben auf einem der Wandbretter gefunden hatte. Er hatte geglaubt, dass er mit einem Stoffballen hinaufgeschleudert worden war, und ganz unbemerkt hatte er ihn unter einen Pack gestreiften Kattun geschoben, der damals unmodern war und nie von den Wandbrettern heruntergenommen wurde.

Der Knabe hegte in seinem Herzen einen unbändigen Groll gegen Halfvorson, der ihm eine ganze Mäusefamilie totgeschlagen hatte, und nun wollte er sich rächen. Noch sah er die weiße Mutter mitten unter ihren hilflosen Jungen vor sich. Sie hatte keinen einzigen Versuch gemacht zu fliehen, sondern war in unerschütterlichem Heldenmut auf ihrem Platz liegen geblieben und hatte den herzlosen Mörder aus roten brennenden Augen angestarrt. Verdiente dieser nicht auch eine angstvolle Stunde? Peter Nord wollte sehen, wie er totenbleich aus dem Kontor stürzte und nach dem Fünfzigkronenschein suchte. Er wollte dieselbe Angst in seinen wasserklaren Augen sehen, die er in den granatroten der weißen Maus erblickt hatte. Der Krämer sollte nur suchen, er sollte den ganzen Laden umkehren, bevor Peter Nord ihn die Banknote finden ließ.

Aber der Fünfzigkronenschein blieb den ganzen Tag in seinem Versteck liegen, ohne dass jemand danach fragte. Er war ganz neu, bunt und leuchtend und hatte die Zahl Fünfzig groß in allen Ecken. Wenn Peter Nord allein im Laden war, lehnte er eine Leiter an die Regale und kletterte zu dem Kattunballen hinauf. Dann zog er den Fünfzigkronenschein hervor, entfaltete ihn und bewunderte seine Schönheit. Mitten im eifrigsten Handeln konnte er Angst bekommen, dass dem Fünfzigkronenschein etwas zugestoßen sei. Dann tat er, als suchte er etwas auf dem Wandbrett und tastete unter dem Kattunballen herum, bis er den glatten Schein unter seinen Fingern rascheln fühlte.

Dieser Schein hatte mit einem Male eine übernatürliche Gewalt über ihn erlangt. Obwohl etwas Lebendiges darin war? Die von breiten Ringen umgebenen Zahlen waren wie saugende Augen. Der Knabe küsste sie alle und flüsterte. »Solche wie du möchte ich viele haben, furchtbar viele.«

Er begann sich allerlei Gedanken über den Schein zu machen, und darüber, dass Halfvorson nicht danach fragte. Vielleicht gehörte er gar nicht Halfvorson? Vielleicht lag er schon lange im Laden? Vielleicht hatte er überhaupt keinen Besitzer mehr?

Gedanken sind ansteckend. Beim Abendbrot hatte Halfvorson angefangen, von Geld und Geldmenschen zu sprechen. Er erzählte Peter Nord von allen den armen Jungen, die Reichtümer gesammelt hatten. Er begann mit Whittington und schloss mit Astor und Jay Gould. Halfvorson kannte ihre ganze Geschichte, er wusste, wie sie gestrebt und entbehrt, was sie erfunden und gewagt hatten. Er wurde ganz redselig, als er auf alles dies kam. Er durchlebte die Leiden der jungen Geldmenschen, er begleitete sie bei ihren Erfolgen, er jubelte bei ihrem Sieg. Peter Nord hörte ganz gespannt zu.

Halfvorson war vollkommen taub, aber dies war kein Hindernis für ein Gespräch, denn er las einem alles, was man sagte, von den Lippen ab. Hingegen konnte er seine eigne Stimme nicht hören. Die rollte darum so wunderlich eintönig dahin, wie das Tosen eines fernen Wasserfalls. Aber diese wunderliche Art zu sprechen bewirkte es, dass alles, was er sagte, einem im Ohr nachhallte, so dass man es viele Tage nicht abschütteln konnte. Armer Peter Nord!

»Was unumgänglich notwendig ist, um reich zu werden,« sagte Halfvorson, »das ist der Heckepfennig. Aber den kann man nicht verdienen. Merke dir, den haben alle auf der Straße gefunden, oder zwischen dem Futter und dem Oberstoff eines Rockes, den sie auf einer Auktion gekauft haben, oder sie haben ihn im Spiel gewonnen, oder von einer schönen und barmherzigen Dame als Almosen bekommen. Aber nachdem sie im Besitze dieser gesegneten Münze waren, ist ihnen alles geglückt. Der Geldstrom sprudelte daraus hervor wie aus einer Quelle. Das erste, was nottut, Peter Nord, das ist der Heckepfennig.«

Halfvorsons Stimme klang immer dumpfer und dumpfer. Der junge Peter Nord saß wie betäubt da und sah eitel Gold vor sich. Auf dem Tuche des Esstisches stapelten sich Haufen von Dukaten auf, auf dem Fußboden wogte es weiß von Silber, und die wirren Muster der schmutzigen Tapeten verwandelten sich in Bankscheine, groß wie Tischtücher. Aber gerade vor seinen Augen flatterte die Zahl Fünfzig, von breiten Ringen umgeben, und lockte ihn wie die schönsten Augen. »Wer weiß,« lächelten die Augen, »vielleicht ist der Fünfzigkronenschein droben auf dem Wandbrett solch ein Heckepfennig?«

»Merke nun wohl,« sagte Halfvorson, »nächst dem Heckepfennig sind noch zwei Dinge für den notwendig, der es weit bringen will. Arbeit, eisenharte Arbeit, Peter Nord, heißt das eine Ding; und das andere heißt Verzicht. Verzicht auf Liebe und Spiel, auf Plaudern und Lachen, auf den Morgenschlummer und den Abendspaziergang. Wahrlich, wahrlich, zwei Dinge sind notwendig für den, der das Glück erobern will. Arbeit heißt das eine, und das andere Verzicht.«

Peter Nord sah aus, als wenn er weinen wollte. Freilich wollte er reich, freilich wollte er glücklich werden, aber das Glück sollte nicht so ängstlich kommen, nicht so sauer erworben sein. Ganz von selbst sollte sie sich einstellen, Frau Fortuna. Wenn Peter Nord sich gerade mit den Gassenjungen balgte, dann sollte die edle Dame ihre Sänfte an der Ladentür halten lassen und dem Wermlandjungen den Platz an ihrer Seite anbieten. Aber jetzt grollte Halfvorsons Stimme noch immer in seinen Ohren. Sein ganzes Hirn war davon erfüllt. Er glaubte nichts anderes, wusste nichts anderes. Arbeit und Verzicht, Arbeit und Verzicht, das war das Leben und des Lebens Ziel. Er begehrte nichts anderes, er wagte nicht zu glauben, dass er sich je etwas anderes gewünscht hatte.

Am nächsten Tag traute er sich gar nicht, den Fünfzigkronenschein zu küssen, er wagte es nicht einmal, ihn anzusehen. Er war still und gedrückt, ordentlich und fleißig. Alle seine Obliegenheiten versah er so tadellos, dass jeder merken konnte, dass etwas mit ihm los sein musste. Der alte Ratsherr hatte Mitleid mit dem Jungen und tat, was er konnte, um ihn zu trösten.

»Gehst du heute Abend auf den Fastnachtsball?« fragte der Alte. »So, so, nein? Ja, dann will ich dich einladen, Peter Nord. Und lass mich sehen, dass du hinkommst, sonst erzähle ich Halfvorson, wo du deinen Mäusekäfig hast.«

Peter Nord seufzte und versprach, auf den Ball zu gehen.

Fastnachtsball, man denke, dass Peter Nord auf den Fastnachtsball sollte. Peter Nord sollte alle schönen Damen der Stadt sehen, fein, weiß gekleidet, blumengeschmückt. Aber Peter Nord durfte natürlich mit keiner einzigen von ihnen tanzen. Nun, das war ihm auch einerlei. Er war nicht in der Laune zu tanzen.

Auf dem Balle lehnte er in einer Tür und machte nicht einen Schritt zum Tanze. Einige hatten ihn zu überreden versucht, aber er war standhaft gewesen und hatte nein gesagt. Er könne diese Tänze nicht. Auch würde keine von diesen feinen Damen mit ihm tanzen wollen. Er war allzu gering für sie.

Aber wie er so dastand, begann es in seinen Augen zu funkeln und zu leuchten, und er fühlte, wie die Freude durch alle Glieder zuckte. Es kam von der Tanzmusik, es kam vom Blumenduft, es kam von allen den schönen Gesichtern, die er vor sich hatte. Nach einem kleinen Weilchen schon war er so strahlend froh, dass, wenn Freude Feuer wäre, die Flammen lichterloh um ihn aufgelodert wären. Und wenn die Liebe es wäre, wie so viele behaupten, dann wäre es ihm auch nicht besser ergangen. Er war immer in irgendein schönes Mädchen verliebt, aber bis jetzt immer nur in eine zugleich. Doch als er jetzt alle diese schönen Damen auf einmal sah, da verheerte nicht mehr eine einzige Flamme das sechzehnjährige Herz, sondern es war ein ganzer Waldbrand.

Von Zeit zu Zeit sah er auf seine Stiefel herab, die nichts weniger als Ballschuhe waren. Aber wie hätte er mit den breiten Absätzen den Takt stampfen und sich auf den dicken Sohlen im Kreis drehen können! In seinem Innern war etwas, was an ihm riss und zerrte, ihn wie einen geschlagenen Ball in den Tanzsaal schleudern wollte. Er widerstand noch ein Weilchen, obgleich die Bewegung in ihm immer stärker wurde, je weiter die Nacht fortschritt. Er wurde ganz schwindelig und lebenswarm. Heißa, er war nicht mehr der arme Peter Nord! Er war der junge Wirbelwind, der das Meer aufpeitscht und den Wald umreißt.

Ganz plötzlich wurde eine Hambopolka gespielt. Da geriet der Bauernjunge ganz außer sich. Er fand, dass diese wie seine eigne Wermländer Polka klang.

In einem Nu stand Peter Nord mitten im Saal. Alle feinen Herrenmanieren waren von ihm abgeglitten. Er war nicht mehr auf dem Rathausball, sondern daheim in der Scheune, beim Mittsommernachtstanz. Er ging mit krummen Knien und zog den Kopf zwischen die Schultern. Ohne aufzufordern, schlang er einer Dame den Arm um den Leib und riss sie mit sich. Und dann begann er Polka zu tanzen. Das Mädchen folgte ihm halb widerwillig, beinahe geschleift. Sie war nicht im Takt, sie wusste gar nicht, was dies für ein Tanz war. Aber plötzlich ging alles wie von selbst. Das Geheimnis des Tanzes offenbarte sich ihr. Die Polka trug sie, hob sie empor, sie hatte Flügel an den Füßen, sie wurde so leicht wie Luft. Es war ihr, als flöge sie dahin. Denn die Wermlandpolka ist der wunderbarste Tanz. Sie verwandelt die schwerfüßigen Söhne der Erde. Lautlos schweben sie auf zolldicken Sohlen über ungehobelte Scheunendielen. Sie wirbeln umher, so leicht wie das Laub im Herbststurm. Diese Polka ist weich, hurtig, still, gleitend. Ihre edlen, maßvollen Bewegungen befreien die Körper, so dass sie sich leicht, elastisch schwebend fühlen.

Während Peter Nord seinen heimatlichen Tanz tanzte, wurde es still im Ballsaal. Anfangs lachte man, aber allmählich dämmerte es allen auf, dass dies Tanz war, dieses Dahinschweben in gleichmäßigen raschen Wirbeln, ja wahrlich, wenn irgendetwas Tanz war, so war es dies.

Plötzlich bemerkte Peter Nord mitten in seinem Taumel, dass rings um ihn eine wunderliche Stille herrschte. Er blieb plötzlich stehen und fuhr sich mit der Hand über die Stirn. Keine schwarze Scheunendiele, keine laubgeschmückten Wände, keine hellblaue Sommernacht, keine muntere Bauerndirne war in der Wirklichkeit zu erblicken, in die er jetzt schaute. Er schämte sich und wollte sich fortschleichen.

Aber schon war er umringt und bestürmt. Die jungen Damen drängten sich um den Ladenjungen und riefen: »Ach tanzen Sie mit uns, tanzen Sie mit uns!«

Sie wollten diese Polka lernen. Alle wollten sie sie lernen. Der

Ball kam ganz aus dem Gleise und war jetzt wie eine Tanzschule. Alle versicherten, dass sie bisher gar nicht gewusst hätten, was tanzen heiße. Und Peter Nord war ein großer Mann an diesem Abend.

Er musste mit allen den feinen Damen tanzen, und sie waren ihm über die Maßen freundlich gegenüber. Er war ja nur ein Junge und übrigens solch ein fröhlicher Tollkopf. Man konnte nicht anders als ihm verzeihen.

Da fühlte Peter Nord, dass dies das Glück war. Der Günstling der Damen zu sein, es wagen, mit ihnen zu sprechen, sich mitten in dem strahlenden Licht zu bewegen, gefeiert und verhätschelt zu werden, ja gewiss, das war das Glück.

Und als der Ball zu Ende war, war er zu glücklich, um selbst darüber betrübt zu sein. Er hatte das Bedürfnis, heimzukommen, um in Ruhe alles das zu überdenken, was ihm an diesem Abend widerfahren war.

Halfvorson war unverheiratet, aber er hatte eine Nichte im Hause, die im Kontor arbeitete. Sie war arm und von Halfvorson abhängig, aber sie benahm sich recht hochmütig gegen ihn und gegen Peter Nord. Sie hatte viele Freunde unter den angeseheneren Leuten der Stadt und wurde in Familien eingeladen, in die Halfvorson nie kommen konnte. Sie und Peter Nord gingen zusammen von dem Ball nach Hause.

»Wissen Sie, Nord,« fragte Edith Halfvorson, »dass Halfvorson wegen verbotenen Branntweinhandels angeklagt werden wird? Sie könnten mir wirklich sagen, Nord, wie es sich mit dieser Sache verhält.«

»Ach, das ist gar nicht der Mühe wert, solch ein Aufhebens davon zu machen,« sagte Peter Nord.

Edith seufzte. »Natürlich wird etwas daran sein. Und dann gibt es Prozess und Geldstrafen und Schande ohne Ende. Ich möchte so gerne wissen, wie die Sache steht.«

»Es ist wohl am besten, nichts zu wissen,« sagte Peter Nord.

»Sehen Sie, Nord, ich will in die Höhe kommen,« fuhr Edith fort, »und Halfvorson mit hinaufziehen, aber er plumpst mir immer wieder hinunter. Ganz unversehens tut er etwas, was auch mich unmöglich macht. Ich sehe ihm jetzt an, dass er etwas im Schilde führt. Wissen Sie nicht, Peter, was es ist? Es wäre gut, es zu wissen.«

»Nein,« sagte Peter Nord, nicht ein Wort mehr konnte er sagen. War es menschlich, mit ihm, der von seinem ersten Ball kam, von derlei zu sprechen?

Hinter dem Laden befand sich ein kleiner Verschlag für den Ladenjungen. Da saß Peter Nord von heute und ging mit Peter Nord von gestern ins Gericht. Wie blass und feige der Kerl aussah. Jetzt sollte er hören, was er war. Ein Dieb und ein Geizhals. Kannte er das siebente Gebot? Von Rechts wegen sollte er eine Tracht Prügel haben. Ja, das sollte er.

Gott sei gedankt und gelobt, dass er ihn auf den Ball geführt und seinen Sinn geändert hatte. Pfui, wie hässlich es in ihm ausgesehen hatte, aber jetzt war alles anders. Als ob der Reichtum es wert wäre, dass man ihm Gewissen und Seelenruhe opferte?! Als ob er so viel wert wäre, wie eine weiße Maus, wenn man dabei nicht vergnügt sein durfte! Er klatschte in die Hände und rief jubelnd: »Frei, frei, frei!« Nicht die leiseste Sehnsucht, den Fünfzigkronenschein zu besitzen, war mehr in seiner Seele. Wie gut war es doch, glücklich zu sein.

Als er sich niedergelegt hatte, nahm er sich vor, Halfvorson zeitig am nächsten Morgen die fünfzig Kronen zu zeigen. Dann aber bekam er Angst, dass der Krämer am nächsten Tag vor ihm in den Laden kommen, den Schein suchen und ihn finden könnte. Dann würde er wohl glauben, dass Peter Nord ihn versteckt hatte, um ihn zu behalten. Dieser Gedanke ließ ihm keine Ruhe. Er versuchte sich ihn aus dem Sinn zu schlagen, aber es gelang ihm nicht. Er konnte nicht einschlafen. Da stand er auf, schlich sich leise in den Laden und tastete nach dem Fünfzigkronenschein. Dann schlummerte er süß ein mit der Banknote unter dem Kopfkissen.

Eine Stunde später wurde er geweckt. Ein greller Lichtschein fiel ihm blendend in die Augen, eine Hand griff suchend unter sein Kopfkissen und eine grollende Stimme zankte und fluchte.

Ehe noch der Knabe recht wach war, hatte Halfvorson schon die Banknote in der Hand und zeigte sie zwei Frauen, die in der Tür zum Verschlag standen. »Seht ihr, dass ich recht hatte,« sagte Halfvorson, »seht ihr, dass es der Mühe wert war, euch zu wecken und als Zeuginnen mitzunehmen. Seht ihr, dass er ein Dieb ist!«

»Nein, nein, nein,« schrie der arme Peter Nord. »Ich wollte nicht fehlen. Ich habe den Schein ja nur aufgehoben.«

Halfvorson hörte ja nichts. Die beiden Frauen standen mit dem Rücken zum Verschlag, wie fest entschlossen, weder zu hören noch zu sehen.

Peter Nord hatte sich im Bett aufgesetzt. Er sah mit einem Mal jämmerlich schwach und klein aus. Seine Tränen strömten. Er jammerte laut.

»Onkel,« sagte Edith, »er heult.«

»Lass ihn heulen!« sagte Halfvorson, »lass ihn nur heulen!« Und er trat näher und sah den Knaben an. »Kann mir schon denken, dass du heulst, mein Lieber,« sagte er. »Aber das verfängt bei mir nicht.«

»Oh, oh!« rief Peter Nord, »ich bin kein Dieb. Ich habe den Schein nur zum Spaß versteckt, um Sie zu ärgern. Ich wollte Sie wegen der Mäuse strafen. Ich bin kein Dieb. Kann niemand mich hören? Ich bin kein Dieb.«

»Onkel,« sagte Edith, »hast du ihn jetzt genug gequält, können wir vielleicht gehen und uns niederlegen?«

»Ich kann mir schon denken, dass sich das grässlich anhört,« sagte Halfvorson, »aber da lässt sich nichts machen.« Er war ganz munter, förmlich ausgelassen. »Ich habe lange ein Auge auf dich gehabt, mein Lieber,« sagte er zu dem Knaben. »Immer hattest du irgendetwas wegzustecken, wenn ich in den Laden kam. Aber jetzt bist du ertappt. Jetzt habe ich Zeugen gegen dich, und jetzt hole ich die Polizei.«

Der Junge stieß einen gellenden Schrei aus. »Kann mir denn niemand helfen, kann mir denn niemand helfen?« rief er. Aber nun war Halfvorson schon verschwunden, und die Frau, die dem Haushalt vorstand, kam auf ihn zu.

»Geschwind, aufgestanden und in die Kleider, Peter Nord! Halfvorson holt die Polizei und indessen kannst du dich davonmachen. Das Fräulein geht wohl in die Küche und packt dir ein bisschen Proviant ein. Ich will unterdessen deine Sachen zusammensuchen.«

Das furchtbare Weinen hörte sogleich auf. Nach einem kleinen Weilchen war der Junge fertig. Er küsste den beiden Frauen die

Hand, demütig wie ein geschlagener Hund. Und dann eilte er fort.

Sie blieben in der Tür stehen und sahen ihm nach. Als er verschwunden war, seufzten sie erleichtert auf.

»Was wird Halfvorson jetzt sagen?« sagte Edith.

»Er wird ganz froh sein,« antwortete die Haushälterin. »Er hat das Geld dem Knaben absichtlich hingelegt, glaube ich. Er wollte ihn nur los sein.«

»Warum denn? Der Junge war doch der beste, den wir seit Jahr und Tag im Laden gehabt haben.«

»Er wollte ihn wohl bei der Branntweingeschichte nicht zum Zeugen haben.«

Edith stand stumm da und atmete heftig. »Wie gemein, wie gemein,« murmelte sie. Sie ballte die Fäuste gegen das Kontor und gegen das kleine Guckloch in der Tür, durch das Halfvorson in den Laden sehen konnte. Sie hatte selbst nicht übel Lust, von all dieser Niedrigkeit fort in die Welt zu fliehen.

Ganz rückwärts im Laden hörte sie ein Geräusch. Sie lauschte, trat näher, ging dem Ton nach und fand endlich hinter einer Heringstonne den Käfig mit Peter Nords weißen Mäusen.

Sie hob ihn auf, stellte ihn auf den Ladentisch und öffnete das Türchen. Maus um Maus eilte heraus und verschwand hinter Kisten und Tonnen.

»Möget ihr gedeihen und euch vermehren,« sagte Edith, »lasst mich sehen, dass ihr Schaden anrichtet und euern Herrn rächt.«

II

Freundlich und zufrieden lag das kleine Städtchen unter seinem roten Berg da. Es war so in Grün eingebettet, dass der Kirchturm noch gerade daraus hervorragte. Garten an Garten kletterte auf schmalen Terrassen die Anhöhen hinan, und wenn sie nach dieser Richtung nicht weiter konnten, stürzten sie sich mit Sträuchern und Bäumen quer über die Straße und breiteten sich zwischen den zerstreuten Häusern und dem schmalen Erdstreif darunter aus, bis der breite Fluss ihnen Halt gebot.

In der Stadt war es ganz still und stumm. Kein Mensch war zu sehen, nur Bäume und Sträucher und hier und da ein Haus. Das einzige Geräusch, das man hörte, war das Rollen der Kugel über die Kegelbahn, was klang wie ferner Donner an einem Sommertag. Es gehörte mit zu der Stille.

Doch jetzt knirschte das holprige Steinpflaster des Marktes unter genagelten Absätzen. Der Laut grober Stimmen schlug an die Wand des Rathauses und der Kirche, hallte vom Berg wider und eilte ungehindert die lange Straße hinab. Vier Wanderer störten die Vormittagsruhe.

Ach, die süße Stille, der jahrelange Feierfriede! Wie erschraken sie! Man konnte förmlich sehen, wie sie die Bergpfade hinaufflüchteten.

Einer der Lärmenden, die in das Städtchen einbrachen, war Peter Nord, der Junge aus Wermland, der vor sechs Jahren des Diebstahls bezichtigt aus der Stadt geflohen war. Die mit ihm gingen, waren drei Tagediebe aus der großen Handelsstadt, die nur ein paar Meilen entfernt lag.

Wie war es dem kleinen Peter Nord ergangen? Gut war es ihm ergangen. Er hatte den allervernünftigsten Freund und Begleiter gefunden.

Als er an jenem dunklen, regenschweren Februarmorgen aus dem Städtchen fortlief, da sangen und klangen die Polkamelodien ihm im Ohr. Und eine von ihnen war hartnäckiger als alle andern.

Es war die, die sie alle beim großen Rundtanz gesungen hatten:

Nun ist es wieder Weihnachtsfest,
Ja, ja, Weihnachtsfest.
Und dann ist Ostern nicht mehr weit,
Doch leider, leider ists nicht so,
Nein, nein, ists nicht so,
Nach Weihnacht kommt die Fastenzeit.

Das hörte der kleine Flüchtling so deutlich. Und damit drang die Weisheit, die in dem alten Reigen verborgen liegt, in den kleinen genusssüchtigen Wermländerjungen ein, drang in jede Faser, vermischte sich mit jedem Blutstropfen, nistete sich in Hirn und

Mark ein. So ist es, so ist es gemeint.... Zwischen Weihnachten und Ostern, zwischen den Festen der Geburt und des Todes kommt die Fastenzeit des Lebens. Vom Leben soll man nichts verlangen. Es ist eine arme kalte Fastenzeit. Man darf ihm nie glauben, wie es sich auch verstellen mag. Im nächsten Augenblick ist es wieder grau und hässlich. Kann nichts dafür, das arme Ding, versteht es nicht besser.

Und Peter Nord war beinahe stolz, dass er dem Leben sein tiefstes Geheimnis abgelauscht hatte.

Und er glaubte, die gelbe, bleiche Frau Fastenzeit in Bettlergestalt, die Aschenrute in der Hand, über die Erde schleichen zu sehen. Und er hörte, wie sie ihn anknurrte: »Du wolltest das Fest der Freude und der fröhlichen Laune mitten in jener Fastenzeit feiern, die man Leben nennt. Darum soll Schimpf und Schande dein Los sein, bis du dich besserst.«

Aber er hatte sich gebessert, und Frau Fastenzeit hatte ihn beschützt. Er hatte nicht weiter als bis in die große Handelsstadt fliehen müssen, denn er wurde gar nicht verfolgt. Und dort im Arbeiterviertel hatte Frau Fastenzeit ihre sichre Wohnstatt. Peter Nord wurde Arbeiter in einer Fabrik. Er wurde stark und energisch. Er wurde ernst und sparsam. Er hatte schmucke Sonntagskleider, er erwarb sich einige Kenntnisse, er lieh sich Bücher aus und ging zu Vorträgen. Eigentlich war von dem kleinen Peter Nord nichts mehr übrig als das flachsblonde Haar und die braunen Augen.

Diese Nacht hatte etwas in ihm geknickt, und die schwere Arbeit in der Fabrik machte den Riss immer größer, so dass der närrische Wermländer dadurch ganz herausschlüpfen konnte. Er schwätzte kein dummes Zeug mehr, denn in der Fabrik war das Sprechen verboten, und dadurch gewöhnte er sich das Schweigen an. Er machte keine Erfindungen mehr, denn seit er im Ernst Federn und Räder zu bedienen hatte, machten sie ihm keinen Spaß mehr. Er verliebte sich nicht, denn die Frauen des Arbeiterviertels konnten ihn nicht mehr fesseln, seit er die Schönheiten des Städtchens kennen gelernt hatte. Er hatte keine Mäuse, keine Eichhörnchen mehr und nichts, womit er spielen konnte. Er hatte keine Zeit, er sah ein, dass derlei nur unnütz war, und er dachte mit Entsetzen an die Zeit, wo er sich noch mit Gassenjungen gebalgt hatte.

Peter Nord glaubte nicht, dass das Leben anders sein könnte als grau, grau, grau. Peter Nord langweilte sich immer, aber er war selbst so sehr daran gewöhnt, dass er es gar nicht merkte. Peter Nord war stolz auf sich selbst, weil er so tugendhaft geworden war. Er datierte seine Einkehr von der Nacht, da der Frohsinn ihn verließ und Frau Fastenzeit seine Begleiterin und Freundin war.

Doch wie konnte der tugendhafte Peter Nord mitten an einem Arbeitstag in das Städtchen kommen, begleitet von drei Strolchen, die schmutzig und versoffen aussahen?

Er war doch immer ein guter Junge gewesen, der arme Peter Nord. Und diesen drei Strolchen hatte er immer zu helfen versucht, so gut er es konnte, obwohl er sie verachtete. Er hatte ihnen Holz in ihre elende Baracke gebracht, wenn der Winter sehr hart war, und er hatte ihre Kleider gestopft und geflickt. Diese Kerle hielten wie Brüder zusammen, hauptsächlich weil sie alle drei Peter hießen. Dieser Name vereinte sie fester, als wenn sie wirklich Geschwister gewesen wären. Und nun litten sie es um dieses Namens willen, dass der Knabe ihnen Freundschaftsdienste erwies, und wenn sie am Abend ihren Grog in Ordnung hatten und bequeme Stellungen auf den Holzstühlen einnahmen, warteten sie ihm, der dasaß und die grinsenden Löcher ihrer Strümpfe stopfte, mit Galgenhumor und abenteuerlichen Lügen auf. Das schien Peter Nord Vergnügen zu machen, obgleich er es nicht zugestehen wollte. Diese Kerle waren jetzt für ihn beinahe dasselbe, was einstmals in der Welt die Mäuse gewesen waren.

Nun geschah es, dass diesen Strolchen allerlei Klatsch aus der kleinen Stadt zu Ohren kam. Und nun nach sechs Jahren brachten sie Peter Nord die Nachricht, dass Halfvorson ihm die fünfzig Kronen absichtlich hingelegt hatte, um ihn als Zeugen unmöglich zu machen. Und ihre Meinung war, dass Peter in das Städtchen ziehen und Halfvorson eine Tracht Prügel geben sollte.

Aber Peter Nord war klug und besonnen und mit der Weisheit dieser Welt ausgerüstet. Er wollte sich durchaus nicht auf so etwas einlassen.

Die drei Peter verbreiteten die Geschichte im ganzen Arbeiterviertel. Alle Leute sagten zu Peter Nord: »Geh hin und prügle Halfvorson durch, dann wirst du ins Loch gesteckt, und es gibt einen

Prozess und die Sache kommt in die Zeitungen, und der Kerl ist vor dem ganzen Lande blamiert.«

Aber Peter Nord wollte nicht. Es konnte ja recht vergnüglich sein, aber Rache ist ein teurer Spaß, und Peter Nord wusste, wie arm das Leben ist. Das Leben gestattet solche Belustigungen nicht.

Da waren die drei Strolche eines Morgens in aller Frühe zu ihm gekommen und hatten gesagt, jetzt wollten sie an seiner Statt gehen und Halfvorson durchbläuen, denn »Recht müsse Recht bleiben«, sagten sie.

Und Peter Nord hatte versprochen, sie alle drei totzuschlagen, wenn sie auch nur einen Schritt nach dem Städtchen gingen.

Da hielt der eine von ihnen, der klein und untersetzt war und der lange Peter hieß, Peter Nord eine Rede.

»Diese Erde,« sagte er, »ist ein Apfel, der an einem Faden über einem Feuer hängt, um gebraten zu werden. Mit dem Feuer meine ich die Hölle, Peter Nord. Und der Apfel muss nahe am Feuer hängen, um süß und weich zu werden, aber wenn der Faden reißt und der Apfel in das Feuer fällt, so ist er verdorben. Darum ist der Faden eine sehr wichtige Sache, Peter Nord. Weißt du, was mit dem Faden gemeint ist?«

»Ich denke, es muss ein Drahtseil sein,« sagte Peter Nord.

»Mit dem Faden meine ich die Gerechtigkeit,« sagte der lange Peter mit düsterem Ernst. »Wenn auf der Erde nicht Gerechtigkeit geschieht, so purzelt alles in das Feuer. Darum darf sich der Rächer der Pflicht zu strafen nicht entziehen, oder, wenn er nicht will, müssen andre gehen.«

»Es ist das letzte Mal, dass ich euch einen Grog spendiert habe,« sagte Peter Nord, gänzlich unberührt von der Rede.

»Ja, da hilft nichts,« sagte der lange Peter, »Gerechtigkeit muss sein.«

»Wir tun es nicht, um Dank von dir zu ernten, sondern damit der ehrliche Name Peter nicht in Verruf kommt,« sagte der eine, der Rollpeter hieß und lang und mürrisch war.

»So, so, ist der Name so hochgeachtet?« sagte Peter Nord wegwerfend.

»Ja, und es ist eine kitzlige Sache, dass sie nun überall in den Gasthäusern sagen, du hättest die fünfzig Kronen doch wohl steh-

len wollen, da du nun nicht haben willst, dass der Kaufmann bestraft wird.«

Dieses Wort traf tief. Peter Nord sprang auf und sagte, nun wolle er gehen und den Kaufmann durchpeitschen.

»Ja, und wir kommen mit und helfen dir,« sagten die Strolche.

Und so zogen sie vier Mann hoch in das Städtchen. Anfangs war Peter Nord mürrisch und grämlich und zorniger über seine Freunde, als über seinen Feind. Doch als er zu der Flussbrücke kam und die Stadt sah, war er ganz verwandelt. Es war, als wäre er dort einem kleinen weinenden Flüchtling begegnet und in diesen hineingeschlüpft. Und je heimischer er in dem alten Peter Nord wurde, desto mehr war es ihm bewusst, welches blutige Unrecht der Kaufmann ihm angetan hatte. Nicht genug damit, dass er ihn hatte verlocken und ins Unglück stürzen wollen, nein, noch schlimmer, er hatte ihn aus dieser Stadt vertrieben, wo Peter Nord all sein Lebtag hätte Peter Nord bleiben können. Ach, wie fröhlich hatte er es doch damals gehabt. Wie lustig und vergnügt war er gewesen, wie hatte doch sein Herz offen gestanden und wie schön war die Welt gewesen! Herrgott, wenn er doch nur hier hätte weiterleben können! Und er dachte an sich selbst, so wie er jetzt war – schweigsam und langweilig, ernst und arbeitsam – , ganz wie an einen verlorenen Menschen.

Nun packte ihn ein wahnsinniger Groll gegen Halfvorson, und statt wie früher hinter den Kameraden einherzugehen, schoss er an ihnen vorbei.

Aber die Strolche, die nicht nur gekommen waren, um Halfvorson zu strafen, sondern um überhaupt ihrer Wut Luft zu machen, wussten kaum, was sie beginnen sollten. Hier war für einen gereizten Mann nichts zu tun. Es gab keinen Hund, den man hetzen, keinen Straßenkehrer, mit dem man Krakeel anfangen, keinen feinen Herrn, dem man ein Schimpfwort nachschleudern konnte.

Das Jahr war noch nicht weit vorgeschritten, gerade so weit, dass der Frühling eben in den Sommer überging. Es war die weiße Zeit der Kirschblüten, wo Fliedertrauben hohe, rundbeschnittene Büsche schmücken und die Apfelblüten duften. Diese Männer, die unmittelbar von der Straße und vom Hafen in das Reich der Blumen gekommen waren, fühlten sich wunderlich davon berührt.

Drei Paar Fäuste, die bisher entschlossen geballt waren, lösten sich, und drei Paar Absätze donnerten weniger hart gegen das Pflaster.

Vom Markte aus sahen sie einen Fußpfad, der sich die Hügel hinaufschlängelte. Ihm entlang wuchsen junge Kirschbäume, die mit ihren weißen Kronen Bogen und Wölbungen bildeten. Die Wölbungen waren schwebend leicht, und die Zweige unsagbar schwach, alles zart, fein und kindlich.

Dieser Kirschenweg zog die Blicke der Männer auf sich. Was war dies doch für ein unpraktisches Nest, wo man Kirschbäume dahin pflanzte, wo jedweder die Kirschen nehmen konnte. Die drei Peter hatten die Stadt bisher als einen Herd der Ungerechtigkeit betrachtet, voll Grausamkeit und Tyrannei. Jetzt begannen sie auszulachen und ein wenig zu verachten.

Aber der vierte im Bunde lachte nicht. Seine Rachsucht loderte immer wilder auf, denn er fühlte es, dies war die Stadt, wo er hätte wohnen und wirken sollen. Dies war sein verlorenes Paradies. Und ohne nach den andern zu fragen, ging er rasch die Straße hinauf.

Sie folgten nach, und als sie merkten, dass es hier nur eine Straße gab, und als sie dieser entlang nur Blumen und wieder Blumen sahen, steigerte sich ihre Verachtung und ihre Heiterkeit. Es geschah vielleicht zum ersten Mal in ihrem Leben, dass sie Blumen Aufmerksamkeit schenkten, aber hier konnten sie nicht anders, denn die Fliedertrauben fegten ihnen die Mützen vom Kopf, und die Blätter der Kirschblüten regneten auf sie herab.

»Was glaubt ihr, was mögen wohl in dieser Stadt für Leute wohnen?« fragte der lange Peter nachdenklich.

»Bienen,« antwortete sogleich der Holzschuhpeter, der seinen Namen daher hatte, dass er einmal mit einem Holzschuhmacher im selben Haus gewohnt hatte.

Natürlich bekamen sie allmählich einige Menschen zu Gesicht. An den Fenstern, hinter blanken Scheiben und weißen Gardinen, zeigten sich ein paar schöne junge Gesichter, und sie sahen Kinder auf den Terrassen spielen. Aber kein Lärm störte die Stille. Es kam ihnen vor, als könnte selbst die Posaune des Jüngsten Gerichts diese Stadt nicht wecken. Was sollten sie hier anfangen!

Sie gingen in einen Laden und kauften Bier. Da stellten sie mit rauer Stimme mehrere Fragen an den Kaufmann. Sie fragten, ob

die Feuerwehr ihre Spritze in Ordnung habe und wie es wohl mit dem Schwengel der Kirchenglocke stände für den Fall, dass es zum Sturmläuten kommen sollte.

Dann tranken sie das Bier auf der Straße aus und warfen die Flaschen fort. Eins, zwei, drei, alle Flaschen an denselben Eckstein, ein Krachen und Klirren, und alle Scherben flogen ihnen um die Ohren. Es tat ihnen förmlich wohl, wieder ein bisschen Lärm zu machen.

Da hörten sie hinter sich Schritte, wirkliche Schritte, Stimmen, harte, deutliche Stimmen, Lachen, lautes Lachen und dazu ein Klirren wie von Metall. Sie stutzten und zogen sich in einen Torweg zurück. Das klang wie eine ganze Kompanie.

Das war es auch. Aber eine Kompanie von jungen Mädchen. Die Dienstmägde der Stadt zogen in gesammeltem Trupp auf die Stadtweiden, um die Kühe zu melken. Das machte auf diese Großstädter, diese Weltbürger, den stärksten Eindruck. Dienstmädchen mit Milcheimern. Das war beinahe rührend!

Urplötzlich traten sie aus dem Tor hervor und riefen: »Buh!«

Die ganze Mädchenschar zerstob augenblicklich. Die Mägde kreischten und liefen davon. Die Röcke flatterten, die Kopftücher lösten sich, die Milchkübel rasselten auf die Straße.

Und zugleich vernahm man die ganze Straße entlang dumpfe Laute von Toren und Türen, die zugeworfen wurden, von Klinken und Riegeln und Schlössern.

Ein Stück weiter unten auf der Straße stand eine große Linde. Und darunter saß eine alte Frau an einem Tisch mit Karamell und Backwerk. Sie rührte sich nicht, sie sah sich nicht um, sie saß ganz mäuschenstill. Schlafen tat sie auch nicht.

»Die ist aus Holz,« sagte der Holzschuhpeter.

»Nein, aus Ton,« meinte der Rollpeter.

Sie gingen alle drei in einer Reihe. Gerade vor der Alten kamen sie ins Schwanken. Sie gingen gegen sie los. Der Tisch bekam einen Puff. Und die Alte fing zu zanken an.

»Weder Holz noch Ton,« sagten sie, »lauter Gift und Galle.«

Die ganze Zeit hatte Peter Nord sich gar nicht um sie gekümmert, aber jetzt waren sie endlich bei Halfvorsons Haus angelangt und da erwartete er sie.

»Es lässt sich wohl nicht in Abrede stellen, dass das meine Angelegenheit ist,« sagte er stolz, und wies auf den Laden. »Ich will allein hineingehen und die Sache abmachen. Bringe ich es nicht zuwege, so könnt ihr euer Glück versuchen.«

Sie nickten. »Geh du nur, Peter Nord! Wir warten hier draußen.«

Peter Nord trat in den Laden, fand dort einen jungen Mann allein und fragte nach Halfvorson. Er bekam sogleich den Bescheid, dass dieser verreist war. Da fing er ein Gespräch mit dem Ladendiener an und erfuhr so mancherlei über seinen Herrn.

Halfvorson war wegen des Branntweinhandels gar nicht angeklagt worden. Wie er sich gegen Peter Nord benommen hatte, das wusste die ganze Stadt. Aber niemand sprach jetzt mehr von der Geschichte. Halfvorson hatte es weit gebracht, und jetzt war er nicht mehr so bösartig. Er war nicht mehr unbarmherzig gegen seine Schuldner und hatte aufgehört, dem Ladenjungen aufzulauern. In den allerletzten Jahren hatte er sich auf die Gärtnerei geworfen. Er hatte rings um das Haus in der Stadt einen Blumengarten angelegt und einen Küchengarten draußen vor dem Stadttor. Jetzt arbeitete er so eifrig in seinen Gärten, dass er kaum mehr daran dachte, Geld zu sammeln.

Peter Nord gab es einen Stich ins Herz. Natürlich war der Mann gut. Er hatte im Paradies bleiben dürfen. Natürlich wurde man gut, wenn man hier wohnte.

Edith Halfvorson lebte noch beim Onkel, aber sie war jetzt krank. Seit sie im Winter die Lungenentzündung gehabt hatte, war ihre Brust schwach.

Während Peter Nord sich dies und noch mehr erzählen ließ, standen die drei Männer draußen und warteten.

In Halfvorsons schattenlosem Garten hatte man eine Birkenlaube errichtet, damit Edith sich dort an den schönen, warmen Frühlingstagen aufhalten konnte. Sie kam nur langsam wieder zu Kräften, aber für ihr Leben bestand keine Gefahr mehr.

Bei einigen ist es so, dass man glauben muss, sie wollen nicht leben. Bei der ersten Krankheit, die sie befällt, legen sie sich hin, um zu sterben. Halfvorsons Nichte war schon längst aller Dinge müde, des Kontors, des kleinen trüben Ladens, des Gelderwerbes. Als sie

siebzehn Jahre alt war, reizte es sie, sich einen vornehmen Verkehr und einen guten Freundeskreis zu erkämpfen. Dann setzte sie sich das Ziel, Halfvorson auf den Weg der Tugend zu bringen, aber jetzt war alles erreicht. Sie sah keine Möglichkeit, aus dem Einerlei des Kleinstadtlebens herauszukommen. Sie wollte gerne sterben.

Sie war eine der elastischen, eine der Stahlfedernaturen. Nichts als Nerven und Lebendigkeit, wenn etwas sie drückte und quälte. Wie hatte sie sich doch mit List und Verstellung, mit weiblicher Güte und weiblichem Trotz gemüht, bis sie ihren Oheim dahin gebracht hatte, einzusehen, dass weitere Peter Nord-Geschichten nicht mehr vorkommen dürften! Aber jetzt war er zahm und gebändigt, und sie hatte nichts mehr, was sie fesselte. Ja, und nun sollte sie doch nicht sterben! Sie lag da und dachte nach, was sie anfangen sollte, wenn sie gesund wurde.

Plötzlich fuhr sie zusammen. Jemand hatte sehr laut gesagt, er wolle allein zu Halfvorson gehen und seine Angelegenheit mit ihm abmachen. Und dann antwortete ein andrer: »Geh du nur, Peter Nord!«

Aber Peter Nord war ja der furchtbarste, der unglückseligste Name auf der Welt. Er bedeutete ja ein Wiedererwachen aller der alten Abscheulichkeiten. Edith richtete sich bebend auf, und gerade da kamen drei unheimliche Gestalten um die Ecke und stellten sich vor sie hin und starrten sie an. Nur ein niedriger Lattenzaun und eine dünne Hecke lag zwischen ihr und der Straße.

Edith war allein. Die Mägde waren zum Melken gegangen, und Halfvorson arbeitete in seinem Garten vor der Stadt, obgleich er dem Ladenjungen aufgetragen hatte, zu sagen, dass er verreist sei, denn er schämte sich seiner Gärtnermarotte. Edith fürchtete sich schrecklich vor den drei Männern sowie vor dem, der in den Laden gegangen war. Sie war überzeugt, dass sie ihr etwas zuleide tun wollten, und darum begann sie über die schlüpfrigen, steilen Pfade und die kleinen, morschen Holzstufen, die von Terrasse zu Terrasse führten, den Berg hinaufzulaufen.

Den fremden Männern war es ein Hauptspaß, dass sie vor ihnen davonlief. Sie konnten es sich nicht versagen, sich so zu stellen, als ob sie sie einholen wollten. Einer von ihnen kletterte auf den Lattenzaun, und alle drei brüllten mit furchtbarer Stimme.

Edith lief, so wie man im Traum läuft, keuchend, strauchelnd, in Todesangst, mit der entsetzlichen Empfindung, nicht von der Stelle zu kommen. Alle erdenklichen Gefühle stürmten auf sie ein und erschütterten sie so sehr, dass sie glaubte sterben zu müssen. Ja, wenn einer dieser Kerle sie nur mit der Hand berührte, wusste sie, dass sie sterben musste. Als sie die oberste Terrasse erreicht hatte und es wagte, sich umzusehen, merkte sie, dass die Männer unten auf der Straße standen und gar nicht mehr nach ihr sahen. Da ließ sie sich ganz ohnmächtig zu Boden sinken. Aber die Anstrengung war zu groß gewesen, sie hatte sie nicht ertragen können. Sie fühlte, wie etwas in ihr riss. Gleich darauf strömte Blut über ihre Lippen.

Die Mägde fanden sie, als sie vom Melken heimkamen. Für diesmal wurde sie ins Leben zurückgerufen. Aber dennoch wagte niemand zu hoffen, dass sie lange am Leben bleiben würde.

Sie konnte an diesem Tage nicht so viel sprechen, um zu erzählen, in welcher Weise sie erschreckt worden war. Hätte sie es getan, wer weiß, ob die fremden Männer lebendig aus der Stadt gekommen wären. Es erging ihnen ohnehin schlimm genug. Denn nachdem Peter Nord wieder zu ihnen herausgekommen war und erzählt hatte, dass Halfvorson nicht daheim sei, gingen sie alle vier im besten Einvernehmen durch das Stadttor und suchten sich einen sonnigen Abhang, wo sie die Zeit, bis der Kaufmann zurückkehrte, verschlafen konnten.

Aber als am Nachmittag alle Männer der Stadt, die draußen auf dem Feld gearbeitet hatten, wieder heimkamen, erzählten ihnen die Frauen von dem Besuch der Landstreicher, von ihren drohenden Fragen im Laden, wo sie Bier gekauft hatten, und ihrem ganzen herausfordernden Auftreten. Die Frauen vergrößerten und übertrieben die Sache, denn sie hatten den ganzen Nachmittag daheim gesessen und sich gegenseitig Angst gemacht. Die Männer glaubten Haus und Heim bedroht. Sie beschlossen, die Friedensstörer zu greifen, wählten einen beherzten Mann zum Anführer, nahmen tüchtige Knüttel mit und zogen von dannen.

Nun kam Leben in die Stadt. Die Frauen traten vor die Haustüren und machten einander bang. Die Stimmung war zugleich unheimlich und erwartungsvoll. Es dauerte nicht lange, so kamen

die Jäger mit ihrer Beute zurück. Sie hatten alle vier. Sie hatten sie im Schlaf umzingelt und sie gefangen. Das Kunststück hatte gerade keinen besonderen Heldenmut erfordert.

Jetzt kehrten sie mit ihnen in die Stadt zurück, indem sie sie wie Vieh vor sich hertrieben. Der Taumel des Rachedurstes hatte sich der Sieger bemächtigt. Sie schlugen, um zu schlagen. Wenn einer von den Gefangenen die Faust gegen sie ballte, bekam er einen Schlag auf den Kopf, der ihn umwarf, und dann hagelten die Schläge auf ihn nieder, bis er sich erhob und weiterging. Die vier Männer waren dem Tode nahe.

Es ist so schön in den alten Liedern. Da muss zuweilen der gefangene Held in Fesseln im Triumphzug des siegreichen Feindes schreiten. Aber er ist auch im Unglück noch stolz und schön, und die Blicke suchen ihn ebenso wie den Glücklichen, der ihn besiegt hat. Die Kränze und die Tränen der Schönheit gehören dem noch im Unglück Beneidenswerten.

Aber wer wollte wohl für den armen Peter Nord schwärmen? Sein Rock war zerrissen und sein flachsblondes Haar klebrig von Blut. Er bekam die meisten Schläge, denn er leistete am meisten Widerstand. Ganz schrecklich sah er aus, wie er da einherging. Er brüllte, ohne es zu wissen. Jungen hängten sich an ihn fest, und er schleppte sie lange Strecken weit mit. Einmal blieb er stehen und schleuderte all das Kleinzeug auf die Straße. Gerade als er im Begriff war zu entfliehen, bekam er mit einem Knüttel einen Schlag auf den Kopf und fiel zu Boden. Er fuhr wieder in die Höhe, halb betäubt, und schwankte weiter, während Peitschenhiebe auf ihn herabhagelten und die Jungen sich ihm wie Blutegel an Arme und Beine hängten.

So begegneten sie dem alten Ratsherrn, der von seiner Whistpartie im Wirtshausgarten kam. »So, so,« sagte er zum Vortrab, »ihr wollt die in den Kotter (Gefängnis) bringen?«

Und er stellte sich an die Spitze des Zugs und ordnete ihn. Augenblicklich sah alles anständig aus. Gefangene und Gefangenenwächter marschierten in Frieden und Ordnung weiter. Doch die Wangen der Städter glühten, einige stießen mit den Knütteln auf das Pflaster, andre schulterten sie wie Gewehre. Und dann wurden die Gefangenen der Stadt der Polizei in Gewahrsam gegeben und in das Arrestlokal auf dem Marktplatz geführt.

Die Retter der Stadt blieben noch lange auf dem Markt stehen und sprachen von ihrem Mut und von der großen Heldentat. Und in der kleinen Gaststube, wo der Rauch so dicht wie eine Wolke steht und gewichtige Männer ihren Mitternachtstoddy brauen, da taucht die Heldentat vergrößert wieder auf. Da wachsen die in den Schaukelstühlen, da blähen sich die in den Sofaecken, da sind sie alle Helden. Welche Tatkraft schlummert doch in der kleinen Stadt der großen Erinnerungen! Du furchtbares Erbteil, du altes Wikingerblut!

Doch dem alten Ratsherrn wollte die Sache nicht recht gefallen. Er konnte sich nicht recht damit anfreunden, dass das Wikingerblut wieder in Wallung geraten war. Und dieser Gedanke ließ ihn nicht schlafen, er ging wieder auf die Straße und schlenderte gemächlich auf den Marktplatz zu.

Das kleine Städtchen lag in dem sanften Licht der Frühlingsnacht da. Der einzige Zeiger der Turmuhr wies auf elf. Über die Kegelbahn rollten keine Kugeln mehr. Die Rollgardinen waren herabgelassen. Es war, als wenn die Häuser mit gesenkten Lidern schliefen. Die lotrecht aufsteigenden Berge standen schwarz, wie in tiefer Trauer da. Aber mitten in all dem Schlummer wachte jemand –

der Blumenduft schlief nicht! Der schlich sich über die Lindenhecken, stürmte aus den Gärten, jagte die Straße hinauf und hinab, kletterte zu jedem Fenster empor, das angelehnt stand, zu jeder Dachluke, die frische Luft einließ.

Jeder, zu dem der Blumenduft drang, sah alsogleich seine ganze kleine Stadt vor sich, obgleich die Dunkelheit sich leise auf sie herabgesenkt hatte. Er sah sie als die Stadt der Blumen, wo nicht Haus an Haus lag, sondern Garten an Garten. Er sah die Kirschbäume, die weiße Bogen über den steilen Waldweg spannten, die Fliederbüsche, die Knospen, die zu prächtigen Rosen schwollen, die stolzen Päonien, und die Haufen von Blütenblättern auf dem Boden unter den Faulbäumen.

Der alte Ratsherr ging in tiefe Gedanken versunken. Er war so weise und so alt. Das siebzigste Jahr hatte er erreicht, und fünfzig Jahre hatte er die Geschicke der Stadt gelenkt. Aber in dieser Nacht fragte er sich, ob er recht getan habe, wenn er immer gedämpft und

beschwichtigt hatte. »Ich hatte die Stadt in meiner Hand,« dachte er, »aber ich habe sie nicht zu etwas Großem gemacht.« Und er gedachte ihrer großen Vergangenheit und zweifelte immer mehr, ob er auch recht getan habe.

Er stand unten auf dem Markt, da, wo die Aussicht sich über den Fluss eröffnet. Ein Boot kam herangerudert. Ein paar Städter kehrten von einer Ausfahrt zurück. Lichtgekleidete Mädchen führten die Ruder. Sie steuerten unter die Brückenwölbung, aber da war die Strömung so stark, dass sie sie zurücktrieb. Es gab einen heftigen Kampf. Ihre schlanken Körper bogen sich nach rückwärts, bis sie in einer Linie mit dem Bootrand lagen. Weiche Armmuskeln spannten sich. Die Ruder krümmten sich wie Bogen. Lachen und Rufe erfüllten die Luft. Einmal ums andere siegte die Strömung. Schmählich wurde das Boot zurückgetrieben. Und als die Mädchen schließlich am Marktkai landen und es den Männern überlassen mussten, das Boot heimzubringen, wie waren sie rot und ärgerlich und wie lachten sie! Und wie klang ihr Lachen die Straße hinab! Wie belebten ihre breitrandigen, lichten Hüte, ihre leichten, flatternden Sommerkleider die stille Nacht.

Da tauchten vor den Gedanken des alten Ratsherrn, denn im Dunkel konnte er sie nicht klar sehen, ihre lieblichen, jungen Gesichtchen, ihre schönen, klaren Augen und ihre roten Lippen auf. Da richtete er sich stolz in die Höhe. Die kleine Stadt war doch nicht ohne allen Glanz. Andere Gemeinwesen konnten sich andrer Dinge rühmen, aber keinen Ort kannte er, der reicher an dem augenerquickenden Reiz von Blumen und Frauen war.

Da dachte der Alte mit neuerwachtem Mut an sein Wirken. Nein, er brauchte nicht für die Zukunft der Stadt zu zittern. Eine solche Stadt brauchte sich nicht durch strenge Gesetze zu schützen.

Und so erbarmte er sich der armen Gefangenen. Er ging und weckte den Polizeimeister und sprach mit ihm. Und dieser dachte wie er. Sie gingen zu zweit zum Gefängnis und öffneten Peter Nord und seinen Kameraden die Tür.

Und daran tat die Obrigkeit recht. Denn die kleine Stadt ist wie die Venus von Milo. Sie hat lockenden Reiz, und ihr fehlen die festhaltenden Arme.

III

Es ist, als müsste ich die Wirklichkeit verlassen und in die Welt des Märchens und der Unwahrscheinlichkeit fliehen, um zu erzählen, was sich jetzt begab. Wäre der junge Peter Nord ein Peter Schweinehirt gewesen, mit einer goldenen Krone unter dem Hut, dann würde alles ganz einfach und natürlich erscheinen. Aber jetzt will mir wohl niemand glauben, wenn ich sage, dass auch Peter Nord einen Königsreif um sein flachsblondes Haar trug. Niemand kann ja wissen, wie viel merkwürdige Dinge sich in dem kleinen Städtchen zutragen. Niemand kann ahnen, wieviel verzauberte Prinzessinnen da herumgehen und auf den Hirtenknaben des Märchens warten.

Zuerst sah es aus, als sollte es weiter zu keinen Abenteuern kommen. Denn als Peter Nord von dem alten Ratsherrn befreit worden war und zum zweiten Mal mit Schimpf und Schande aus der Stadt fliehen musste, da kamen ihm dieselben Gedanken, wie als er das erste Mal entfloh. Da klangen ihm plötzlich wieder Polkamelodien im Ohr, und am allerlautesten unter ihnen erklang der alte Reigen:

Nun ist es wieder Weihnachtsfest,
Ja, ja, Weihnachtsfest.
Und dann ist Ostern nicht mehr weit,
Doch leider, leider ists nicht so,
Nein, nein, ists nicht so,
Nach Weihnacht kommt die Fastenzeit.

Und er sah deutlich, wie die gelbe, blasse Frau Fastenzeit mit ihrem Rutenbündel im Arm über die Erde schlich. Und sie rief ihm zu: »Verschwender! Verschwender! Du wolltest das Fest der Rache und der Genugtuung in jener Fastenzeit feiern, die man Leben nennt. Kann man sich hier solche Ausgaben gestatten, du Dummkopf?«

Darauf hatte er ihr abermals Gehorsam gelobt und war ein stiller, sparsamer Arbeiter geworden. Wieder stand er friedlich und besonnen bei der Arbeit. Niemand hätte glauben können, dass er es war, der vor Zorn gebrüllt und die kleinen Kinder auf

die Straße geschleudert hatte, so wie der verfolgte Elch die Hunde abschüttelt.

Doch einige Wochen später kam Halfvorson zu ihm in die Fabrik. Er suchte ihn auf den Wunsch seiner Nichte auf. Sie wollte, wenn möglich, noch am selben Tag mit ihm sprechen.

Peter Nord begann zu zittern und zu beben, als er Halfvorson erblickte. Es war, als hätte er eine schlüpfrige Schlange gesehen. Er wusste nicht, was er lieber wollte, ihn schlagen oder von ihm fortlaufen; aber plötzlich bemerkte er, dass Halfvorson sehr bekümmert aussah.

Der Kaufmann hatte ein Aussehen, wie man es hat, wenn man im starken Wind geht. Die Gesichtsmuskeln waren angespannt, der Mund zusammengekniffen, die Augen rot und voll Tränen. Er kämpfte sichtlich mit irgendeinem Leid. Das Einzige, was unverändert war, das war die Stimme. Sie war ebenso unmenschlich ausdruckslos.

»Sie brauchen der alten Geschichte wegen nichts zu fürchten, und auch der neuen wegen nicht,« sagte Halfvorson. »Es ist wohl bekannt geworden, dass Sie mit jenen Kerlen waren, die dieser Tage bei uns daheim so viel Aufstand machten. Und da wir annahmen, dass sie von hier seien, konnte ich Sie ausfindig machen. Edith wird bald sterben,« fuhr er fort, und sein Gesicht zuckte krampfhaft. »Sie will mit Ihnen sprechen, ehe sie stirbt. Aber wir führen nichts Böses gegen Sie im Schilde.«

»Gewiss komme ich,« sagte Peter Nord.

Bald waren sie beide an Bord des Dampfers. Peter Nord saß da, fein geputzt in seinem Sonntagsstaat. Und unter dem Hut spielten und gaukelten alle seine Knabenträume, einen richtigen Königsreif schlossen sie um sein blondes Haar. Ediths Botschaft raubte ihm förmlich die Besinnung. Hatte er nicht immer gedacht, dass feine Damen ihn lieben würden? Und nun war da eine, die ihn sehen wollte, bevor sie starb. Das Wunderbarste alles Wunderbaren! Nun saß er da und dachte an sie, wie sie einst gewesen war. Wie stolz, wie lebensfrisch! Und jetzt sollte sie sterben. Sie tat ihm so innig leid. Aber dass sie alle die Jahre seiner gedacht hatte! Eine warme, süße Wehmut kam über ihn.

Nun war er wieder ganz heraus, der alte, närrische Peter Nord.

Sobald er sich dem Städtchen näherte, verließ ihn Frau Fastenzeit mit Unmut und Verachtung.

Halfvorson konnte keinen Augenblick stillstehen. Der heftige Sturm, den er allein bemerkte, trieb ihn auf dem Verdeck hin und her. Wenn er an Peter vorbeikam, brummte er ein paar Worte, so dass dieser erfuhr, welche Pfade seine betrübten Gedanken wandelten. »Sie fanden sie auf dem Boden, halbtot – und rings um sie lauter Blut,« sagte er einmal. Und ein andermal: »War sie nicht gut? War sie nicht schön? Wie konnte es ihr so schlecht ergehen?« Und ein andermal: »Sie hat mich auch gut gemacht. Konnte es nicht mit ansehen, dass sie den ganzen langen Tag betrübt dasaß und mit ihren Tränen das Kassabuch ruinierte.« Dann kam dies: »Ein schlaues Ding übrigens. Schmeichelte sich bei mir ein. Machte es mir behaglich daheim, verschaffte mir Verkehr mit den Vornehmen. Durchschaute sie freilich, aber konnte nicht widerstehen.« Er wanderte bis zum Vorderdeck. Als er zurückkam, sagte er: »Ich kann es nicht ertragen, dass sie sterben soll.«

Und alles das sagte er mit dieser hilflosen Stimme, die er weder dämpfen noch modulieren konnte. Peter Nord hatte die stolze Empfindung, dass ein solcher Mann wie er, der einen Königsreif um die Stirn trug, gar nicht das Recht hatte, Halfvorson zu zürnen. Dieser war ja durch sein Gebrechen von den Menschen getrennt und konnte ihre Liebe nicht erringen. Darum musste er sie alle als Feinde behandeln. Es ging nicht an, ihn mit demselben Maßstab zu messen wie andere Menschen.

Aber dann versank Peter Nord wieder in seine Träume. Sie hatte sich also seiner alle diese Jahre erinnert, und jetzt konnte sie nicht sterben, ohne ihn gesehen zu haben. Ach, man denke, dass ein junges Mädchen alle die Jahre herumgegangen war und an ihn gedacht, ihn geliebt und vermisst hatte.

Sobald er ans Land gekommen war und das Haus des Kaufmanns erreicht hatte, wurde er zu Edith geführt, die ihn draußen in der Laube erwartete.

Der glückliche Peter Nord wurde nicht aus seinen Träumen gerissen, als er sie erblickte. Sie war ein liebliches Traumwesen, dieses Mädchen, das um die Wette mit den wurzellosen Birken, die sie umgaben, dahinwelkte. Ihre großen Augen waren dunkler und

klarer geworden. Ihre Hände waren so dünn und durchsichtig, dass man fürchtete, diese vergeistigte Materie zu berühren.

Und sie liebte ihn. Natürlich musste er sie sogleich wiederlieben, heiß, innig, glühend. Als sie sah, wie er dastand und sie anstarrte, begann sie zu lächeln, mit dem verzweifelsten Lächeln der Welt, diesem Lächeln der Kranken, das sagt: »Sieh, so bin ich geworden. Zähle nicht auf mich. Ich kann nicht mehr schön und reizend sein. Ich muss bald sterben.«

Das rief ihn zur Wirklichkeit zurück. Er sah, dass er es nicht mit einem Traumbild zu tun hatte, sondern mit einer Seele, die im Entfliehen war und darum die Wände ihres Kerkers so dünn und durchsichtig gemacht hatte. Nun war es so deutlich in seinem Gesicht und in der Art, wie er Ediths Hand fasste, zu sehen, wie er mit einem Mal ihre Leiden litt, wie er alles andere über dem Schmerz, dass sie sterben musste, vergaß, dass die Kranke dasselbe Mitleid mit sich selbst fühlte und Tränen in ihre Augen traten.

Oh, welches Mitgefühl hatte er vom ersten Augenblick an für sie. Er begriff gleich, dass sie ihre Bewegung nicht zeigen wollte. Natürlich war es ergreifend für sie, ihn, den sie so lange entbehrt hatte, wiederzusehen. Aber nur ihre Schwäche war daran schuld, dass sie sich jetzt verriet. Sie wollte natürlich nicht, dass er es bemerkte. Und darum brachte er ein unverfängliches Gesprächsthema aufs Tapet.

»Wissen Sie, wie es meinen weißen Mäusen ergangen ist?« fragte er.

Sie sah bewundernd zu ihm auf. Es war, als wollte er ihr den Weg ebnen. »Ich habe sie in den Laden gelassen,« sagte sie, »sie haben sich gut gehalten.«

»Ach nein, wirklich! Sind noch welche von ihnen da?«

»Halfvorson sagt, dass er Peter Nords Mäuse niemals loswerden kann. Sie haben Sie gerächt, verstehen Sie?« sagte sie bedeutungsvoll.

»Es war eine ausgezeichnete Rasse,« antwortete Peter Nord stolz.

Das Gespräch stockte einen Augenblick. Edith schloss die Augen, wie um zu ruhen, und er schwieg ehrfurchtsvoll. Seine letzte Antwort verstand sie nicht. Er hatte gar nichts auf ihre Bemerkung

von der Rache erwidert. Als er angefangen hatte, von den Mäusen zu sprechen, hatte sie geglaubt, er verstünde, was sie damit sagen wolle.

Sie wusste ja, dass er vor ein paar Wochen hergekommen war, um sich zu rächen. Der arme Peter Nord! Oftmals hatte sie gedacht, wie es ihm wohl ergehen mochte. So manche Nacht war das Heulen des erschreckten Jungen in ihren Träumen ertönt. Zum Teil um seinetwillen, um nie mehr eine solche Nacht zu erleben, hatte sie angefangen, ihren Onkel zu bessern, hatte das Haus zu einem Heim für ihn gemacht, hatte den Einsamen es schätzen gelehrt, einen teilnehmenden Freund in seiner Nähe zu haben. Jetzt war ihr Schicksal wieder mit Peter Nord verknüpft. Sein Rachezug hatte sie zu Tode erschreckt. Als sie sich nach dem schweren Anfall ein wenig erholt hatte, hatte sie Halfvorson gebeten, ihn auszukundschaften.

Und nun saß Peter Nord da und glaubte, dass sie ihn aus Liebe gerufen habe. Er konnte ja nicht wissen, dass sie ihn für rachsüchtig, roh und verkommen hielt, für einen Trinker und Raufbold. Er, der seinen Kameraden im Arbeiterviertel ein leuchtendes Vorbild war, konnte nicht ahnen, dass sie ihn herbestellt hatte, um ihm Tugend und gute Sitte zu predigen, um, wenn nichts andres half, ihm zu sagen: »Sieh mich an, Peter Nord! Dein Unverstand, deine Rachgier ist die Ursache meines Todes. Denke daran und beginne ein andres Leben.«

Er war voll Lebenslust und Träumerei gekommen, um das Fest der Liebe zu feiern, und sie lag da und dachte daran, ihn in die schwarzen Tiefen der Reue zu versenken.

Aber es musste ihr wohl etwas von dem Glanz des Königsreifens entgegenstrahlen und sie nachdenklich stimmen, so dass sie beschloss, ihn zuerst ins Verhör zu nehmen.

»Aber Peter Nord, waren Sie wirklich mit diesen drei furchtbaren Kerlen da?«

Er errötete und sah zu Boden. Dann musste er ihr die ganze Geschichte von dem Rachezug mit all seiner Schmach erzählen. Fürs erste, wie unmännlich lange er gezögert hatte, sich Gerechtigkeit zu verschaffen, und wie er nur gezwungen gegangen war, und wie er dann anstatt selbst zu schlagen, geprügelt und gepeitscht wor-

den war. Er wagte nicht aufzusehen, während er sprach; er wagte nicht zu hoffen, selbst von diesen milden Augen mit Nachsicht beurteilt zu werden. Wie er dasaß, fühlte er, dass er sich all des Glanzes entkleidete, mit dem sie ihn in ihren Träumen umgeben haben musste.

»Aber Peter Nord, wie wäre es denn gegangen, wenn Sie Halfvorson angetroffen hätten?« fragte Edith, als er zu Ende gesprochen hatte.

Er ließ den Kopf immer tiefer hängen. »Ich sah ihn ja ohnehin,« sagte er. »Er war gar nicht verreist. Er arbeitete in seinem Garten vor dem Stadttor. Der Junge im Laden hatte mir alles erzählt.«

»Nun, warum haben Sie sich dann nicht gerächt?« fragte Edith.

Nichts sollte ihm erspart bleiben. Aber er fühlte, dass ihre Blicke sich forschend auf ihn hefteten, und er begann gehorsam: »Als die Männer sich auf einem Abhang schlafen gelegt hatten, ging ich und suchte Halfvorson auf, denn ich wollte ihn allein für mich haben. Er ging da herum und richtete Stäbchen in einem Erbsenbeet auf. Es musste am Tage vorher einen Platzregen gegeben haben, denn die Erbsen waren zu Boden gefallen, einige Blätter waren ganz zerfetzt, andre voll Erde. Es sah aus wie ein Krankenhaus. Und Halfvorson war der Doktor. Er richtete sie so zart in die Höhe, streifte die Erde ab und half den armen, kleinen Dingern die Stäbchen umfassen. Ich stand da und sah zu. Er hörte mich ja nicht und er hatte keine Zeit aufzublicken. Ich versuchte zornig zu bleiben, aber was sollte ich tun? Ich konnte doch nicht auf ihn losstürzen, solange er mit den Erbsen beschäftigt war. Meine Zeit kommt wohl noch, dachte ich.

Aber plötzlich sprang er auf, schlug sich vor die Stirn und stürzte zum Treibbeet. Da hob er die Glasfenster ab und guckte hinein, und ich guckte auch, denn er sah aus, als wenn er in der bittersten Verzweiflung wäre. Ja freilich, da sah es schlimm aus. Er hatte vergessen, die Pflanzen vor der Sonne zu schützen und es war wohl unter den Glasfenstern furchtbar heiß gewesen. Die Gurken lagen wie halbtot da und rangen nach Atem; einige Blätter waren versengt und andere hingen schlaff herab. Ich war auch ganz erschrocken, so dass ich alle Vorsicht vergaß, und da erblickte Halfvorson meinen Schatten. »Du hör' einmal, nimm die Gießkanne, die beim

Spargelbeet steht, laufe zum Fluss herunter und hole Wasser,« sagte er, ohne aufzusehen; er glaubte wohl, es sei der Gärtnerjunge. Und so lief ich.

»Taten Sie das, Peter Nord?«

»Ja, sehen Sie, die Gurken brauchten doch nicht unter unsrer Feindschaft zu leiden. Es kam mir wohl auch vor, dass das charakterlos sei, aber ich konnte nicht anders. Ich wollte doch sehen, ob sie sich erholen könnten. Als ich zurückkam, hatte er die Fenster ausgehoben und starrte noch ebenso verzweifelt vor sich hin. Ich gab ihm die Kanne in die Hand, und er begann zu gießen. Ja, man konnte sehen, wie gut das den Gurken im Beet tat. Es war mir fast, als richteten sie sich in die Höhe, und ihm schien es wohl auch so, denn er fing zu lachen an. Da lief ich fort.«

»Sie liefen fort, Peter Nord, Sie liefen fort?« Edith hatte sich in ihrem Ruhesessel aufgerichtet.

»Ich konnte ihn nicht schlagen,« sagte Peter Nord.

Immer deutlicher merkte Edith den Strahlenkranz um den Kopf des armen Peter Nord. So, sie brauchte ihn also nicht mit der schweren Last der Sünde um den Hals in die Tiefen der Reue zu versenken. Ein solcher Mann war er also! Ein so weichherziger und feinfühliger Mann! Sie sank zurück, schloss die Augen wieder und dachte nach. Sie brauchte es ihm nicht zu sagen. Es wunderte sie selbst, welch große Erleichterung es ihr gewährte, ihn nicht betrüben zu müssen.

»Ich bin so froh, dass Sie sich die Rachegedanken aus dem Kopfe geschlagen haben, Peter Nord,« begann sie freundlich. »Gerade darum wollte ich Sie bitten. Jetzt kann ich ruhig sterben.«

Sie rang nach Atem. Sie war nicht unfreundlich. Sie sah nicht aus, als hätte sie sich in ihm getäuscht. Sie musste ihn doch sehr lieb haben, wenn sie alle diese Feigheit entschuldigen konnte. Denn wenn sie sagte, dass sie ihn hergerufen habe, um ihn zu bitten, von seinen Racheplänen abzustehen, geschah dies wohl nur aus Schüchternheit, um ihm nicht den wirklichen Grund des Rufes gestehen zu müssen. Darin hatte sie ganz recht. Ihm, dem Mann, kam es zu, das erste Wort zu sagen.

»Wie können Sie sie sterben lassen?« rief er aus. »Halfvorson und alle die andern, wie können sie es? Wenn ich hier wäre, ich

wollte es Ihnen verwehren, zu sterben. Ich würde Ihnen alle meine Kraft geben. Ich würde alle Ihre Leiden auf mich nehmen.«

»Ich habe keine großen Schmerzen,« sagte sie, über diese kühnen Versprechungen lächelnd.

»Ich stelle mir vor, dass ich Sie forttragen möchte wie ein erfrorenes Vögelchen, Sie unter die Weste stecken wie ein Eichhörnchen. Oh Gott, wie schön wäre es doch zu arbeiten, wenn etwas so Warmes und Weiches daheim auf einen wartete. Aber wenn Sie gesund wären, so würden wohl viele...«

Sie sah ihn mit müdem Staunen an, bereit, ihn in seine Schranken zu weisen. Aber sie musste wohl wieder etwas von dem Zauberkranze der Träume um das Haupt des Knaben gesehen haben, denn sie übte Nachsicht gegen ihn. Er meinte wohl nichts damit. Er musste wohl so sprechen wie er sprach. Er war ja nicht wie andere.

»Ach,« sagte sie gleichgültig. »Nicht so viele, Peter Nord. Wohl kaum einer, der es ernst meinte.«

Aber nun trat wieder eine Wendung zu seinen Gunsten ein. In ihr erwachte plötzlich der Heißhunger der Kranken nach Mitleid. Sie wollte das Mitgefühl, die Zärtlichkeit haben, die der arme Arbeiter ihr schenken konnte, es war ihr ein Bedürfnis, lange in der Nähe dieser tiefen, uneigennützigen Teilnahme zu weilen. Die Kranken können ja an derlei nie genug haben. Sie wollte sie in seinen Blicken und in seinem ganzen Wesen lesen. Worte waren ihr gleichgültig.

»Es macht mir Freude, Sie hier zu sehen,« sagte sie. »Bleiben Sie noch ein Weilchen sitzen und erzählen Sie, wie es Ihnen in diesen sechs Jahren ergangen ist.«

Während er sprach, lag sie da und schlürfte dieses Unsagbare ein, was von ihm zu ihr strömte. Sie hörte und hörte nicht. Aber durch irgendeine wunderbare Sympathie fühlte sie sich gestärkt und belebt.

Übrigens machten ihr auch seine Erzählungen Eindruck. Sie führten sie in die Arbeiterviertel, in eine neue Welt voll gärender Hoffnungen und Kräfte. Wie man dort glaubte und sich sehnte! Wie man hasste und litt!

»Wie glücklich sind doch die Unterdrückten,« sagte sie.

In einem Anfall von Lebenslust kam es ihr in den Sinn, dass dies etwas für sie sein könnte, die immer Druck und Zwang brauchte, um das Leben lebenswert zu finden.

»Wenn ich gesund wäre,« sagte sie, »wäre ich vielleicht mit dahin gegangen. Es wäre schön gewesen, sich zusammen mit jemandem, dem man gut ist, in die Höhe zu arbeiten.«

Peter Nord zuckte zusammen. Hier war ja das Geständnis, auf das er die ganze Zeit gewartet hatte. »Ach, können Sie nicht leben!« bat er, und er strahlte vor Glück.

Sie wurde aufmerksam. »Das ist ja Liebe,« sagte sie zu sich selbst. »Und jetzt glaubt er, dass ich auch verliebt bin. Solch ein närrischer Kauz, dieser Wermlandjunge!«

Sie wollte ihn sogleich wieder zur Vernunft bringen, aber etwas lag über Peter Nord an diesem siegreichen Tage, das sie zurückhielt. Sie brachte es nicht übers Herz, seine frohe Stimmung zu zerstören. Sie fühlte Mitleid mit seiner Torheit und ließ ihn weiter darin leben. »Es macht ja nichts, da ich ja doch bald sterben muss,« sagte sie zu sich selbst.

Aber gleich darauf verabschiedete sie ihn, und als er fragte, ob er wiederkommen dürfe, verbot sie es ihm ganz. »Aber,« sagte sie, »vergessen Sie den Kirchhof hier oben auf dem Hügel nicht, Peter Nord. Dorthin können Sie in ein paar Wochen gehen und dem Tod für diesen Tag danken.«

Als Peter Nord aus dem Garten kam, begegnete er Halfvorson. Dieser ging verzweifelt auf und ab und fand seinen einzigen Trost in dem Gedanken, dass Edith dem Schuldigen jetzt die Last der Reue aufbürdete. Um ihn überwältigt von Gewissensbissen zu sehen, einzig und allein darum hatte er ihn geholt. Doch als er den jungen Arbeiter traf, sah er, dass Edith ihm nicht alles gesagt haben konnte. Wohl sah er ernst aus, aber zugleich schien er schwindelnd glückselig.

»Hat Edith Ihnen jetzt gesagt, warum sie sterben muss?« fragte Halfvorson.

»Nein,« antwortete Peter Nord.

Halfvorson legte ihm die Hand auf die Schulter, wie um ihn nicht entkommen zu lassen.

»Ihretwegen stirbt sie, Ihrer verdammten Streiche wegen. Sie

war wohl vorher ein bisschen krank, aber das hatte nichts zu bedeuten. Niemand glaubte, dass sie sterben würde. Aber dann kamen Sie mit diesen drei unglückseligen Schurken her, und sie erschreckten sie, während Sie in meinem Laden waren. Sie verfolgten sie, und sie lief vor ihnen fort, lief so, dass sie einen Blutsturz bekam. Aber das war es ja, was Sie wollten, Sie wollten sich an mir rächen, dadurch, dass Sie sie töteten. Wollten mich einsam und unglücklich sehen, ohne einen einzigen Menschen um mich, der mir gut ist. Alle meine Freude wollten Sie mir nehmen, alle meine Freude.«

Er wollte noch lange weitersprechen, Peter Nord mit Vorwürfen überschütten, ihn mit Flüchen morden; aber dieser riss sich los und lief davon, als ob ein Erdbeben die ganze Stadt erschüttere und alle Häuser im Begriff wären einzustürzen.

IV

Hinter der Stadt erhebt sich die Bergwand lotrecht, aber wenn man auf steilen Steinstufen und nadelbedeckten, glatten Pfaden hinaufgeklettert ist, so findet man, dass der Berg sich zu einem großen welligen Plateau ausbreitet. Und dort oben findet man einen Märchenwald.

Auf der ganzen Breite des Berges steht ein Nadelwald ohne Nadeln, ein Wald, der im Frühling stirbt und im Herbst grünt, ein lebloser Wald, der in Lebensfreude aufflackert, wenn andere Bäume das grüne Kleid des Lebens ablegen, ein Wald, der wächst, ohne dass jemand wissen kann wie, der grün im Frost und braun im Tau dasteht.

Es ist ein frisch angepflanzter Wald. Junge Fichten sind gezwungen worden, in den Rissen zwischen Felsblöcken Wurzel zu schlagen. Ihre zähen Wurzeln haben sich wie scharfe Keile in Spalten und Ritzen eingebohrt. Eine Zeitlang ging es gut, die jungen Bäume schossen in die Höhe, und die Wurzeln bohrten sich frohgemut in den grauen Stein. Aber endlich konnten sie nicht weiterkommen, und da bemächtigte sich des Waldes eine nur schlecht verhehlte

üble Laune. Er wollte hoch hinaus, aber auch in die Tiefe. Da ihm der Weg nach unten versperrt war, schien ihn das Leben nicht mehr zu freuen. Jeden Frühling war er bereit, missmutig die Lebensbürde abzuwerfen. In dem Sommer, als Edith sterben sollte, stand der junge Wald ganz braun da. Hoch über der Stadt der Blumen sah man auf dem Bergkamm einen düstern Rand sterbender Bäume.

Aber dort oben auf dem Berg ist nicht alles Düsterkeit und Todeskampf. Wenn man so unter den braunen Bäumen einhergeht und sich so bedrückt fühlt, dass man am liebsten sterben wollte, sieht man grüne Bäume schimmern, Blumenduft schlägt einem entgegen; Vogelgesang jubelt und lockt. Da denkt man an das Schloss im schlummernden Wald, an das Paradies des Märchens, das von einer stechenden Dornenhecke umgeben ist. Und wenn man dann zu dem Grün, dem Blumenduft, dem Vogelgezwitscher kommt, sieht man, dass man sich auf dem versteckten Kirchhof des kleinen Städtchens befindet.

Das Heim der Toten liegt in einer mit Erde angefüllten Vertiefung des Bergplateaus. Und da innerhalb der grauen Steinmauern hat alles Welken und aller Lebensüberdruss ein Ende. Im Tore stehen Fliederbüsche, die sich unter schweren Blütentrauben neigen. Linden und Ahornbäume spannen mit überraschender Kraft einen himmelhohen Bogen über den ganzen Platz. Jasmin und Rosen erblühen freundlich der geweihten Erde. Um große alte Grabsteine schlingen sich Ranken von Immergrün und Efeu.

Hier ist eine Ecke, wo die Nadelbäume die Höhe eines Mastbaumes erreichen. Müsste sich nicht eigentlich der junge Wald draußen schämen, wenn er sie sieht? Und da sind Hecken, die den Händen ihrer Pfleger ganz entwachsen sind, die ohne an Schere und Messer zu denken, blühen und sprießen.

Die Stadt hat jetzt auch einen anderen, neuen Friedhof, zu dem die Toten ohne sonderliche Mühe gelangen können. Es war recht beschwerlich für sie, im Winter hier heraufzuwandern, wo die steilen Waldpfade mit Glatteis überzogen sind, und die Stufen schlüpfrig und schneebedeckt. Der Sarg knackte, die Träger keuchten, der alte Propst stützte sich schwer auf den Küster und den Totengräber. Jetzt braucht niemand dort oben begraben zu werden, der es nicht selbst gewünscht hat.

Schön sind die Gräber dort nicht. Die wenigsten verstehen es, den Toten eine schöne Wohnstatt zu bereiten. Aber das frische Grün ergießt seinen Frieden und seine Schönheit auf sie alle. Seltsam feierlich ist es, zu wissen, dass alle, die hier ruhen, gerne da liegen. Der Lebende, der nach einem heißen Arbeitstag hinaufflüchtet, geht wie unter Freunden einher. Die hier schlummern, haben ja auch die hohen Bäume und die Stille geliebt.

Kommt ein Fremder herauf, so erzählt man ihm nicht von Tod und Trauer, sondern auf den großen Steinplatten, auf den breiten Bürgermeistergräbern sitzt man und erzählt ihm von Peter Nord, dem Wermlandjungen, und seiner Liebe. Es ist, als eignete sich die Geschichte am besten dazu, hier oben erzählt zu werden, wo der Tod seine Schrecken verloren hat. Es ist, als müsste die geweihte Erde jubeln, dass sie auch einmal der Schauplatz erwachenden Glücks und neuerweckten Lebens sein durfte.

Denn es kam so, dass Peter Nord, als er von Halfvorson fortlief, seine Zuflucht oben auf dem Kirchhofe suchte.

Zuerst lief er auf die Flussbrücke zu und schlug den Weg zur großen Fabrikstadt ein. Doch auf der Brücke machte der arme Flüchtling halt. Mit dem Königsreif um seine Stirn war es nun ganz vorbei. Er war verschwunden, als wäre er aus Sonnenstrahlen gesponnen gewesen. Peter Nord war von Kummer tief gebeugt, sein ganzer Körper zitterte, das Herz tat ihm weh, das Hirn brannte wie Feuer.

Da glaubte er zu sehen, wie Frau Fastenzeit ihm zum dritten Mal entgegenkam. Sie war viel freundlicher, viel milder als einst, aber sie erschien ihm darum nur um so furchtbarer.

»Ach, du Armer,« sagte sie, »jetzt musst du aber mit deinen Streichen doch endlich aufhören! Du wolltest das Fest der Liebe in der Fastenzeit feiern, die man Leben nennt, aber du siehst, wie es dir ergeht. Komm jetzt und bleibe mir treu. Jetzt hast du alles versucht, jetzt kannst du dich nur mehr an mich wenden.«

Aber er streckte ihr abwehrend die Arme entgegen. »Ich weiß, was du von mir willst. Du willst mich zur Arbeit und Entbehrung führen, aber ich kann nicht! Nicht jetzt, Frau Fastenzeit, nicht jetzt.«

Die gelbe, bleiche Frau Fastenzeit lächelte immer milder. »Du bist ja unschuldig, Peter Nord! Nimm dir das doch nicht so zu

Herzen, wofür du nichts kannst. War Edith nicht gut gegen dich? Sahst du nicht, dass sie dir vergeben hat? Komm mit zur Arbeit! Lebe, wie du gelebt hast!«

Der Knabe wurde immer heftiger. »Meinst du, es ist besser für mich, dass ich gerade die getötet habe, die gut gegen mich war, sie, die mich liebte? Wäre es nicht besser gewesen, wenn ich jemanden ermordet hätte, den ich ermorden wollte? Ich muss es sühnen. Ich muss ihr das Leben retten. Jetzt kann ich nicht an Arbeit denken.«

»Oh du Narr,« sagte Frau Fastenzeit, »das Fest der Sühne, das du feiern willst, das ist die allergrößte Vermessenheit.«

Da empörte sich Peter Nord vollends gegen seine langjährige Freundin. Er hohnlachte förmlich. »Was hast du mir eingeredet,« sagte er, »dass du eine brave, brummige Alte seiest, den Arm voll netter, kleiner Ruten. Du bist eine Hexe, Leben, du bist ein Ungeheuer. Du bist schön, und du bist entsetzlich. Du weißt selbst nichts von Maß und Ziel. Warum sollte ich es denn? Wie kannst du Fasten predigen, du, die du ein solches Übermaß von Schmerz auf mich wälzen wolltest? Was sind die Feste, die ich gefeiert habe, gegen die, die du dir unaufhörlich bereitest! Bleib mir vom Leibe mit deiner gelben, bleichen Mäßigkeit. Jetzt will ich es ebenso toll treiben, wie du selbst.«

Nicht einen Schritt konnte er nach der großen Fabrikstadt machen. Ebenso wenig konnte er umkehren und wieder über die lange Straße in das Städtchen wandern, nein, er schlug den Weg in die Berge ein, kletterte zum verhexten Tannenwald hinauf und irrte zwischen den steifen, stechenden jungen Bäumen umher, bis ein freundlicher Pfad ihn zum Kirchhof führte. Dort suchte er sich ein Versteck in der Ecke, wo die Tannen die Höhe eines Mastbaumes erreichen, und da warf er sich todmüde zu Boden.

Er wusste nichts von sich. Er ahnte nicht, ob die Zeit verging, oder ob alles jetzt stille stand. Aber nach einem Weilchen ertönten Schritte, und er erwachte zu halbem Bewusstsein. Es war ihm, als wäre er lange, lange fort gewesen! Nun sah er einen Leichenzug herankommen, und sogleich tauchte ein verwirrter Gedanke in ihm auf. Wie lange lag er schon da? War Edith schon tot? Suchte sie ihn hier auf? War die Tote im Sarg auf der Jagd nach ihrem Mörder? Er zitterte und bebte. Freilich lag er in dem dunkeln Tannendickicht

verborgen, aber er zitterte vor dem, was geschehen wäre, wenn die Leiche ihn gefunden hätte. Er bog ein paar Zweige zurück und blickte hinaus. Ein gehetzter Flüchtling kann nicht wilder nach seinen Verfolgern ausblicken.

Der Leichenzug war der eines armen Mannes. Armselig und spärlich war das Geleit. Ungeschmückt wurde der Sarg in die Gruft gesenkt. Keines der Gesichter zeigte Tränenspuren. Peter Nord hatte noch Verstand genug, um einzusehen, dass dies unmöglich Edith Halfvorsons Begräbnis sein konnte.

Aber wenn sie es auch nicht selbst war, wer weiß, vielleicht war es ein Gruß von ihr. Peter Nord fühlte, dass er nicht das Recht hatte, zu entfliehen. Sie hatte gesagt, er möge hinauf zum Friedhof gehen. Sie meinte wohl, dass er sie dort erwarten solle, damit sie ihm seine Strafe zuteilwerden lassen konnte. Dieser Leichenzug war ein Gruß, ein Zeichen. Sie wollte, dass er sie dort erwartete.

Vor seinem kranken Hirn türmte sich jetzt die niedrige Kirchhofsmauer so hoch wie ein Festungswall auf. Er starrte ängstlich auf das schwache Gitterpförtchen, es war wie die festeste Eichentür. Er war hier oben gefangen. Nie konnte er von hier fort, bis sie selbst kam und ihn seiner Strafe zuführte.

Was sie dann mit ihm anfangen würde, das wusste er nicht. Nur eines war deutlich und klar. Er musste hier warten, bis sie kam und ihn holte. Vielleicht wird sie ihn mit sich ins Grab nehmen, vielleicht wird sie ihm gebieten, sich vom Berge herunterzustürzen. Er konnte es nicht wissen – vorderhand musste er warten.

Die Vernunft kämpfte einen verzweifelten Kampf: Du bist ja unschuldig, Peter Nord. Mache dir doch kein Herzeleid über das, was du nicht verschuldet hast. Sie hat dir keine Botschaft geschickt. Gehe hinaus zu deiner Arbeit! Erhebe den Fuß, und du bist über die Mauer, stoße mit einem Finger zu, und das Tor ist offen.

Nein, er konnte nicht. Meistens war er wie in einem Nebel, einer Betäubung. Die Gedanken kamen unklar, so wie wenn man eben im Einschlafen ist. Eines nur wusste er, er musste bleiben, wo er war.

Nun kam die Nachricht zu ihr, die dalag und um die Wette mit den wurzellosen Birken dahinwelkte. Peter Nord, mit dem du an einem Sommertag gespielt, geht oben auf dem Kirchhof ein-

her und wartet auf dich. Peter Nord, den dein Oheim zu Tode erschreckt hat, kann den Kirchhof nicht verlassen, bis dein blumengeschmückter Sarg heraufkommt, um ihn zu holen.

Das Mädchen schlug die Augen auf, gleichsam, wie um noch einmal die Welt zu sehen. Sie schickte nach Peter Nord. Sie zürnte ihm wegen seines tollen Streiches. Warum konnte sie nicht in Ruhe sterben? Sie hatte nie gewünscht, dass er sich ihrethalben Gewissensbisse mache.

Der Bote kam ohne Peter Nord zurück. Er könne nicht kommen. Die Mauer sei zu hoch und das Tor zu stark. Nur eine könne ihn von dort fortbringen.

In diesen Tagen dachte man in der kleinen Stadt an nichts andres. »Er geht noch immer dort herum, noch immer,« erzählte man einander jeden Tag. »Ist er verrückt?« fragten die Leute häufig, und einige, die mit ihm gesprochen hatten, antworteten, dass er es ganz gewiss werden würde, wenn »sie« kam. Aber sie waren sehr stolz auf diesen Märtyrer der Liebe, der ihrer Stadt Glanz verlieh. Arme Leute brachten ihm Essen. Die Reichen schlichen den Berg hinauf, um ihn wenigstens aus der Ferne zu sehen.

Aber Edith, die sich nicht vom Fleck rühren konnte, die machtlos dalag und sterben sollte, sie, die so viel Zeit zu denken hatte, womit beschäftigte sie sich wohl? Welche Gedanken wälzte sie Tag und Nacht in ihrem Hirn? Oh, Peter Nord, Peter Nord! Musste sie nicht stets den Mann vor sich sehen, der sie liebte, der nahe daran war, um ihretwillen den Verstand zu verlieren, der wirklich, wirklich oben auf dem Kirchhof einherging und auf ihren Sarg wartete.

Sieh da, das war etwas für die Stahlfedernatur in ihr. Das war etwas für die Fantasie, etwas für entschlummernde Gefühle. Sich vorzustellen, was er anfangen würde, wenn sie hinaufkam! Sich auszumalen, was er beginnen würde, wenn sie nicht als Tote hinkam.

Sie sprachen davon in der ganzen Stadt, sprachen davon und von nichts anderem. So wie die alten Städte ihre Säulenheiligen geliebt hatten, so liebte das Städtchen den armen Peter Nord. Doch niemand ging gerne auf den Kirchhof, um mit ihm zu sprechen. Er sah immer wilder und wilder aus. Immer dichter senkte sich die Dunkelheit des Wahnsinns auf ihn herab. »Warum beeilt sie sich

nicht, gesund zu werden,« sagten sie von Edith. »Es wäre unrecht von ihr, zu sterben.«

Edith fühlte beinahe Zorn. Sie, die so fertig mit dem Leben war, sollte nun wieder die schwere Bürde auf sich nehmen müssen? Aber auf jeden Fall begann sie sich redlich zu mühen. In ihrem Körper wurde in diesen Wochen mit fieberhafter Kraft ausgebessert und instandgesetzt. Und es wurde nicht an Material gespart. In ungeheuren Massen wurde alles verbraucht, was Lebenskraft gibt, wie es auch heißen mochte: Malzextrakt oder Lebertran, frische Luft oder Sonnenschein, Träume oder Liebe.

Und was für herrliche Tage waren dies doch, lang, warm, regenlos!

Endlich erlaubte ihr der Arzt, sich hinauftragen zu lassen. Die ganze Stadt war in Angst, als sie den Weg antrat. Würde sie mit einem Wahnsinnigen zurückkommen? Konnten diese Wochen des Elends aus seinem Hirn ausgetilgt werden? Würde die Anstrengung, die sie gemacht hatte, um wieder zu leben, fruchtlos sein? Und wenn, wie würde es dann ihr selbst ergehen?

Wie sie dahinzog, blass vor Spannung, aber doch voll Hoffnung, gab es Anlass zur Unruhe genug. Niemand verhehlte sich, dass Peter Nord einen zu großen Raum in ihrer Fantasie eingenommen hatte. Sie war die Allereifrigste in der Anbetung dieses wunderlichen Heiligen. Alle Schranken waren für sie gefallen, als sie hörte, was er um ihretwillen litt. Doch was sollte aus ihrer Schwärmerei werden, wenn sie ihn wirklich sah? An einem Wahnsinnigen ist nichts Romantisches.

Als man sie bis an das Friedhofspförtchen getragen hatte, verließ sie die Träger und ging allein über den breiten Mittelgang. Ihre Blicke wanderten rund um den grünenden Platz, aber sie sah niemanden.

Plötzlich hörte sie ein leises Rascheln im Tannendickicht, und von dort sah sie ein wildes, verzerrtes Gesicht starren. Nie hatte sie ein Antlitz gesehen, das so deutlich den Stempel des Grauens trug. Sie erschrak selbst darüber, erschrak tödlich. Es fehlte nicht viel, so wäre sie geflohen.

Aber dann loderte ein großes, heiliges Gefühl in ihr auf. Jetzt konnte nicht mehr von Liebe und Schwärmerei die Rede sein, nur

von Angst, dass ein Mitmensch, einer der Armen, die mit ihr das Jammertal der Erde durchwanderten, verloren gehen sollte!

Das Mädchen blieb stehen. Sie wich nicht einen Schritt zurück, sondern ließ ihn sich langsam an ihren Anblick gewöhnen. Aber alle Macht, die sie besaß, legte sie in den Blick. Sie zog den Mann dort an sich mit der ganzen Kraft des Willens, der die Krankheit in ihr selbst besiegt hatte.

Und er kam aus seinem Winkel, bleich, verwildert, ungepflegt. Er ging auf sie zu, ohne dass das Grauen aus seinen Zügen wich. Er sah aus, als wäre er von einem wilden Tier behext, das gekommen war, um ihn zu zerreißen. Als er dicht neben ihr stand, legte sie ihm ihre beiden Hände auf die Schultern und sah ihm lächelnd ins Gesicht.

»Sieh da, Peter Nord. Wie ist es mit Ihnen? Sie müssen von hier fort! Was meinen Sie damit, dass Sie so lange hier oben auf dem Kirchhof bleiben, Peter Nord?«

Er zitterte und sank zusammen. Aber sie fühlte, dass sie ihn mit ihren Blicken unterjochte. Ihre Worte schienen hingegen gar keine Bedeutung für ihn zu haben.

Sie schlug einen etwas andern Ton an. »Höre, was ich sage, Peter Nord. Ich bin nicht tot. Ich werde nicht sterben. Ich bin gesund geworden, um hier heraufzukommen und dich zu retten.«

Er stand noch immer in demselben stumpfen Entsetzen da. Wieder veränderte sich ihre Stimme. »Du hast mir nicht den Tod gebracht,« sagte sie immer inniger, »du hast mir das Leben gegeben.«

Dies wiederholte sie einmal ums andere. Und ihre Stimme war zuletzt bebend vor Bewegung, trüb von Tränen. Aber er verstand nichts von dem, was sie sagte.

»Peter Nord, ich habe dich so lieb, so lieb,« rief sie aus.

Er blieb ebenso gleichgültig.

Nun wusste sie nichts mehr mit ihm anzufangen. Sie musste ihn wohl mit in die Stadt hinabnehmen und gute Pflege und die Zeit walten lassen.

Doch wer weiß, mit welchen Träumen sie heraufgekommen war und was sie sich von dieser Begegnung mit dem, der sie liebte, versprochen hatte. Nun, wo sie alles das aufgeben und ihn nur als

einen Wahnsinnigen behandeln musste, erfüllte sie ein Schmerz, als müsste sie das Kostbarste von sich lassen, was das Leben ihr geschenkt hatte. Und in der Bitterkeit dieses Verzichtes zog sie ihn an sich und küsste ihn auf die Stirn.

Dies sollte ein Abschied von Leben und Glück sein. Sie fühlte, wie ihre Kräfte versagten. Tödliche Mattigkeit kam über sie.

Doch da glaubte sie bei ihm etwas wie ein schwaches Lebenszeichen zu merken, er war nicht mehr ganz so schlaff und stumpf. Es zuckte in seinen Gesichtszügen. Er zitterte immer heftiger, sie beobachtete alles mit immer größerer Angst. Er erwachte, aber wozu? Endlich begann er zu weinen.

Sie führte ihn zu einem Grabstein. Sie ließ sich darauf nieder, zog ihn zu sich herab und bettete sein Haupt in ihrem Schoß. So saß sie da und streichelte ihn, während er weinte.

Mit ihm ging etwas Ähnliches vor, wie wenn man aus einem bösen Traum erwacht. »Warum weine ich,« fragte er sich. »Ach, ich weiß, ich habe so furchtbar geträumt. Aber es ist nicht wahr, sie lebt. Ich habe sie nicht gemordet. Wie töricht, über einen Traum zu weinen.«

Und so allmählich wurde ihm alles klar; doch seine Tränen flossen weiter. Sie saß da und liebkoste ihn, aber seine Tränen strömten noch lange.

»Das Weinen tut mir so gut,« sagte er.

Dann sah er auf und lächelte. »Ist jetzt Ostern?« fragte er.

»Was meinst du damit?«

»Man kann es ja Ostern nennen, da die Toten auferstehen,« fuhr er fort. Dann, als wären sie langjährige Vertraute, begann er, ihr von Frau Fastenzeit zu erzählen und von seiner Empörung gegen ihr Regiment.

»Es ist jetzt Ostern, und ihre Regierungszeit hat ein Ende,« sagte sie.

Aber als er daran dachte, dass Edith dasaß und ihn liebkoste, musste er wieder weinen. Es war ihm solch ein Bedürfnis zu weinen. Alles Misstrauen gegen das Leben, das das Unglück dem kleinen Wermländer eingeflößt hatte, bedurfte der Tränen, um fortzuschmelzen. Das Misstrauen, dass Liebe und Freude, Schönheit und Kraft nicht auf Erden blühen könnten, das Misstrauen gegen

sich selbst, alles das musste fort. Alles das ging fort, denn es war Ostern: Die Tote lebte, und Frau Fastenzeit konnte nie mehr Macht erlangen.

Ein Weihnachtsgast

Einer von denjenigen, welche als Kavaliere auf Ekeby gelebt hatten, war der kleine Ruster, der Noten transponieren und Flöte spielen konnte. Er war von niederem Stand und arm, ohne Heimat und ohne Angehörige. Es kamen schwere Zeiten für ihn, als sich die Kavalierschar zerstreute. Er hatte nun nicht länger Pferd und Wagen, weder Pelz noch Esskorb. Er musste zu Fuß von Hof zu Hof gehen und trug seine Habe in einem blaugewürfelten Baumwollenschnupftuch eingeknotet. Den Rock knüpfte er bis unter das Kinn zu, damit keiner sehen konnte, wie es mit Hemd und Weste bestellt war, und in seinen weiten Taschen verwahrte er seine kostbarsten Güter: die auseinandergeschrobene Flöte, die flache Taschenflasche und die Notenfeder.

Sein Beruf war das Notenabschreiben, und wenn alles noch so wie in alten Zeiten gewesen wäre, würde es ihm nicht an Arbeit gefehlt haben. Doch mit jedem Jahr, das dahinging, wurde droben in Värmland weniger Musik getrieben. Die Gitarre mit ihrem morschen Seidenband und das gewundene Waldhorn mit verblichenen Quasten und Schnüren wurden in die Rumpelkammer auf den Boden gebracht, und der Staub legte sich zolldick auf die langen, eisenbeschlagenen Geigentasten. Doch je weniger der kleine Ruster mit der Flöte zu tun hatte, desto mehr musste er sich mit der Taschenflasche beschäftigen, und schließlich wurde er der reine Säufer. Es war sehr schade um den kleinen Ruster. Einstweilen wurde er auf den Gütern noch als ein alter Freund aufgenommen, doch es herrschte Trauer, wenn er kam, und Freude, wenn er ging. Er roch nach Schnaps und Branntwein, und sowie er ein paar Appetitschnäpse oder ein Glas Grog getrunken hatte, bekam er einen Spitz und erzählte widerwärtige Geschichten. Er war die Plage der gastfreien Gutshöfe.

So musste der kleine Ruster in dem peitschenden Schneetreiben von Hof zu Hof fahren. Der nasse Schnurrbart hing ihm schlaff über die Lippen herab, seine Augen waren gerötet und trübe, doch der Branntwein wurde aus seinem Gehirn verweht. Er fing an zu grübeln und zu staunen. War es möglich, dass keiner

ihn aufnehmen wollte? Da sah er plötzlich sich selbst. Er sah, wie erbärmlich und heruntergekommen er war, und er begriff, dass er den Menschen verhasst sein müsste. »Mit mir ist es vorbei,« dachte er. »Mit dem Notenschreiben, mit der Flöte ist es vorbei. Niemand auf Erden bedarf meiner, niemand hat Mitleid mit mir.«

Das Schneegestöber kreiste und spielte, riss die Wehen auf und schüttete sie wieder zu, nahm eine Schneesäule in den Arm und tanzte mit ihr über das Feld, wirbelte eine Flocke bis zu den Wolken empor und trieb eine andere tief in eine Grube hinein. »So geht es, so geht es,« sagte der kleine Ruster, »solange man tanzt und umherwirbelt, ist es Spiel, wenn man aber in die Schneewehe hinunter soll, um dort eingebettet und vergessen zu werden, dann wird es Betrübnis und Kummer.« Doch hinunter müssen wir alle, und jetzt war die Reihe an ihm. Ja, jetzt war er am Ende.

Er fragte nicht mehr, wohin der Knecht ihn bringe. Es war ihm, als fahre er in das Land des Todes hinein.

Der kleine Ruster verbrannte während dieser Fahrt keine Götter. Er verwünschte weder das Flötenspiel noch das Kavalierleben, er dachte nicht, dass es besser für ihn gewesen wäre, wenn er den Acker gepflügt oder Schuhe besohlt hätte. Doch darüber klagte er, dass er jetzt ein ausgespieltes Instrument sei, von dem der Frohsinn keinen Gebrauch mehr machen könne. Er klagte niemand an, denn er wusste, dass ein zersprungenes Waldhorn und eine Gitarre, die sich nicht mehr stimmen lässt, fortgeworfen werden müssen. Er wurde auf einmal ein sehr demütiger Mensch. Er begriff, dass es jetzt, am Heiligabend, mit ihm zu Ende gehen werde. Der Hunger oder die Kälte würde ihn töten, denn er verstand nichts, taugte zu nichts und hatte keine Freunde. Da hält der Schlitten, und auf einmal ist es hell um ihn her, er hört freundliche Stimmen, wird in eine warme Stube geführt, und jemand gibt ihm heißen Tee zu trinken. Der Pelz wird ihm ausgezogen, und mehrere Stimmen heißen ihn willkommen, während warme Hände Leben in seine erstarrten Finger reiben. Er wurde von allem diesen so verwirrt, dass es wohl eine Viertelstunde dauerte, ehe er sich wieder besinnen konnte. Er konnte gar nicht begreifen, dass er sich wieder in Löfdala befand. Es war ihm gar nicht klar geworden, dass der Knecht, des Umherfahrens im Schneegestöber überdrüssig, nach Hause zurückgekehrt war.

Ebensowenig begriff er, weshalb er jetzt in Liljekronas Hause so freundlich empfangen wurde. Er konnte nicht wissen, dass Liljekronas Gattin verstand, welch schwere Fahrt er an diesem Heiligabend gemacht, um an jeder Tür, an die er geklopft, abgewiesen zu werden. Sie empfand so großes Mitleid mit ihm, dass sie ihre eigene Sorge darüber vergaß. Liljekrona setzte drinnen in seinem Zimmer das wilde Spielen fort. Er wusste nicht, dass Ruster wieder da war. Dieser saß unterdessen mit der Hausfrau und den Kindern im Saal. Das Gesinde, das dort am Heiligabend ebenfalls zu sein pflegte, hatte sich vor der trüben Stimmung, die drinnen bei der Herrschaft herrschte, in die Küche geflüchtet.

Die Hausfrau stellte Ruster sofort an. »Ruster,« sagte sie, »Er hört wohl, dass Liljekrona den ganzen Abend nichts weiter tut als spielen. Ich muss das Decken überüberwachen und nach dem Essen sehen. Die Kinder sind ganz allein. Er muss sich um die beiden Kleinsten kümmern.«

Kinder waren die Art Menschen, mit der Ruster am wenigsten verkehrt hatte. Er hatte sie weder im Kavalierflügel noch im Soldatenzelt, weder im Krug noch auf der Landstraße angetroffen. Er war beinahe blöde vor ihnen und wusste nicht, was er sagen sollte, das fein genug für sie wäre. Er zog die Flöte hervor und lehrte sie auf Löchern und Klappen fingern. Es waren ein vierjähriger und ein sechsjähriger Knabe. Sie erhielten eine Lektion auf der Flöte und schienen sich sehr dafür zu interessieren. »Dies ist A,« sagte Ruster, »und dies ist C.« Und dann blies er die Töne. Da wollten die Kleinen wissen, was das für ein A und ein C sei, das gespielt werden sollte.

Ruster holte nun Notenpapier aus der Tasche und zeichnete ihnen beide Noten auf. »Nein,« sagten sie, »das ist nicht richtig.« Und sie liefen, ein Abc-Buch zu finden.

Da begann der kleine Ruster, von ihnen das Alphabet abzuhören. Sie konnten und konnten es nicht. Mit dem Wissen war es kümmerlich bestellt. Ruster geriet in Eifer, nahm die Knaben auf je ein Knie und fing an sie zu unterrichten. Liljekronas Gattin, die aus- und einging, hörte ganz erstaunt zu. Es klang wie Spiel, und die Kinder lachten immerfort, aber sie lernten. Ruster setzte den Unterricht eine Weile fort, doch er war nicht recht bei der

Sache. Ihn beschäftigten die alten Gedanken vom Schneetreiben draußen. Hier war es schön und gemütlich, aber mit ihm war es ja doch vorbei. Er war verbraucht. Er würde fortgeworfen werden. Und plötzlich verbarg er das Gesicht in den Händen und begann zu weinen.

Liljekronas Gattin trat schnell zu ihm.

»Ruster,« sagte sie, »ich kann verstehen, dass Er glaubt, mit Ihm sei es aus. Mit der Musik geht es nicht mehr, und Er ruiniert sich mit dem Branntwein. Doch das Ende ist noch nicht da, Ruster.«

»Doch,« schluchzte der kleine Flötenspieler.

»Sieh Er, so bei den Kleinen sitzen wie heute Abend, das wäre etwas für Ihn. Wenn Er Kinder im Lesen und Schreiben unter-richtete, würde Er wieder überall willkommen sein. Das sind keine schlechteren Instrumente zum Spielen, Ruster, als Flöte und Geige. Sieh Er sie an, Ruster!« Sie stellte die beiden Kleinen vor ihn hin, und er sah auf, blinzelnd, als habe er in die Sonne geblickt. Seinen kleinen, trüben Augen schien es schwer zu werden, den großen, hellen, unschuldigen der Kinder zu begegnen.

»Sieh Er sie an, Ruster,« ermutigte ihn Liljekronas Gattin.

»Ich wage es nicht,« antwortete Ruster, dem es ein Fegefeuer war, durch die schönen Kinderaugen in die Schönheit der unbe-fleckten Seelen hineinzuschauen.

Da lachte Liljekronas Gattin laut und fröhlich. »So soll Er sich daran gewöhnen, Ruster. Er kann dieses Jahr als Schulmeister in meinem Haus bleiben.«

Liljekrona hörte seine Gattin lachen und kam aus seinem Zim-mer. »Was gibt's?« fragte er. »Was gibt's?«

»Nichts weiter«, erwiderte sie, »als dass Ruster wiedergekom-men ist und ich ihn als Schulmeister für unsere kleinen Buben an-genommen habe.«

Liljekrona war ganz verdutzt. »Getraust du dich,« sagte er, »wagst du es? Hat er versprochen, das – zu lassen – ?«

»Nein,« antwortete die Gattin, »Ruster hat nichts versprochen. Doch er wird sich vor vielem hüten müssen, wenn er täglich den Kleinen in die Augen sehen soll. Wenn es nicht Weihnachten ge-wesen wäre, hätte ich es wohl nicht gewagt, doch wenn unser Herr-gott es gewagt hat, ein kleines Kind, das noch dazu sein eigener

Sohn war, unter uns Sünder zu versetzen, so kann auch ich mich wohl getrauen, meine Kleinen versuchen zu lassen, einen Menschen zu retten.«

Liljekrona brachte kein Wort hervor, aber es zuckte in jeder Runzel seines Gesichtes, wie immer, wenn er etwas Großartiges hörte.

Dann küsste er seine Frau so unterwürfig wie ein um Verzeihung bittendes Kind die Hand und rief laut: »Alle Kinder sollen herkommen und Mutter die Hand küssen!«

Das taten sie, und nachher wurde ein fröhliches Weihnachtsfest in Liljekronas Heim gefeiert.

Die Vision des Kaisers

Es war zu jener Zeit, da Augustus Kaiser in Rom und Herodes König in Jerusalem war.

Da geschah es, dass sich eine sehr bedeutsame und heilige Nacht auf die Erde breitete. Es war die schwärzeste Nacht, die man je gesehen hatte, man hätte glauben können, die ganze Erde sei in ein riesiges Kellergewölbe versunken. Unmöglich war es, Wasser von Land zu unterscheiden, und auf den bekanntesten Wegen konnte man sich nicht zurechtfinden. Es konnte auch gar nicht anders sein, denn kein Lichtstrahl drang vom Himmel herab. Alle Sterne waren daheim in ihren Häusern geblieben, und der freundliche Mond hatte sein Antlitz von der Erde abgewandt.

Und ebenso tief wie die Finsternis war die Stille. Die Flüsse hatten ihren Lauf gehemmt, kein Windhauch regte sich, und sogar das Espenlaub hatte aufgehört zu zittern. Wäre man zum Meer hinabgegangen, so hätte man entdeckt, dass die Wellen nicht mehr den Strand umspülten, und wäre man in die Wüste gegangen, so hätte der Sand nicht unter den Füßen geknirscht. Alles war wie versteinert und regungslos, um diese heilige Nacht nicht zu stören. Das Gras wagte nicht zu wachsen, der Tau konnte nicht fallen, und die Blumen getrauten sich nicht, Düfte auszuhauchen.

In dieser Nacht jagten die Raubtiere nicht nach Beute, die Schlangen bissen nicht, die Hunde bellten nicht. Und was noch weit herrlicher war, keines der leblosen Dinge hätte die Heiligkeit der Nacht dadurch entweihen mögen, dass es sich zu einer Übeltat hergab. Kein Dietrich hätte ein Schloss öffnen können, und kein Messer wäre imstande gewesen, Blut zu vergießen.

In dieser Nacht nun schritt eine kleine Zahl von Menschen aus dem kaiserlichen Palast auf dem Palatin und schlug die Richtung über das Forum nach dem Kapitol ein. Die Ratsherren der Stadt hatten am jüngst verflossenen Tag den Kaiser befragt, ob er Einspruch erheben würde, wenn sie auf Roms geheiligtem Berg einen Tempel für ihn erbauen ließen. Augustus jedoch hatte seine Zustimmung nicht sogleich erteilt. Er wusste nicht, ob es den Göttern wohlgefällig sein würde, dass er einen Tempel neben ihren Altären

besäße, und er hatte geantwortet, dass er zuvor seinem Schutzgeist ein nächtliches Opfer darbringen wolle, um den Willen der Götter zu erforschen. Und er war es, der sich nun, von einigen Getreuen geleitet, anschickte, dieses Opfer darzubringen.

Augustus ließ sich in seiner Sänfte tragen, denn er war alt, und das Ersteigen der hohen Treppen des Kapitols wäre ihm beschwerlich gefallen. Er selbst hielt das Vogelbauer mit den Opfertauben. Weder Priester noch Soldaten oder Ratsherren folgten ihm, nur seine nächsten Freunde. Die Fackelträger schritten vor ihm her, um einen Weg durch das nächtliche Dunkel zu bahnen, und hinter ihm gingen Sklaven, die den dreifüßigen Altar, die Messer, das heilige Feuer und alles andere trugen, was zur Opferung notwendig war.

Da der Kaiser unterwegs heiter mit seinen Getreuen plauderte, achtete niemand von ihnen auf die grenzenlose Verschwiegenheit und Stille dieser Nacht. Erst als sie die oberste Terrasse des Kapitols erreicht hatten, dessen leerer Platz für den neuen Tempel ausersehen worden war, wurde ihnen offenbar, dass Ungewöhnliches bevorstehe.

Diese Nacht glich keiner ihrer Schwestern, denn die Kommenden gewahrten oben am Felsenabhang eine höchst seltsame Erscheinung. Anfangs glaubten sie einen uralten, verkrüppelten Olivenbaumstamm zu erkennen, dann meinten sie, es müsse eine steinalte Statue aus dem Jupitertempel auf den Felsen hinausgewandert sein. Schließlich schien ihnen, dass jene Erscheinung nur die alte Sibylle sein könnte.

Nie hatten sie etwas so Altes, Verwittertes und Gigantisches gesehen. Diese greise Frauengestalt wirkte schreckenerregend. Wäre der Kaiser nicht dabei gewesen, so hätten sie ihr Heil in der Flucht gesucht, um zu Hause in ihre Betten zu kriechen. »Das ist jene,« flüsterten sie untereinander, »die der Jahre so viele zählt, wie es Sandkörner an der Küste ihrer Heimat gibt. Weshalb ist sie just in dieser Nacht aus ihrer Höhle hervorgekommen? Was verkündigt sie dem Kaiser und dem Reich, sie, die ihre Prophezeiungen auf das Laub der Bäume niederschreibt und weiß, dass der Wind ihr Orakelwort jenem zuweht, für den es bestimmt ist?«

So entsetzt waren sie, dass sie alle auf die Knie gestürzt wären und die Stirn an den Boden gepresst hätten, hätte die Sibylle sich

auch nur im Geringsten bewegt. Sie aber saß da, als wäre alles Leben aus ihr entwichen. Sie kauerte am äußersten Rand des Felsens, hatte die Augen mit der Hand beschattet und spähte in die Nacht hinaus. Als hätte sie den Felsen erklommen, um etwas, das sich in weiter Ferne zutrug, schärfer beobachten zu können, saß sie dort. Sie konnte also in solch einer Nacht dennoch etwas erkennen.

Eben hatten der Kaiser und sein ganzes Gefolge wahrgenommen, welch tiefe Dunkelheit herrschte. Niemand konnte eine Handbreit vor sich etwas sehen. Und welche Stille, welch unergründliches Schweigen! Nicht einmal das dumpfe Murmeln des Tiber war zu vernehmen. Die Luft lastete erstickend auf den Menschen, kalte Schweißtropfen bedeckten ihre Stirn, und steif und kraftlos hingen ihre Hände herab. Sie ahnten, dass sich Grauenvolles ereignen würde.

Niemand jedoch wollte seine Angst verraten, sondern alle versicherten dem Kaiser, dass dies eine gute Vorbedeutung sei, denn die ganze Natur hielte den Atem an, um einen neuen Gott zu empfangen.

Sie mahnten Augustus, sein Opfer zu beschleunigen, und sagten, dass die alte Sibylle sicherlich, um seinen Schutzgeist zu begrüßen, aus ihrer Höhle emporgestiegen sei. Aber in Wirklichkeit war die alte Sibylle so ganz von einer Vision erfüllt, dass sie von der Ankunft des Augustus auf dem Kapitol nichts bemerkt hatte. Ihr Geist war in einem fernen Land. Dort, so schien es ihr, wanderte sie über eine weite Ebene. In der Finsternis pochte ihr Fuß unaufhörlich gegen Hindernisse, die sie für kleine Erdhügel hielt. Sie beugte sich, mit den Händen tastend, zur Erde. Nein, es waren nicht Erdhügel, sondern Schafe. Sie wandelte zwischen großen Herden schlummernder Schafe dahin.

Jetzt gewahrte sie die Hirtenfeuer. Die brannten inmitten des Feldes, und sie suchte dorthin zu gelangen. Schlafende Hirten hatten sich um die Feuer gelagert, und neben ihnen sah man lange, spitzige Stecken am Boden, mit denen sie ihre Herden gegen die wilden Tiere zu verteidigen pflegten. Aber waren jene kleinen Tiere mit den funkelnden Augen und den buschigen Schwänzen, die dort zum Feuer heranschlichen, nicht Schakale? Und dennoch

schleuderten die Hirten nicht ihre Stecken nach ihnen, die Hunde schliefen ruhig weiter, die Schafe flohen nicht, und die Raubtiere streckten sich neben den Menschen zum Schlummer hin.

Das alles sah die Sibylle, aber sie wusste nichts davon, was sich hinter ihr auf dem Gipfel des Berges zutrug. Sie wusste nichts davon, dass man dort einen Altar errichtete, ein Kohlenfeuer entzündete, Weihrauch ausstreute, und dass der Kaiser eine Taube aus dem Vogelbauer nahm, um sie zu opfern. Seine Hände waren jedoch so schlaff, dass er den Vogel nicht festhalten konnte. Die Taube befreite sich mit einem einzigen Flügelschlag, schwang sich empor und verschwand im Nachtdunkel.

Als dies geschah, blickten die Hofherren voller Misstrauen zu der alten Sibylle hin. Sie glaubten, sie müsse die Urheberin dieses Missgeschicks sein.

Konnten sie wissen, dass die Sibylle noch immer am Kohlenfeuer der Hirten zu stehen wähnte, und dass sie eben einem leisen Klang lauschte, der bebend durch die todesstille Nacht schwebte? Sie vernahm ihn, lange bevor sie inne ward, dass er nicht von der Erde kam, sondern aus dem Gewölk drang. Endlich hob sie ihr Haupt, und nun sah sie lichte, strahlende Gestalten durch das Dunkel hingleiten. Es waren Scharen kleiner Engel, die lieblich singend und gleichsam suchend über die weite Ebene hin und her flogen.

Indessen die Sibylle dem Engelsang lauschte, bereitete sich der Kaiser zu einem erneuten Opfer. Er wusch sich die Hände, säuberte den Altar und ließ sich die zweite Taube reichen. Aber obwohl er sich jetzt aufs äußerste bemühte, sie festzuhalten, entglitt der geschmeidige Taubenkörper seiner Hand, und der Vogel schwang sich in die undurchdringlich dunkle Nacht empor.

Entsetzen erfasste den Kaiser. Vor dem leeren Altar stürzte er auf die Knie und betete zu seinem Schutzgeist. Er flehte ihn um Kraft an, auf dass er alles Unheil abwende, das diese Nacht zu verkündigen schien.

Auch davon hatte die Sibylle nichts vernommen. Mit ganzer Seele lauschte sie dem Engelsang, der immer mächtiger anschwoll. Schließlich ertönte er so stark, dass die Hirten davon erwachten. Sie stützten sich auf ihre Ellbogen und sahen leuchtende Scharen

silberweißer Englein in langen, wogenden Reigen gleich Zugvögeln hoch oben im Dunkel schweben. Einige hatten Lauten und Geigen in den Händen, andere trugen Zithern und Harfen, und ihr Gesang erklang so fröhlich wie Kinderlachen und so sorglos wie Lerchengezwitscher. Als die Hirten dies vernahmen, erhoben sie sich alsobald, um sich zu der Bergstadt zu begeben, in der sie wohnten, und dort von dem Wunder zu berichten.

Sie tasteten sich vorwärts auf einem schmalen, gewundenen Pfad, und die alte Sibylle folgte ihnen in Gedanken. Plötzlich wurde es oben auf dem Berg hell. Mitten darüber flammte ein großer, klarer Stern, und die Stadt auf dem Berggipfel erschimmerte wie Silber im Sternenlicht. Alle die schwebenden Engelscharen flogen darauf zu, und die Hirten beschleunigten ihre Schritte, so dass sie fast liefen. Als sie die Stadt erreicht hatten, sahen sie, dass die Engel sich über einem niedrigen Stall in der Nähe des Stadttores versammelt hatten. Es war eine elende Baracke mit einem Strohdach und dem nackten Felsgestein als Rückenwand. Senkrecht darüber stand der Stern, und dort scharten sich die Engel immer dichter und dichter. Einige setzten sich auf das Strohdach oder ließen sich auf der steilen Felswand hinter dem Haus nieder, andere flogen mit flatternden Schwingen hin und her. Hoch, hoch oben war die Luft von ihren strahlenden Schwingen verklärt und erleuchtet.

In demselben Augenblick, als der Stern über der Bergstadt aufglomm, erwachte die ganze Natur, und den Männern auf der Höhe des Kapitols konnte der plötzliche Wechsel nicht entgehen. Sie fühlten, dass frische Winde sie umkosten. Liebliche Düfte strömten empor, die Bäume rauschten, der Tiber begann zu murmeln, die Sterne erglänzten, und der Mond stand hoch am Himmel und erhellte die Welt. Und aus den Wolken schwangen sich zwei Tauben herab und ließen sich auf des Kaisers Schultern nieder.

Als dieses Wunder geschah, erhob sich Augustus in stolzer Freude, seine Vertrauten und Sklaven aber sanken auf die Knie und riefen: »Ave Caesar! Dein Schutzgeist hat Dir nun Antwort gegeben. Du bist der Gott, der auf dem Gipfel des Kapitols angebetet werden soll!«

Und die Huldigung, die jene begeisterten Männer dem Kaiser darbrachten, hallte so mächtig, dass die greise Sibylle sie hörte. Sie war aus ihrer Entrücktheit erwacht. Sie erhob sich von ihrem Platz am Felsenabhang und schritt auf die Menschen zu. Es war, als hätte sich eine düstere Wolke aus der Tiefe des Abgrunds emporgehoben und drohte über den Felsgipfel hinabzustürzen. Grausig war die alte Sibylle in ihrer Greisenhaftigkeit. Struppiges Haar hing in wirren Strähnen um ihr Haupt, die Gelenke der Glieder waren unförmig gestaltet, und die fahlgelbe Haut umgab den Körper hart wie Baumrinde, Runzel an Runzel.

Aber gewaltig und ehrfurchtgebietend schritt sie auf den Kaiser zu. Mit der einen Hand umspannte sie sein Handgelenk, mit der andern wies sie nach dem fernen Osten.

»Sieh!« gebot sie ihm, und der Kaiser hob die Augenlider und blickte hinab.

Der weite Raum eröffnete sich seinen Augen, und seine Blicke drangen bis ins ferne Morgenland. Er sah einen dürftigen Stall unter einer sehr steilen Felswand, in dessen offener Tür einige Hirten knieten. Drinnen im Stall sah er eine junge Mutter. Sie kniete vor einem kleinen Kind, das auf einem Strohbündel am Boden lag.

Und die unförmigen, knochigen Finger der Sibylle wiesen auf dieses arme Kindlein hin.

»Ave Caesar!« sprach die Sibylle mit einem Hohnlachen. » Dort liegt der Gott, der auf der Höhe des Kapitols angebetet werden wird!«

Da wich Augustus vor ihr zurück, wie vor einer Wahnwitzigen.

Aber nun kam die mächtige Sehergabe über die Sibylle. Ihre wilden Augen begannen zu glühen, ihre Arme streckten sich zum Himmel empor, ihre Stimme verwandelte sich, als wäre es nicht mehr ihre eigene, und sie bekam einen Klang und eine Kraft, dass sie auf dem weiten Erdenrund hätte vernommen werden können. Und sie sprach Worte aus, die sie hoch oben in den Sternen zu lesen schien:

»Auf der Höhe des Kapitols wird man den Weltenerneuerer anbeten, den Christ oder den Antichrist, doch nicht einen schwachen Sterblichen.«

Nachdem sie also gesprochen hatte, schritt sie an den vor Schreck erstarrten Männern vorüber langsam von der Bergeshöhe hinab und verschwand.

Augustus aber erließ am nächsten Tage ein strenges Verbot der Absicht, einen ihm geweihten Tempel auf dem Kapitol zu bauen. Stattdessen errichtete er dort ein Sanktuarium für den neugeborenen Gottessohn und nannte es Altar des Himmels, Ara coeli.

Der Brunnen der weisen Männer

Im alten Land Judäa zog die Dürre einher, hohläugig und voll Bitterkeit schritt sie über vertrocknete Disteln und vergilbtes Gras hin.

Es war Sommerzeit. Die Sonne schien auf schattenlose Berggipfel, der leiseste Wind wirbelte dichte Wolken von Kalkstaub aus der grauweißen Erde, die Herden drängten sich um die ausgetrockneten Bäche der Täler.

Die Dürre ging durchs Land und beschaute die Wasservorräte. Sie wanderte nach den Teichen Salomos, und seufzend erkannte sie, dass diese noch eine große Menge Wassers zwischen ihren felsigen Ufern bargen. Dann ging sie zu dem berühmten Davidsbrunnen bei Bethlehem hinab und fand auch dort Wasser. Mit schleppenden Schritten zog sie nun auf der großen Heerstraße weiter, die von Bethlehem nach Jerusalem führt. Als sie etwa den halben Weg zurückgelegt hatte, erblickte sie den Brunnen der weisen Männer, der dicht am Wegrand liegt, und sie gewahrte sofort, dass er nahe am Versiegen sei.

Die Dürre ließ sich auf der Brunnenschale nieder, die aus einem einzigen großen, ausgehöhlten Stein besteht, und blickte hinab in den Brunnen.

Der glänzende Wasserspiegel, der sonst nahe der Öffnung sichtbar wurde, war tief hinabgesunken und durch Schlamm und Schlick trübe und unrein.

Als der Brunnen das braungebrannte Gesicht der Dürre auf seinem matten Wasserspiegel erkannte, ließ er ein Plätschern der Angst vernehmen.

»Ich bin neugierig, wann es mit Dir aus sein wird,« sagte die Dürre. »Dort unten in der Tiefe kannst Du wohl keine Wasserader finden, die da käme, Dir neues Leben zu verleihen. Und, Gott sei Dank, kann von Regen vor zwei, drei Monaten gar keine Rede sein.«

»Da sei Du beruhigt,« seufzte der Brunnen. »Mir hilft nichts mehr. Es müsste denn zum mindesten ein Quellenlauf aus dem Paradies mich speisen.«

»So will ich Dich nicht verlassen, ehe alles überstanden ist,« sagte die Dürre. Sie erkannte deutlich, dass der alte Brunnen am Versiegen war, und nun wollte sie auch die Freude haben, ihn Tropfen für Tropfen hinsterben zu sehen.

Sie setzte sich befriedigt auf der Brunnenschale zurecht und hörte mit Behagen, wie der Brunnen dort unten in der Tiefe stöhnte. Es war ihr auch eine große Labsal, dass sich durstige Wanderer dem Brunnen näherten, die den Eimer hinabließen und nur mit etlichen Tropfen schlammigen Wassers emporzogen.

So ging der ganze Tag dahin, und als das Dunkel herniedersank, blickte die Dürre nochmals in den Brunnen hinunter. Noch schimmerte dort ein wenig Wasser. »Ich werde über Nacht hierbleiben,« rief sie. »Beeile Dich nur nicht! Wenn es so hell wird, dass ich wieder in Dich hinabsehen kann, dann ist es sicherlich mit Dir zu Ende.«

Die Dürre kauerte auf dem Brunnendach zusammen, während die heiße Nacht, die noch grausamer und qualvoller wirkte als der Tag, sich über Judäa breitete. Die Hunde und Schakale heulten unablässig, und die durstigen Rinder und Esel antworteten ihnen aus ihren heißen Ställen. Regte sich auch zuweilen der Wind, so brachte er doch keine Kühlung, sondern war glühend und dumpf wie die keuchenden Atemzüge eines riesigen, schlafenden Ungeheuers.

Die Sterne erschimmerten jedoch im allerherrlichsten Glanz, und der kleine, strahlende Neumond goss ein schönes, blau-grünes Licht über die grauen Hügel. Und in diesem Mondschein sah die Dürre eine große Karawane zu dem Hügel heraufziehen, auf dem der Brunnen der weisen Männer lag.

Die Dürre blickte auf den langen Zug hin und freute sich von neuem bei dem Gedanken an all den Durst, der dort den Brunnen suchte und keinen Tropfen Wasser zur Löschung finden würde. Es kamen so viele Tiere und Führer, dass sie den Brunnen hätten leeren können, wenn er auch bis oben voll Wasser gewesen wäre.

Plötzlich hatte sie das Gefühl, als ob diese ganze Karawane etwas Sonderbares, Gespenstisches habe, wie sie dort durch die Nacht herbeizog. Alle Kamele kamen erst auf einem Berge zum Vorschein, der dicht am Horizont emporragte: es war, als stiegen sie gerade vom Himmel herab. Sie sahen im Mondlicht auch viel

größer als gewöhnliche Kamele aus und trugen gar zu leicht die gewaltigen Lasten, mit denen sie bebürdet waren.

Dennoch konnte die Dürre nur glauben, dass alles Wirklichkeit sei, weil sie das Bild ja genau vor sich sah. Sie konnte sogar erkennen, dass die drei vordersten Tiere Dromedare mit grauem, glänzendem Fell waren, und dass sie, reich gezäumt und mit fransengezierten Schabracken gesattelt, von schönen, vornehmen Reitern geritten wurden.

Vor dem Brunnen machte der Zug Halt. Die Dromedare lagerten sich mit dreimaligem, schnellem Einknicken auf die Erde, und die Reiter stiegen ab. Die beladenen Kamele blieben aufrecht stehen und schienen in ihrer Versammlung eine unabsehbare Wirrnis von langen Hälsen und Höckern und sonderbar hoch aufgestapeltem Gepäck.

Die drei Dromedarreiter schritten stracks auf die Dürre zu und begrüßten sie, indem sie die Hand an Stirn und Brust legten. Sie sah, dass die drei blendendweiße Gewänder und riesige Turbane trugen, an deren oberem Rand ein hellglänzender Stern befestigt war, der so stark funkelte, als ob er eben vom Himmel genommen sei.

»Wir sind aus einem fernen Land«, sprach einer der Fremdlinge, »und bitten Dich, uns zu sagen, ob das in Wahrheit der Brunnen der weisen Männer ist.«

»So nennt man ihn bis auf den heutigen Tag,« antwortete die Dürre, »aber morgen wird es hier keinen Brunnen mehr geben. Er wird noch in dieser Nacht versiegen.«

»Das kann ich begreifen, da ich Dich hier sehe,« sprach der Mann. »Aber ist dieser denn nicht einer der geheiligten Brunnen, die nimmer versiegen? Weshalb hätte er sonst wohl seinen Namen?«

»Ich weiß, dass er geheiligt ist,« sagte die Dürre, »aber was tut das? Die drei Weisen sind im Paradies.«

Die drei Fremdlinge blickten einander an und fragten: »Kennst Du wirklich die Geschichte dieses alten Brunnens?«

»Ich kenne die Geschichte aller Brunnen und Quellen, aller Bäche und Flüsse,« antwortete die Dürre mit Stolz.

»Dann mache uns die Freude und erzähle sie!« baten die Fremd-

linge. Und sie setzten sich im Kreis um die alte Widersacherin alles Gedeihens nieder und lauschten.

Die Dürre räusperte sich, kauerte auf der Brunnenschale nieder wie ein Märchenerzähler auf seinem hohen Holzschemel und begann:

»In Gabes, einer Stadt in Medien, die an der Grenze der Wüste liegt und eben deshalb mir oft zur lieben Freistatt wurde, lebten vor vielen Jahren drei Männer, die um ihrer Weisheit willen berühmt waren. Sie waren jedoch auch sehr arm, was dort ein seltener Umstand war, denn zu Gabes wurde alle Wissenschaft hoch in Ehren gehalten und gut belohnt. Aber bei diesen drei Männern konnte es kaum anders zugehen, denn einer von ihnen war uralt, der zweite war aussätzig und der dritte war ein Schwarzer mit kräftigen Lippen. Den Menschen galt der erste als zu bejahrt, um sie noch lehren zu können, dem zweiten wichen sie aus, weil sie die Ansteckung fürchteten, und dem dritten wollten sie nicht zuhören, weil sie zu wissen vermeinten, dass aus Äthiopien noch niemals Weisheit gekommen sei.

»Die drei Weisen indessen schlossen in ihrem Unglück Freundschaft. Tags bettelten sie an derselben Tempelpforte, und nachts schliefen sie auf demselben Dach. So hatten sie zum mindesten Gelegenheit, sich die Zeit dadurch zu verkürzen, dass sie gemeinsam über alles Wunderbare nachgrübelten, was sie an Dingen und Menschen beobachteten.

»Eines Nachts, als sie nebeneinander auf einem Dach schliefen, das dicht mit rotem, betäubendem Mohn bewachsen war, erwachte der Älteste, und kaum hatte er umhergeblickt, als er auch schon die beiden anderen weckte. ›Gelobt sei unsere Armut, die uns zwingt, draußen im Freien zu schlafen!‹ sagte er zu ihnen. ›Erwachet und erhebet Eure Blicke zum Himmel!‹

»Nun,« sprach die Dürre mit etwas sanfterer Stimme, »dies war eine Nacht, die keiner, der sie erschaut hat, jemals vergessen könnte. So strahlend war der Luftraum, dass der Himmel, der sonst fast stets einem Gewölbe gleicht, tief und durchsichtig schien und wie von Meereswellen erfüllt war. Das Licht wogte hin und her, und die Sterne schienen in unterschiedlicher Tiefe zu schwimmen, einzelne inmitten der Lichtwogen, andere auf deren Oberfläche.

»Aber in weiter Ferne und hoch oben in den Lüften sahen die drei Männer ein schwaches Dunkel erstehen. Und dieses Dunkel durchflog den Luftraum wie ein Ball und kam immer näher, und je mehr dieser Ball sich näherte, desto stärker leuchtete er, aber er leuchtete so wie Rosen – möge Gott sie alle verdorren lassen! –, wenn sie die Knospe sprengen. Der Ball vergrößerte sich mehr und mehr, und nach und nach zersprang seine dunkle Hülle, und das Licht entströmte ihm in vier lichten Blättern, die sich zu seinen Seiten abzweigten. Als er endlich so tief herabgeschwebt war, wie der zunächst stehende Stern, machte er Halt. Da bogen sich die dunklen Enden der Hülle weg, und es entfaltete sich Blatt um Blatt eines herrlichen, rosenfarbenen Lichtes, das wie ein Stern inmitten der Sterne strahlte.

»Als die armen Männer dies gewahrten, sagten sie sich in ihrer Weisheit, dass zu dieser Stunde ein mächtiger König auf Erden geboren sein müsse, ein König, dessen Macht noch größer sein würde als die des Cyrus oder Alexanders des Großen. Und sie sprachen zueinander:

›Lasset uns hingehen zu den Eltern des Neugeborenen und ihnen berichten, was wir erschaut haben! Mag sein, sie belohnen uns mit einem Beutel Gold oder einer goldenen Armspange.‹

»Da nahmen sie ihre langen Wanderstäbe und begaben sich auf den Weg. Sie wanderten durch die Stadt und durchschritten das Stadttor, aber dort schwankten sie einen Augenblick, denn vor ihnen erstreckte sich die große, unfruchtbare (ach, so anmutige) Wüste, die die Menschen verabscheuen. Da sahen sie, dass der neue Stern einen schmalen Lichtstreifen über den Wüstensand warf, und mit dem Stern als Wegweiser wanderten sie getrost ihres Weges dahin.

»Die ganze Nacht durch gingen sie über die weite Sandebene, und auf der Wanderung sprachen sie von dem jungen, neugeborenen König, den sie in einer goldenen Wiege, mit Edelsteinen spielend, finden würden. Sie verkürzten sich die Nachtstunden, indem sie davon redeten, wie sie vor seinen Vater, den König, und seine Mutter, die Königin, hintreten würden, um ihnen zu verkünden, dass der Himmel ihrem Sohn Stärke und Macht, Schönheit und Glück verleihen würde, und dass er mächtiger als Salomo werden sollte.

»Sie prahlten, dass sie von Gott dazu berufen seien, den Stern zu erschauen. Sie sagten sich, dass die Eltern des Neugeborenen sie nicht geringer als mit zwanzig Beuteln Gold belohnen könnten. Vielleicht würden sie ihnen sogar so viel geben, dass sie nie wieder die Qual der Armut zu fühlen brauchten.

»Ich lag wie eine Löwin in der Wüste auf der Lauer«, sagte die Dürre, »und wollte mich mit allen Qualen des Durstes auf die Wanderer stürzen, sie aber entkamen mir. Der Stern geleitete sie die ganze Nacht, und als sich am Morgen der Himmel erhellte und alle die anderen Sterne verblichen, blieb dieser Stern beharrlich am Himmel stehen und leuchtete über der Wüste, bis er sie zu einer Oase geführt hatte, wo sie eine Quelle und fruchtreiche Obstbäume fanden. Dort ruhten sie den Tag über, und erst zur Nacht, als sie wieder den Sternenstrahl auf dem Wüstensand glänzen sahen, gingen sie weiter.

»Nach der Anschauung der Menschen«, fuhr die Dürre fort, »war diese Wanderung schön. Der Stern führte sie immer so, dass sie weder dursteten noch hungerten. Er geleitete sie an scharfen Disteln vorbei, er wich dem tiefen, losen Flugsand aus, sie entgingen durch ihn dem blendenden Sonnenschein und den glühenden Wüstenstürmen. Die drei sprachen beständig zueinander:

›Gott schützt uns und segnet unsere Wanderung. Wir sind seine Sendboten.‹

»Aber allmählich gewann ich dennoch Macht über sie,« erzählte die Dürre weiter. »Die Herzen der Sternwanderer wurden zu so trockenen Wüsteneien, wie jene, die sie durchschritten, sie waren voll unfruchtbarer Hoffart und wüster Begierde.

›Wir sind die Sendboten Gottes‹, wiederholten die drei Weisen, ›der Vater des neugeborenen Königs wird uns nicht zu reich belohnen, wenn er uns eine mit Gold beladene Karawane schenkt.‹

»Endlich führte der Stern sie über den vielgerühmten Jordanfluss und hierauf zu den Bergen Judäas. Und eines Nachts blieb er über der kleinen Stadt Bethlehem stehen, die auf einem Bergkegel zwischen grünen Olivenbäumen hervorschimmerte.

»Die drei Weisen blickten nach Schlössern, befestigten Türmen, Mauern und all dem anderen umher, das zu einer Königsstadt ge-

hört, aber sie vermochten nichts dergleichen zu entdecken. Und was noch schlimmer war, das Sternenlicht geleitete sie nicht einmal zur Stadt hinein, sondern machte vor einer Felsenhöhle am Wegrande Halt. Dort glitt das milde Licht durch die Öffnung hinein und zeigte den drei Wandernden ein Kindlein, das im Schoße seiner Mutter lag und in Schlaf gesungen wurde.

»Aber obwohl die drei Weisen wahrnahmen, dass das Sternenlicht des Kindes Haupt wie eine Krone umringte, blieben sie vor der Höhle stehen. Sie gingen nicht hinein, um dem Kleinen Ehren und Königreiche zu prophezeien. Sie wandten sich ab, ohne ihre Gegenwart zu verraten, sie flohen vor diesem Kind und stiegen wieder bergaufwärts.

›Sind wir zu Bettlern ausgezogen, so gering und arm wie wir selbst?‹ sprachen sie. ›Hat Gott uns hierher geführt, auf dass wir seiner spotten und dem Sohn eines Schafhirten Ehren weissagen? Dieses Kind wird niemals Höheres erreichen, als hier in diesen Tälern seine Herde zu hüten!‹«

Die Dürre hielt inne und nickte bekräftigend ihren Zuhörern zu. Habe ich nicht recht? Schien sie sagen zu wollen. Es gibt mancherlei, das trockener ist als Wüstensand, aber nichts ist unfruchtbarer als das Menschenherz.

»Die drei Weisen waren noch nicht weit gegangen, als es sie bedünken wollte, dass sie sich verirrt hätten und dem Stern nicht richtig gefolgt wären,« fuhr die Dürre fort. »Und sie wandten ihre Augen zum Himmel, um den Stern und den rechten Weg wiederzufinden. Aber da war der Stern, dem sie vom Morgenland her gefolgt waren, vom Himmel verschwunden.

»Die drei Fremdlinge schraken heftig zusammen, ihr Gesicht zeigte tiefen Schmerz.

»Was nun geschah,« hub die Erzählerin wieder an, »war, nach Menschensinn beurteilt, vielleicht sehr erfreulich. Sicher ist, dass die drei Weisen, sobald sie den Stern nicht mehr erblickten, erkannten, dass sie vor Gott gesündigt hatten. Und es erging ihnen,« fuhr die Dürre erschauernd fort, »wie es der Erde im Herbst geht, wenn die starken Regengüsse beginnen. Sie bebten vor Schrecken, wie bei einem Gewitter, ihre Herzen wurden wieder weich, und in ihrem Gemüt sprosste die Demut wie grünes Gras empor.

»Drei Tage und drei Nächte durchwanderten sie das Land, um jenes Kind zu finden, das sie anbeten sollten. Der Stern jedoch zeigte sich ihnen nicht, sie verirrten sich mehr und mehr und waren voll Kummer und Verzweiflung. In der dritten Nacht aber kamen sie zu dem Brunnen hier, um zu trinken. Und nun hatte Gott ihnen ihre Sünde vergeben, und als sie sich über den Wasserspiegel beugten, da erblickten sie tief unten den Widerschein des Sternes, der sie aus dem Morgenland hergeführt hatte.

»Auch am Himmel gewahrten sie ihn alsogleich, und er geleitete sie aufs Neue zu der Höhle zu Bethlehem, wo sie vor dem Kind auf die Knie sanken und sprachen:

›Wir bringen Dir goldene Schüsseln mit Weihrauch und köstlicher Spezerei. Du wirst der mächtigste König der Erde werden, der je seit ihrer Erschaffung gelebt hat und leben wird bis zu ihrem Untergang.‹

»Alsbald legte das Kindlein seine kleine Hand auf ihre gesenkten Köpfe, und als sie aufstanden, siehe, da hatte es ihnen Gaben gespendet, größer und reicher als ein König sie spenden könnte. Denn der alte Bettler war wieder jung, der Aussätzige gesund und der Äthiopier ein schöner Prinz. Und man erzählt, sie seien so herrlich gewesen, dass sie von dannen zogen und jeder König in seinem Heimatlande wurde.«

Die Dürre hielt in ihrer Erzählung inne, und die drei Fremdlinge lobten sie und sprachen: »Du hast gut berichtet.«

»Aber es wundert mich,« sagte der eine, »dass die drei Weisen gar nichts für den Brunnen tun, der ihnen einst den Stern zeigte. Sollten sie eine so große Wohltat ganz vergessen haben?«

»Müsste dieser Brunnen nicht ewig sein,« sprach der zweite Fremdling, »um die Menschen daran zu gemahnen, dass das Glück, das auf den Höhen des Stolzes eingebüßt wird, sich in der Tiefe der Demut wiederfindet?«

»Sind die Abgeschiedenen schlechter als die Lebenden?« fragte der dritte. »Erstirbt die Dankbarkeit bei denen, die im Paradies leben?«

Aber als sie diese Worte sprachen, fuhr die Dürre mit einem Schrei empor. Sie hatte die Fremdlinge erkannt, sie begriff, wer diese Wanderer waren. Und sie entfloh wie eine Rasende, um nicht

mitansehen zu müssen, wie die drei weisen Männer ihre Sklaven herbeiriefen und ihre Kamele zum Brunnen führten, die alle mit Wasserschläuchen beladen waren, und wie sie den armen versiegenden Brunnen mit Wasser füllten, das sie im Paradies geschöpft hatten.

Zu Nazareth

Als Jesus erst fünf Jahre alt war, saß er einmal auf der Schwelle vor seines Vaters Werkstatt und war damit beschäftigt, Tonkuckucke anzufertigen, die er aus einem Klumpen geschmeidigen Tons knetete, den er von dem gegenüber wohnenden Töpfer erhalten hatte.

Er war so glücklich wie niemals zuvor, denn alle Kinder dieses Stadtviertels hatten Jesus erzählt, dass der Töpfer ein sehr unfreundlicher Mann wäre, der sich weder durch flehende Blicke noch durch süße Worte etwas abschmeicheln ließe, und er hatte niemals gewagt, ihm eine Bitte vorzutragen. Aber siehe da, er wusste kaum, wie es zugegangen war! Er hatte nur auf seiner Treppe gestanden und voll Sehnsucht dem Nachbar zugeschaut, wie er an seinen Formen arbeitete, da war dieser auch schon aus seiner Werkstatt getreten und hatte ihm so viel Ton geschenkt, dass man davon einen großen Weinkrug hätte anfertigen können.

Auf der Treppe vor dem nächsten Hause saß Judas, der hässlich und rothaarig war, sein Gesicht zeigte blaue Flecke und die Kleider waren voller Risse, die hatte er sich bei seinen ständigen Kämpfen und Balgereien mit den Straßenjungen geholt. Für den Augenblick verhielt er sich jedoch ruhig, er ärgerte niemanden und balgte sich mit keinem herum, sondern beschäftigte sich, ganz wie Jesus, mit einem Stück Ton.

Allerdings hatte er sich den nicht selbst verschaffen können: er wagte kaum, sich dem Töpfer auch nur zu zeigen, denn dieser beklagte sich stets darüber, dass Judas Steine nach seinen zerbrechlichen Waren zu werfen pflege, und er hätte ihn sicher mit Stockprügeln weggejagt; Jesus aber hatte seinen Vorrat mit ihm geteilt.

Alle fertig gekneteten Tonkuckucke stellten die beiden Kinder im Kreis vor sich auf. Sie sahen so aus, wie Tonkuckucke zu allen Zeiten ausgesehen haben: an Stelle der Füße hatten sie einen großen runden Klumpen, um darauf zu stehen, sie hatten kurze Schwänze, keinen Hals und kaum erkennbare Flügel.

Aber jedenfalls zeigte sich sofort ein Unterschied in der Arbeit der kleinen Gefährten.

99

Die Vögel des Judas waren so schief, dass sie immer wieder um-
kippten, und wie eifrig er auch mit seinen kleinen, harten Fingern
daran herumknetete, vermochte er es nicht, ihre Körper niedlich
und wohlgestaltet zu machen. Zuweilen blickte er verstohlen zu
Jesus, um zu sehen, wie er es fertigbrachte, seine Vögel so gleichmäßig und glatt zu formen wie die Eichenblätter in den Wäldern
auf dem Berge Tabor.

Je mehr Vögel Jesus anfertigte, desto glücklicher wurde er. Einer
erschien ihm immer schöner als der andere, und er betrachtete sie
alle voll Stolz und Liebe. Sie sollten seine Spielgenossen werden,
seine kleinen Geschwister, sie sollten in seinem Bettchen schlafen,
ihm Gesellschaft leisten, ihm in Abwesenheit seiner Mutter ihre
Lieder vorsingen.

Niemals hatte er sich so reich geglaubt, nie würde er sich mehr
einsam und verlassen fühlen können.

Der hochgewachsene Wasserträger schritt gebeugt unter seinem schweren Wasserschlauch vorüber, und gleich hinter ihm her
kam der Gemüsehändler, der schaukelnd auf dem Rücken seines
Esels saß, mitten zwischen den großen, leeren Weidenkörben. Der
Wasserträger legte seine Hand auf Jesus' helllockiges Köpfchen
und fragte ihn nach seinen Vögeln. Jesus aber erzählte ihm, dass
sie Namen hätten, und singen könnten. Alle seine kleinen Vögel
seien aus fremden Ländern zu ihm hergeflogen, und sie berichteten ihm allerlei, wovon nur sie und er etwas wüssten. Und Jesus redete so, dass der Wasserträger und der Gemüsehändler eine ganze
Weile ihrer Arbeit gar nicht gedachten, um ihm zu lauschen.

Als sie aber weiterziehen wollten, wies Jesus auf Judas:

»Seht, wie schöne Vögel Judas macht!«

Da hielt der Gemüsehändler gutmütig seinen Esel an und fragte
Judas, ob auch seine Vögel Namen hätten und singen könnten.

Judas aber wusste nichts darüber zu sagen. Er schwieg beharrlich und hob den Blick nicht von seiner Arbeit, und der Gemüsehändler zertrat ärgerlich einen seiner Vögel und ritt weiter.

Und so verging der Nachmittag. Die Sonne sank tief hinab, und
ihr Schein drang durch das niedrige Stadttor, das sich, mit einem
römischen Adler geschmückt, am Ende der Gasse erhob.

Dieser Sonnenschein, der mit dem sinkenden Tage kam, war

ganz rosenrot: und als sei er mit Blut vermischt, verlieh er seine Farbe allem, was ihm in den Weg kam, während er die schmale Gasse durchzitterte. Er malte sowohl des Töpfers Krug als auch die Holzbohle, die unter des Zimmermanns Säge knirschte, und das weiße Schleiertuch, das Marias Antlitz umrahmte.

Jedoch am allerschönsten schimmerte der Sonnenschein in den kleinen Wasserpfützen, die sich zwischen den großen ungleichen Steinfliesen des Straßenpflasters angesammelt hatten. Und ganz plötzlich steckte Jesus seine kleine Hand in die ihm zunächst liegende Wasserlache.

Es kam ihm eben in den Sinn, dass er seine grauen Vögelchen mit dem funkelnden Sonnenschein anmalen möchte, der dem Wasser, den Häusermauern, ja, allem ringsumher so schöne Farben verliehen hatte.

Da machte sich der Sonnenschein ein wahres Vergnügen daraus, sich wie Farbe aus einem Malertiegel herausholen zu lassen, und als Jesus die kleinen Tonvögelchen damit bestrich, blieb er ruhig darauf liegen und hüllte sie von Kopf bis Fuß in diamantenähnlichen Glanz.

Judas, der ab und zu einen Blick hinüber zu Jesus warf, um zu sehen, ob dieser mehr und schönere Vögel machte als er selber, stieß einen Ruf des Entzückens aus, als er bemerkte, dass Jesus seine Tonkuckucke mit dem Sonnenschein bemalte, den er aus den Wasserlachen der Gasse aufnahm.

Und auch Judas tauchte seine kleine Hand in das schimmernde Wasser und versuchte den Sonnenschein aufzufangen.

Aber der Sonnenschein ließ sich von ihm nicht greifen. Er entglitt seinen Fingern, und wie geschwind er auch seine Hände bewegte, um ihn zu fassen, entrann ihm der Sonnenschein dennoch, und er konnte seinen armen Vögeln kein Tüpfchen Farbe verschaffen.

»Warte, Judas!« rief Jesus. »Ich werde hinkommen, um Deine Vögel anzumalen.«

»Nein,« sagte Judas, »Du sollst sie nicht berühren, sie sind gut genug, so wie sie eben sind.«

Er stand auf, runzelte seine Augenbrauen und biss die Lippen fest zusammen. Dann setzte er seinen breiten Fuß auf die Vögel

und zerstampfte sie, einen nach dem anderen, zu einem kleinen abgeplatteten Lehmklumpen.

Nachdem alle seine kleinen Vögel vernichtet waren, trat er zu Jesus hin, der seine Vögelchen, die wie Juwelen funkelten, liebkoste.

Judas betrachtete sie eine Weile in tiefem Schweigen, dann aber hob er den Fuß und zertrat einen davon.

Als Judas den Fuß zurückzog und den ganzen kleinen Vogel in grauen Lehm verwandelt sah, fühlte er eine solche Erleichterung, dass er zu lachen begann, und er hob den Fuß, um noch einen zu zertreten.

»Judas!« rief Jesus, »Was tust du da? Weißt du denn nicht, dass sie leben und singen können?«

Aber Judas lachte nur und zertrat noch einen Vogel.

Jesus blickte nach Rettung umher. Judas war groß und stark, und Jesus hatte nicht die Kraft, ihn zurückzuhalten. Er schaute nach seiner Mutter. Sie war nicht weit entfernt, aber ehe sie ihn erreichte, konnte es Judas gelingen, alle seine Vögel zu zerstören.

Jesus Augen füllten sich mit Tränen. Schon hatte Judas vier seiner Vögel zertreten, nur noch drei blieben übrig.

Und es betrübte ihn, dass seine Vögel so ruhig dastanden und sich zertreten ließen, ohne der Gefahr zu achten.

Jesus klatschte in die Händchen, um sie zu erwecken, und rief ihnen zu:

»Fliegt, fliegt!«

Da begannen die drei Vögelchen ihre kleinen Schwingen zu regen, und ängstlich flatternd schwangen sie sich zum Dachrand empor, wo sie in Sicherheit waren.

Als aber Judas sah, dass die Vögel auf Jesu Geheiß die Flügel hoben und flogen, begann er bitterlich zu weinen.

Er zerraufte sein Haar, wie er es bei den alten Leuten sah, wenn sie in großer Sorge und schwerem Kummer waren, und warf sich zu Jesu Füßen nieder.

Und Judas blieb dort liegen und wälzte sich vor Jesus im Staub wie ein Hund, küsste seine Füße und flehte, dass er seinen Fuß heben und ihn zertreten möge, wie er selbst die Tonvögel zertreten hatte.

Denn Judas liebte Jesus und bewunderte und betete ihn an und hasste ihn doch zugleich.

Aber Maria, die während der ganzen Zeit das Spiel der Kinder beobachtet hatte, stand jetzt auf, hob Judas empor, setzte ihn auf ihr Knie und liebkoste ihn.

»Du armes Kind!« sprach sie zu ihm. »Du weißt nicht, dass du etwas versucht hast, was kein Geschöpf vermag. Lass Dir niemals mehr einfallen, dergleichen zu tun, wenn Du nicht der unglücklichste aller Menschen werden willst! Wie würde es wohl dem unter uns ergehen, der es unternähme, mit ihm zu wetteifern, mit ihm, der mit dem Sonnenschein malt und der dem toten Lehm das Leben einhaucht?«

Im Tempel

Es waren einmal arme Leute, ein Mann, ein Weib und deren kleiner Sohn. Die gingen in dem großen Tempel zu Jerusalem umher. Der Sohn war ein ungewöhnlich schönes Kind. Er hatte weichgelocktes, langes Haar und seine Augen strahlten wie Sterne.

Man hatte ihn nicht eher in den Tempel gebracht, als bis er groß genug war, um alles zu begreifen, was er dort sah, und nun waren seine Eltern mit ihm gekommen, ihm alle die Pracht und Herrlichkeit zu zeigen. Da gab es lange Reihen von Säulen und vergoldete Altäre, da gab es heilige Männer, die ihre Schüler belehrten, da war der Hohepriester mit seinem Brustschild von Edelsteinen, da gab es Vorhänge aus Babylon, die mit goldenen Rosen durchwirkt waren, da sah man die mächtigen Kupferpforten, die so schwer waren, dass dreißig Männer Mühe hatten, sie in ihren Angeln hin und herzuschwingen.

Aber der Knabe, der erst zwölf Jahre war, machte sich nicht viel daraus, all dies zu sehn. Seine Mutter erzählte ihm, dass alles, was sie ihm hier zeigten, das Merkwürdigste auf dieser Welt sei. Sie sagte ihm, es würde nun wohl sehr lange dauern, ehe er noch einmal so etwas zu sehen bekäme. In dem ärmlichen Nazareth, wo sie wohnten, konnte man nur die grauen Gassen angucken.

Doch ihre Ermahnungen halfen nicht recht. Der kleine Knabe sah so aus, als würde er gern aus dem herrlichen Tempel fortlaufen, wenn er nur in den engen Gassen von Nazareth hätte spielen dürfen.

Seltsam aber war, dass die Eltern immer vergnügter und froher wurden, je gleichgültiger der Knabe sich gebärdete. Sie winkten einander über seinen Kopf hinweg zu und waren eitel Zufriedenheit.

Schließlich sah der Kleine so matt und erschöpft aus, dass die Mutter glaubte, man hätte ihm zuviel zugemutet, und sie sprach: »Wir sind zu lange mit Dir umhergegangen. Komm, Du musst Dich nun ein Weilchen gut ausruhen!«

Sie setzte sich an einer Säule nieder und sagte ihm, er solle sich auf die Erde legen und den Kopf in ihren Schoß betten. Das tat er auch und schlummerte sofort ein. Gleich darauf sagte die Frau

zu dem Mann: »Ich habe mich vor nichts so geängstigt, wie vor der Stunde, die ihn in den Tempel von Jerusalem führen sollte. Ich glaubte, er würde für immer hierbleiben wollen, sobald er das Gotteshaus zu sehen bekäme.«

Und der Mann sprach: »Auch ich habe diese Reise gefürchtet. Zur Zeit seiner Geburt geschahen viele Zeichen und Wunder, die darauf hindeuteten, dass er ein mächtiger Herrscher werden soll. Aber was könnte die Königswürde ihm wohl anderes bringen als Sorgen und Gefahren? Ich habe es stets gesagt, dass es für ihn und für uns das Beste wäre, wenn er nichts anderes würde als ein einfacher Zimmermann in Nazareth.«

»Seit seinem fünften Jahr«, antwortete die Mutter bedächtig, »sind keine Wunder um seinetwillen geschehen. Und er selbst erinnert sich an nichts von alledem, was sich in seiner frühen Kindheit zugetragen hat. Er ist jetzt ganz wie ein Kind unter Kindern. Gottes Wille geschehe, aber ich fange fast an zu hoffen, dass der Herr in seiner Gnade einen anderen für die großen Schicksale auserwählen wird und mein Sohn bei mir bleiben darf.«

»Was mich betrifft,« sagte der Mann, »so bin ich sicher, dass wir nicht zu bangen brauchen, wenn er nur nichts von den Zeichen und Wundern erfährt, die sich in seinen ersten Lebensjahren begeben haben.«

»Ich spreche mit ihm niemals über all das Wunderbare,« sagte die Frau. »Dennoch fürchte ich stets, dass sich ohne mein Dazutun irgendetwas ereignen könnte, was ihn darüber aufklären wird, wer er ist. Vor allem fürchtete ich, ihn in diesen Tempel zu bringen.«

»Du kannst Dich freuen, dass die Gefahr überstanden ist,« entgegnete der Mann. »Bald haben wir ihn wieder bei uns in Nazareth.«

»Ich habe mich vor den Weisen im Tempel gefürchtet,« sprach die Frau. »Ich hatte Angst vor den Wahrsagern, die hier auf ihren Betteppichen sitzen. Ich glaubte, wenn er ihnen vor Augen käme, würden sie sich erheben, sich vor dem Kind neigen und es als den König des Landes Judäa grüßen. Es ist sonderbar, dass sie seine Herrlichkeit nicht erkennen. Ist ihnen doch ein solches Kind noch niemals vor Augen gekommen!«

Eine Weile saß sie schweigend da und betrachtete das Kind. »Ich kann es kaum verstehen,« sagte sie schließlich. »Ich glaubte,

wenn er diese Richter zu sehen bekäme, die im Hause des Geheiligten sitzen, um die Zwistigkeiten der Leute zu schlichten, und diese Lehrer, die zu ihren Schülern reden, und diese Priester, die dem Herrn dienen, so würde er aufwachen und sagen: ›Hier ist es, um hier unter diesen Richtern, diesen Lehrern, diesen Priestern zu leben, bin ich geboren worden.‹«

»Was wäre das wohl für ein Glück, inmitten dieser Säulengänge eingesperrt zu sitzen?« unterbrach sie der Mann. »Für ihn ist es besser, auf den Hügeln und Bergen bei Nazareth umherzuschweifen.«

Die Mutter seufzte ein wenig und sprach: »Bei uns daheim ist er so glücklich. Wie zufrieden er ist, wenn er den Schafherden auf ihren einsamen Wanderungen folgen darf, oder wenn er auf die Felder hinausgehen kann, um der Arbeit der Landleute zuzuschauen! Ich kann es nicht glauben, dass wir unrecht gegen ihn handeln, wenn wir ihn für uns selber zu behalten suchen.«

»Wir ersparen ihm nur das größte Leid,« antwortete der Mann.

Sie fuhren fort, sich in dieser Weise zu unterhalten, bis das Kind aus seinem Schlummer erwachte.

»Sieh da,« rief die Mutter, »hast Du Dich nun gut ausgeruht? Steh auf, denn der Tag neigt sich, und wir müssen zu unserem Zeltlager zurückkehren.«

Sie befanden sich im entlegensten Teil des Tempelgebäudes, als sie dem Ausgang zustrebten.

Einige Augenblicke später mussten sie ein altes Gewölbe durchwandern, das noch aus jener Zeit herstammte, als zum ersten Mal ein Tempel an dieser Stelle errichtet worden war, und dort stand, an eine Wand gelehnt, ein altes Flügelhorn aus Kupfer. Es war ungeheuer lang und schwer und glich fast einer Säule, die man an den Mund setzen sollte, um darauf zu blasen. Es stand dort verbeult und zerschrammt, innen und außen voller Staub und Spinngewebe und von einem kaum sichtbaren Pergamentstreifen umschlungen, den altertümliche Buchstaben bedeckten. Es mochten wohl tausend Jahre vergangen sein, seit jemand versucht hatte, einen Ton daraus hervorzulocken.

Als aber der kleine Knabe das riesige Horn erblickte, blieb er verwundert stehen und fragte: »Was ist das?«

»Das ist das große Horn, das die Stimme des Weltenfürsten genannt wird,« antwortete die Mutter. »Mit diesem Horn rief Moses die in der Wüste zerstreuten Kinder Israel zusammen. Nach seiner Zeit hat niemand mehr vermocht, ihm einen einzigen Ton zu entlocken. Aber er, der dies vermag, wird einst kommen und alle Völker der Erde unter seiner Herrschaft vereinigen.«

Sie lächelte bei diesen Worten, denn sie hielt die Weissagung für ein altes Märchen. Aber der kleine Knabe blieb vor dem großen Horn stehen, bis sie ihn wegrief. Er wäre gern noch dageblieben, um es recht lange und gründlich zu betrachten, denn gerade das Horn gefiel ihm am besten von allem, was er bisher in dem Tempel gesehen hatte.

Sie waren noch nicht lange gegangen, als sie in einen großen, weiten Tempelhof kamen. Hier lag im Felsengrund eine tiefe, breite Schlucht, die noch aus der Urzeit stammte. König Salomo hatte die Untiefe nicht ausfüllen lassen wollen, als er den Tempel auf diesem Felsen erbaute. Er hatte keine Brücke darüber schlagen lassen, kein Geländer vor der abschüssigen, jähen Tiefe errichtet. Stattdessen hatte er eine scharfgeschliffene Stahlklinge, die mehrere Ellen lang war, mit der Schneide nach oben über den Abgrund spannen lassen. Und nun, nach einer Unendlichkeit von Jahren und Wechselfällen, lag die Klinge noch immer über der tiefen Schlucht. Aber sie war nun beinahe verrostet und nicht mehr sicher an ihren Endpunkten befestigt, so dass sie schwankte und schaukelte, sobald jemand mit schwerem Schritt über den Tempelhof ging. Als die Mutter den Knaben auf einem Umweg an dem Abgrund vorbeiführte, fragte er sie: »Was für eine Brücke ist das?«

»Die ist von König Salomo angelegt worden,« antwortete die Mutter, »und wir nennen sie die Paradiesbrücke. Wenn Du auf der schwankenden Brücke, deren Scheide dünner ist als ein Sonnenstrahl, den Abgrund überschreiten kannst, so bist Du sicher, ins Paradies zu kommen.« Und sie lächelte und eilte weiter, aber der Knabe blieb stehen und betrachtete die feine, schwankende Stahlklinge, bis die Mutter ihn rief.

Als er ihr folgte, seufzte er darüber, dass sie ihm die beiden wunderbaren Dinge nicht schon früher gezeigt hatte, wo er noch Zeit genug gehabt hätte, sie gut zu betrachten. Sie gingen nun,

ohne sich aufzuhalten, bis sie zu dem mächtigen Eingangsportikus mit seinen fünffachen Säulenreihen gelangten. In einer Ecke standen dort zwei Säulen von schwarzem Marmor, die auf demselben Postament so nahe aneinander errichtet waren, dass sich kaum ein Strohhalm dazwischen durchschieben ließ. Sie waren hoch und majestätisch, mit reich geschmückten Kapitälen gekrönt, um die sich eine Reihe seltsam geformter Tierköpfe hinzog. Aber nicht ein Zoll breit dieser herrlichen Säulen war ohne Schrammen und Risse, sie waren beschädigt und abgenutzt wie nichts sonst im Tempel. Selbst der Steinboden war an dieser Stelle blankgescheuert und ein wenig vertieft durch die Reibung, die von den Tritten zahlloser Füße erzeugt worden war.

Und wieder hielt der Knabe seine Mutter zurück und fragte sie: »Was sind das für Säulen?«

»Das sind Säulen, die unser Erzvater Abraham aus dem fernen Chaldäa nach Palästina hergebracht hatte, und die er die Pforte der Gerechtigkeit nannte. Wer sich zwischen ihnen durchzudrängen vermag, der ist gerecht vor Gott und hat niemals eine Sünde begangen.«

Der Knabe blieb stehen und blickte mit großen Augen die Säulen an.

»Du willst doch nicht etwa versuchen, Dich zwischen ihnen durchzudrängen?« fragte die Mutter und lachte. »Du siehst, wie der Steinboden um sie her von den vielen Menschen abgenutzt ist, die es versucht haben, sich durch den schmalen Spalt zu zwängen, aber Du kannst mir glauben, dass es keinem einzigen geglückt ist. Doch jetzt beeile Dich! Ich höre das Dröhnen der Kupfertore. Die dreißig Tempeldiener stemmen ihre Schultern dagegen, um sie in Bewegung zu setzen.«

Der kleine Knabe jedoch lag die ganze Nacht im Zelt wach auf seinem Lager und sah nichts anderes vor sich als die Pforte der Gerechtigkeit, die Paradiesbrücke und die Stimme des Weltenfürsten. Niemals zuvor hatte er von so wunderbaren Dingen gehört. Und er konnte sich der Gedanken daran nicht entschlagen. Am nächsten Morgen war es ebenso. Er vermochte an nichts anderes zu denken. Heute sollten sie die Heimreise antreten. Die Eltern hatten sehr viel damit zu tun, ihr Zelt abzubrechen, um es auf dem Ka-

mel zu verladen, auch war noch mancherlei zu ordnen. Sie sollten nicht allein reisen, sondern in Gesellschaft vieler Verwandten und Nachbarn, und da so viele Leute mit dabei waren, ging ihnen das Einpacken sehr langsam von der Hand.

Der kleine Knabe half nicht bei der Arbeit, sondern saß ganz still in all dem Wirrwarr und Jagen und dachte an die drei wunderbaren Dinge.

Plötzlich fiel ihm ein, dass er noch genügend Zeit hätte, um in den Tempel zu gehen und die drei Wunderdinge noch einmal zu betrachten. Es war noch sehr viel einzupacken. Er konnte vor dem Aufbruch recht gut zurück sein. Schnell eilte er von dannen, ohne jemandem zu sagen, was er vorhatte. Er glaubte, es sei nicht notwendig. Er würde ja bald zurückkehren.

Auch dauerte es nicht lange, bis er den Tempel erreichte, und er trat in die Säulenhalle, in der die beiden schwarzen Marmorsäulen standen.

Sobald er sie erblickte, strahlten seine Augen vor Freude. Er setzte sich auf den Steinboden neben ihnen nieder und starrte zu ihnen empor. Als er daran dachte, dass jemand, der sich zwischen diesen zwei Säulen durchdrängen könnte, vor Gott gerecht sei und niemals eine Sünde begangen habe, vermeinte er, noch niemals etwas so Wundersames gesehen zu haben.

Er dachte daran, wie herrlich es sein müsste, sich zwischen diesen beiden Säulen hindurchzuzwängen, aber sie standen so dicht beieinander, dass es unmöglich war, es auch nur zu versuchen. Ohne dass er es wusste, saß er wohl eine Stunde lang unbeweglich vor den Säulen. Er aber glaubte, dass er sie nur einige Augenblicke betrachtet habe.

Nun begab es sich, dass dort in der Säulenhalle, wo der kleine Knabe saß, die Richter des Hohen Rates versammelt waren, um in den Streitsachen des Volkes zu richten. Die ganze Halle war voll von Menschen. Einige klagten über verschobene Grenzsteine, andere über den Raub von Schafen, die man aus der Herde weggeführt und mit falschen Zeichen versehen hatte, manche verklagten Schuldner, die nicht bezahlen wollten. Unter all den anderen befand sich auch ein reicher Mann in schleppenden Purpurgewändern. Er führte eine arme Witwe vor Gericht, die ihm einige Sekel

(alte jüdische Einheit) Silber schuldig sein sollte. Die arme Witwe jammerte und sagte, der reiche Mann tue ihr unrecht. Sie habe ihm bereits einmal ihre Schuld bezahlt, nun wolle er sie nochmals dazu zwingen, aber das vermöge sie nicht. Sie sei so arm, dass sie, falls die Richter sie zur Zahlung verurteilten, gezwungen wäre, dem reichen Mann ihre Töchter als Sklavinnen zu überlassen.

Der Höchste im Rat wandte sich an den reichen Mann und sprach zu ihm: »Wagst Du einen Eid darauf zu leisten, dass dieses arme Weib Dir das Geld noch nicht bezahlt hat?«

Da antwortete der Reiche: »Herr, ich bin ein reicher Mann. Würde ich mir die Mühe machen, mein Geld von dieser armen Witwe zu verlangen, wenn ich nicht das Recht dazu hätte? Ich schwöre es Dir, so wahr und gewiss niemals jemand durch die Pforte der Gerechtigkeit schreiten wird, so gewisslich ist diese Frau mir die Summe schuldig, die ich verlange.«

Als die Richter diesen Eid vernommen hatten, glaubten sie seiner Rede und verurteilten die arme Witwe dazu, ihm ihre Töchter als Sklavinnen zu übergeben. Aber der kleine Knabe saß dicht daneben und hatte alles gehört. Er sagte sich: »Wie gut wäre es doch, wenn jemand durch die Pforte der Gerechtigkeit gelangen könnte! Dieser reiche Mann hat gewiss nicht die Wahrheit geredet. Wie schrecklich ist es für die alte Frau, ihre Töchter zu Sklavinnen hergeben zu müssen.« Er sprang auf das Piedestal, auf dem sich die beiden Säulen erhoben, und blickte durch den zwischen ihnen befindlichen Spalt.

»Ach, dass es doch nicht so unmöglich wäre!« seufzte er. Dies arme Weib dauerte ihn so sehr. Er dachte jetzt gar nicht daran, dass jeder, der sich durch diese Pforte zu zwängen vermochte, gerecht und sündenlos wäre. Nur um des armen Weibes willen wünschte er es zu vollbringen. Er stemmte seine Schulter zwischen die Vertiefung, als wolle er sich einen Weg bahnen.

In diesem Augenblick schauten alle dort anwesenden Menschen nach der Pforte der Gerechtigkeit hin. Denn es dröhnte in dem Gewölbe, und es sang in den alten Säulen, die sich auseinander schoben, eine zur rechten und eine zur linken Seite, und sie ließen gerade so viel Raum frei, dass der schlanke Körper des Knaben zwischen ihnen hindurchgleiten konnte.

Das erregte die höchste Verwunderung und großes Aufsehen. Im ersten Augenblick waren alle sprachlos. Die Leute starrten nur beständig den kleinen Knaben an, der ein so großes Wunder vollbracht hatte. Der Älteste unter den Richtern fasste sich zuerst. Er befahl, den reichen Kaufmann zu ergreifen und vor den Hohen Rat zu führen. Und er verurteilte ihn, seine ganze Habe der armen Witwe zu übergeben, weil er in Gottes Tempel einen falschen Eid geschworen hatte.

Da dies abgetan war, fragte der Richter nach dem Knaben, der sich durch die Pforte der Gerechtigkeit gedrängt hatte, aber als die Menschen nach ihm Umschau hielten, da war er verschwunden. Denn in demselben Augenblick, da die Säulen auseinanderglitten, war er wie aus einem Traum erwacht und hatte sich seiner Eltern und der Heimkehr erinnert. »Jetzt muss ich mich aber beeilen, damit die Eltern nicht auf mich warten müssen,« sagte er sich. Er wusste aber gar nicht, dass er eine ganze Stunde vor der Pforte der Gerechtigkeit gesessen hatte, sondern wähnte, dort nur ein paar Minuten verweilt zu haben, und nun meinte er, dass er wohl auch noch Zeit hätte, einen Blick auf die Paradiesbrücke zu werfen, ehe er den Tempel verließe.

Und mit leichten Schritten glitt er durch die Volksmenge und gelangte zur Paradiesbrücke, die in einem ganz anderen Teil des großen Tempels lag.

Als er aber die scharfe Stahlklinge sah, die den Abgrund überbrückte, und daran dachte, dass ein Mensch, der über diese Brücke wandern könnte, sicher sei, ins Paradies zu gelangen, da meinte er, dass dies doch das allermerkwürdigste sei, was er jemals gesehen hätte, und er setzte sich am Rande des Abgrundes nieder, um die Stahlklinge zu betrachten.

Er dachte daran, wie herrlich es sein müsste, ins Paradies zu gelangen, und wie gern er diese Brücke überschreiten würde. Aber gleichzeitig erkannte er, dass es ganz unmöglich sei, dies auch nur zu versuchen.

Zwei Stunden lang grübelte und sann er in dieser Weise, wusste aber nichts davon, dass so viel Zeit verflossen war. Er dachte nur unablässig an das Paradies.

Auf dem Hof, in dem sich der tiefe Abgrund befand, war auch

ein großer Opferaltar errichtet, um den weißgekleidete Priester schritten, die das Altarfeuer hüteten und Opfergaben entgegennahmen. Es standen auch viele opfernde Menschen dort und eine große Menge solcher, die dem Gottesdienst nur zuschauten. Nun kam ein armer, alter Mann des Weges daher. Er trug ein sehr kleines, mageres Lamm, das überdies noch von einem Hund gebissen worden war, so dass es eine klaffende Wunde hatte.

Der Mann ging mit dem Lamm hin zu den Priestern und bat, es opfern zu dürfen, sie aber versagten ihm die Bitte. Eine so armselige Gabe dürfe er dem Herrn nicht darbringen, sagten sie ihm. Der Alte flehte, sie möchten doch um der Barmherzigkeit willen das Lamm annehmen, denn sein Sohn liege todkrank danieder, und er besitze nichts anderes, was er Gott für seine Genesung opfern könnte. Er sprach: »Ihr müsst es mich opfern lassen, denn sonst dringt mein Gebet nicht zu Gottes Angesicht, und mein Sohn wird sterben.«

»Du darfst nicht glauben, dass ich kein Mitleid für Dich hege,« sprach der Priester, »aber das Gesetz verbietet uns, ein verletztes Tier zu opfern. Deine Bitte zu erfüllen ist so unmöglich, wie es unmöglich ist, die Paradiesbrücke zu überschreiten.«

Der kleine Knabe saß nicht weit entfernt, so dass er alles gehört hatte. Er dachte sogleich daran, wie schade es wäre, dass niemand die Brücke überschreiten konnte. Vielleicht durfte der Arme seinen Sohn behalten, wenn das Lamm geopfert wurde.

Der alte Mann verließ traurig den Tempelhof, und der Knabe stand auf, ging zu der schwankenden Brücke und betrat sie mit seinem Fuß.

Er dachte ganz und gar nicht daran, dass er sie überschreiten wollte, um des Paradieses sicher zu sein. Seine Gedanken galten einzig und allein dem Armen, dem er so gern helfen wollte. Aber er zog den Fuß zurück und flüsterte: »Es ist unmöglich. Sie ist viel zu alt und verrostet, sie würde mich nicht einmal tragen.«

Aber noch einmal eilten seine Gedanken zu dem Armen, dessen Sohn im Sterben lag. Und wieder setzte er den Fuß auf die Schwertklinge.

Da fühlte er, dass sie aufhörte zu schwanken und unter seinen Füßen breit und fest wurde.

Und beim nächsten Schritt merkte er, dass die Luft rings umher ihn stützte. Sie trug ihn, als wäre er ein Vogel und hätte Schwingen.

Aber als der Knabe über die Klinge schritt, drang ein lieblicher Ton bebend daraus hervor, und einer von denen, die auf dem Tempelhof standen, wandte sich um, als er den Ton vernahm. Er stieß einen lauten Schrei aus, so dass sich auch alle die anderen umwandten, und nun gewahrten sie den kleinen Knaben, der auf der Stahlklinge vorwärts schritt.

Und große Bestürzung und Verwunderung bemächtigten sich aller, die dort standen. Die ersten, die wieder zur Besinnung kamen, waren die Priester, Sie sandten sogleich einen Boten nach dem Armen aus, und als er kam, sprachen sie zu ihm: »Gott hat ein Wunder getan, um uns zu zeigen, dass ihm Deine Gabe wohlgefällig ist. Gib Dein Lamm her, wir werden es opfern!«

Als dies vollbracht war, fragten sie nach dem kleinen Knaben, der über den Abgrund geschritten war. Aber als sie sich nach ihm umschauten, konnten sie ihn nicht finden. Denn sobald der Knabe über den Abgrund geschritten war, kam ihm der Gedanke an die Heimkehr und an die Eltern. Er war sich dessen nicht bewusst, dass der Morgen und der Vormittag bereits vergangen waren, sondern er sagte sich: »Ich muss mich nun tüchtig beeilen, damit sie nicht auf mich warten müssen. Ich will nur noch schnell einen Blick auf das Horn des Weltenfürsten werfen.«

Und er glitt durch die Menge und eilte mit leichten Schritten zu dem dämmerigen Säulengang, wo das kupferne Horn an der Wand lehnte. Als er es erblickte und daran dachte, dass ein Mensch, der ihm einen Ton entlocken könnte, alle Völker der Erde unter seiner Herrschaft vereinigen würde, meinte er noch niemals etwas so Merkwürdiges gesehen zu haben, und setzte sich daneben nieder und betrachtete es aufmerksam.

Er dachte daran, wie erhaben es sein müsste, alle Menschen auf der Erde an sich zu ziehen, und wie herzlich er wünschte, auf dem alten Horn blasen zu können. Aber er begriff, dass dies unmöglich sei, und wagte nicht einmal den Versuch.

Auf diese Weise verbrachte er dort mehrere Stunden, ohne zu wissen, wie die Zeit verging. Er dachte einzig und allein daran, was

man dabei empfinden würde, wenn man alle Menschen auf Erden unter seiner Herrschaft vereinigte.

Aber in diesem kühlen Säulengang saß ein heiliger Mann und belehrte seine Schüler. Und er wandte sich eben an einen der Jünglinge, die zu seinen Füßen saßen, und sagte ihm, er sei ein Betrüger. Sein Geist habe ihm verraten, dass der Jüngling ein Fremdling und kein Israelit sei. Und nun fragte der Heilige ihn, weshalb er sich unter einem falschen Namen unter seinen Schülern eingeschlichen hätte.

Da erhob sich der fremde Jüngling und antwortete, er sei durch öde Wüsten gewandert und habe weite Meere durchschifft, um die wahre Weisheit und die Lehre vom einzigen Gott verkünden zu hören. Und er sprach zum Heiligen: »Meine Seele verschmachtete vor Sehnsucht. Aber ich wusste, dass Du mich nicht unterweisen würdest, wenn ich mich nicht als Israelit bekannt hätte. Und ich belog Dich, auf dass meine Sehnsucht gestillt würde. Ich flehe Dich an, mich bei Dir bleiben zu lassen.«

Aber der Heilige erhob sich, streckte die Arme gen Himmel und rief: »Du darfst so wenig bei mir bleiben, wie jemand aufstehen wird, um auf dem großen Kupferhorn zu blasen, das wir die Stimme des Weltenfürsten nennen. Es ist Dir nicht einmal erlaubt, diese Stelle des Tempels zu betreten, weil Du ein Heide bist. Hebe Dich weg von hier, sonst werden meine anderen Schüler sich auf Dich werfen und Dich in Stücke reißen, denn Deine Gegenwart schändet den Tempel.«

Aber der Jüngling blieb stehen und sprach: »Ich werde nirgendwo anders hingehen, wo meine Seele keine Nahrung fände. Lieber will ich hier zu Deinen Füßen sterben.«

Kaum waren diese Worte gesprochen, als die Schüler des Heiligen sich erhoben, um den Fremden zu verjagen. Und als er sich wehren wollte, warfen sie ihn nieder und wollten ihn töten.

Der Knabe aber saß ganz nahe, so dass er alles gehört und gesehen hatte, und er sagte sich: »Das ist eine große Hartherzigkeit. Ach, könnte ich doch das Kupferhorn blasen, so wäre ihm sicher geholfen!«

Er erhob sich und legte seine kleine Hand auf das Horn. In diesem Augenblick wünschte er nicht mehr, es deshalb zu seinen Lip-

pen emporheben zu können, weil der, der es vermochte, ein großer Herrscher werden würde, sondern nur, weil er hoffte, jemandem helfen zu können, dessen Leben in Gefahr war.

Und mit seinen kleinen Händen umfasste er das Kupferhorn und versuchte es zu heben. Da fühlte er, dass das ungeheure Horn sich von selbst bis zu seinen Lippen erhob. Und als er nur aufatmete, drang ein starker klingender Ton aus dem Horn, der den ganzen weiten Umkreis des Tempels durchhallte.

Da wandten sich aller Augen, und sie sahen, dass es ein kleiner Knabe war, der mit dem Horn an den Lippen dastand und ihm Töne entlockte, die alle Gewölbe und Säulen erbeben machten.

Und alsogleich senkten sich alle jene Hände, die schon erhoben waren, um den fremden Jüngling zu erschlagen, und der heilige Lehrer sprach zu ihm:

»Komm und setze Dich hier zu meinen Füßen nieder, wie Du früher saßest! Gott hat ein Wunder getan, um mir ein Zeichen zu geben, dass es ihm wohlgefiele, Dich in die Glaubenslehren zu seiner Anbetung einzuweihen.«

Als der Tag sich seinem Ende zuneigte, eilten ein Mann und ein Weib nach Jerusalem. Sie sahen erschrocken und beunruhigt aus und riefen jedem Vorübergehenden zu: »Wir haben unseren Sohn verloren. Wir glaubten, er sei mit unseren Verwandten oder Nachbarn mitgegangen, aber keiner von ihnen hat ihn gesehen. Ist jemand von Euch unterwegs einem einzelnen Kinde begegnet?«

Und alle, die von Jerusalem kamen, antworteten ihnen: »Euren Sohn haben wir nirgends gesehen, aber im Tempel haben wir das schönste Kind der Welt gesehen. Es war wie ein Engel des Himmels anzuschauen und hat die Pforte der Gerechtigkeit durchschritten.«

Sie hätten das Alles gern ganz genau erzählt, die Eltern hatten jedoch keine Zeit, ihnen zuzuhören.

Als sie wieder eine Strecke gegangen waren, begegneten sie anderen Menschen und fragten sie nach ihrem Sohn. Doch die von Jerusalem kamen, wollten nur von dem schönsten Kind berichten, das aussehe, als sei es vom Himmel herabgestiegen, und die Paradiesbrücke überschritten hatte.

Sie hätten noch bis zum späten Abend davon erzählt, doch der Mann und das Weib hatten keine Zeit zuzuhören, sondern eilten zur Stadt.

Sie rannten Straße auf, Straße ab, ohne das Kind zu finden. Endlich standen sie vor dem Tempel.

Im Vorbeischreiten sagte die Frau: »Da wir nun doch einmal hier sind, lass uns auch hineingehen, um zu sehen, was es mit dem Kind für eine Bewandtnis hat, von dem sie sagen, es sei vom Himmel herabgestiegen!« Sie gingen hinein und fragten, wo sie das Kind finden könnten.

»Geht dort geradeaus bis zu der Halle, wo die heiligen Lehrer mit ihren Schülern sitzen. Dort ist das Kind. Die alten Gelehrten haben es in ihre Mitte gesetzt, sie befragen es, und es befragt sie, und alle verwundern sich höchlichst über den Knaben. Alles Volk steht draußen auf dem Tempelhof, um einen Schimmer von ihm wahrzunehmen, der des Weltenfürsten Stimme zu seinen Lippen emporgehoben hat.«

Der Mann und das Weib bahnten sich den Weg durch die Volksmenge, und sie erkannten, dass das Kind inmitten der weisen Lehrer ihr eigener Sohn war. Aber sobald die Frau das Kind erkannt hatte, begann sie zu weinen.

Und der Knabe, der inmitten der weisen Männer saß, hörte jemand weinen und erkannte, dass es seine Mutter war. Da stand er auf und ging zu seiner Mutter, und die Eltern nahmen ihn in ihre Mitte und schritten mit ihm aus dem Tempel hinaus.

Aber die Mutter weinte unablässig, und das Kind fragte sie: »Warum weinst Du? Ich kam ja zu Dir, sobald ich Deine Stimme vernahm.«

»Sollte ich nicht weinen?« fragte die Mutter. »Ich glaubte, Du wärest für mich verloren.«

Sie verließen die Stadt, und das Dunkel brach herein, und die Mutter weinte noch immer.

»Warum weinst Du?« fragte das Kind. »Ich wusste nichts davon, dass der Tag vergangen war. Ich glaubte, es sei noch frühmorgens, und ich kam zu Dir, sobald ich Deine Stimme vernahm.«

»Muss ich nicht weinen?« sprach die Mutter. »Ich habe Dich den ganzen Tag gesucht. Ich glaubte, Du wärest für mich verloren.«

Sie wanderten die ganze Nacht durch, und die Mutter weinte unablässig.

Als der Tag aufdämmerte, fragte das Kind: »Warum weinst Du? Ich habe nicht nach eigenem Ruhm begehrt, aber Gott hat mich diese Wunder tun lassen, weil er diesen drei armen Menschen beistehen wollte. Und sobald ich Deine Stimme vernahm, bin ich zu Dir zurückgekehrt.«

»Mein Sohn,« antwortete die Mutter, »ich weine, weil Du dennoch für mich verloren bist. Du wirst mir niemals mehr angehören können. Von nun an wird Gerechtigkeit Deines Lebens Ziel sein und das Paradies Deine Sehnsucht, und Deine Liebe wird alle die armen Menschen umfangen, die die Erde erfüllen.«

Der Traumpfannkuchen

Am Silvesterabend ging die Pfarrerstochter ganz spät die An-
höhe hinunter, die zum Brauhaus führte, wo die Großmutter, Frau
Beata Spaak, seit vielen Jahren wohnte. Maja Lisa führte die Kleine
an der Hand, und man konnte schon von weitem hören, dass sie
unterwegs waren, denn so oft sie den Weg verfehlten und in den
Schneewall einsanken, schrien sie laut auf.

Es war neblig und stockdunkel, und am Himmel leuchteten weder Mond noch Sterne. Hätte es nicht hinter Großmutters Fenster-
laden hell hervorgeschimmert, dann hätten sich die beiden wohl
kaum bis zum Brauhaus zurechtfinden können.

In dieser Weihnachtszeit wurden unbeschreiblich viele Gesell-
schaften gegeben, sowohl bei den Bauern als bei den Herrschaf-
ten, so viele, dass die Tage fast nicht ausreichten, und so war den
Pfarrleuten schließlich nichts anderes übriggeblieben, als auch am
Silvesterabend fortzufahren. Aber Mamsell Maja Lisa war wie gewöhnlich zu Hause gelassen worden. Es hieß, sie müsse daheim-
bleiben und dafür sorgen, dass das Gesinde eine ordentliche Mahlzeit mit Fisch und Grütze ganz wie am Heiligen Abend bekomme.
Als ob die alte Haushälterin das nicht ebenso gut hatte besorgen
können!

Aber die Pfarrerstochter war deshalb doch in ausgezeichneter
Laune. Am Vormittag hatte sie der Kleinen Märchen erzählt und
Lieder vorgesungen, und die Kleine war sicherlich noch niemals
so vergnügt gewesen.

Nach dem Abendbrot hatte Mamsell Maja Lisa erklärt, sie habe
noch ganz und gar keine Lust, schlafen zu gehen; heute am Silvesterabend wolle sie wenigstens, ehe sie zu Bett gehe, einen Versuch
machen, etwas von der Zukunft zu erfahren. Und dann hatte sie
die Kleine gefragt, ob sie einen Traumpfannkuchen mit ihr backen
wolle.

Die Kleine wusste absolut nicht, was ein Traumpfannkuchen
war, hatte aber sofort ja gesagt; und sie würde selbstverständlich
auch ja gesagt haben, wenn Mamsell Maja Lisa gefragt hatte, ob sie
eine Suppe aus Kreuzottern mit ihr kochen wolle.

»Aber du darfst die ganze Zeit über, während wir den Traumpfannkuchen machen, weder lachen noch sprechen,« sagte die Pfarrerstochter. »Und du darfst auch nicht das kleinste bisschen davon auf den Boden fallen lassen, weder vom Wasser noch vom Mehl, noch vom Salz.«

Ach, wenn das alles sei, meinte die Kleine, sie könne schweigen und ernsthaft sein, so lange man es verlange.

Dann aber waren sie in großer Not gewesen. Denn der Traumpfannkuchen musste von drei Personen gemacht werden, sonst war es nichts, und die Pfarrerstochter wusste nicht, wo sie eine dritte Person dazu herbekommen sollte.

Sie gingen in die Küche und fragten, ob eine von den Mägden einen Traumpfannkuchen mit ihnen backen wolle. Aber die Mägde schlugen nur die Hände über dem Kopf zusammen und sagten rundweg nein, sobald sie hörten, um was es sich handelte. Dieses Zeug hätten sie früher schon probiert; aber wenn man diesen Pfannkuchen gegessen habe, könne man weder schlafen noch träumen; niemand solle sie verführen, ein solches Gericht je wieder zu versuchen.

Die Pfarrerstochter überlegte eine Weile, dann sagte sie:

»Wir müssen zu Großmutter hinüber und sie bitten, uns zu helfen.«

Und aus diesem Anlass waren die beiden in der finstern Neujahrsnacht draußen und versuchten den durch die Schneewehen geschaufelten Weg zu finden.

Die Pfarrerstochter meinte, diese Nacht sei gerade so, wie sie sein solle; eine Neujahrsnacht müsse dunkel und unergründlich sein, sie sei wie die Zukunft, in die man auch nicht hineinsehen könne.

Großmutter wohnte in einer Giebelstube oben im Brauhaus. Das schwierigste für die beiden war, sich die Treppe hinauf zu tasten, die mit schmalen, ausgetretenen, dicht beschneiten Stufen in Absätzen außen an der Mauer hinaufführte. Es war fast lebensgefährlich.

Aber auf Lövdala musste man sich an das Gehen in der Dunkelheit gewöhnen; ausgenommen für Stall und Scheune durften für Laternen keine Kerzen von der Pfarrfrau gefordert werden.

Großmutter musste indes die Gäste gehört haben, denn als diese die Treppe halb droben waren, kam sie heraus und machte die Tür auf. Und drinnen brannte der dreiarmige Leuchter auf dem Tisch vor dem Sofa, und im Ofen flackerte ein lustiges Feuer.

Die Großmutter war groß und mager und sah gebrechlich aus. Die Pfarrerstochter sah ihr gar nicht ähnlich, und das war auch nicht möglich, denn Großmutter war nur die Stiefmutter von Maja Lisas verstorbener Mutter. Aber sie hätte die Pfarrerstochter nicht lieber haben können, wenn sie ihr eigenes Fleisch und Blut gewesen wäre.

Es war, als verstehe sich Frau Beata auf ganz besondere Künste, denn wie es auch anderswo sein mochte, hier in ihrem Zimmer war es immer warm und behaglich und immer wie ausgeblasen. Sie hatte nur ein Zimmer, in dem sie schlief und auch kochte, aber ihr Bett mit dem weißen Vorhang, der von einer vergoldeten Stange herunterhing, war nur ein weiterer Schmuck für das Zimmer, und dasselbe konnte man auch von ihren glänzenden Kupferkasserollen und Porzellantellern im Geschirr-Regal sagen.

Und sie selbst sah auch zierlich und vornehm aus, aber ihre Hände hatte die Gicht arg mitgenommen, die Finger waren gekrümmt, und sie konnte sie nicht biegen. Wenn man ihr die Hand reichte, war das eine schwierige Sache, und man wusste nicht recht, wie man ihre Hand greifen sollte.

Als die Pfarrerstochter ihr Anliegen vorbrachte, lachte die Großmutter sie ein wenig aus, sagte aber doch gleich, ja, sie wolle mittun, sie warte allerdings immer auf jemand und möchte wohl wissen, ob er in diesem neuen Jahr komme. Da war es natürlich am besten, sie blieben gleich bei der Großmutter und backten da den Traumpfannkuchen.

Zuerst nahmen sie aus dem kleinen Regal hinter dem Herd eine Schüssel herunter; alle drei hielten die Schüssel am Rand fest und stellten sie so auf den kleinen Küchentisch. Dann mussten sie einen hölzernen Löffel haben, und alle drei gingen miteinander an das Eckschränkchen, das Großmutter als Speisekammer diente, um den Löffel zu holen. Und alle drei hielten den Löffelstiel fest, als sie ihn zum Tisch hintrugen und auf die Schüssel legten.

Dann gossen sie drei Löffel Wasser in die Schüssel, und alle drei holten das Wasser aus Großmutters Kupfergelte, und keine sprach ein Wort, keine lachte, während sie das taten.

Als dies getan war, schütteten sie drei Löffel voll Mehl in das Wasser; dabei hielten alle drei den Löffel und steckten ihn miteinander in die Mehltonne, alle drei hoben das Mehl heraus und schütteten es auch in das Wasser. Keine ließ den Löffel los, keine sprach, keine lachte und keines ließ auch nur das kleinste Stäubchen Mehl auf den Boden fallen.

Dann schöpften sie drei Löffel voll Salz hinein.

Und auch jetzt sprach keine ein Wort, keine lachte und keine verstreute auch nur das kleinste Körnchen Salz.

Aber ist es zu glauben? Als sie so weit gekommen waren, fragte Großmutter, ob man Schmalz in die Pfanne tun solle.

Im selben Augenblick jedoch, wo sie das sagte, schleuderte die Pfarrerstochter den Löffel weg, warf sich auf einen Stuhl und brach in lautes Lachen aus. Die Kleine hielt zwar den Löffel fest, bekam aber einen so fürchterlichen Lachkrampf, dass sie nicht mehr stehen konnte, sondern sich auf dem Boden kugelte und gar nicht wieder zu lachen aufhören konnte.

Großmutter verzog nur den Mund ein wenig. Sie hätte sich vielleicht nicht zu versprechen brauchen, aber sie dachte an alte Zeiten und wusste, wenn beim Backen des Traumpfannkuchen nicht irgendein kleines Missgeschick passierte, dann war kein Spaß dabei.

Ach, und es war ihr so lieb, wenn die Pfarrerstochter ihren Kummer vergaß und ein wenig lachte.

Als die beiden sich endlich gefasst hatten, beschlossen sie, wieder von vorne anzufangen, denn jetzt taugte das, was bisher geschehen war, nichts mehr, und sie mussten noch einmal alles ganz von vorne an machen.

Aber jetzt war es nicht mehr so leicht, denn nun waren sie schon in vergnüglicher Laune.

Zuerst gossen sie drei Löffel Wasser in die Schüssel.

Weiter kamen sie nicht, schon mussten sie wieder lachen. Und die Pfarrerstochter war am schlimmsten; bei der Kleinen war es lange nicht so gefährlich wie bei Maja Lisa.

Gute fünf Minuten lang konnte sie sich gar nicht wieder fassen.

Doch dann sagte die Pfarrerstochter, jetzt müssten sie aber ordentlich sein, sonst würden sie mit dem Pfannkuchen vor Mitternacht nicht fertig.

»O, es würde ganz gut gehen, wenn nur du ernsthaft sein könntest,«

sagte die Großmutter.

Zuerst gossen sie das Wasser hinein, dann das Mehl, dann das Salz, und dann rührten sie alles gut durcheinander. Und alle drei hielten den Löffel, als sie alles umrührten, und keine lachte, keine sprach ein Wort, keine verschüttete das kleinste bisschen auf den Boden.

Als nun der Teig gut bereitet war, legten sie ihn in die Bratpfanne. Aber der Pfannkuchen sah nicht appetitlicher aus als der Mischmasch, den man den Hühnern und Schweinen zusammenrührt. Überdies war er ganz steif und hart und glitzerte von dem vielen Salz, das darinnen war.

Nun stellten sie die Pfanne aufs Feuer und ließen den Pfannkuchen auf der einen Seite backen, dann wurde er umgedreht. Und immer hielten alle miteinander den Löffel, alle drei halfen den Kuchen umwenden, und keines ließ den Löffel fallen.

Dann war der Traumpfannkuchen fertig und sollte gegessen werden.

Jetzt waren die Pfarrerstochter und die Kleine im höchsten Eifer, und es war keine Gefahr mehr, dass sie losplatzen würden. Sie dachten nur noch daran, dass sie vielleicht in die Zukunft sehen durften, und diese große Gelegenheit wollten sie gewiss nicht verscherzen.

Der Traumpfannkuchen glänzte vor lauter Salz, und es gehörte ordentlich Mut dazu, hineinzubeißen. Aber sie teilten ihn in drei Teile, und dann aßen sie ihn, so gut es eben ging.

Die Kleine aß ihren Teil auf, weil sie begriff, dass es sein musste, und sie alle Vorschriften genau befolgen wollte, Großmutter nahm nur ein ganz kleines Stückchen, und es ist nicht sicher, ob sie selbst dieses hinunterwürgte. Die Pfarrerstochter aß einen Mund voll. Aber so gerne sie auch in die Zukunft sehen wollte, sie war nicht imstande, noch einen einzigen weiteren Bissen hinunterzubringen.

Die beiden jungen Menschenkinder waren wie ein wenig enttäuscht von dem Traumpfannkuchen, aber jedenfalls sprach keines ein Wort. Sie winkten der Großmutter nur gute Nacht zu, und diese stand schweigend oben an der Tür und leuchtete ihnen die Treppe hinunter.

Die paar Schritte über den Hof liefen sie, so rasch sie konnten, denn jetzt war es, als sei die Nacht gar nicht mehr so dunkel und unergründlich. Sie war bereit, ihren Vorhang wegzuziehen und ihnen ihre Geheimnisse zu zeigen, aber sie wagten nicht, stehen zu bleiben, um zu sehen.

Als die beiden sich durch die Küche schlichen, waren die Mägde schon zu Bett, aber selbstverständlich riefen ihnen alle miteinander zu, wie es gegangen sei: Ob sie schon geträumt hätten und wer ihnen im Traum erschienen sei? Aber sie brachten kein Wort aus ihnen heraus, weder aus Mamsell Maja Lisa noch aus der Kleinen.

Die Kleine schlief ein, sobald sie den Kopf aufs Kissen legte, und schlief bis zum nächsten Morgen. Als sie erwachte, hatte sie einen scharfen Geschmack im Mund, aber so große Mühe sie sich auch gab, sie konnte sich doch nicht erinnern, ob sie etwas geträumt hatte.

Großmutter hatte die ganze Nacht nicht geschlafen, war aber dann das ganze Neujahrsfest hindurch still und schweigsam und wie in einem Traum befangen; es war, als habe jedenfalls sie etwas erfahren.

Die Pfarrerstochter konnte lange nicht einschlafen, weil sie brennenden Durst litt, aber etwas trinken, ehe man geschlafen hatte, das durfte man doch beileibe nicht, sonst war alles umsonst gewesen.

Als sie am Morgen erwachte, konnte sie sich zuerst nicht klar darüber werden, ob sie etwas geträumt hatte.

Aber später am Tage ging sie zufällig einmal durch den Flur und trat auf die Freitreppe hinaus. Und da hielt sie plötzlich an, denn nun fiel ihr ein, dass sie in der Nacht im Traum ganz auf demselben Platz gestanden hatte. Und da waren in ihrem Traum zwei Fremde, ein junger und ein alter, auf dem Sandweg dahergekommen. Und der Alte hatte gesagt, er sei der Propst Liljecrona und komme mit

seinem Sohn, um sie zu fragen, ob sie durstig sei und gerne einen Trunk Wasser wolle.

Und sofort war der junge Mann mit einem Glas hellem frischem Wasser in der Hand vorgetreten und hatte es ihr angeboten.

Als aber die Pfarrerstochter sich daran erinnerte, erschrak sie, und sie zitterte am ganzen Leib.

Denn das ist sicher und gewiss: Wer einem, nachdem man einen Traumpfannkuchen gebacken hat, im Traum ein Glas Wasser anbietet, den heiratet man.

Das Schweißtuch
der heiligen Veronika

I. Kapitel

In einem der letzten Jahre der Regierung des Kaisers Tiberius hatte sich ein armer Winzer mit seinem Weib in einer einsamen Hütte hoch oben im Sabinergebirge niedergelassen. Sie waren Fremdlinge und lebten in der größten Einsamkeit, ohne jemals von irgendeinem Menschen aufgesucht zu werden. Aber eines Morgens sah dieser Arbeiter, als er seine Tür öffnete, zu seiner großen Verwunderung ein Weib auf der Schwelle kauern. Sie trug einen einfachen, grauen Mantel und sah aus, als wäre sie recht arm. Als sie sich jedoch erhob und auf ihn zutrat, erschien sie dessen ungeachtet so ehrfurchtgebietend, dass er daran denken musste, was die alten Sagen von den Göttinnen berichten, die in der Gestalt von greisenhaften Frauen den Menschen nahen.

»Freund,« sprach die Greisin zu dem Winzer, »Du musst Dich nicht darüber verwundern, dass ich nachts auf Deiner Schwelle geschlafen habe. Meine Eltern haben einst diese Hütte bewohnt, und ich wurde hier vor fast neunzig Jahren geboren. Ich erwartete, sie leer und verlassen zu finden. Ich wusste nichts davon, dass Menschen sich darin niedergelassen hatten.«

»Ich wundere mich gar nicht, dass Du erwartet hast, die Hütte leer und verlassen zu finden, die so hoch oben inmitten des öden Gebirges liegt,« entgegnete der Winzer. »Aber ich und mein Weib stammen aus einem fernen Land, und wir armen Fremdlinge fanden keine bessere Wohnstätte. Und nach der langen Wanderung, die Du in Deinem hohen Alter unternommen hast, wirst Du müde und hungrig sein. Da ist es Dir sicher willkommener, dass diese Hütte von Menschen anstatt von Wölfen aus dem Sabinergebirge bewohnt ist. Du findest drinnen nun doch ein Bett, auf dem Du ruhen kannst, und wenn Du vorliebnehmen willst, soll für Dich eine Schale Ziegenmilch und ein Stück Brot bereit sein.«

Die Greisin lächelte ein wenig, aber dieses Lächeln war so flüchtig, dass es nicht den Ausdruck tiefen Kummers zu verdrängen vermochte, der auf ihrem Antlitz ruhte. »Ich habe meine ganze Jugend hier oben auf den Bergen verlebt,« antwortete sie. »Und ich habe es bis heute noch nicht verlernt, einen Wolf aus seiner Höhle zu verjagen.«

Und sie sah wirklich so stark und kräftig aus, dass der Arbeitsmann gar nicht bezweifelte, dass sie trotz ihres hohen Alters noch Kraft genug habe, um mit den wilden Tieren des Waldes zu kämpfen.

Er wiederholte indessen seine Aufforderung, und die Greisin trat in die Hütte. Sie setzte sich mit den armen Leuten an den Tisch und teilte ohne Zögern ihr bescheidenes Mahl. Aber obwohl sie sehr befriedigt zu sein schien, das grobe, in der Milch aufgeweichte Brot zu essen, fragten sich die beiden Eheleute: »Woher mag die greise Pilgerin kommen? Sie hat sicherlich häufiger Fasanen auf silbernem Gerät gegessen, als Ziegenmilch aus irdenen Krügen getrunken.«

Zuweilen blickte sie beim Essen auf und sah sich prüfend um, als wolle sie sich in der Hütte zurechtfinden. Die ärmliche Behausung mit ihren nackten Lehmwänden und dem festgestampften Lehmboden war wohl kaum verändert. Sie zeigte sogar ihren Wirtsleuten noch einige Spuren von Hunden und Hirschen, die ihr Vater einst zur Freude seiner kleinen Kinder dorthin gezeichnet hatte. Und hoch oben auf einem Wandbrett glaubte sie die Scherben eines Tonkruges zu erkennen, in den sie selbst einst die Milch zu gießen pflegte.

Aber die Eheleute sagten sich: »Es mag sein, dass sie in dieser Hütte zur Welt kam, aber sie muss im Leben noch sehr viel anderes ausgerichtet haben, als Ziegen zu melken und Käse und Butter zu bereiten.«

Sie merkten auch, dass sie mit ihren Gedanken oft weit weg war, und dass sie schwer und sorgenvoll seufzte, wenn sie wieder zu sich kam. Schließlich stand sie von der Mahlzeit auf, dankte freundlich für die ihr gewährte Gastfreundschaft und schritt zur Tür hin.

Aber da erschien sie dem Winzer so verlassen und arm und kläglich, dass er ausrief: »Wenn ich mich nicht irre, so war es, als

Du nachts hier mühsam heraufklommst, nicht Deine Absicht, die Hütte so bald wieder zu verlassen. Bist du wirklich so arm, wie Du aussiehst, so wirst Du gewiss den Wunsch gehabt haben, den Rest Deiner Tage hier zu verleben. Aber nun willst Du von dannen gehen, weil ich und mein Weib die Hütte mit Beschlag belegt haben.«

Die Greisin leugnete nicht, dass er richtig geraten hatte. »Die Hütte, die so lange Jahre verlassen dastand, gehört ebenso gut Dir wie mir,« entgegnete sie. »Mir steht kein Recht zu, Dich daraus zu vertreiben.«

»Es ist gleichwohl die Hütte Deiner Eltern, und so hast Du sicherlich mehr Anspruch darauf als ich. Überdies sind wir jung, und Du bist alt. Darum sollst Du hierbleiben, und wir werden von dannen ziehen.«

Als die Greisin diese Worte vernahm, war sie höchlichst verwundert. Sie wandte sich auf der Schwelle um und starrte den Mann an, als hätte sie nicht begriffen, was er mit seinen Worten meinte.

Doch nun mischte sich auch das junge Weib in das Gespräch.

»Wenn mir ein Rat erlaubt ist,« sagte sie zu ihrem Mann, »so möchte ich Dich bitten, die würdige Greisin zu fragen, ob sie uns nicht als ihre Kinder betrachten will, die bei ihr bleiben und sie pflegen dürfen. Was würden wir ihr dadurch helfen, dass wir ihr die armselige Hütte schenkten und sie dann verließen? Wie schrecklich wäre es für sie, hier in dieser Einöde allein zu hausen. Und wovon sollte sie denn leben? Es wäre ebenso, als ließen wir sie Hungers sterben.«

Da schritt die Greisin auf die jungen Eheleute zu und betrachtete sie aufmerksam. »Warum redet Ihr so zu mir?« fragte sie. »Warum erweist Ihr mir Barmherzigkeit? Ihr seid ja Fremdlinge in diesem Land.«

Und die junge Frau antwortete ihr: »Es geschieht darum, weil wir selbst einmal der großen Barmherzigkeit teilhaftig geworden sind.«

2. Kapitel

Und also geschah es, dass die Greisin in der Hütte des Winzers wohnen blieb, und sie fasste eine große Freundschaft zu den jungen Eheleuten. Aber dessen ungeachtet sagte sie ihnen niemals, von wo sie gekommen war und wer sie sei, und sie begriffen, dass die Fremde eine Frage danach nicht gut aufgenommen hätte.

Eines Abends jedoch, als die Arbeit getan war und sie alle drei, ihr Nachtmahl verzehrend, auf der großen, flachen Felsplatte saßen, die als Schwelle zur Hüttentür führte, erblickten sie einen alten Mann, der den Bergpfad erstieg.

Es war ein großer, kräftig gebauter Mann mit den breiten Schultern eines Ringkämpfers. Sein Gesicht zeigte einen finsteren, unfreundlichen Ausdruck. Die Stirn sprang über die tiefliegenden Augen vor, und die Linien um den Mund drückten Bitterkeit und Verachtung aus. Er näherte sich in straffer Haltung und mit schnellen Bewegungen.

Der Mann war sehr einfach gekleidet, und der Winzer dachte bei seinem Anblick: Das ist ein alter Legionär, der seinen Abschied bekommen hat und nun in seinen Heimatsort zurückwandert.

Als der Fremdling bei den Essenden angelangt war, blieb er wie zweifelnd stehen. Der Arbeiter, der wusste, dass dieser Weg ein kleines Stück oberhalb der Hütte ein Ende hatte, legte den Löffel aus der Hand und rief dem Mann zu: »Hast Du dich verirrt, Fremdling, da Du zu dieser Hütte gekommen bist? Niemand pflegt sich sonst die Mühe zu machen, hier heraufzuklettern, es sei denn, er bringe einem von uns, die wir hier hausen, Botschaft.«

Während er diese Frage stellte, trat der Fremdling näher.

»Ja, es ist so, wie Du sagst,« antwortete er. »Ich habe den Weg verfehlt, und nun weiß ich nicht, wohin ich meine Schritte lenken soll. Wenn Du mir hier eine Weile Ruhe gönnen und mir dann sagen willst, welchen Weg ich wählen muss, um einen Gutshof zu erreichen, so wäre ich Dir dankbar.«

Bei diesen Worten setzte er sich auf einen der großen Steine, die vor der Hütte lagen. Die junge Frau fragte ihn, ob er nicht an ihrer Mahlzeit teilnehmen wolle, er jedoch lehnte es lächelnd ab.

Dagegen zeigte es sich, dass er sehr geneigt war, sich mit ihnen zu unterhalten, während sie weiteraßen. Er fragte die jungen Eheleute nach ihrem Leben und nach ihrer Arbeit, und sie gaben ihm einfach und offen Bescheid.

Plötzlich wandte sich der Arbeiter an den Fremdling und begann ihn auszufragen: »Du siehst, in welcher Einöde und wie einsam wir hier leben,« sagte er. »Es ist wohl ein Jahr vergangen, seit ich mit anderen Menschen als Hirten und Winzern geredet habe. Aber kannst Du als einer, der aus dem Feldlager kommt, uns nicht ein wenig über Rom und den Kaiser berichten?«

Kaum hatte der Mann diese Frage gestellt, so bemerkte sein junges Weib auch sogleich, dass die Greisin ihm einen warnenden Blick zuwarf und mit der Hand ein Zeichen machte, sich mit seinen Worten recht in Acht zu nehmen.

Der Fremdling aber erwiderte ganz freundlich: »Ich sehe, dass Du mich für einen Legionär hältst, und Du hast damit in der Tat nicht so unrecht, obwohl ich schon längst den Dienst verlassen habe. Für uns Kriegsleute hat es unter der Regierung des Tiberius nicht viel Arbeit gegeben. Und dennoch war er einst ein großer Feldherr. Das war in seinen Glückstagen. Nun aber denkt er an gar nichts anderes, als sich vor Verschwörungen zu schützen. In Rom reden alle Menschen davon, dass er in der vergangenen Woche, nur auf einen leeren Verdacht hin, den Senator Titius ergreifen und hinrichten ließ.«

»Der arme Kaiser, er weiß nicht mehr, was er tut!« rief die junge Frau. Sie erhob die Hände und schüttelte voll Mitleid und Verwunderung den Kopf.

»Da hast Du wirklich recht,« erwiderte der Fremdling, während ein Ausdruck tiefster Schwermut sein Gesicht überflog. »Tiberius weiß, dass ihn alle Menschen hassen, und das wird ihn noch zum Wahnsinn treiben.«

»Was redest Du?« entgegnete die junge Frau. »Warum sollten wir ihn hassen? Wir beklagen es ja nur, dass er nicht mehr der große Kaiser ist wie zu Anfang seiner Regierung.«

»Du irrst Dich,« sprach der Fremdling. »Alle Menschen hassen und verachten Tiberius. Und weshalb sollten sie es nicht tun? Er ist ja nur noch ein grausamer und herzloser Tyrann. Und in Rom

glaubt man, dass er von nun an noch hartherziger werden wird, als er es jemals war.«

»Ist denn irgendetwas geschehen, das ihn zu einem noch schrecklicheren Unhold machen könnte, als er schon war?« fragte der Mann.

Als er dies sagte, bemerkte die junge Frau, dass die Greisin wieder ihr Warnungszeichen gab, aber so verstohlen, dass der Mann es nicht gewahrte.

Der Fremdling antwortete ihm freundlich, während ein sonderbares Lächeln um seine Lippen irrte.

»Du hast vielleicht erzählen hören, dass Tiberius bisher in seiner Umgebung einen Freund besaß, auf den er sich fest verlassen konnte, und der ihm stets die Wahrheit sagte. Alle anderen, die an seinem Hof leben, sind Glücksjäger und Heuchler, die seine bösen und heimtückischen Handlungen ebenso loben und preisen wie seine guten und vortrefflichen. Dennoch gab es, wie ich sagte, einen einzigen Menschen, der niemals fürchtete, ihn den Wert seiner Handlungen erkennen zu lassen. Dieses Wesen, das mutiger war als alle seine Senatoren und Feldherren, war des Kaisers alte Amme, Faustina.

»Ei, freilich, ich hörte von ihr reden,« sprach der Arbeiter. »Man erzählte mir, dass der Kaiser ihr allzeit in Freundschaft zugetan war.«

»Ja, Tiberius wusste ihre Hingebung und Treue zu schätzen. Er hat die arme Bäuerin, die einst aus einer elenden Hütte in den Sabinerbergen herabgestiegen war, wie seine zweite Mutter behandelt. Solange er selbst in Rom weilte, ließ er sie ein Haus auf dem Palatin bewohnen, um sie stets in seiner Nähe zu haben. Keine von Roms vornehmsten Matronen hatte es besser als sie. Sie wurde in einer Sänfte durch die Straßen getragen und war wie eine Kaiserin gekleidet. Als der Kaiser nach Capri übersiedelte, musste sie ihn dorthin begleiten, und er ließ für sie ein Landhaus kaufen, voll von Sklaven und kostbarem Hausrat.«

»Sie hat es fürwahr gut gehabt,« sagte der Mann.

Er allein setzte nun das Gespräch mit dem Fremden fort. Sein Weib saß stumm dabei und beobachtete, welch eine Veränderung mit der Greisin vorgegangen war. Seit der Ankunft des Fremden

hatte sie kein Wort mehr gesprochen. Ihr sanftes, freundliches Aussehen war verschwunden. Sie hatte ihr Essen beiseitegeschoben und sich starr und aufrecht gegen den Türpfosten gelehnt, von wo sie mit strengem, versteinertem Antlitz gerade vor sich hinblickte.

»Es lag in des Kaisers Absicht, ihr ein glückliches Leben zu bereiten,« sprach der Fremdling. »Aber trotz all seiner Wohltaten hat auch sie ihn jetzt verlassen.«

Die Greisin zuckte bei diesen Worten zusammen, und die junge Frau legte sanft beruhigend die Hand auf ihren Arm. Dann begann sie mit ihrer warmen, milden Stimme zu sprechen. »Ich kann es dennoch nicht glauben, dass die alte Faustina bei Hof so glücklich gewesen ist, wie Du meinst,« sagte sie, indem sie sich dem Fremdling zuwandte. »Ich bin dessen gewiss, dass sie Tiberius wie ihren eigenen Sohn geliebt hat. Wohl kann ich begreifen, wie stolz sie auf seine edle Jugend gewesen ist, und kann es darum auch verstehen, welch ein Kummer es für sie war, als er sich in seinem Alter dem Misstrauen und der Grausamkeit hingab. Sicherlich hat sie ihn jeden Tag ermahnt und gewarnt. Es war für sie furchtbar, immer umsonst zu bitten. Sie hat es schließlich wohl nicht mehr ertragen, ihn tiefer und tiefer sinken zu sehen.«

Bei diesen Worten beugte sich der Fremdling überrascht ein wenig vor. Doch das junge Weib blickte nicht zu ihm auf. Sie hatte die Augen gesenkt und sprach sehr leise und ehrerbietig.

»Du hast die alte Frau vielleicht richtig beurteilt,« antwortete er. »Faustina war in der Tat bei Hofe nicht glücklich. Dennoch wirkt es sonderbar, dass sie den Kaiser in seinem hohen Alter verließ, nachdem sie ein ganzes Menschenalter durch bei ihm ausgeharrt hatte.«

»Was redest Du?« fragte der Mann. »Die alte Faustina hat also den Kaiser für immer verlassen?«

»Sie hat sich heimlich von Capri fortgeschlichen,« sagte der Fremdling. »Sie ist ebenso arm weggegangen, wie sie gekommen war. Von ihren Schätzen hat sie nicht das geringste mitgenommen.«

»Und der Kaiser weiß nicht, wohin sie sich begeben hat?« fragte die junge Frau mit ihrer sanften Stimme.

»Nein, niemand ist sicher, welchen Weg die Greisin eingeschlagen hat. Man hält es jedoch für wahrscheinlich, dass sie in ihren heimatlichen Bergen eine Zuflucht gesucht habe.«

»Und der Kaiser weiß auch nicht, weshalb sie fortgegangen ist?« fragte die junge Frau.

»Nein, der Kaiser weiß nichts darüber. Er kann doch nicht annehmen, dass sie ihn verließ, weil er einmal zu ihr sagte, auch sie diene ihm nur, wie alle anderen, um Lohn und Geschenke zu erhalten. Sie weiß doch, dass er niemals an ihrer Uneigennützigkeit gezweifelt hat. Er hat auch noch immer gehofft, dass sie freiwillig zu ihm zurückkehren würde, denn niemand weiß besser als sie, dass er nun gar keinen Freund mehr hat.«

»Ich kenne sie nicht,« sprach die junge Frau, »und dennoch glaube ich, Dir sagen zu können, weshalb sie den Kaiser verlassen hat. Jene alte Frau wurde einst inmitten dieser Berge zu Einfachheit und frommer Sitte erzogen und hat sich stets hierher zurückgesehnt. Dennoch hätte sie den Kaiser sicherlich niemals verlassen, wenn er sie nicht beleidigt hätte. Aber ich begreife es sehr wohl, dass sie, nachdem dies geschehen war, glaubte, jetzt, am Ende ihrer Lebenszeit, an sich selbst denken zu dürfen. Wenn ich ein armes Weib aus den Bergen wäre, würde ich wahrhaftig ganz wie sie gehandelt haben. Ich würde denken, dass ich genug getan hätte, da ich meinem Herrn ein ganzes Leben lang gedient habe. Ich würde alles Wohlleben und alle Kaisergunst aufgeben, um meine Seele mit Lauterkeit und Gerechtigkeit zu erfüllen, ehe sie zur langen Fahrt von mir scheidet.«

Der Fremdling blickte ernst und schwermütig die junge Frau an. »Du denkst nicht daran, dass des Kaisers Gebaren furchtbarer werden wird als je zuvor. Nun gibt es niemanden, der ihn beruhigen könnte, wenn Misstrauen und Menschenverachtung sich seiner bemächtigen. Stelle Dir vor,« fuhr er fort und bohrte seine finsteren Blicke tief in die des jungen Weibes, »in der ganzen Welt gibt es nunmehr keinen, den er nicht hasste, keinen, den er nicht verachtete, keinen einzigen.«

Bei diesen Worten der bittersten Verzweiflung machte die Greisin eine hastige Bewegung und wandte sich ihm zu, aber das junge Weib blickte ihm fest in die Augen und erwiderte: »Tiberius weiß,

dass Faustina wiederkehrt, wann auch immer er es wünscht. Doch zuvor muss sie wissen, dass ihre alten Augen nicht mehr Laster und Schändlichkeit an seinem Hof erblicken müssen.«

Alle hatten sich bei diesen Worten erhoben, doch der Winzer und sein Weib stellten sich vor die Greisin, als wollten sie sie schützen.

Der Fremdling sprach kein Wort mehr, betrachtete jedoch die Greisin mit fragenden Blicken. ›Ist dies auch Dein letztes Wort?‹ schien er sagen zu wollen. Die Lippen der Greisin zitterten und vermochten kein Wort hervorzubringen.

»Wenn der Kaiser seine alte Dienerin geliebt hat, so mag er ihr auch Ruhe für die letzten Lebenstage gönnen,« sprach das junge Weib.

Der Fremdling zögerte noch, aber plötzlich erhellte sich sein finsteres Gesicht. »Meine Freunde,« sprach er, »was man auch von Tiberius sagen mag, so gibt es doch eines, was er besser gelernt hat als andere, und das ist – der Verzicht. Ich habe Euch nur noch eines zu sagen: Wenn die alte Frau, von der wir sprachen, diese Hütte aufsuchen sollte, so nehmt sie gut auf. Des Kaisers Gunst ist jedem gewiss, der ihr beisteht.«

Er hüllte sich in seinen Mantel und entfernte sich auf demselben Weg, auf dem er gekommen war.

3. Kapitel

Von nun an sprachen der Winzer und sein Weib niemals mehr mit der alten Frau über den Kaiser. Doch wunderten sie sich, dass sie in ihrem hohen Alter noch die Kraft besessen hatte, all dem Reichtum und der Macht zu entsagen, an die sie solange gewöhnt war. Oft fragten sie sich: »Ob sie nicht doch bald zu Tiberius zurückkehren möchte? Sie liebt ihn gewiss noch immer. Sie hat ihn doch nur in der Hoffnung verlassen, ihn dadurch zur Besinnung zu bringen und seinem sündhaften Leben und Treiben zu entfremden.

»Ein so alter Mann wie der Kaiser wird niemals ein neues Leben beginnen,« sagte der Arbeiter. »Wie willst Du ihn von seiner

großen Menschenverachtung heilen? Wer könnte vor ihn hintreten und ihn Menschenliebe lehren? Ehe dies geschehen ist, kann er von seinem Misstrauen und seiner Grausamkeit nicht befreit werden.«

»Du weißt, dass es einen gibt, der dies in Wahrheit vermöchte,« sprach sein Weib. »Ich denke oft daran, wie wohl eine Begegnung der beiden ablaufen würde. Aber Gottes Wege sind nicht unsere Wege.«

Die Greisin schien ihr früheres Leben durchaus nicht zu entbehren. Nach einiger Zeit gebar die junge Frau ein Kind, und da die Alte dies nun warten und hüten musste, schien sie so zufrieden, dass man glauben konnte, sie habe alle ihre Sorgen vergessen.

Jedes halbe Jahr einmal pflegte sie sich in ihren langen, grauen Mantel zu hüllen und nach Rom hinabzuwandern. Aber dort suchte sie keinen Menschen auf, sondern ging geradeswegs zum Forum. Dort blieb sie vor einem kleinen Tempel stehen, der auf einer Seite des prächtig geschmückten Marktplatzes sich erhob. Dieser Tempel bestand eigentlich nur aus einem ungewöhnlich großen Altar, der auf einem marmorgepflasterten Hof unter freiem Himmel errichtet war. Auf der Höhe des Altars thronte Fortuna, die Glücksgöttin, und an seinem Fuß stand eine Statue des Tiberius. Rund um den Hof zogen sich Gebäude für die Priester, Schuppen für Brennholz und Ställe für die Opfertiere.

Die Wanderung der alten Faustina erstreckte sich niemals weiter als bis zu diesem Tempel, wohin alle jene pilgerten, die für Tiberius Glück erflehen wollten. Wenn sie hineinblickend gesehen hatte, dass die Göttin und die Kaiserstatue mit Blumen bekränzt waren, dass das Opferfeuer flammte, dass Scharen ehrfürchtiger Beter vor dem Altar versammelt waren, und wenn sie hörte, dass die leisen Hymnen der Priester ringsumher erklangen, dann kehrte sie um und wanderte wieder nach den Bergen hinauf.

Dadurch erfuhr sie, ohne irgendeinen Menschen fragen zu müssen, dass Tiberius noch unter den Lebenden weilte, und dass es ihm wohl erging.

Als sie diese Wanderung zum dritten Mal unternahm, harrte ihrer eine schmerzliche Überraschung. Sie fand bei ihrer Annäherung den kleinen Tempel verödet und leer.

Kein Feuer flammte vor der Statue, und kein einziger Beter war zu erblicken. Vertrocknete Kränze hingen noch immer an der einen Seite des Altars, aber dies war auch alles, was von dessen früherer Herrlichkeit zeugte. Die Priester waren verschwunden, und die Kaiserstatue, die unbehütet dastand, war beschädigt und mit Schmutz beworfen.

Die Greisin wandte sich an den ersten besten Vorübergehenden und fragte:

»Was hat das zu bedeuten? Ist Tiberius tot? Haben wir einen neuen Kaiser?«

»Nein,« entgegnete der Römer, »Tiberius ist noch Kaiser, aber wir haben aufgehört, für ihn zu beten. Unsere Gebete können ihm nicht mehr helfen.«

»Mein Freund,« sprach die Greisin, »ich wohne weit entfernt in den Bergen, wo man nichts davon erfährt, was draußen in der Welt geschieht. Willst Du mir wohl sagen, welches Unglück den Kaiser getroffen hat?«

»Das schrecklichste Unglück, das man sich denken kann,« sagte der Mann. »Er ist von einer Krankheit befallen, die man in Italien noch gar nicht kannte, die aber im Morgenland häufig vorkommen soll. Seit dieses Übel den Kaiser ergriffen hat, ist sein Antlitz ganz verwandelt, seine Stimme gleicht der eines grunzenden Tieres, und seine Zehen und Finger verfaulen. Und gegen diese Krankheit soll es kein Heilmittel geben! Man glaubt, dass er nach einigen Wochen sterben wird, und falls er nicht stirbt, muss man ihn absetzen, denn ein so kranker, elender Mann kann nicht länger die Regierung in Händen halten. Du begreifst also, dass er abgetan ist. Es nützt nichts, von den Göttern Glück für ihn herabzuflehen. Und es lohnt sich auch gar nicht,« setzte er mit leisem Lächeln hinzu. »Von ihm hat keiner mehr etwas zu fürchten oder zu hoffen. Weshalb sollten wir uns also um seinetwillen noch Mühe machen?«

Er grüßte und ging, die Greisin aber blieb wie betäubt stehen.

Zum ersten Mal in ihrem Leben brach sie zusammen und sah aus wie jemand, den das Alter gebrochen hat. So stand sie mit gebeugtem Rücken und schwankendem Haupt da, und ihre Hände tappten kraftlos in der Luft umher.

Sie sehnte sich danach, diese Stelle zu verlassen, konnte aber die Füße nur langsam bewegen und ging strauchelnd weiter. Sie blickte ringsumher, um etwas zu finden, was ihr als Stab dienen könnte.

Dennoch gelang es ihr nach einigen Augenblicken, mit ungeheurer Willensanspannung ihre Mattigkeit zu überwinden. Sie richtete sich wieder auf und zwang sich, mit festen Schritten durch die volksbelebten Straßen zu gehen.

4. Kapitel

Eine Woche später erstieg die alte Faustina die steilen Abhänge der Insel Capri. Es war ein heißer Tag, und das entsetzliche Gefühl des Alters und der Mattigkeit überkam sie wieder, während sie auf gewundenen Stegen und auf den in die Felsen gehauenen Stufen sich zu der Villa des Tiberius emporschleppte.

Dieses Gefühl verstärkte sich noch, als sie zu merken begann, wie sehr sich alles während ihrer Abwesenheit gewandelt hatte. Auf diesen Treppen waren früher stets große Scharen von Menschen hinauf und hinab geeilt. Hier hatte es von Senatoren gewimmelt, die sich von riesenhaften Libyern tragen ließen, und hier erschienen Sendlinge aus den Provinzen, die von langen Sklavenzügen begleitet waren, es kamen Ämter suchende und vornehme Männer, die zu den Festen des Kaisers eingeladen waren.

Heute waren diese Treppen und Pfade gänzlich verödet. Die graugrünen Eidechsen waren die einzig lebenden Geschöpfe, welche die Greisin auf ihrem Wege sah.

Sie war bestürzt, dass alles bereits dem Verfall nahe schien. Die Krankheit des Kaisers konnte höchstens einige Monate gedauert haben, und dennoch wucherte schon Gras in den Spalten zwischen den Marmorfliesen. Edle Gewächse, die in schönen Gefäßen geprangt hatten, waren vertrocknet, und rohe Zerstörer hatten, von niemandem gehindert, an mehreren Stellen die Balustraden niedergebrochen.

Aber am seltsamsten berührte sie doch dieses gänzliche Fehlen von Menschen. Wenn es auch allen Fremdlingen verboten war,

sich auf dieser Insel zu zeigen, so mussten doch wohl die endlosen Scharen von Kriegsknechten und Sklaven, von Tänzerinnen und Musikanten, von Köchen und Tafeldeckern, von Palastwachen und Gartenarbeitern, sie alle, die zum kaiserlichen Haushalt gehörten, da sein.

Erst als Faustina die oberste Terrasse erreichte, bemerkte sie ein paar alte Sklaven, die auf den Treppenstufen vor der Villa saßen. Als sie sich ihnen näherte, standen sie auf und verneigten sich tief vor ihr.

»Sei gegrüßt, Faustina!« sagte der eine. »Gott sendet Dich, unser Unheil zu mildern.«

»Was geht hier vor, Milo?« fragte Faustina. »Warum ist es hier so öde und leer? Man sagte mir doch, dass Tiberius noch immer auf Capri wohne.«

»Der Kaiser hat alle seine Sklaven weggejagt, weil er uns beargwöhnt, einer habe ihm vergifteten Wein zu trinken gegeben, und dadurch sei die Krankheit entstanden. Er hätte auch mich und Tito weggejagt, wenn wir uns nicht geweigert hätten, ihm zu gehorchen. Du weißt doch, dass wir unser ganzes Leben lang dem Kaiser und seiner Mutter gedient haben.«

»Ich frage nicht nur nach seinen Sklaven. Wo sind die Senatoren und die Feldherren? Wo sind des Kaisers Vertraute und alle die Speichellecker?«

»Tiberius will sich nicht mehr vor Fremden zeigen,« sagte der Sklave. »Der Senator Lucius und Macro, der Anführer der Leibwache, kommen jeden Tag her, um seine Befehle entgegenzunehmen. Sonst darf niemand in seine Nähe kommen.«

Faustina hatte die Treppe erstiegen, um in die Villa zu gehen. Der Sklave schritt vor ihr her, und im Weitergehen fragte sie ihn:

»Was sagen die Ärzte von der Krankheit des Tiberius?«

»Keiner von ihnen versteht diese Krankheit zu behandeln. Sie wissen nicht einmal, ob das Übel schnell oder langsam tötet. Aber ich kann Dir nur sagen, Faustina, dass Tiberius sicher sterben muss, wenn er sich, wie bisher, weigert, Nahrung zu sich zu nehmen, aus Angst vor Vergiftung. Und ich weiß auch, dass ein kranker Mensch es nicht aushalten kann, Tag und Nacht zu wachen, wie der Kaiser tut, weil er fürchtet, im Schlaf ermordet zu

werden. Wenn er Dir vertrauen wollte, wie in früheren Tagen, so könnte es Dir vielleicht gelingen, ihn zum Essen und zum Schlafen zu bestimmen. Dadurch könntest Du sein Leben um viele Tage verlängern.«

Der Sklave geleitete Faustina durch viele Gänge und Höfe bis zu einer Terrasse, wo Tiberius sich aufzuhalten pflegte, um die Aussicht über die schönen Meeresbuchten und den stolzen Vesuv zu genießen.

Als Faustina die Terrasse betrat, erblickte sie ein grausiges Geschöpf mit geschwollenem Angesicht und tierischen Zügen. Seine Hände und Füße waren mit weißen Binden umwickelt, aber aus den Binden streckten sich halb abgefaulte Finger und Zehen heraus. Und die Kleidung dieses Menschen war staubig und besudelt. Man sah, dass er unfähig war, aufrecht zu gehen, und dass er nur auf der Terrasse herumkriechen konnte. Er lag mit geschlossenen Augen am fernsten Ende der Balustrade und bewegte sich nicht einmal, als der Sklave und Faustina herankamen.

Aber Faustina flüsterte dem voranschreitenden Sklaven zu: »Was bedeutet das, Milo, wie kommt ein solcher Mensch hier auf die Kaiserterrasse? Beeile Dich und schaffe ihn fort!« Doch kaum hatte sie diese Worte gesprochen, als sie auch schon gewahrte, dass der Sklave sich vor dem am Boden liegenden, elenden Menschen tief zur Erde neigte.

»Cäsar Tiberius,« sprach er, »endlich habe ich Dir eine frohe Botschaft zu bringen.« Zugleich wandte sich der Sklave zu Faustina um, fuhr aber bestürzt zurück und vermochte kein Wort mehr zu reden.

Er erblickte nicht mehr die stolze Matrone, die so stark ausgesehen hatte, dass man vermuten konnte, ihr Alter würde dem einer Sibylle gleichkommen. In kraftloser Greisenhaftigkeit war sie zusammengesunken, und eine gebeugte, alte Frau mit trübem Blick und mit tastenden Händen sah der Sklave vor sich.

Zwar hatte man Faustina erzählt, dass der Kaiser schrecklich verändert sei, aber sie hatte doch keinen Moment aufgehört, sich ihn als den kräftigen Mann vorzustellen, der er noch gewesen war, als sie ihn zuletzt gesehen hatte. Auch hatte sie jemanden sagen hören, dass diese Krankheit langsam wirke, und dass sie eine Reihe

von Jahren brauche, um einen Menschen zu entstellen. Hier jedoch war sie so reißend fortgeschritten, dass sie den Kaiser bereits nach wenigen Monaten unkenntlich gemacht hatte.

Faustina wankte auf den Kaiser zu, vermochte aber nicht zu sprechen, sondern blieb stumm und weinend neben ihm stehen.

»Bist Du nun gekommen, Faustina?« sagte er, ohne die Augen zu öffnen. »Hier liege ich und bilde mir ein, dass Du bei mir stehst und um mich weinst. Ich wage es nicht, aufzublicken, weil ich fürchte, es könnte ein Trug sein.«

Da setzte die Greisin sich zu ihm. Sie hob seinen Kopf und bettete ihn in ihren Schoß.

Aber Tiberius blieb ganz still liegen, ohne sie anzublicken. Ein köstliches Ruhegefühl umfing ihn, und im nächsten Augenblick versank er in tiefen Schlaf.

5. Kapitel

Einige Wochen später wanderte einer der kaiserlichen Sklaven zu der einsamen Hütte in den Sabinerbergen. Es war gegen Abend, und der Winzer stand mit seinem Weib in der Tür, um die Sonne im fernen Westen sinken zu sehn. Der Sklave bog vom Weg ab und trat grüßend auf sie zu. Dann zog er einen mächtigen Beutel aus seinem Rock und legte ihn in des Mannes Hand.

»Dies sendet Dir Faustina, die Greisin, gegen die Ihr barmherzig gewesen seid,« sprach der Sklave. »Sie bittet Dich, Du mögest Dir für dieses Geld einen eigenen Weinberg kaufen und eine Wohnstätte bauen, die nicht so hoch oben in den Lüften schwebt wie des Adlers Horst.«

»Also die greise Faustina lebt wirklich noch?« rief der Mann aus. »Wir haben in Klüften und Sümpfen nach ihr geforscht. Als sie nicht zu uns zurückkehrte, glaubte ich schon, sie hätte in diesen elenden Bergen ihren Tod gefunden.«

»Erinnerst Du Dich nicht,« fiel sein Weib ein, »dass ich nicht an ihren Tod glauben wollte? Habe ich Dir nicht gesagt, sie sei zum Kaiser zurückgekehrt?«

»Ja,« bestätigte der Mann, »das hast Du gesagt, und ich freue mich, dass Du recht hattest, nicht nur weil Faustina so reich genug wurde, um uns in unserer Armut beizustehen, sondern auch um des armen Kaisers willen.«

Der Sklave wollte sich nun sogleich verabschieden, um vor Einbruch der dunklen Nacht bewohnte Gegenden zu erreichen, aber die beiden Eheleute wollten es nicht zulassen. »Du musst noch bis morgen bei uns bleiben,« baten sie. »Wir können Dich nicht heimkehren lassen, ehe Du uns alles berichtet hast, was Faustina seither erlebt hat. Warum ist sie zum Kaiser zurückgekehrt? Wie war die Begegnung? Sind sie nun glücklich, wieder vereint zu sein?«

Der Sklave gab ihren Bitten nach. Er folgte ihnen in die Hütte und erzählte beim Nachtmahl von des Kaisers Krankheit und von der Rückkehr Faustinas.

Als der Sklave seine Erzählung beendet hatte, sah er, dass die Eheleute unbeweglich, wie betäubt vor Staunen dasaßen. Ihre Blicke waren zu Boden gesenkt, als wollten sie die Erregung, die sie überwältigt hatte, nicht verraten.

Schließlich blickte der Mann auf und sprach zu seinem Weib: »Glaubst Du nicht, dass dies göttliche Fügung ist?«

»Ja,« sprach die junge Frau, »der Herr hat uns gewiss über das Meer zu dieser Hütte gesandt. Gewiss lag dies in seiner Absicht, da er die alte Frau hier an unsere Tür führte.«

Als die Frau so gesprochen hatte, wandte sich der Winzer an den Sklaven.

»Freund!« sprach er zu ihm. »Du sollst Faustina eine Botschaft von mir überbringen. Wiederhole sie ihr Wort für Wort! Dein Freund, der Winzer aus den Sabinerbergen, entbietet Dir seinen Gruß. Du hast die junge Frau gesehen, die mein Weib ist. Erschien sie Dir nicht lieblich in ihrer Schönheit und blühend in Gesundheit? Und dennoch litt dieses junge Weib einst an derselben Krankheit, die derzeit Tiberius ergriffen hat.«

Der Sklave schüttelte verwundert den Kopf, aber der Winzer sprach mit immer wachsendem Nachdruck.

»Wenn Faustina sich weigern sollte, meinen Worten zu glauben, so sage ihr, dass ich und mein Weib aus Palästina in Asien herstammen, wo diese Krankheit häufig vorkommt! Und es gibt

dort ein Gesetz, nach dem die Aussätzigen aus Städten und Dörfern verjagt werden müssen, um in öden Gegenden zu hausen und sich Wohnstätten in Gräbern und Felsenhöhlen zu suchen. Sage Faustina, dass mein Weib in solch einer Felsenhöhle von kranken Eltern geboren wurde! Und in ihrer Kindheit war sie gesund, als sie aber zur Jungfrau erblüht war, wurde sie von der Krankheit befallen.«

Als der Winzer dies gesagt hatte, neigte der Sklave freundlich lächelnd sein Haupt und sprach zu ihm: »Wie sollte Faustina dies glauben? Sie hat ja Dein Weib in seiner Gesundheit und Schönheit gesehen? Und sie weiß ja, dass es kein Heilmittel gegen die Krankheit gibt.«

Der Mann jedoch entgegnete: »Es wäre für sie das Beste, wenn sie mir glauben wollte. Aber ich bin auch nicht ohne Zeugen. So mag sie Kundschafter nach Nazareth in Galiläa senden. Dort wird jedermann meine Aussage bestätigen.«

»Ist Dein Weib vielleicht durch die Wundertätigkeit irgendeines Gottes geheilt worden?« fragte der Sklave.

»Ja,« erwiderte der Arbeiter. »Es ist so gewesen, wie Du sagst. Eines Tages drang ein Gerücht bis zu den Kranken, die in der Wildnis hausten:

›Sehet, in der Stadt Nazareth, in Galiläa, ist ein großer Prophet erstanden. Er ist voll der Kraft von Gottes Geist, und er vermag Eure Krankheit zu heilen, wenn er nur mit seiner Hand Eure Stirn berührt.‹ Aber die Kranken, die in ihrem Elend dalagen, wollten nicht glauben, dass dieses Gerücht Wahrheit sei, und sie sprachen: ›Uns vermag niemand zu heilen. Seit den Tagen der großen Propheten hat niemand einen einzigen von uns aus seinem Unglück erretten können.‹

Aber es war eine unter ihnen, die da glaubte, und diese eine war eine junge Magd. Sie verließ die anderen, um sich einen Weg in die Stadt Nazareth zu suchen, wo der Prophet seine Wohnstatt hatte. Und eines Tages, als sie über weite Ebenen wanderte, begegnete sie einem hochgewachsenen Manne mit bleichem Antlitz, dessen Haar in gleichmäßigen, schwarzen Locken herabhing. Seine dunklen Augen leuchteten wie Sterne und zogen sie zu ihm hin. Aber noch ehe sie sich trafen, rief sie ihm zu: ›Komm mir nicht nahe,

denn ich bin eine Unreine! Doch sage mir, wo ich den Propheten aus Nazareth finden kann.‹ – Doch der Mann näherte sich ihr immer mehr, bis er dicht vor ihr stand, dann fragte er: ›Warum suchst Du den Propheten aus Nazareth?‹ – ›Ich suche ihn, auf dass er seine Hand an meine Stirn lege, um mich von meiner Krankheit zu heilen.‹ – Da trat der Mann auf sie zu und legte seine Hand auf ihre Stirn. – Sie aber sprach zu ihm: ›Was hilft es mir, dass Du Deine Hand auf meine Stirn legst? Du bist doch kein Prophet?‹ – Da lächelte er ihr zu und sprach: ›Gehe nun zur Stadt, die dort auf dem Bergesabhang liegt, und zeige Dich den Priestern!‹

Die Kranke dachte bei sich selbst: Er spottet meiner, weil ich glaube, dass ich geheilt werden kann. Durch ihn werde ich nicht erfahren, was ich wissen möchte. Und sie ging weiter. Gleich darauf sah sie einen Mann, der zur Jagd auszog, über die weite Ebene reiten. Als er so nahe war, dass er sie hören konnte, rief sie ihm zu: ›Nähere Dich mir nicht, ich bin eine Unreine! Doch sage mir, wo ich den Propheten aus Nazareth finden kann!‹ – ›Was begehrst Du von dem Propheten?‹ fragte der Mann und ritt langsam auf sie zu. – ›Ich möchte nur, dass er seine Hand auf meine Stirn lege, damit ich von meiner Krankheit genese.‹ Aber der Mann ritt noch näher heran und fragte: ›Von welcher Krankheit wünschst Du geheilt zu werden? Du bedarfst doch keines Arztes.‹ – ›Erkennst Du denn nicht, dass ich eine Unreine bin?‹ sagte sie. ›Ich bin von kranken Eltern in einer Felsenhöhle geboren worden.‹ Doch der Mann ritt immer näher heran, denn sie war schön und rosig wie eine frisch erblühte Blume. – ›Du bist die schönste Jungfrau im Land Judäa,‹ rief er aus. – ›Spotte nicht auch Du meiner,‹ entgegnete sie. ›Ich weiß, dass mein Angesicht zerfressen ist und meine Stimme wie das Geheul wilder Tiere.‹ Er aber blickte ihr tief in die Augen und sprach: ›Deine Stimme erklingt so hold wie das Murmeln des Frühlingsbaches, das über Kieselgestein rieselt, und Dein Antlitz ist zart wie ein weißes Seidentüchlein.‹

Gleichzeitig ritt er so nahe heran, dass sie ihr Gesicht in den blanken Beschlägen, die seinen Sattel schmückten, erkennen konnte. ›Hier kannst Du Dich spiegeln,‹ sagte er. Sie tat also und sah ein Antlitz, das zart und weich war, wie frisch entfaltete Schmetterlingsflügel. – ›Was spiegelt sich dort ab? Das ist nicht mein Ge-

sicht.‹ – ›Ja, doch, es ist Dein Antlitz,‹ antwortete der Reiter. – ›Aber klingt meine Stimme nicht wie Röcheln? Klingt sie nicht wie das Wagenrasseln auf steinigem Wege?‹ – ›Nein, sie erklingt wie das lieblichste Lied eines Zitherspielers,‹ antwortete der Reiter.

Sie wandte sich um und wies auf den Weg hinaus. – ›Weißt Du, wer jener Mann ist, der dort eben hinter den zwei Eichen verschwindet?‹ fragte sie den Reiter. – ›Das ist ja der, nach dem Du eben fragtest, der Prophet aus Nazareth,‹ antwortete der Mann.

Da schlug sie in höchster Verwunderung die Hände zusammen, und Tränen traten in ihre Augen. – ›O, Du Heiliger! O, Du Träger von Gottes Macht!‹ rief sie aus. ›Du hast mich geheilt!‹

Und der Reiter hob sie in den Sattel und brachte sie zur Stadt auf dem Bergesabhang, ging mit ihr zu den Ältesten und den Priestern und erzählte, wie er sie gefunden hatte. Sie alle befragten ihn ganz genau, als sie aber vernahmen, dass die Jungfrau in der Wildnis von kranken Eltern geboren sei, wollten sie nicht an ihre Heilung glauben und sprachen: ›Gehe dorthin zurück, von wo Du gekommen bist! Wenn Du krank warst, so musst Du Dein Leben lang diese Krankheit tragen. Du darfst nicht in diese Stadt kommen, weil Du uns mit Deiner Krankheit anstecken würdest.‹

Sie aber entgegnete ihnen: ›Ich weiß, dass ich genesen bin, denn der Prophet aus Nazareth hat seine Hand auf meine Stirn gelegt.‹

Als sie diese Worte vernahmen, riefen sie: ›Wer ist er, dass er die Unreinen zu Reinen machen könnte? Es ist alles nur ein Blendwerk der bösen Geister. Kehre zu den Deinen zurück, auf dass Du nicht uns alle ins Verderben bringst!‹

Sie wollten die Magd nicht für geheilt erklären und verboten ihr, in der Stadt zu bleiben. Und sie verkündeten, dass jeder, der ihr Schutz und Obdach gewähren würde, auch als unrein gelten solle.

Als die Priester dieses Urteil gesprochen hatten, sagte die Jungfrau zu dem Mann, der sie draußen auf dem Feld gefunden hatte: ›Wohin soll ich nun gehen? Muss ich wieder in die Wildnis hinaus zu den Kranken wandern?‹

Doch der Mann hob sie wiederum auf sein Pferd und sprach zu ihr: ›Nein, Du sollst mitnichten zu den Kranken in ihre Felsenhöhlen gehen, sondern wir beide werden mitsammen über das

Meer ziehen, in ein anderes Land, das keine Gesetze für Reine und Unreine kennt. Und sie – –«

Als aber der Winzer bis hierhergekommen war, erhob sich der Sklave und unterbrach ihn. »Du, brauchst mir nichts mehr zu erzählen. Stehe lieber auf und geleite mich des Weges, denn Du kennst das Gebirge, damit ich noch in dieser Nacht den Heimweg antreten kann und nicht bis morgen warten brauche! Der Kaiser und Faustina können Deine Botschaft keinen Augenblick zu früh erfahren.«

Als der Winzer den Sklaven durch die Berge geleitet hatte und wieder seine Hütte betrat, fand er sein Weib noch wach.

»Ich kann nicht schlafen,« sagte sie. »Ich denke daran, dass die beiden sich begegnen werden. Jener, der alle Menschen liebt, und dieser, der sie alle hasst. Es ist, als müsste diese Begegnung den Lauf der Welt in andere Bahnen lenken.«

6. Kapitel

Die alte Faustina war in dem fernen Palästina, auf dem Wege nach Jerusalem. Sie hatte nicht gewollt, dass einem anderen als ihr der Auftrag anvertraut werde, den Propheten zu suchen und ihn zum Kaiser zu geleiten. Sie hatte sich dabei sicherlich gedacht: »Das, was wir von diesem fremden Manne wünschen, ist etwas, was wir ihm weder mit Gewalt noch durch Geschenke entlocken können. Doch vielleicht erfüllt er unsere Bitte, wenn ihm jemand zu Füßen sinkt und ihm die Not des Kaisers schildert. Wer aber könnte die rechte Fürbitte für Tiberius tun, wenn nicht diejenige, die durch sein Unglück ebenso bitter leidet wie er selbst?«

Die Hoffnung, Tiberius zu erretten, hatte Faustina verjüngt. Ohne Beschwerden hatte sie die lange Seefahrt nach Jaffa überstanden, und nach Jerusalem reiste sie nicht in der Sänfte, sondern zu Pferd. Sie schien die mühsame Reise ebenso gut zu ertragen wie die edlen Römer, die Kriegsknechte und die Sklaven, die ihr Gefolge bildeten.

Die Wanderung von Jaffa nach Jerusalem erfüllte das Herz der Greisin mit Freude und lichter Hoffnung. Es war um die Früh-

lingszeit, und die Ebene von Saron, durch die sie einen vollen Tag ritten, war ein einziger leuchtender Blumenteppich. Auch am zweiten Tag, als sie die Berge von Judäa erreicht hatten, fehlte es nicht an Blumen. Alle die vielgestaltigen Berge, zwischen denen der Weg sich hinschlängelte, waren mit Obstbäumen bepflanzt, die in reichster Blüte prangten. Und wenn die Reisenden sich an den weißrosigen Blüten der Aprikosen- und Pfirsichbäume satt gesehen hatten, konnten sie ihre Augen auf dem jungen Weinlaub ruhen lassen, das sich zwischen den schwarzbraunen Rebenstämmen hervordrängte, und dessen Wachstum so schnell war, dass man glaubte, ihm mit den Blicken folgen zu können.

Aber nicht allein die Blumen und das Frühlingsgrün machten diese Wanderung heiter. Am meisten trugen dazu alle die Menschenscharen bei, die sich an diesem Morgen auf dem Weg nach Jerusalem befanden. Von allen Nebenwegen und Stegen, von einsamen Höhen und aus den entlegensten Winkeln des Flachlandes kamen die Wanderer. Sobald sie auf der Landstraße waren, die nach Jerusalem führte, vereinigten sich die Getrennten zu großen Scharen und zogen unter frohem Jubel dahin. Ein alter Greis auf schaukelndem Kamel war von seinen Söhnen und Töchtern, seinen Schwiegertöchtern, Eidamen und Enkelkindern umgeben, die alle neben ihm hinschritten. Es war eine so große Familie, dass sie allein schon einem kleinen Heer gleichkam. Eine alte Mutter, die zum Gehen zu schwach war, wurde von ihren Söhnen auf den Armen getragen, und sie ließ es stolz geschehen, während die Menschenmenge ehrfurchtsvoll zur Seite wich.

Es war ein Morgen, der auch den Traurigsten mit Freude erfüllen konnte. Der Himmel war nicht klar, sondern mit einer schwachen, weißgrauen Wolkenschicht überzogen, aber keiner der Weggenossen dachte auch nur im entferntesten daran, sich zu beklagen, dass der stechende Sonnenglanz dadurch gedämpft war. Unter diesem verschleierten Himmel strömten die Düfte der blühenden Bäume und des frischen Laubes nicht so schnell wie sonst in die Weite hinaus, sondern schwebten ruhig über Wegen und Feldern. Und der schöne Tag. der mit seiner matten Helligkeit und seiner Windstille an die Ruhe und den Frieden der Nacht gemahnte, schien allen den vorwärts strebenden Menschen etwas

von seinem Wesen mitzuteilen, so dass sie zwar fröhlich, jedoch auch feierlich dahinzogen. Sie sangen mit gedämpfter Stimme uralte Hymnen oder spielten auf seltsamen, altertümlichen Instrumenten, aus denen Töne drangen, die dem Summen der Mücken oder dem Zirpen der Grillen ähnlich waren.

Als die greise Faustina inmitten all dieser Menschen dahinritt, wurde sie von deren Eifer und Freude angesteckt. Sie trieb ihren Renner zu hurtiger Gangart, während sie zu einem jungen Römer, der neben ihr her ritt, sprach: »Ich träumte heute Nacht von Tiberius. Er bat mich, diese Reise nicht aufzuschieben, sondern just heute nach Jerusalem zu ziehen. Es ist, als wollten die Götter mir eine Mahnung senden, es nicht zu versäumen, an diesem herrlichen Morgen dorthin zu eilen.«

Gerade in diesem Augenblick hatten sie den Gipfel eines langgestreckten Bergrückens erreicht, und dort hielt sie unwillkürlich ihr Pferd an. Vor ihr lag ein weiter, tiefer Talkessel, von herrlichen Bergen umkränzt, und aus der dunklen, schattigen Tiefe des Tales erhob sich der gewaltige Felsen, der auf seinem Gipfel die Stadt Jerusalem trug.

Aber die kleine Bergstadt, die mit ihren Mauern und Türmen gleich einem kronenartigen Geschmeide auf der flachen Felsenhöhe ruhte, war an jenem Tag tausendfach vergrößert. Alle Anhöhen um das Tal waren von bunten Zelten und Menschenscharen bedeckt.

Faustina erkannte, dass die ganze Bevölkerung des Landes sich in Jerusalem versammelte, um irgendeinen hohen Feiertag zu begehen. Die entfernter Wohnenden waren schon angelangt und hatten ihre Zelte aufgeschlagen und eingerichtet, wogegen die in der Nähe der Stadt Wohnenden erst heranzogen. Von all den lichten Bergeshöhen sah man sie kommen, wie eine ununterbrochene Flut von weißen Gewändern, Gesängen und Festfreude.

Die Greisin betrachtete eine Zeit die wogenden Menschenscharen und die langen Zeltreihen. Dann sprach sie zu dem jungen Römer, der neben ihr her ritt:

»Wahrlich, Sulpicius, das ganze Volk scheint nach Jerusalem gekommen zu sein.«

»So ist es,« erwiderte der Römer, der von Tiberius zum Begleiter Faustinas ausersehen worden war, weil er mehrere Jahre in Ju-

däa zugebracht hatte. »Sie feiern jetzt ihr großes Frühlingsfest, und zu diesem ziehen alle Menschen, ob alt, ob jung, nach Jerusalem.«

Faustina dachte einen Augenblick nach und sagte dann: »Ich freue mich, dass wir gerade an dem Tag in diese Stadt gekommen sind, wo das Volk seinen Feiertag begeht. Es ist das beste Zeichen, dass die Götter unserem Vorhaben gnädig sind. Bist Du nicht auch der Meinung, dass er, den wir suchen, der Prophet aus Nazareth, höchstwahrscheinlich auch nach Jerusalem gekommen ist, um an diesem Fest teilzunehmen?«

»Du hast recht, Faustina,« antwortete der Römer. »Er ist wahrscheinlich schon jetzt hier in Jerusalem. Das ist fürwahr eine göttliche Fügung. So kräftig und gesund Du auch bist, sollst Du Dich doch glücklich preisen, dass Du die lange und beschwerliche Wanderung nach Galiläa wohl unterlassen kannst.«

Er ritt sogleich auf einige Wanderer zu, die eben vorbeizogen, und fragte sie, ob sie glaubten, dass der Prophet aus Nazareth sich in Jerusalem aufhalte.

»Wir haben ihn alljährlich um diese Zeit dort gesehen,« antwortete einer der Wandernden: »Sicherlich ist er auch in diesem Jahr gekommen, denn er ist ein frommer und gerechter Mann.«

Ein Weib streckte die Hand aus, wies auf einen östlich von der Stadt gelegenen Berg hin und sprach: »Siehst Du dort den mit Olivenbäumen bewachsenen Bergabhang? Dort pflegen die Galiläer ihre Zelte aufzuschlagen, und dort wirst Du die sicherste Auskunft über ihn erhalten, den Du suchst.«

Sie zogen weiter, gelangten auf einem gewundenen Weg zum Talkessel hinunter und ritten dann den Berg Zion hinauf, um die Stadt auf seinem Gipfel zu erreichen. Der steil emporführende Weg war hier an beiden Seiten von niedrigen Mauern begrenzt, und auf diesen hockten und lagen zahllose Bettler und Krüppel, welche die Barmherzigkeit der Vorübergehenden anriefen.

Während des langsamen Aufstiegs trat eine der jüdischen Frauen auf Faustina zu und sprach, indes sie ihr einen auf der Mauer hockenden Bettler zeigte: »Sieh, dort sitzt ein galiläischer Mann. Ich entsinne mich, ihn unter den Jüngern des Propheten gesehen zu haben. Der wird Dir sagen, wo Du ihn finden kannst, den Du suchest.«

Faustina ritt mit Sulpicius auf jenen Bettler zu. Es war ein armer, alter Mann mit einem langen, halb ergrauten Bart. Sein Gesicht war von Hitze und Sonnenglut tief gebräunt, und seine Hände zeigten Arbeitsschwielen. Er verlangte nicht nach Almosen; er war so tief in kummervolle Gedanken versunken, dass er nicht einmal zu den Vorüberziehenden aufblickte.

Er vernahm es auch gar nicht, dass Sulpicius ihn anredete, so dass dieser seine Frage einige Mal wiederholen musste.

»Mein Freund, man sagte mir, Du seiest ein Galiläer. Daher bitte ich Dich, mir zu sagen, wo ich den Propheten aus Nazareth finden kann.«

Der Galiläer schrak heftig zusammen und blickte verstört umher. Als er jedoch endlich verstand, was man von ihm wollte, packte ihn ein mit Entsetzen gemischter Zorn. »Was redest Du?« schrie er ihm zu. »Warum fragst Du mich nach jenem Mann? Ich weiß nichts von ihm. Ich bin kein Galiläer.«

Nun mischte sich das jüdische Weib ins Gespräch: »Ich sah Dich doch in seiner Gesellschaft. Fürchte Dich nicht, sondern sage dieser vornehmen Römerin, die des Kaisers Freundin ist, wo sie ihn am schnellsten finden kann!«

Der entsetzte Jünger wurde jedoch immer heftiger und schrie: »Sind denn heute alle Menschen toll geworden? Ist ein böser Geist in sie gefahren, dass sie alle auf einmal kommen, um mich nach jenem Mann zu fragen? Warum will mir denn keiner glauben, wenn ich es doch versichere, dass ich diesen Propheten gar nicht kenne? Ich komme nicht aus seiner Gegend. Ich habe ihn noch niemals gesehen.«

Sein Ungestüm zog die Aufmerksamkeit auf ihn hin, und einige Bettler, die neben ihm auf der Mauer saßen, widersprachen ihm gleichfalls:

»Du gehörtest ganz sicherlich zu seinen Jüngern. Wir alle wissen, dass Du mit ihm aus Galiläa gekommen bist.«

Aber der Mann erhob beide Arme gen Himmel empor und rief: »Ich konnte es heute drinnen in Jerusalem um jenes Mannes willen nicht mehr aushalten, und nun lässt man mich nicht einmal hier draußen inmitten der Bettler in Frieden. Warum wollt Ihr es mir nicht glauben, wenn ich sage, dass ich ihn nie gesehen habe?«

Faustina wandte sich mit einem Achselzucken ab und sprach: »Lass uns weiterziehen. Dieser Mann ist wahnsinnig. Von ihm werden wir nichts erfahren können.«

Sie zogen weiter bergaufwärts. Als Faustina kaum zwei Schritte vom Stadttor entfernt war, rief die Israelitin, die ihr zur Auffindung des Propheten hatte verhelfen wollen, sie möge sich in Acht nehmen. Sie zog die Zügel an und sah, dass dicht vor den Hufen ihres Pferdes ein Mann am Boden lag. Im Staub war er hingestreckt, wo das Gedränge am dichtesten war, und es war ein Wunder, dass er nicht längst von Tieren oder Menschen niedergetreten worden war.

Der Mann lag auf dem Rücken und starrte mit erloschenen, glanzlosen Augen zum Himmel empor. Er lag regungslos, obwohl die Kamele ihre schweren Füße dicht neben ihm auf den Boden setzten. Er war armselig gekleidet und obendrein mit Staub und Erde befleckt. Dazu hatte er so viel Sand über sich gebreitet, dass es den Anschein gewann, als suche er sich zu verbergen, um leichter überritten oder zerstampft zu werden.

»Was bedeutet das? Warum liegt dieser Mann hier auf dem Weg?« fragte Faustina.

Alsogleich begann der am Boden Liegende den Vorüberziehenden zuzurufen: »Brüder und Schwestern, bei Eurer Barmherzigkeit, führt Eure Pferde und Lasttiere über mich hin! Weicht mir nicht aus! Zerstampft mich zu Staub! Ich verriet unschuldig Blut! Zerstampft mich zu Staub!«

Sulpicius fasste Faustinas Pferd am Zügel und lenkte es beiseite. »Das ist ein Sünder, der Buße tun will,« sagte er. »Lass Dich dadurch nicht länger aufhalten! Dieses Volk ist sehr absonderlich, und man muss diese Menschen ihre eigenen Wege gehen lassen.«

Der Mann am Boden fuhr fort zu rufen: »Setzt Eure Fersen auf mein Herz! Lasst Eure Kamele meine Brust zerstampfen und die Esel ihre Hufe in meine Augen bohren!«

Doch Faustina meinte, nicht vorüberreiten zu können, ohne dass sie versuchte, den Unglücklichen zum Aufstehen zu bewegen. Sie wartete noch immer neben ihm.

Die Israelitin, die ihr schon einmal hatte beistehen wollen, drängte sich nun wieder bis zu ihr hin. »Auch dieser Mann ge-

hörte zu den Jüngern des Propheten,« sagte sie. »Soll ich ihn nach seinem Meister fragen?«

Faustina nickte bejahend. Das Weib beugte sich über den am Boden Liegenden und fragte:

»Was habt Ihr Galiläer denn heute mit Eurem Meister getan? Ich treffe Euch auf Wegen und Stegen zerstreut, ihn aber erblicke ich nirgends.«

Aber während ihrer Frage hob der Mann im Straßenstaube sich auf seine Knie empor. »Welch ein böser Geist hat Dir eingegeben, mich nach ihm zu fragen?« sagte er mit einer Stimme, die in Verzweiflung bebte. »Du siehst doch, dass ich mich in den Straßenstaub geworfen habe, um zertreten zu werden. Ist Dir das noch nicht genug? Musst Du nun auch noch kommen und mich fragen, was ich mit ihm getan habe?«

»Ich begreife nicht, was Du mir vorzuwerfen hast,« antwortete die Israelitin. »Ich möchte ja nur erfahren, wo Du Deinen Meister gelassen hast.«

Als sie die Frage wiederholte, sprang der Mann auf und hielt sich mit beiden Händen die Ohren zu.

»Wehe Dir, dass Du mich nicht in Frieden sterben lassen willst!« rief er. Und indem er sich durch die Volksmenge Bahn brach, die sich vor dem Stadttor zusammendrängte, stürzte er, vor Entsetzen aufheulend, von dannen, und seine zerfetzten Gewänder umflatterten ihn wie dunkle Flügel.

»Mich dünkt es, dass wir zu einem Volk von Wahnwitzigen gekommen sind,« sagte Faustina, als sie den Mann entfliehen sah. Der Anblick dieser Jünger des Propheten hatte sie tief betrübt. Konnte ein Mann, der solche Wahnsinnigen in seiner Jüngerschar hatte, etwas für den Kaiser tun?

Auch die Israelitin sah kummervoll aus und sprach mit tiefem Ernst zu Faustina:

»Gebieterin, zögere nicht den aufzusuchen, den Du finden möchtest! Ich fürchte, dass ihn ein Unglück heimgesucht hat, denn seine Jünger sind so von Sinnen, dass sie es nicht ertragen können, von ihm auch nur reden zu hören.«

Faustina ritt mit ihrem Gefolge endlich durch das Torgewölbe. Sie kamen durch enge, düstere Gassen, in denen es von Menschen

wimmelte. Es schien fast unmöglich, dort vorwärts zu kommen. Mal auf mal mussten die Reitenden ihre Pferde anhalten. Die Sklaven und die Kriegsknechte bemühten sich vergeblich, den Weg freizumachen. Die Menschen drängten sich unaufhörlich in einem dichten, unhemmbaren Strom vorbei.

»Wahrhaftig,« sprach die Greisin zu Sulpicius, »Roms Straßen sind im Vergleich mit diesen Gassen stille, ruhige Gärten zu nennen.«

Sulpicius erkannte bald, dass fast unüberwindliche Schwierigkeiten ihrer warteten, und sagte:

»Man wird in diesen überfüllten Straßen wohl leichter gehen als reiten können. Vorausgesetzt, dass Du nicht gar zu müde bist, würde ich Dir raten, bis zum Palast des Landpflegers zu Fuß zu gehen. Zwar ist es eine weite Strecke, wenn wir aber reiten sollen, so werden wir ganz gewiss nicht vor Mitternacht hingelangen.«

Faustina war sofort einverstanden. Sie stieg vom Pferd und übergab es einem der Sklaven. Dann begannen die Römer insgesamt ihre Fußwanderung durch die Stadt.

Sie gelang ihnen weit besser. Ziemlich rasch drangen sie bis zum Herzen der Stadt vor, und eben zeigte Sulpicius Faustina eine halbwegs breite Straße, die sie bald erreichen mussten.

»Sieh, Faustina, wenn wir nur erst in diese Straße gelangen, so ist es überstanden, denn sie führt uns gerade nach unserer Herberge.«

Aber als sie eben in diese Straße einbiegen wollten, stießen sie auf das ärgste Hindernis.

Denn in demselben Augenblick, da Faustina an der Straße war, die sich vom Palast des Landpflegers bis zur Pforte der Gerechtigkeit und bis nach Golgatha hinzog, geleitete das Volk dort einen Gefangenen, der hinausgeführt wurde, um ans Kreuz geschlagen zu werden. Eine Schar junger, erregter Menschen raste vor ihm her. Sie stürmten wild durch die Straße, sie streckten wie in Begeisterung die Arme empor und stießen ein unverständliches Freudengebrüll aus, weil sie bald etwas sehen sollten, was sich ihnen nicht jeden Tag darbot.

Ihnen folgten Scharen von Menschen in Seidengewändern. Sie schienen zu den vornehmsten und höchsten Personen der Stadt zu

gehören. Hinter ihnen schritten Frauen, von denen viele bitterlich weinten. Eine Gruppe von Bettlern und Krüppeln stieß ein ohrenzerreißendes Geschrei aus. Die Verzweifelten riefen:

»O Gott! Rette ihn! Sende Deine Engel herab und errette ihn! Sende ihm einen Helfer in seiner bittersten Not!«

Endlich nahten einige römische Söldner auf großen Pferden. Sie wachten darüber, dass keiner aus der Volksmenge zu dem Gefangenen stürze und ihn zu befreien versuche. Gleich hinter ihnen kamen die Henkersknechte, die den Mann geleiten mussten, der gekreuzigt werden sollte. Sie hatten ihm ein großes, schweres Holzkreuz auf die Schultern geladen, er aber war zu schwach für diese Last. Sie drückte ihn so, dass sein Körper sich darunter tief zum Boden niederbeugte. Sein Haupt war so tief gesenkt, dass niemand sein Antlitz erkennen konnte.

Faustina stand am Eingang der kleinen Nebengasse und sah der schweren Wanderung des zum Tode Verurteilten zu. Staunend gewahrte sie, dass er einen Purpurmantel trug und eine Dornenkrone auf sein Haupt gedrückt worden war.

»Wer ist der Mann?« fragte sie.

Einer der Umstehenden antwortete ihr: »Das ist einer, der sich zum Kaiser machen wollte.«

»So muss er den Tod für etwas erleiden, das wenig erstrebenswert ist,« sprach die Greisin wehmütig.

Der Verurteilte wankte unter dem Kreuz. Seine Schritte wurden immer langsamer. Die Henkersknechte hatten einen Strick um seinen Leib geschlungen und begannen daran zu zerren, um ihn schneller vorwärts zu treiben. Als sie aber den Strick fester anzogen, sank der Mann um und blieb mit dem Kreuz über sich liegen.

Da entstand ein gewaltiger Lärm. Die römischen Reiter vermochten nur mit großer Mühe das Volk zurückzuhalten. Sie zogen ihre Schwerter gegen einige Frauen, die vorzudringen suchten, um dem Niedergesunkenen beizustehen. Die Henkersknechte wollten ihn mit Schlägen und Stößen zwingen, sich zu erheben, er aber vermochte es nicht des Kreuzes wegen. Schließlich packten einige von ihnen das Kreuz an, um es aufzuheben.

Da richtete er sein Haupt empor, und die greise Faustina sah sein Antlitz. Die Wangen zeigten Striemen von den Schlägen, und

von seiner durch die Dornenkrone verwundeten Stirn perlten Blutstropfen herab. Das Haar hing, klebrig von Schweiß und Blut, in wirren Strähnen um sein Haupt. Seine Lippen waren fest geschlossen, bebten jedoch, als kämpften sie, um einem Schrei zu wehren. Die Augen starrten, von Tränen erfüllt, fast erloschen vor Qual und Erschöpfung.

Doch unter dem Angesicht dieses halbtoten Menschen sah die Greisin wie in einer Vision ein schönes, bleiches Antlitz mit herrlichen, majestätischen Augen und sanftmütigen Zügen, und ihr Herz erbebte plötzlich in Trauer und Rührung über des fremden Mannes Unglück und Erniedrigung.

»O, was hat man Dir getan, Du armer Mensch?« rief sie aus und trat ihm einen Schritt entgegen, während ihr Tränen in die Augen traten. Bei dieses gepeinigten Menschen Not vergaß sie ihren eigenen Gram und ihre Unruhe. Ihr wollte schier das Herz vor Mitleid brechen. Gleich den anderen Frauen wollte sie hineilen, um ihn seinen Henkern zu entreißen.

Der Hingesunkene sah, dass sie auf ihn zukam, und er kroch näher an sie heran. Es war, als ob er erwartet hätte, bei ihr Schutz zu finden gegen alle jene, die ihn verfolgten und peinigten. Er umklammerte ihre Knie. Er schmiegte sich an sie, wie ein Kind, das bei seiner Mutter Rettung sucht.

Die Greisin beugte sich über ihn, und obwohl ihre Tränen strömten, empfand sie die seligste Freude darüber, dass er schutzflehend zu ihr gekommen war. Mit einem Arm umfasste sie seinen Nacken, und so wie eine Mutter vor allem die Tränen ihres Kindes trocknet, legte sie ihr Schweißtuch von kühlem feinsten Linnen auf sein Angesicht, um die Tränen und das Blut fortzuwischen. Aber in diesem Augenblick hatten die Henkersknechte das Kreuz aufgehoben. Und nun kamen sie und rissen den Gefangenen an sich. Ungeduldig über die Verzögerung, schleppten sie ihn in wilder Hast fort. Dem Todgeweihten entrang sich ein Stöhnen, als man ihn von der eben gefundenen Freistatt fortriss, aber er leistete keinen Widerstand.

Faustina umklammerte ihn, um ihn zurückzuhalten, und als sie erkannte, dass ihre schwachen, alten Hände nichts vermochten, und ihn erbarmungslos fortführen sah, da überkam sie eine Emp-

findung, als hätte ihr jemand ihr eigenes Kind geraubt, und sie rief: »Nein, nein! Nehmt ihn mir nicht fort! Er darf nicht sterben! Es kann nicht sein, dass er sterben soll!«

Sie empfand den furchtbarsten Schmerz und Zorn, weil man ihn fortführte. Sie wollte ihm nach und mit den Henkersknechten kämpfen, um den Unglücklichen zu befreien. Aber bei dem ersten Schritt wurde sie vor Schwindel fast ohnmächtig. Sulpicius beeilte sich, sie mit seinem Arm zu stützen, um sie vor dem Umsinken zu bewahren.

Er bemerkte auf der gegenüberliegenden Straßenseite einen kleinen, dunkeln Laden und trug sie hinein. Es gab dort weder Stühle noch Bänke, aber der Ladenbesitzer war barmherzig. Er holte einen Teppich herbei und bereitete für die Greisin ein Lager auf dem Steinboden. Sie war nicht bewusstlos, hatte aber ein so heftiges Schwindelgefühl, dass sie sich nicht aufrecht halten konnte, sondern sich niederlegen musste.

»Sie hat heute einen langen Ritt hinter sich, und der Straßenlärm und das Gedränge waren zuviel für sie,« sagte Sulpicius zu dem Kaufmann. »Sie ist sehr alt, und so stark ist doch niemand, dass ihn das Alter nicht bezwingen könnte.«

»Dies ist sogar auch ein schwerer Tag für einen, der noch nicht alt ist,« entgegnete der Kaufmann. »Die Luft ist fast zu drückend beim Atmen. Es sollte mich nicht wundern, wenn ein schweres Unwetter losbräche.« Sulpicius beugte sich über die Greisin. Sie war eingeschlummert und schlief nach all der Anstrengung und all dem Aufruhr des Gemüts mit stillen, regelmäßigen Atemzügen.

Er trat in die Ladentür, um die Volksmenge zu beschauen, während er auf das Erwachen der Schläferin wartete.

7. Kapitel

Der römische Landpfleger zu Jerusalem hatte eine junge Frau, und diese träumte in der Nacht vor Faustinas Einzug in die Stadt einen langen Traum.

Sie träumte, sie stehe auf dem Dach ihres Hauses und sehe auf den großen schönen Hofplatz hinunter, der nach morgenländischer Sitte mit Marmorfliesen ausgelegt und mit edlen Gewächsen bepflanzt war.

Auf dem Hof sah sie alle Kranken, Blinden und Lahmen der Welt versammelt. Sie sah die Pestkranken mit ihren von Beulen geschwollenen Leibern, die Aussätzigen mit halbzerfressenen Gesichtern, die Lahmen, die sich nicht bewegen konnten, sondern hilflos am Boden lagen, und alle die Siechen, die sich in Schmerzen und Qualen wanden. Und alle drängten sich zum Eingang hin, und etliche der Vordersten pochten mit harten Schlägen an die Tore des Palastes.

Schließlich sah sie, dass ein Sklave die Pforte öffnete und auf die Schwelle trat: dann vernahm sie, dass er die Siechen nach ihrem Begehren fragte.

Da antworteten sie ihm und sprachen: »Wir suchen den großen Propheten, den Gott zur Erde hinabgesandt hat. Wo ist der Prophet von Nazareth, er, der über alle Pein Macht hat? Wo ist er, der uns von allen unseren Leiden zu erlösen vermag?«

Und der Sklave antwortete ihnen in hochfahrendem, nachlässigem Ton, so wie Diener in den Palästen zu tun pflegen, wenn sie arme Fremdlinge abweisen:

»Es nützt Euch nichts, nach dem großen Propheten zu suchen. Pilatus hat ihn getötet.«

Da erhob sich unter all den Kranken ein Klagen und Jammern und Zähneknirschen, dass sie nicht imstande war, es mit anzuhören. Ihr Herz schien vor Mitleid zu zerspringen, und heiße Tränen entströmten ihren Augen. Aber sobald sie zu weinen anfing, war sie erwacht.

Bald jedoch war sie wiederum eingeschlafen, und wieder träumte sie, sie stehe auf dem Dach ihres Hauses und blicke zum großen Hof hinab, der so geräumig war wie ein Marktplatz.

Und siehe, der Hof war voll von Menschen, die wahnsinnig und toll oder von bösen Geistern besessen waren. Und sie sah solche, die nackt waren, und andere, die sich in ihr langes Haar hüllten, und manche, die sich Strohkränze und Mäntel aus Gras geflochten hatten und Könige zu sein wähnten, und etliche waren, die auf

der Erde krochen und sich für Tiere hielten, und solche, die beständig über einen Kummer weinten, dem sie keinen Namen zu geben wussten, und solche, die schwere Steine herbeischleppten, die sie für Gold ausgaben, und solche, die da meinten, dass die bösen Geister aus ihrem Mund redeten. Und sie sah, dass alle diese Menschen sich nach der Pforte des Palastes hin wälzten, und dass die in der vordersten Reihe klopften und pochten, um hinein zu gelangen.

Schließlich öffnete sich die Pforte, und ein Sklave trat auf die Schwelle und fragte: »Wonach steht Euer Verlangen?«

Da riefen sie und sprachen: »Wo ist der große Prophet von Nazareth, er, der von Gott gesandt ist, uns unsere Seele und unsere Vernunft wiederzugeben?«

Und sie vernahm die in gleichgültigstem Ton gegebene Antwort des Sklaven:

»Es nützt Euch nichts, nach dem großen Propheten zu suchen. Pilatus hat ihn getötet.«

Da er also gesprochen hatte, stießen die Wahnsinnigen einen Schrei aus, der dem Geheul wilder Tiere glich, und sie begannen in ihrer Verzweiflung sich selbst zu zerfleischen, bis ihr Blut auf den Boden troff. Und als sie, die dies träumte, all jener Menschen Verzweiflung sah, rang sie ihre Hände und wehklagte. Und ihr eigenes Klagen hatte sie erweckt.

Und abermals war sie eingeschlummert, und wieder befand sie sich im Traum auf dem Dach ihres Hauses. Und rings um sie her saßen ihre Sklavinnen, um ihr auf Zymbeln und Zithern vorzuspielen, und die Mandelbäume streuten ihre hellen Blütenblätter auf sie herab, und die Kletterrosen dufteten.

Und während sie dort saß, rief eine Stimme ihr zu: »Gehe bis zur Balustrade vor, die Dein Dach umgibt, und schaue von dort in Deinen Hof hinab.«

Sie aber weigerte sich im Traum und sprach: »Ich mag nicht noch mehr von jenen Menschen sehen, die sich heute Nacht auf meinem Hof drängen.«

In demselben Augenblick hörte sie von dorther Kettengerassel und schwere Hammerschläge und ein Aufschlagen von Holz auf Holz. Ihre Sklavinnen unterbrachen ihr Spielen und Singen, liefen

zur Balustrade des Daches und blickten hinunter. Auch sie selbst vermochte nicht, ruhig zu sitzen, sondern folgte ihnen und blickte auf den Hof hinab.

Da sah sie, dass der Hof ihres Hauses von allen armen Gefangenen der Welt überfüllt war. Sie erblickte all jene, die sonst in dunkeln Kerkerhöhlen, in schwere Eisenketten geschlossen, verschmachteten. Sie erkannte jene, die in den finstern Bergwerken arbeiteten und die ihre Hämmer herbeigeschleppt hatten, und sie sah die Ruderknechte der Kriegsschiffe mit ihren schweren, eisenbeschlagenen Rudern. Und jene, die zum Kreuzestod verurteilt waren, schleppten ihre Kreuze, und die enthauptet werden sollten, kamen mit ihren Richtbeilen. Und sie erblickte jene, die nach fremden Ländern in die Sklaverei geschleppt wurden, und deren Augen vor Heimweh flackerten und brannten. Sie sah all jene elenden Sklaven, die wie Lasttiere arbeiten mussten, und deren Rücken von Geißelhieben bluteten.

Alle diese Unglückseligen riefen einstimmig und sprachen: »Öffnet, öffnet!«

Da trat der Sklave, der die Eingangspforte hütete, heraus und fragte sie: »Was ist es, wonach Ihr verlanget?«

Und sie antworteten wie die anderen: »Wir suchen den großen Propheten von Nazareth, der zur Erde herabgekommen ist, um den Gefangenen die Freiheit und den Sklaven das Glück wiederzugeben.«

Aber der Sklave antwortete ihnen mit müdem und gleichgültigem Ton: »Ihr werdet ihn hier nicht finden. Pilatus hat ihn getötet.«

Nach diesen Worten vermeinte sie, die träumte, einen solchen Ausbruch von Wut und Hohn unter den Unglücklichen zu vernehmen, dass der Himmel und die Erde erbebten. Sie selbst war wie erstarrt vor Entsetzen, ein krampfhaftes Zittern durchfuhr ihren Leib, und sie erwachte.

Als sie nun ganz wach war, richtete sie sich in ihrem Bett auf und sprach vor sich hin: »Ich will nicht mehr träumen. Ich werde mich jetzt die ganze Nacht durch wachhalten, auf dass es mir erspart sei, nochmals so Furchtbares sehen zu müssen.«

Aber fast in demselben Augenblick hatte der Schlaf sie aufs Neue übermannt, sie sank in die Kissen zurück und war eingeschlummert.

Und abermals träumte sie, sie sitze auf dem Dach ihres Hauses, und ihr kleiner Sohn laufe dort oben hin und her und spiele mit seinem Ball.

Da vernahm sie eine Stimme, die zu ihr sprach: »Geh zur Balustrade, die das Dach umgibt, und sieh, wer jene sind, die wartend auf Deinem Hof stehen.«

Sie aber, die träumte, sprach vor sich hin: »Ich habe heute Nacht zu viel Elend gesehen. Ich könnte es nicht mehr ertragen. Ich will bleiben, wo ich bin.«

In diesem Augenblick warf ihr Knabe den Ball so weit, dass er über die Balustrade flog, und das Kind lief hin und kletterte auf das Geländer. Da erschrak sie heftig. Sie eilte ihm nach und griff nach dem Kind.

Dabei warf sie jedoch einen Blick hinunter und sah abermals, dass der Hof voller Menschen war.

Und es standen dort alle Menschen der Erde, die in Kriegen verwundet worden waren. Sie kamen mit verstümmelten Leibern und mit tiefen, offenen Wunden, aus denen Blut rann, so dass der ganze Hof davon überflutet war.

Und neben ihnen drängten sich dort all jene Menschen der Erde zusammen, die ihre Lieben auf den Schlachtfeldern verloren hatten. Es waren die Vaterlosen, die ihre Beschützer betrauerten, und die jungen Frauen, die nach ihren Herzlichsten riefen, und die Greisinnen, die nach ihren Söhnen seufzten.

Die Vordersten drängten sich zur Tür hin, und ganz wie zuvor kam der Türhüter und öffnete.

Er fragte all diese in Kampf und Streit Verwundeten: »Was sucht Ihr in diesem Hause?«

Und sie antworteten: »Wir suchen den großen Propheten von Nazareth, der Krieg und Feindschaft abschaffen und den Frieden auf Erden bringen wird. Wir suchen ihn, der die Schwerter zu Sensen umschmieden wird und die Speere zu Winzermessern.«

Da antwortete der Sklave ein wenig ungeduldig: »Kommt nun nicht mehr wieder, mich zu plagen! Ich habe es Euch schon oft genug gesagt: Der große Prophet ist nicht hier. Pilatus hat ihn getötet.«

Dann schloss er das Tor. Doch sie, die träumte, dachte an all den Jammer, der nun laut werden würde. »Ich mag ihn nicht hö-

ren,« rief sie und stürzte von der Balustrade fort. In demselben Augenblick erwachte sie. Und nun merkte sie, dass sie vor Angst aus ihrem Bett gesprungen war und auf dem kalten Steinboden stand.

Abermals hatte sie sich vorgenommen, in dieser Nacht nicht mehr zu schlafen, und wieder hatte der Schlaf sie übermannt, so dass sie die Augen schloss und zu träumen begann.

Nochmals saß sie auf dem Dach ihres Hauses, und an ihrer Seite stand ihr Gatte. Sie erzählte ihm ihre Träume, und er machte sich darüber lustig. Da vernahmen sie wieder eine Stimme, die zu ihr sprach: »Geh und sieh die Menschen, die auf Deinem Hof warten.«

Sie aber sagte sich: »Ich will sie nicht schauen. Ich habe heute Nacht schon zu viel Unglückliche gesehen.«

Da vernahm sie drei harte Schläge gegen die Pforte, und ihr Gatte trat zur Balustrade hin, um zu sehen, wer da in sein Haus eintreten wolle.

Doch kaum hatte er sich über das Geländer gebeugt, als er auch schon seiner Frau winkte, heranzukommen.

»Kennst Du wohl diesen Mann?« fragte er, hinunterweisend.

Als sie nun in den Hof hinabblickte, erkannte sie, dass es dort von Reitern und Pferden wimmelte. Sklaven waren damit beschäftigt, von Eseln und Kamelen die schweren Lasten abzuladen. Es schien, als sei ein vornehmer Reisender angelangt.

Der stand vor der Eingangspforte. Es war ein hochgewachsener, alter Mann mit breiten Schultern, der schwermütig und finster aussah.

Die Träumende erkannte den Fremdling sogleich und flüsterte ihrem Gatten zu: »Das ist Cäsar Tiberius, der nach Jerusalem gekommen ist. Kein anderer kann es sein.«

»Auch ich glaube ihn zu erkennen,« sprach ihr Mann und legte den Finger auf seine Lippen, zum Zeichen, dass sie schweigen und lauschen möge, was unten im Hof gesprochen wurde.

Sie sahen, dass der Türwächter heraustrat und den Fremdling fragte: »Wer ist es, den Du suchst?«

Und der Fremdling antwortete: »Ich suche den großen Propheten von Nazareth, dem Gott Wunderkräfte verliehen hat. Der Kaiser Tiberius ruft ihn, auf dass er ihn von einer schrecklichen Krankheit befreien möge, die kein anderer Arzt zu heilen vermag.«

Als er gesprochen hatte, neigte sich der Sklave in tiefer Demut und sprach: »Herr, zürne nicht, aber Dein Wunsch ist unerfüllbar.«

Da wandte sich der Kaiser an seine Sklaven, die unten am Hofeingang warteten, und erteilte ihnen einen Befehl.

Und die Sklaven liefen herzu. Etliche trugen in ihren Händen reiches Geschmeide, andere hielten Schalen, in denen große Mengen echter Perlen lagen, und wieder andere schleppten Säcke mit Goldmünzen.

Der Kaiser wandte sich an den Sklaven, der die Pforte hütete, und sprach: »Dies alles soll sein eigen werden, wenn er Tiberius helfen will. Allen Armen der Welt kann er damit Reichtum verleihen.«

Und der Türhüter neigte sich noch tiefer als zuvor und sprach: »Herr, zürne Deinem Knecht nicht, aber Dein Verlangen ist unerfüllbar.«

Da winkte der Kaiser abermals seinen Sklaven, und etliche von ihnen liefen herzu und brachten ein reichgesticktes Gewand, an dem ein Brustschild von Juwelen erglänzte.

Und der Kaiser sprach zu dem Sklaven: »Schau her! Was ich ihm hier biete, ist die Herrschaft über Judäa. Er soll sein Volk als dessen höchster Richter regieren. Nur soll er zuvor mir folgen, um Tiberius zu heilen.«

Und der Sklave neigte sich noch tiefer zur Erde hinab und sprach: »Herr, es steht nicht in meiner Macht, Dir zu helfen.«

Da winkte der Kaiser abermals, und seine Sklaven eilten mit einem goldenen Stirnreif und einem Purpurmantel herbei.

»Sieh,« sprach er, »dies ist des Kaisers Wille: Er gelobt, ihn zu seinem Erben einzusetzen und ihm die Herrschaft über die ganze Welt zu verleihen. Er soll die Macht haben, die ganze Erde nach dem Willen seines Gottes zu lenken. Möge er nur zuvor seine Hand ausstrecken, um Tiberius zu heilen.«

Da sank der Sklave zu des Kaisers Füßen nieder und rief mit wehklagender Stimme: »Herr, es steht nicht in meiner Macht, Dir zu gehorchen. Er, den Du suchst, weilt nicht mehr hier auf Erden. Pilatus hat ihn getötet.«

8. Kapitel

Als die junge Frau erwachte, war es schon heller, lichter Tag, und ihre Sklavinnen standen wartend bereit, um ihr beim Ankleiden dienstbar zu sein.

Sie war sehr still und nachdenklich, während man sie ankleidete, fragte jedoch schließlich die Sklavin, die ihr das Haar ordnete, ob ihr Gatte schon aufgestanden sei.

Und sie erfuhr, dass er abberufen worden sei, um über einen Verbrecher Gericht zu halten.

»Ich hätte ihn sehr gern gesprochen,« sagte die junge Frau.

»Herrin, das wird jetzt während des Verhörs schwerlich angehen. Wir werden es Dich wissen lassen, sobald es beendet ist,« entgegnete die Sklavin.

Sie schwieg nun, bis sie mit dem Ankleiden fertig war. Dann fragte sie: »Hat jemand unter Euch von dem Propheten aus Nazareth gehört?«

»Der Prophet von Nazareth ist ein jüdischer Wundermann,« antwortete rasch eine der Sklavinnen.

»Seltsam, Herrin, dass Du gerade heute nach ihm fragst,« sagte eine andere Sklavin. »Denn gerade der ist es, den die Juden zum Palast hergeführt haben, um ihn vom Landpfleger verhören zu lassen.«

Alsogleich gebot sie, dass jemand hinausgehe und nachfrage, welcher Schuld er angeklagt sei, und eine der Sklavinnen entfernte sich. Als sie zurückkehrte, berichtete sie: »Sie klagen ihn an, dass er sich zum König über dieses Land erheben wolle, und sie fordern von dem Landpfleger, dass er den Kreuzestod über ihn verhängen möge.«

Als die Gattin des Landpflegers diese Worte vernahm, entsetzte sie sich und sprach: »Ich muss mit meinem Gatten reden, sonst wird am heutigen Tage hier ein schreckliches Unglück geschehen.«

Als nun die Sklavinnen abermals versicherten, dass es unmöglich sei, erbebte sie und begann zu weinen. Und eine ihrer Dienerinnen wurde von Mitleid ergriffen und sprach: »Wenn Du eine schriftliche Botschaft an den Landpfleger senden willst, so werde ich versuchen, sie ihm zu übermitteln.«

Und alsogleich nahm sie einen Stift und schrieb einige Worte auf eine kleine Wachstafel, die man Pilatus überbrachte.

Doch ihn selbst traf sie den ganzen Tag nicht allein an, denn als er die Juden abgefertigt und man den Verurteilten zum Richtplatz geführt hatte, war die Essensstunde gekommen, und Pilatus hatte zu dieser Mahlzeit einige Römer eingeladen, die in Jerusalem weilten. Der Anführer der Truppen, ein junger Meister der Beredsamkeit und noch etliche Gäste sonst waren erschienen.

Es war jedoch kein sehr frohes Mahl, denn die junge Gattin des Landpflegers saß während der ganzen Zeit stumm und betrübt dabei, ohne sich an der Unterhaltung zu beteiligen.

Als die Tischgäste fragten, ob sie krank sei oder Kummer habe, erzählte der Landpfleger lachend von der Botschaft, die sie ihm frühmorgens übersandt hatte. Und er trieb seinen Scherz mit ihr, dass sie glauben konnte, ein römischer Landpfleger werde sich in seinem Urteilsspruch durch die Träume eines Weibes beeinflussen lassen.

Sie antwortete leise und tieftraurig: »Dies ist wahrlich kein Traum gewesen, sondern eine Mahnung, die uns von den Göttern gesandt war. Du hättest jenen Mann zum mindesten noch diesen einen Tag leben lassen sollen.«

Alle sahen, dass sie ernstlich bekümmert war. Und sie schien auch keinem Trost zugänglich zu sein, wie sehr sich die Tischgäste auch mühten, sie durch fesselnde Gespräche ihre nichtigen Träume vergessen zu machen.

Aber nach einer Weile hob jemand den Kopf und fragte: »Was ist das? Haben wir so lange bei Tisch gesessen, dass der Tag sich schon seinem Ende zuneigt?«

Nun blickten alle auf und bemerkten, dass sich eine schwache Dämmerung herabsenkte. Ganz besonders merkwürdig war es zu beobachten, wie das bunte Farbenspiel, das auf allen Dingen und Wesen der Natur ruht, langsam erlosch, so dass alles einfarbig grau erschien.

Und gleich allem anderen verloren auch ihre eigenen Gesichter die Farbe. »Wir gleichen wirklich den Toten,« sprach der junge Meister der Beredsamkeit erschaudernd. »Unsere Wangen sind ja grau und unsere Lippen schwarz.«

Als die Dunkelheit immer tiefer wurde, wuchs auch das Entsetzen der jungen Frau. »Ach, Freund,« rief sie schließlich, »glaubst Du noch immer nicht, dass die Unsterblichen Dich warnen wollen? Sie zürnen, dass Du einen heiligen und schuldlosen Mann zum Tode verurteilt hast. Ich meine nun, dass er, wiewohl jetzt schon ans Kreuz geschlagen, doch ganz sicherlich noch nicht tot sein kann. Lass ihn vom Kreuze abnehmen! Mit meinen eigenen Händen will ich seine Wunden heilen. Gewähre Du es nur, dass man ihn ins Leben zurückrufe!«

Pilatus aber erwiderte lachend: »Ganz sicherlich hast Du recht, dies als ein Zeichen der Götter anzusehen. Doch keinesfalls lassen sie die Sonne ihren Schein verlieren, weil ein jüdischer Irrlehrer zum Kreuzestod verurteilt worden ist. Dagegen können wir wohl erwarten, dass bedeutsame Ereignisse eintreten werden, die das ganze Reich angehen. Wer kann es wissen, wie lange der alte Tiberius – – –«

Er sprach nicht weiter, denn die Finsternis war so tief geworden, dass er nicht einmal den vor ihm stehenden Weinpokal sehen konnte. Er unterbrach also seinen Satz und befahl den Sklaven, schleunigst einige Lampen herbeizuschaffen.

Als es so hell geworden war, dass er die Gesichter seiner Gäste zu erkennen vermochte, musste er die Verstimmung bemerken, die auf allen lastete.

»Sieh nur,« sprach er ein wenig ärgerlich zu seiner Gattin. »Es scheint mir wirklich, dass es Dir geglückt ist, mit Deinen Träumen die frohe Stimmung unseres Kreises zu zerstören. Aber wenn es schließlich so sein muss, dass Du heute an nichts anderes zu denken vermagst, dann lass uns lieber hören, was Du geträumt hast. Erzähle uns alles, dann werden wir versuchen, die Deutung zu finden.«

Hierzu war die junge Frau sofort bereit. Und während sie Traum nach Traum erzählte, wurden die Gäste immer ernster und ernster. Sie hörten auf, ihre Becher zu leeren, und ihre Stirnen zogen sich in tiefe Falten. Der einzige, der fortfuhr zu lachen und alles für Täuschung der Sinne hielt, war der Landpfleger selber.

Als die Erzählung beendet war, sprach der junge Rhetor: »Dies ist wahrlich doch mehr als ein Traum, denn heute sah ich zwar

nicht den Kaiser, jedoch seine alte Freundin Faustina in Jerusalem einziehen. Ich wundere mich nur, dass sie noch nicht im Palast des Landpflegers erschienen ist.«

»Es geht ja wirklich ein Gerücht um, dass der Kaiser an einer furchtbaren Krankheit leide,« erzählte der Anführer der Truppen. »Auch mir erscheint es glaubhaft, dass der Traum Deiner Gattin eine von den Göttern gesandte Warnung sein könnte.«

»Es wäre nicht unmöglich, dass Tiberius Boten hergesandt hätte, um den Propheten an sein Krankenlager zu berufen,« stimmte der junge Rhetor bei.

Der Anführer der Truppen wandte sich mit tiefem Ernst an Pilatus: »Falls der Kaiser wirklich auf den Einfall gekommen ist, diesen Wundertäter zu sich rufen zu lassen, so wäre es besser für Dich und für uns alle, dass er ihn lebend vorfände.«

Pilatus entgegnete halb zornig: »Ist es diese Finsternis, die Euch zu Kindern gemacht hat? Man könnte wirklich glauben, dass Ihr alle seit in Traumdeuter und Propheten verwandelt worden.«

Jedoch der Hauptmann wurde immer dringender und sprach: »Vielleicht ließe sich noch jetzt das Leben dieses Mannes retten, wenn Du eiligst einen Boten ausschickst.«

»Ihr wollt mich also zu einem Narren machen,« antwortete der Landpfleger. »Sagt selber, wohin würde es in diesem Land mit Recht und Ordnung kommen, wenn man in Erfahrung brächte, dass der Landpfleger einen Verbrecher begnadigte, weil seine Frau einen bösen Traum hatte?«

»Es ist aber doch Wahrheit und kein Traum, dass ich Faustina in Jerusalem gesehen habe,« warf der junge Rhetor ein.

»Ich übernehme es, mein Vorgehen in dieser Sache dem Kaiser gegenüber zu vertreten,« sprach Pilatus. »Er wird einsehen, dass dieser Schwärmer, der sich ohne jede Gegenwehr von meinen Knechten misshandeln ließ, nicht die Macht besessen hätte, ihm zu helfen.«

Sobald diese Worte gefallen waren, erdröhnte das ganze Haus wie von einem heftig grollenden Donnerschlage, und ein Erdbeben machte den Boden erzittern. Der Palast des Landpflegers blieb zwar unbeschädigt stehen, aber einige Minuten später hörte man von allen Seiten das schreckenerregende Getöse von zusam-

menstürzenden Häusern und zu Boden fallenden Pfeilern und Säulen.

Sobald eine Menschenstimme sich vernehmlich machen konnte, rief der Landpfleger einen Sklaven herbei. »Eile zum Richtplatz hinaus und befiehl in meinem Namen, dass der Prophet aus Nazareth vom Kreuz genommen werde!«

Der Sklave eilte fort. Die Tischgesellschaft begab sich vom Speisesaal nach dem Peristyl, um unter freiem Himmel zu sein, falls das Erdbeben sich wiederholen sollte. Niemand wagte ein Wort zu äußern, während sie die Wiederkehr des Sklaven erharrten.

Er kam sehr bald zurück und blieb vor dem Landpfleger stehen.

»Du fandest ihn noch lebend?« fragte dieser.

»Herr, er war dahingeschieden. Und in demselben Augenblick, als er den Geist aufgab, hat das Erdbeben eingesetzt.«

Kaum hatte er diese Worte gesprochen, als man von der Außenpforte her einige harte Schläge vernahm. Bei diesen Schlägen zuckte jeder zusammen, und alle sprangen auf, als hätte ein zweites Erdbeben die Stadt erschüttert.

Gleich darauf kam ein Sklave.

»Die edle Faustina und Sulpicius, des Kaisers Angehörige, entbieten Dir ihren Gruß. Sie sind mit der Bitte hergekommen, Du mögest ihnen helfen, den Propheten von Nazareth aufzusuchen.«

Im Peristyl erhob sich ein leises Gemurmel, und man vernahm gedämpfte Schritte. Als der Landpfleger umherblickte, erkannte er, dass seine Freunde von ihm gewichen waren, wie von einem, der dem Unheil verfallen ist.

9. Kapitel

Die alte Faustina war in Capri ans Land gestiegen und begab sich zum Kaiser. Sie berichtete ihm, was sie erlebt hatte, und wagte kaum ihn anzuschauen. Während ihrer Abwesenheit hatte die Krankheit grauenhafte Fortschritte gemacht, und sie sagte sich: »Gäbe es bei den Himmlischen Barmherzigkeit, so hätten sie mich sterben lassen, um mich davor zu bewahren, diesem armen, gepei-

nigten Menschen sagen zu müssen, dass nun alle Hoffnung dahin ist.«

Doch zu ihrem Staunen hörte Tiberius sie mit der größten Gleichgültigkeit an. Als sie ihm nun berichtete, dass gerade am Tag ihrer Ankunft in Jerusalem der große Wundertäter gekreuzigt worden sei, und wie nahe daran sie gewesen sei, ihn zu erretten, da begann sie unter dem Druck ihrer getäuschten Hoffnung bitterlich zu weinen.

Aber Tiberius sagte nur: »Darüber grämst Du Dich also wirklich? Ach, Faustina, ein ganzes in Rom verbrachtes Leben hat Dich nicht von dem Glauben an Zauberer und Wundertäter befreit, den Du während Deiner Kindheit in den Sabinerbergen mit der Luft eingeatmet hast?«

Da erkannte die Greisin, dass Tiberius niemals Hilfe von dem Propheten aus Nazareth erwartet hatte.

»Weshalb hast Du mich also diese Fahrt nach dem fernen Land unternehmen lassen, wenn Du sie überhaupt für ganz nutzlos hieltest?«

»Du bist mein einziger Freund,« antwortete der Kaiser. »Weshalb sollte ich Dir eine Bitte abschlagen, solange ich noch die Macht habe, sie zu erfüllen?«

Doch es kränkte die Greisin, dass der Kaiser ihrer gespottet hatte.

»Sieh, das ist Deine alte Tücke,« rief sie aufbrausend. »Gerade das kann ich am wenigsten an Dir leiden.«

»Du hättest nicht zu mir zurückkehren sollen,« sagte Tiberius. »In Deinen Bergen hättest Du fortan bleiben müssen.«

Einen Augenblick schien es, als sollten die beiden, die so oft aneinandergeraten waren, wieder einen Streit ausfechten, doch die Heftigkeit der Greisin legte sich alsbald. Die Zeiten waren entschwunden, in denen sie ernstlich mit dem Kaiser hadern konnte. Sie senkte die Stimme, konnte aber nicht gänzlich auf den Versuch verzichten, dennoch recht zu behalten.

»Dieser Mann ist in Wahrheit ein Prophet gewesen,« sprach sie. »Ich habe ihn gesehen. Als sein Blick dem meinen begegnete, glaubte ich, er sei ein Gott. Ich muss wahnsinnig gewesen sein, als ich ihn in den Tod gehen ließ.«

»Ich bin froh, dass Du ihn sterben ließest,« entgegnete Tiberius. »Er war ein Majestätsverbrecher und ein Aufwiegler.«

Faustina war nahe daran, wieder vom Zorn übermannt zu werden.

»Ich habe in Jerusalem mit vielen seiner Freunde von ihm gesprochen,« warf sie ein. »Er hat niemals die Verbrechen begangen, deren man ihn anklagte.«

»Sollte er auch nicht gerade diese Verbrechen begangen haben, so war er doch wohl keinesfalls besser als irgendein anderer Mensch,« sprach der Kaiser in mattem Ton. »Wo wäre wohl der Mensch zu finden, der während seiner Lebenszeit nicht tausendfach den Tod verdient hätte?«

Diese Worte des Kaisers bestimmten nun Faustina etwas zu tun, wozu sie sich bis dahin noch nicht hatte entschließen können. »Ich werde Dir also einen Beweis für seine Macht geben,« sprach sie. »Eben erzählte ich Dir, dass ich mein Schweißtuch über sein Antlitz gebreitet hatte. Es ist dasselbe Tuch, das ich jetzt hier in meiner Hand halte. Willst Du es einen Augenblick betrachten?«

Sie breitete das Tuch vor dem Kaiser aus, und er erblickte dort den schattengleichen Abriss eines Menschenangesichts.

Die Stimme der Greisin bebte vor Rührung, als sie weiterberichtete: »Jener Mann erkannte, dass ich ihn liebte. Ich weiß nicht, durch welche Macht er es vermochte, mir sein Bild zu hinterlassen. Doch bei seinem Anblick füllen sich meine Augen mit Tränen.«

Der Kaiser beugte sich vor und betrachtete das Bild, das aus Blut und Tränen und den schwarzen Schatten der Leiden gestaltet zu sein schien. Und allmählich trat das ganze Antlitz deutlich hervor, wie es sich dem Schweißtuch eingeprägt hatte. Er erkannte die Blutstropfen auf der Stirn, die stachlichte Dornenkrone, das von Blut verklebte Haar und den Mund, dessen Lippen vor Leiden zu beben schienen.

Immer tiefer beugte er sich auf das Bild hinab. Klarer und klarer trat das Antlitz hervor. Aus den schattenhaften Linien sah er plötzlich die Augen wie von verborgenem Leben erstrahlen. Und während sie ihm das furchtbarste Leid offenbarten, zeigten sie ihm eine Reinheit und Hoheit, wie er sie nimmer zuvor erschaut hatte.

Er lag auf seiner Ruhebank und sog dieses Bild mit den Blicken ein. »Ist dies ein Mensch?« flüsterte er leise und weich. »Ist dies ein Mensch?«

Dann lag er wieder still da und versenkte sich in das Anschauen des Bildes. Tränen strömten über seine Wangen herab. »Ich betraure Deinen Tod, Du Ungekannter,« flüsterte er. Schließlich rief er aus:

»Faustina, warum hast Du diesen Mann sterben lassen? Er würde mich geheilt haben.«

Und wieder versank er in Betrachtung des Bildes.

»Du Mensch!« sprach er nach einer Weile. »Kann ich auch nicht mehr durch Dich erlöst werden, so kann ich Dich doch rächen. Meine Hand wird schwer auf jenen lasten, die mich Deiner beraubt haben.«

Wieder lag er eine geraume Zeit still da, dann aber ließ er sich zur Erde hinabgleiten und sank vor dem Bild auf die Knie.

»Du bist ein Mensch,« sagte er. »Du bist der, dessen ansichtig zu werden ich nimmer glaubte.« Er wies auf sich, sein zerstörtes Gesicht und seine von Eiter zerfressenen Hände. »Ich und alle anderen, wir sind Raubtiere und Ungeheuer, aber Du bist ein Mensch.«

Er beugte den Kopf so tief vor dem Bild, dass er den Boden berührte. »Erbarme Dich meiner, Du Ungekannter!« flehte er, und seine Tränen benetzten die Steine.

»Wenn Du noch lebtest, so würde Dein Anblick allein mich heilen,« sprach er dann wieder.

Die arme, alte Faustina erschrak darüber, was sie getan hatte. Sie dachte, dass es klüger gewesen wäre, hätte sie dem Kaiser das Bild nicht gezeigt. Von Anfang an hatte sie gefürchtet, dass sein Kummer zu übermächtig sein würde, wenn er es zu sehen bekäme.

Und in ihrer Verzweiflung über des Kaisers Kummer riss sie das Bild an sich, als wollte sie ihm dessen Anblick entziehen.

Da sah der Kaiser auf. Und siehe da, seine Gesichtszüge hatten sich gänzlich verwandelt, und er war wieder so wie vor seiner Krankheit. Es war, als hätte dieses Leiden seine Wurzel und Nahrung einzig und allein in dem Hass und der Menschenverachtung gehabt, die sein Herz erfüllten, und als hätte die Krankheit in demselben Augenblick weichen müssen, in dem er Liebe und Mitleid empfand.

Am nächsten Tage sandte Tiberius drei Boten aus. Der erste Bote ging nach Rom mit dem Befehl, dass der Senat eine Untersuchung anstellen solle, wie der Landpfleger in Palästina sein Amt verwalte, und ihn bestrafe, wenn es sich erweisen sollte, dass er das Volk unterdrücke und Unschuldige zum Tode verurteile.

Der zweite Bote wanderte zu dem Winzer und seiner Frau, um ihnen zu danken und sie für den Rat zu belohnen, den sie dem Kaiser erteilt hatten. Auch sollte er ihnen berichten, wie alles abgelaufen war.

Als sie dies vernommen hatten, weinten sie leise, und der Mann sprach: »Ich bin sicher, dass ich mein Leben lang darüber nachgrübeln werde, was geschehen wäre, wenn die beiden sich begegnet wären.« Aber die Frau erwiderte: »Es konnte nicht sein. Schon der Gedanke, dass die beiden sich begegnen sollten, wäre unfasslich. Gott, der Herr, wusste, dass die Welt dazu nicht reif war.«

Der dritte Bote ging nach Palästina und brachte einige von Jesu Jüngern nach Capri, wo diese die Lehre zu verkündigen begannen, die der Gekreuzigte gepredigt hatte.

Als diese Jünger in Capri landeten, lag die alte Faustina auf dem Sterbebett. Aber sie konnten die Greisin noch vor ihrem Tod zur Bekennerin des großen Propheten weihen und taufen. Und in der Taufe erhielt sie den Namen Veronika, weil es ihr beschieden war, der Menschheit das wahre Abbild ihres Heilands und Erlösers zu überliefern.

Das Rotkehlchen

Es war zur Zeit, als Gott der Herr die Welt erschuf, und nicht nur Himmel und Erde, sondern auch alle Tiere und Pflanzen, denen er zugleich ihre Namen gab.

Aus jener Zeit ließen sich viele Geschichten erzählen, und wenn man sie alle kennen würde, so hätte man auch eine Erklärung für alles in der Welt, was man jetzt nicht begreifen kann.

Damals geschah es eines Tages, als der Herrgott im Paradies saß und die Vögel anmalte, dass die Farben in seinen Farbentöpfen ein Ende nahmen, so dass der Stieglitz farblos geblieben wäre, wenn der liebe Gott nicht alle seine Pinsel an seinen Federn abgewischt hätte.

Und damals geschah es auch, dass der Esel seine langen Ohren bekam, weil er sich seinen Namen nicht merken konnte. Er vergaß ihn, sobald er einige Schritte auf den paradiesischen Fluren gemacht hatte, und dreimal kam er zurück und fragte nach seinem Namen, so dass der liebe Gott schließlich etwas ungeduldig wurde, ihn an beiden Ohren fasste und zu ihm sprach: »Dein Name ist: Esel, Esel, Esel.«

Und während er also redete, zog er des Esels Ohren lang und länger, auf dass er ein besseres Gehör bekäme und sich dessen erinnerte, was man ihm sagte.

An demselben Tag fand auch die Bestrafung der Bienen statt. Denn als die Biene erschaffen war, begann sie sogleich Honig zu sammeln. Und Mensch und Tier, die den lieblichen Duft einatmeten, kamen herbei, um ihn zu kosten. Aber die Biene wollte alles für sich selbst behalten und verjagte durch ihre giftigen Stiche alle, die sich der Honigwabe näherten. Das sah der liebe Gott, und flugs rief er die Biene herbei, um ihr eine Strafe aufzuerlegen: »Ich verlieh Dir die Gabe Honig zu sammeln, der das allersüßeste in der Schöpfung ist, aber damit gab ich Dir nicht das Recht, gegen Deine Nächsten hart zu sein. Nun denke daran, dass jede Biene, die jemanden sticht, der ihren Honig kosten will, den Stich mit dem Tod zu büßen hat!«

Ach ja, das war damals, als die Grille blind wurde und die

Ameise ihre Flüglein einbüßte; es geschah so viel Seltsames an jenem Tag.

Gott der Herr saß den ganzen Tag über erhaben und mild auf seinem Thron und erschuf und hauchte Odem ein, und gegen Abend verfiel er darauf, noch einen kleinen grauen Vogel zu erschaffen.

»Denke daran, dass Du Rotkehlchen heißen sollst!« sagte der liebe Gott zu dem Vogel, als er fertig geworden war. Und er setzte ihn auf seine Handfläche und ließ ihn fliegen.

Und als das Vöglein eine Weile umhergeflogen war und die schöne Erde betrachtet hatte, auf der es nun leben sollte, spürte es auch Lust, sich selbst zu beschauen. Da merkte es, dass es ganz grau war, und dass seine Brust ebenso grau wie alles andere aussah. Das Rotkehlchen drehte und wendete sich hin und her und spiegelte sich im Wasser, aber es vermochte kein einziges rotes Federchen an sich zu entdecken.

Da flog das Vöglein zum lieben Herrgott zurück.

Unser lieber Herrgott saß gütig und mild auf seinem Thron, aus seinen Händen lösten sich Schmetterlinge, die sein Haupt umflatterten, Tauben gurrten auf seinen Schultern und rings um ihn her entsprossten der Erde Rosen, Lilien und Tausendschönchen.

Das Herz des Vögleins pochte vor Angst heftig in seiner kleinen Brust, aber in leichten Bogen flog es näher und näher auf den lieben Herrgott zu und setzte sich schließlich auf seine Hand.

Da fragte der himmlische Vater, was es von ihm wünsche, und das Vöglein antwortete:

»Ich möchte Dich nur noch etwas fragen.«

»Was willst Du also wissen?«

»Warum soll ich denn Rotkehlchen heißen, wenn ich doch vom Schnabel bis zur Schwanzspitze ganz grau bin? Warum werde ich Rotkehlchen genannt, wenn ich doch kein einziges rotes Federchen besitze?«

Und das Vöglein blickte mit seinen großen, schwarzen Augen flehend zu Gott dem Herrn empor und wandte das Köpfchen hin und her. Rundum erblickte es Fasanen, deren rotes Gefieder leicht mit Goldstaub gesprenkelt war, Papageien mit buschigen, roten Halskragen, Hähne mit roten Kämmen, und nun erst die Schmet-

terlinge, Goldfische und Rosen. Natürlich dachte das Vöglein bei diesem Anblick, wie wenig dazu gehörte – und wenn es nur ein einziger, kleiner Tropfen Farbe auf seiner Brust wäre – um es zu einem schönen Vogel zu machen, so dass sein Name passen würde.

»Warum soll ich Rotkehlchen heißen, wenn ich doch ganz grau bin?« wiederholte das Vöglein und erwartete, dass der liebe Gott sagen würde: »Ach, mein kleiner Freund, ich merke, dass ich vergessen habe, die Federn auf Deiner Brust rot anzumalen, aber warte nur einen Augenblick, dann wird die Sache bald erledigt sein.«

Doch der liebe Gott lächelte nur mild und sprach: »Ich habe Dich Rotkehlchen genannt, und Rotkehlchen sollst Du heißen, doch musst Du selbst zusehen, dass Du Dir Deine roten Brustfedern verdienen magst.« Und dann erhob Gott der Herr die Hand und ließ den Vogel aufs Neue in die Welt hinausflattern.

Der Vogel flog in tiefem Sinnen durch das Paradies. Was sollte ein so kleiner Vogel, wie er, eigentlich tun, um sich rote Federn zu verdienen?

Das einzige, woran er noch zu denken vermochte, war die Wahl seiner Behausung in einem Dornenbusch. Zwischen den Stacheln des dichten Dornenrosengestrüpps baute er sein Nest. Er schien zu hoffen, dass ein Rosenblatt sich an seine kleine Kehle heften würde, um ihr seine Farbe zu verleihen.

Eine unendliche Zeit war seit jenem Tage verflossen, der der fröhlichste aller Erdentage gewesen ist. Seit jener Zeit hatten Tiere und Menschen das Paradies verlassen und sich über die Erde verbreitet. Und die Menschen hatten es so weit gebracht, dass sie das Land beackern konnten und das Meer zu befahren wussten, sie schafften sich Kleidung und Schmuckgeräte, ja, sie hatten schon vor langer Zeit gelernt, große Tempel und mächtige Städte, wie Theben, Rom und Jerusalem, zu erbauen.

Dann nahte ein neuer Tag, dessen man in der Geschichte der Welt noch lange gedenken sollte. Und am Morgen jenes Tages saß nun ein Rotkehlchen auf einem kleinen, nackten Hügel vor den Mauern Jerusalems und sang seinen Jungen vor, die inmitten eines niedrigen Dornenbusches in ihrem kleinen Nest ruhten.

Vogel Rotkehlchen erzählte seinen Kleinen von dem wunderbaren Schöpfungstag und von der Namengebung, wie es bisher jedes

Rotkehlchen seinen Jungen erzählte, von dem allerersten her, das Gottes Ruf vernommen hatte und aus des Schöpfers Hand hervorgegangen war.

»Und nun seht,« schloss es traurig seinen Bericht, »so viele Jahre sind seit dem Schöpfungstag dahin, so viele Rosen sind verblüht, so viele junge Vögel sind aus dem Ei gekrochen, dass niemand sie zu zählen vermag, jedoch das Rotkehlchen ist noch immer ein kleiner, grauer Vogel. Noch ist es ihm nicht geglückt, der roten Brustfedern teilhaftig zu werden.«

Die kleinen jungen Vögelchen sperrten die Schnäbelchen weit auf und fragten, ob ihre Vorfahren sich denn gar nicht bemüht hätten, irgendeine Heldentat zu vollbringen, um die unschätzbare rote Farbe zu erringen.

»Wir alle taten, was wir konnten,« sang das Vöglein, »aber es ist keinem von uns geglückt. Schon das erste Rotkehlchen begegnete einmal einem anderen Vogel, der sein ganzes Ebenbild war, und sogleich begann es ihn mit solcher Heftigkeit zu lieben, dass es seine Brust erglühen fühlte. ›Ach,‹ dachte es da, ›jetzt begreife ich alles. Der liebe Gott meint, dass ich glühend lieben müsse, um meine Brustfedern durch die Liebesglut meines Herzens rot zu färben.‹ Aber es gelang ihm nicht, wie es keinem nach ihm gelungen ist, und auch Euch niemals gelingen wird.«

Die kleinen jungen Vögelchen zwitscherten betrübt, und sie trauerten schon darüber, dass die rote Farbe niemals ihre kleine, flaumige Brust schmücken sollte.

»Wir hatten auch auf unseren Gesang gehofft,« sang das alte Vöglein in langen, gehaltenen Tönen. »Schon das erste Rotkehlchen sang so schön, dass seine kleine Brust sich in Begeisterung weitete und es neu zu hoffen wagte. ›Ach,‹ dachte es, ›meine Brustfedern werden sich von der Sangesglut in meiner Seele rot färben.‹ Aber es gelang ihm nicht, wie es keinem nach ihm gelungen ist, und wie es auch Euch nicht gelingen wird.«

Abermals hörte man ein betrübtes Zwitschern aus den schwachbefiederten Kehlen der jungen Vögelchen.

»Wir hofften auch auf unseren Mut und auf unsere Tapferkeit. Schon das erste Rotkehlchen kämpfte mutig mit anderen Vögeln, und seine Brust glühte vor Kampfbegier. ›Ach,‹ dachte es, ›meine

Brustfedern werden sich von der Kampflust in meinem Herzen rot färben.‹ Aber es gelang ihm nicht, wie es keinem nach ihm gelang und auch keinem von Euch gelingen wird.«

Die kleinen jungen Vögelchen zwitscherten voll Zuversicht, dass sie es dennoch versuchen wollten, die erstrebte Belohnung zu gewinnen, aber der Vogel antwortete ihnen betrübt, dass es ganz unmöglich wäre. Was konnten sie erhoffen, wenn es so vielen ausgezeichneten Vorfahren nicht gelungen war, das Ziel zu erreichen? Was konnten sie denn noch mehr tun als lieben, singen und kämpfen? Was vermochten – –

Der Vogel vollendete seinen Satz nicht, denn aus einem der Tore Jerusalems kam eine große Menschenmenge dahergezogen, und die Scharen stürmten zu dem Hügelgelände empor, auf dem sich das Vogelnest befand.

Es nahten Reiter auf stolzen Rossen, Kriegsknechte mit langen Speeren, Henkersknechte mit Nägeln und Hämmern, und es zogen feierlich schreitende Priester und Richter, schluchzende Weiber, und allen voran eine Masse wildumherjagendes, niederes Volk herbei, ein widerwärtiges, heulendes Gefolge von Landstreichergesindel.

Der kleine, graue Vogel saß bebend auf dem Rand seines Nestes. Er fürchtete jeden Augenblick, dass der kleine Dornbusch niedergetrampelt und seine Jungen getötet werden könnten. »Nehmt Euch in Acht,« zwitscherte er den kleinen wehrlosen Geschöpfchen zu, »kriecht ganz dicht zusammen und gebt keinen Laut von Euch! Hier kommt ein Pferd, das dicht über uns hinschreitet! Dort naht ein Kriegsknecht mit eisenbeschlagenen Sandalen! Da stürmt die ganze wilde Horde heran!«

Plötzlich stellte der Vogel seine Warnungsrufe ein, er blieb still und stumm und vergaß beinahe die Gefahr, in der sie alle schwebten.

Dann hüpfte er rasch in sein Nest hinein und breitete die kleinen Schwingen über seine Jungen.

»Nein, das ist zu schrecklich,« zwitscherte er. »Ich will Euch vor diesem Anblick bewahren. Dort sollen drei Missetäter ans Kreuz geschlagen werden.«

Und er breitete seine kleinen Schwingen so weit aus, dass die Jungen nichts davon sehen konnten. Sie vernahmen nur dröhnen-

de Hammerschläge, lautes Wehklagen und das tobende Geschrei der Volksmenge.

Das Rotkehlchen folgte dem ganzen furchtbaren Schauspiel mit Augen, die sich vor Entsetzen weiteten. Es konnte seine Blicke nicht von den drei Unglücklichen abwenden.

»Wie doch die Menschen grausam sind!« zwitscherte der Vogel nach einer Weile. »Es genügt ihnen nicht, diese armen Geschöpfe ans Kreuz zu nageln, und da haben sie dem einen auch noch eine stachlichte Dornenkrone aufs Haupt gepresst. Ich sehe deutlich, dass die Dornen seine Stirn verwundet haben, so dass Blut herabsickert. Und dieser Mann ist so schön und schaut mit so sanften Blicken um sich, dass jedermann ihn lieben müsste. Bei dem Anblick seiner Leiden ist mir, als durchbohre ein spitzer Pfeil mein Herz.«

Das Mitleid des kleinen Vogels mit dem Dornengekrönten vertiefte sich mehr und mehr.

»Wenn ich mein Bruder, der Adler, wäre, würde ich die Nägel, die seine Hände durchbohren, herausziehen und mit den starken Klauen alle seine Peiniger verjagen.«

Das Rotkehlchen sah, wie das Blut auf des Gekreuzigten Stirn herabsickerte, und vermochte nicht, noch länger stille in seinem Nest zu sitzen.

»Bin ich auch nur klein und schwach, so müsste ich dennoch irgendetwas für diesen armen Gepeinigten tun können,« zwitscherte es vor sich hin. Und es verließ sein Nest und flog in die Luft hinaus. In weiten Bogen umkreiste es mehrmals den Gekreuzigten, ohne dass es wagte, sich ihm zu nähern. Denn es war ein scheuer kleiner Vogel, der niemals gewagt hatte, in die Nähe eines Menschen zu kommen. Aber allmählich fasste es Mut, flog auf die Kreuze zu und zog mit seinem kleinen Schnabel einen spitzen Stachel aus der Stirn des Gekreuzigten.

Doch während es dies tat, fiel ein Tropfen vom Blut des Gekreuzigten auf die Brust des Vögleins herab. Dieser verbreitete sich schnell und färbte alle die kleinen, zarten Federn der Kehle ganz rot.

Und der Gekreuzigte öffnete seine Lippen und flüsterte dem Vogel zu: »Um Deiner Barmherzigkeit willen hast Du nun errungen, was Dein Geschlecht seit Erschaffung der Welt erstrebt hat.«

Als der Vogel wieder in sein Nest kam, zwitscherten seine Kleinen ihm zu: »Deine Brust ist ja rot, Deine Kehlfederchen sind röter als Rosen!«

»Das ist nur ein Blutstropfen von der Stirn des armen Mannes. Der wird verschwinden, sobald ich in einem Bächlein oder in einer klaren Quelle bade,« zwitscherte der Vogel zur Antwort.

Aber wie oft auch das Rotkehlchen badete, die rote Farbe verschwand nicht mehr von seiner Brust, und als seine Kleinen herangewachsen waren, leuchtete die blutrote Farbe auch auf ihren Brustfedern, wie sie noch bis auf den heutigen Tag auf jedes Rotkehlchens Brustfedern leuchtet.

Unser Heiland und Sankt Peter

Es war damals, als unser Heiland und Sankt Peter eben ins Paradies gekommen waren, nachdem sie auf ihrer Erdenwanderung durch Jahre der Trübsal viel Schweres ertragen hatten.

Man kann es sich vorstellen, dass dies eine Freude für Sankt Peter war. Man kann es verstehen, dass es ein anderes Ding war, auf dem Berg des Paradieses zu sitzen und über die weite Welt hinzublicken, als von Tür zu Tür wandern zu müssen wie ein Bettler. Es war etwas ganz anderes, in den Paradiesgärten umherzustreifen, als auf Erden umherzugehen, ohne zu wissen, ob man in einer Sturmnacht ein schützendes Dach finden oder gezwungen sein würde, in Kälte und Finsternis auf der Landstraße weiterzuziehen.

Man muss es sich nur ausmalen, welche Freude darin lag, nach einer solchen Lebensreise schließlich an den rechten Ort zu gelangen. Sankt Peter hatte wohl nicht immer so sicher sein können, dass alles gut ablaufen würde. Er hatte es durchaus nicht lassen können, manchmal zu zweifeln und beunruhigt zu sein, denn es war ja für den armen Sankt Peter fast unmöglich gewesen, zu begreifen, wozu es dienen sollte, dass sie es so schwer hatten, wenn unser Heiland ja doch einmal der Herr der ganzen Welt war.

Jetzt konnte er wirklich darüber lachen, wieviel Trübsal er und unser Heiland erduldet hatten, und mit wie wenig sie sich auf Erden begnügen mussten.

Einmal, als es ihnen so jammervoll gegangen war, dass er vermeinte, es nicht länger aushalten zu können, hatte unser Heiland ihn mitgenommen, um mit ihm einen hohen Berg zu ersteigen, ohne dass er ihm sagte, was sie dort oben zu tun hätten.

Sie waren an Städten vorbeigewandert, die am Fuße des Berges lagen, und an Schlössern, die weiter oben winkten. An Bauernhöfen und Sennhütten vorübergehend, hatten sie die Felsenhöhle des letzten Holzhauers hinter sich gelassen.

Schließlich waren sie dort angelangt, wo der kahle Berg ohne Baum und Strauch stand, und wo ein Eremit seine Hütte erbaut hatte, um bedrängten Wanderern beizustehen.

Dann waren sie über Schneefelder gegangen, wo die Murmeltiere schlafen, und hatten die zerklüfteten, hochgetürmten Eismassen erreicht, die kreuz und quer standen, wo kaum ein Steinblock vorwärtszukommen vermag.

Dort oben hatte unser Heiland einen kleinen Vogel mit rotem Brustgefieder, der totgefroren auf dem Eis lag, aufgehoben und den kleinen Dompfaff eingesteckt. Und Sankt Peter erinnerte sich, dass er überlegt hatte, ob dieser Vogel wohl ihr Mittagessen sein würde.

Sie waren lange Zeit über die glatten Eisstücke gewandert, und Sankt Peter vermeinte, dem Lande des Todes noch niemals näher gewesen zu sein, denn es wehte ein todkalter Wind, und ein toddunkler Nebel umhüllte sie, auch gab es im weiten Umkreis nichts Lebendiges. Und dennoch hatten sie erst die Mitte des Berges erklommen.

Da hatte er unseren Heiland gebeten, umkehren zu dürfen.

»Noch nicht,« sprach unser Heiland, »denn ich werde Dir etwas zeigen, das Dir Mut verleihen wird, alles Leid zu ertragen.«

Darauf waren sie durch Nebel und Kälte weiter gewandert, bis sie eine unendlich hohe Mauer erreicht hatten, die ihren Weg hemmte.

»Diese Mauer zieht sich um den ganzen Berg,« sprach unser Heiland, »und Du kannst sie nirgends übersteigen. Kein Lebender kann das Geringste von dem erblicken, was sich jenseits dieser Mauer befindet, denn hier beginnt das Paradies, und hier am ganzen oberen Bergesabhang wohnen die seligen Toten.«

Aber Sankt Peter hatte es nicht lassen können, misstrauisch auszusehen. »Da drinnen herrscht nicht Finsternis und Kälte wie hier,« sprach unser Heiland, »sondern dort grünt der Sommer, und Sonnen und Sterne strahlen hell und klar.«

Aber Sankt Peter mochte es ihm nicht glauben.

Da nahm unser Heiland den kleinen Vogel, den er just zuvor auf dem Eisfeld gefunden hatte, beugte sich zurück und schleuderte ihn über die Mauer, so dass er im Paradies niederfiel.

Und alsogleich hörte Sankt Peter ein jubelndes, lustiges Gezwitscher, erkannte eines Dompfaffen Gesang und war höchlichst erstaunt.

Er wandte sich zu unserem Heiland um und sagte: »Lass uns wieder zur Erde hinabsteigen und alles erdulden, was erduldet werden muss, denn nun erkenne ich, dass Du wahr gesprochen hast, und dass es einen Ort gibt, wo das Leben den Tod überwindet.«

Und sie waren vom Berg hinabgestiegen und hatten ihre Wanderung von neuem begonnen.

Dann hatte Sankt Peter lange Jahre nichts weiteres vom Paradies erfahren, sondern sich nur nach dem Land hinter jener Mauer gesehnt. Und nun war er endlich dort und brauchte sich nicht mehr danach zu sehnen. Nun konnte er den ganzen Tag aus nie versiegenden Quellen die Freuden mit vollen Händen schöpfen.

Aber Sankt Peter war kaum vierzehn Tage im Paradies, da geschah es, dass ein Engel zu unserm Heiland trat, der auf seinem Thron saß. Der Engel neigte sich siebenmal vor ihm und berichtete, dass ein schweres Unglück auf Sankt Peter zu lasten scheine. Er verschmähe Essen und Trinken und seine Augen seien so rotgerändert, als habe er nächtelang nicht mehr geschlafen. Sobald unser Heiland dies vernommen hatte, erhob er sich, um Sankt Peter aufzusuchen.

Er fand ihn in einem weit entlegenen Winkel des Paradieses. Dort lag er auf der Erde hingestreckt, als wäre er zu ermattet, um aufzustehen, er hatte seine Kleider zerrissen und sein Haupt mit Asche bestreut.

Als unser Heiland ihn so tiefbetrübt sah, setzte er sich neben ihn auf die Erde und redete geradeso zu ihm, wie er getan hätte, wenn sie noch unten auf jener Welt in Trübsal umhergewandert wären.

»Was macht Dich denn gar so traurig, Sankt Peter?« fragte unser Heiland.

Aber Sankt Peters Betrübnis war so übermächtig, dass er gar nicht zu antworten vermochte.

Und abermals fragte unser Heiland: »Was macht Dich denn gar so traurig, Sankt Peter?«

Bei der Wiederholung dieser Frage nahm Sankt Peter sich seine goldene Krone vom Haupt und warf sie unserem Heiland vor die Füße, als wollte er damit sagen, er wünsche von nun an nicht mehr an seiner Ehre und Herrlichkeit teilzuhaben.

Unser Heiland erkannte jedoch sogleich, dass Sankt Peter zu verzweifelt war, um zu wissen, was er tat. Und deshalb wurde er auch gar nicht zornig über sein Gebaren.

»Du musst mir doch endlich sagen, was Dich so quält,« sprach er voll Sanftmut wie zuvor und mit noch zärtlicherer Stimme.

Doch nun sprang Sankt Peter auf, und da merkte unser Heiland, dass er nicht nur traurig, sondern auch ergrimmt war. Mit geballten Fäusten und funkelnden Augen trat er auf unseren Heiland zu.

»Ich will sofort meine Entlassung haben,« sprach Sankt Peter. »Nicht einen Tag länger kann ich Dir meine Dienste im Paradies weihen.«

Unser Heiland suchte ihn zu beruhigen, wozu er früher oft genötigt war, wenn Sankt Peter aufbrauste.

»Du sollst diese Erlaubnis erhalten, aber ehe Du gehst, musst Du mir sagen, was Dir hier missfällt.«

»Ich kann Dir nur sagen, dass ich auf besseren Lohn rechnete, als wir beide dort unten auf jener Welt Jammer und Elend zu tragen hatten.«

Unser Heiland ward inne, dass Sankt Peters Seele von Bitterkeit erfüllt war, und er hegte keinerlei Groll gegen ihn, sondern sprach:

»Ich sage Dir, dass Du die Freiheit hast, nach Belieben von dannen zu gehen, nur musst Du mir mitteilen, was Dich betrübt.«

Da erzählte Sankt Peter endlich, weshalb er so unglücklich sei. »Ich hatte eine alte, greise Mutter, die vor wenigen Tagen gestorben ist,« sagte er.

»Nun weiß ich, was Dich quält,« entgegnete unser Heiland. »Du leidest, weil Deine Mutter nicht hierher ins Paradies gekommen ist.«

»So ist es,« antwortete Sankt Peter, und sein Seelenleid war so übermächtig, dass er zu schluchzen und zu wehklagen begann. »Ich glaubte allerdings, dass ich es wohl verdient hätte, sie herzubekommen,« sagte er.

Als unser Heiland aber den Grund von Sankt Peters Trauer erfahren hatte, wurde er seinerseits traurig. Denn Sankt Peters Mutter war nicht so gewesen, dass sie ins Himmelreich hätte kommen können. Sie hatte immer nur daran gedacht, Geld zusammen zu scharren, und den Armen, die vor ihrer Tür gestanden hatten, gab

sie niemals soviel wie einen Heller oder auch nur einen Bissen Brot. Dennoch begriff unser Heiland sehr wohl, dass Sankt Peter es nicht zu fassen vermochte, wie groß der Geiz seiner Mutter gewesen war, und dass sie dadurch die ewige Seligkeit nicht erlangen konnte.

»Sankt Peter, wie kannst Du es sicher wissen, dass es Deiner Mutter bei uns gefallen würde?« fragte er.

»Sieh, so redest Du nur, um meine Bitte nicht erhören zu müssen,« erwiderte Sankt Peter. »Wem sollte es im Paradies nicht gefallen?«

»Wer nicht Freude über die Freude anderer empfindet, der kann sich hier nicht wohl fühlen,« antwortete unser Heiland.

»Dann sind noch andere als meine Mutter hier, die nicht hineinpassen,« sagte Sankt Peter, und unser Heiland verstand, dass er ihn damit meinte.

Da war er tief bekümmert, denn er erkannte, dass Sankt Peter in seinem tiefen Kummer gar nicht mehr wusste, was er sagte. Er wartete noch eine Zeitlang, weil er hoffte, dass Sankt Peter seine Worte bereuen und einsehen würde, dass seine Mutter nicht ins Paradies hineingehöre, aber Sankt Peter wollte nicht in sich gehen.

Da rief unser Heiland einen Engel herbei und gebot ihm zur Hölle hinunterzufahren, um Sankt Peters Mutter zum Paradies herauszubringen.

»Lass mich dann auch zusehen, wie er sie heraufholt,« bat Sankt Peter.

Und unser Heiland fasste ihn bei der Hand und führte ihn hinaus auf einen Felsen, der auf einer Seite ganz steil und abschüssig war. Und er zeigte ihm, dass er sich nur ein wenig über den Rand zu beugen brauchte, um gerade in die Hölle hinunter blicken zu können. Anfangs vermochte Sankt Peter nicht mehr zu unterscheiden, als wenn er in einen Brunnen hinabgeschaut hätte. Es war, als hätte sich unter ihm eine unendliche Schlucht aufgetan.

Das erste, was er mit Mühe erkannte, war der Engel, der sich schon auf dem Weg zum Abgrund befand. Sankt Peter sah, wie der Engel in die finsterste Tiefe hinabeilte und nur seine Schwingen ein wenig ausbreitete, um nicht zu plötzlich hinabzusinken.

Aber als Sankt Peters Augen sich ein wenig an das Dunkel gewöhnt hatten, begann er immer mehr und mehr zu erkennen. Vor allem sah er, dass das Paradies auf einem ringförmigen Berg lag, der eine weite Schlucht in sich barg, und dass auf ihrem Grund die Verdammten ihre Stätte hatten. Er sah, wie der Engel eine ganze Weile lang sank und sank, ohne die Tiefe zu erreichen. Petrus war entsetzt darüber, dass es dorthin so weit war.

»Wenn er nur mit meiner Mutter wieder heraufgelangen möchte!« sagte er.

Unser Heiland blickte ihn nur mit großen, traurigen Augen an und sprach: »Es gibt keine noch so schwere Last, die mein Engel nicht zu heben und zu tragen vermöchte.«

Der Abgrund war so tief, dass kein Sonnenstrahl hineindringen konnte, nur schwarzes Dunkel herrschte dort. Aber es schien, als habe der Engel in seinem Flug ein wenig Klarheit und Helligkeit mitgebracht, so dass es Sankt Peter gelang zu erkennen, wie es dort unten aussah. Er sah eine unendliche, schwarze Felsenwildnis. Scharfes, spitzes Felsgestein bedeckte den ganzen Grund, und zwischen dem Gestein blickten schwarze Wasserlachen. Kein grüner Halm, kein Baum, kein Zeichen des Lebens war weit und breit zu entdecken.

Aber überall waren die unseligen Toten auf die scharfen Felsspitzen hinaufgeklettert. Sie hingen an dem Gestein, das sie in der Hoffnung erklettert hatten, sich aus der Schlucht emporzuschwingen, und da sie erkannt hatten, dass sie nirgendwohin gelangen konnten, waren sie vor Verzweiflung wie versteinert dort oben geblieben.

Sankt Peter sah einige von ihnen sitzen, andere liegen, die Arme in unablässiger Sehnsucht ausgestreckt und die Augen nach oben gerichtet. Manche hatten ihr Gesicht mit den Händen bedeckt, als wollten sie dadurch das hoffnungslose Grausen ringsumher von sich absondern. Sie alle lagen regungslos, da war keiner, der es über sich gewann, irgendeine Bewegung zu machen. Einige lagen ganz still in den Wasserlachen und versuchten nicht einmal, sich daraus zu befreien.

Das allerschrecklichste war jedoch, dass es eine solche Menge von Unseligen gab. Es war, als sei der ganze Grund der Schlucht nur aus Leibern und Köpfen gebildet.

Und Sankt Peter ward von neuer Besorgnis erfasst: »Du wirst sehen, dass er sie nicht findet,« sagte er zu unserem Heiland.

Jesus blickte ihn ebenso traurig an wie zuvor. Er wusste ganz genau, dass Sankt Peter sich des Engels wegen nicht zu beunruhigen brauchte.

Aber Sankt Peter hatte noch immer den Eindruck, dass der Engel inmitten der großen Menge dieser Unseligen seine Mutter nicht zu finden vermöchte. Er sah, wie der Engel mit ausgebreiteten Schwingen über dem Abgrund hin und her schwebte, um sie zu suchen.

Plötzlich erblickte einer der armen Unseligen den Engel. Er sprang auf, streckte ihm die Arme entgegen und rief: »Nimm mich mit, nimm mich mit!«

Da kam auf einmal Leben in die ganze große Menge. Alle die Millionen und Millionen, die dort unten in der Hölle verschmachteten, stürmten in demselben Augenblick heran, erhoben ihre Arme und riefen dem Engel zu, er solle sie doch ins selige Paradies mitnehmen.

Auch unser Heiland und Sankt Peter vernahmen oben diese Schreie, und ihre Herzen erbebten vor Leid und Betrübnis.

Der Engel schwebte hoch über den Verdammten, flog aber hin und her, um die Gesuchte herauszufinden, während alle ihm nachstürmten, als habe sie ein Wirbelwind zusammengefegt.

Endlich erblickte der Engel jenes Weib, das er holen sollte. Er faltete seine Schwingen auf dem Rücken zusammen und fuhr hinab wie der Blitz. Und Sankt Peter stieß einen Ruf froher Überraschung aus, als er sah, wie der Engel seinen Arm um die Mutter schlang und sie emporhob. Und er rief alsbald:

»Selig seist Du, der mir meine Mutter zuführt!«

Unser Heiland legte seine Hand sanft auf Sankt Peters Schulter, als wollte er ihn warnen, sich zu früh der Freude hinzugeben.

Doch Sankt Peter war nahe daran, vor Freude über die Rettung seiner Mutter zu weinen. Er konnte nicht begreifen, dass noch irgendetwas sie zu trennen vermöchte. Und seine Freude wurde noch größer, als er bemerkte, dass es trotz der Behändigkeit des Engels, der sogleich mit Petrus' Mutter emporschwebte, einigen Verdammten dennoch geglückt war, sich fest an sie zu klammern,

die nun erlöst werden sollte, weil jene hofften, dadurch zugleich mit ihr ins Paradies gebracht zu werden.

Es war gewiss ein Dutzend Menschen, die sich an die alte Frau gehängt hatten, und Sankt Peter dachte, dass es für seine Mutter doch eine große Ehre sei, so viele Unglückliche von der Verdammnis zu befreien.

Der Engel hinderte sie auch durchaus nicht daran. Die große Last schien ihn nicht im Geringsten zu beschweren, sondern er schwebte immer höher und höher empor, und seine Schwingen bedurften nicht größerer Anstrengung, als trüge er ein totes Vögelein zum Himmel. Doch nun gewahrte Sankt Peter, dass seine Mutter sich von den Unseligen zu befreien begann, die fest an ihr hingen. Sie griff nach deren Händen und löste ihren festen Griff, so dass einer nach dem anderen wieder in die Hölle hinabstürzte.

Sankt Peter konnte es deutlich hören, wie die Unseligen sie baten und beschworen, doch die alte Frau schien nicht zulassen zu wollen, dass noch jemand außer ihr selber selig werden sollte. Sie befreite sich von einem nach dem anderen und ließ sie alle in ihr Elend hinabtaumeln. Wehklagen und Verwünschungen erfüllten während ihres Sturzes den weiten Raum.

Da rief Sankt Peter seine Mutter an und beschwor sie, sich barmherzig zu erweisen, sie aber wollte nichts davon hören und tat wie zuvor.

Und Sankt Peter sah, wie der Engel immer langsamer emporschwebte, je leichter seine Last wurde. Und Sankt Peter erschrak so heftig, dass seine Knie schlotterten, und plötzlich sank er zu Boden.

Schließlich war nur eine einzige Unselige übriggeblieben, die sich an Sankt Peters Mutter angeklammert hatte. Es war ein junges Weib, das an ihrem Hals hing und dicht an ihrem Ohr bat und flehte, sie möchte ihr doch erlauben, ihr ins gesegnete Paradies zu folgen.

Der Engel war indessen mit seiner Last so weit gekommen, dass Sankt Peter schon seine Arme ausstreckte, um seine Mutter in Empfang zu nehmen. Er meinte, dass der Engel nur noch ein paar Flügelschläge zu machen brauche, um oben auf dem Berge anzulangen.

Aber plötzlich ließ der Engel seine Schwingen gänzlich ruhen, und sein Antlitz wurde dunkel wie die Nacht.

Denn eben hatte die alte Frau ihre Hände rücklings ausgestreckt und die Arme der Unglücklichen fest angepackt, die an ihrem Hals hing. So lange riss und zerrte sie, bis es ihr gelang, die ineinander gefalteten Hände zu lösen, so dass sie auch von dieser befreit war.

Als die Unselige hinabzustürzen begann, sank der Engel mehrere Klafter tief hinunter, und es hatte den Anschein, als vermöge er nicht mehr die Schwingen zu erheben. Er blickte voll Trauer auf die alte Frau nieder, sein Arm löste sich von ihrem Leib, und er ließ sie fallen, als sei sie jetzt, da er sie allein trug, eine zu schwere Last für ihn geworden.

Dann schwang er sich mit einem einzigen Flügelschlag zum Paradies empor.

Aber Sankt Peter blieb lange Zeit auf derselben Stelle liegen und weinte bitterlich, und unser Heiland stand schweigend neben ihm. Schließlich sprach er: »Sankt Peter, ich hätte niemals geglaubt, dass Du so weinen würdest, nachdem Du ins Paradies gekommen bist.«

Da hob Gottes alter Diener sein Haupt und entgegnete: »Was ist das für ein Paradies, in dem ich meiner Nächsten Wehklagen höre und meiner Mitmenschen Leiden sehe!«

Und des Heilands Antlitz verdüsterte sich in tiefster Trauer. »Was wollte ich lieber, als Euch allen ein Paradies reinen, strahlenden Glückes zu bereiten?« sprach er. »Begreifst Du nicht, dass ich nur um dessentwillen zu den Menschen hinabstieg und sie lehrte, ihren Nächsten zu lieben wie sich selbst? Denn solange sie das nicht tun, gibt es weder im Himmel noch auf Erden eine Freistatt, wo Schmerz und Trübsal sie nicht erreichen können.«

Die Lichtflamme

I

Vor vielen Jahren, als die Stadt Florenz sich eben zur Republik gemacht hatte, lebte dort ein Mann, des Namens Raniero di Ranieri. Er war der Sohn eines Waffenschmieds und hatte seines Vaters Handwerk erlernt, es lag ihm aber nicht viel an dessen Ausübung.

Dieser Raniero war ein sehr starker Mann. Es hieß von ihm, dass er eine schwere Eisenrüstung ebenso leicht trage wie ein anderer ein Seidenhemd. Er war noch jung, hatte aber bereits viele Kraftproben bestanden. Einmal befand er sich in einem Haus, auf dessen Dachboden Korn lagerte. Man hatte aber dort oben zu viel aufgehäuft, und während Ranieros Anwesenheit brach einer der Dachbalken, und das ganze Dach drohte einzustürzen. Alle, außer Raniero, waren entflohen. Er aber hatte die Arme emporgestreckt und sie gegen die Decke gestemmt, bis die Leute Balken und Pfähle herbeigeholt hatten, um das Dach zu stützen.

Man sagte auch von Raniero, dass er der tapferste Mann sei, den es jemals in Florenz gegeben hatte, und dass er von Kampf und Streit niemals genug bekommen konnte. Sobald er irgendeinen Lärm von der Straße her vernahm, stürzte er aus seiner Werkstatt hervor, in der Hoffnung, dass eine Schlägerei entstanden sei, an der er sich beteiligen könnte. Wenn er nur blank ziehen durfte, kämpfte er ebenso gern mit einfachen Bauern wie mit eisengepanzerten Rittern. Gleich einem Rasenden stürzte er sich in den Kampf, ohne seine Angreifer zu zählen.

Nun war Florenz zu damaliger Zeit nicht besonders mächtig. Die Bevölkerung bestand meistenteils aus Wollspinnern und Tuchwebern, und diese wünschten sich nichts Besseres, als in Frieden ihr Handwerk zu treiben. Wohl gab es genug tüchtige Männer, aber sie waren nicht streitlustig, sondern setzten eine Ehre darein, dass in ihrer Vaterstadt größere Ordnung herrschen sollte als irgendwo anders. Oft genug bedauerte Raniero, nicht in einem Land geboren zu sein, wo es einen König gab, der tapfere Männer um

sich versammelte, und er sagte, dass er in solchem Fall zu hohen
Ehren und Würden gelangt wäre.

Raniero war prahlerisch und laut, grausam gegen Tiere, hart
gegen sein Weib, und es ließ sich überhaupt nicht gut mit ihm leben. Er wäre ein schöner Mann gewesen, wenn sich nicht mehrere
tiefe Narben, die ihn entstellten, quer über sein Gesicht gezogen
hätten. Er war rasch von Entschlüssen, und seine Handlungsweise
war großzügig, obwohl oft sehr gewalttätig.

Raniero war mit Francesca verheiratet, der Tochter des klugen
und mächtigen Jacopo degli Uberti. Dem war durchaus nicht recht
gewesen, seine Tochter einem solchen Kampfhahn wie Raniero
zum Weib zu geben, und er hatte sich dieser Heirat so lange wie
möglich widersetzt. Doch Francesca hatte ihn dadurch zur Nach-
giebigkeit bestimmt, dass sie erklärte, niemals einen anderen heira-
ten zu wollen. Als Jacopo endlich seine Einwilligung gab, hatte er
zu Raniero gesagt: »Ich glaube oft erfahren zu haben, dass Männer
Deines Schlages die Liebe eines Weibes leichter zu erringen als zu
erhalten wissen, darum will ich Dir ein Versprechen abnehmen.
Wenn meine Tochter das Zusammenleben mit Dir zu schwierig
fände, so darfst Du sie nicht zurückhalten, falls sie zu mir zurückkehren will.« Francesca meinte, ein solches Versprechen sei ganz
überflüssig, denn sie liebe Raniero so innig, dass nichts sie von ihm
zu scheiden vermöchte. Aber Raniero gab das Versprechen sogleich
und sagte: »Du kannst gewiss sein, dass ich niemals den Versuch
machen würde, ein Weib zurückzuhalten, das von mir gehen mag.«

Nun vereinigte Francesca sich mit Raniero, und sie kamen gut
miteinander aus.

Nachdem sie einige Wochen verheiratet waren, fiel es Raniero
ein, sich im Scheibenschießen zu üben. Einige Tage schoss er nach
einer an der Mauer hängenden Tafel. Er wurde sehr geschickt und
verfehlte niemals das Ziel. Schließlich bekam er Lust, nach einem
schwereren Ziel zu schießen. Er schaute sich nach etwas Angemes-
senem um, entdeckte aber nichts außer einer Wachtel, die in einem
Vogelbauer über der Hoftür saß. Der Vogel gehörte Francesca, und
sie hing sehr an ihm. Dennoch ließ er das Vogelbauer durch einen
Burschen öffnen und erschoss die Wachtel, als sie sich in die Luft
schwang.

Er fand diesen Schuss wohlgelungen und rühmte sich seiner vor jedem, der ihn anhören mochte.

Als Francesca erfuhr, dass er ihren Vogel erschossen hatte, wurde sie bleich und blickte ihn mit großen Augen an. Sie war verwundert darüber, dass er etwas hatte tun mögen, was ihr Kummer bereiten musste. Aber sie verzieh ihm bald und liebte ihn wie zuvor.

Eine Zeitlang ging alles wieder gut.

Ranieros Schwiegervater, Jacopo, war Leinweber. Er hatte eine große Werkstatt, in der fleißig gearbeitet wurde. Raniero glaubte entdeckt zu haben, dass man dort dem Flachs auch Hanf beigebe, und er behielt das nicht für sich, sondern redete hier und dort in der Stadt über diese Angelegenheit. Schließlich hörte auch Jacopo von dem Gerede, und er wusste ihm gleich ein Ende zu machen. Er ließ von mehreren anderen Leinwebern sein Garn und seine Gewebe untersuchen, und sie fanden, dass alles vom feinsten Flachs angefertigt war. Nur in einem einzigen Ballen, der außerhalb von Florenz verkauft werden sollte, fand sich eine leichte Beimischung. Jacopo versicherte, dass dieser Betrug, ohne sein Wissen und seinen Willen, nur durch einen seiner Gesellen begangen sein könne. Er war sich jedoch sofort klar darüber, dass es ihm schwerfallen würde, die Leute von der Wahrheit dieser Behauptung zu überzeugen. Allzeit war er um seiner Redlichkeit willen gerühmt worden, und er empfand es bitter, seine Ehre angetastet zu sehen.

Raniero aber brüstete sich noch, dass es ihm geglückt sei, einen Betrug aufzudecken, und prahlte damit auch in Francescas Gegenwart.

Sie war tief bekümmert und gleichzeitig sehr verwundert, so wie damals, als er den Vogel erschoss. Während sie darüber nachsann, glaubte sie plötzlich ihre Liebe vor sich zu sehen, und diese glich einem großen schimmernden Goldgewebe. Sie konnte deutlich erkennen, wie groß und strahlend diese Liebe war. Aber von der einen Ecke des Gewebes war ein Zipfel weggeschnitten, so dass sie nicht mehr gleich groß und herrlich wie zu Anfang war. Sie war jedoch so wenig schadhaft, dass die junge Frau sich sagte: »Solange ich lebe, wird sie wohl noch ausreichen. Sie ist ja so groß, dass sie nimmer enden kann.«

Und wieder verging eine Zeit, in der sie und Raniero so glücklich waren wie von Anbeginn.

Nun hatte Francesca einen Bruder des Namens Taddeo. Dieser hatte eine Geschäftsreise nach Venedig unternommen und sich von dort Anzüge aus Samt und Seide mitgebracht. Als er heimgekehrt war, prunkte er damit. Nun war es aber in Florenz nicht der Brauch, so kostbar gekleidet zu sein, so dass es bald viele Leute gab, die ihn zum Narren hielten.

Eines Nachts waren Raniero und Taddeo zusammen in einer Weinschenke. Taddeo trug einen grünen Samtmantel mit Zobelpelz und ein violettes Wams. Raniero brachte ihn dazu, so viel Wein zu trinken, dass er einschlief, dann nahm er ihm seinen Mantel ab und hängte ihn einer Vogelscheuche um, die in einem Kohlgarten aufgestellt war.

Als Francesca das erfuhr, ward sie wieder zornig auf Raniero. Und wieder sah sie das große Goldgewebe vor sich, das ihrer Liebe glich, und sie glaubte zu erkennen, dass es sich verkleinerte, weil Raniero Stück für Stück davon abschnitt.

Dann stand es eine Zeitlang wieder gut zwischen ihnen, aber Francesca war nicht mehr so glücklich wie früher, weil sie stets befürchtete, Raniero könnte eine Tat vollbringen, die ihrer Liebe schaden müsste.

Die neue Unbill ließ auch gar nicht lange auf sich warten, denn Raniero konnte sich niemals ruhig verhalten. Er hatte stets ein Verlangen danach, dass die Leute von ihm redeten, und dass sie seinen Mut und seine Unerschrockenheit rühmten.

Auf der Domkirche, die Florenz einst besaß, und die viel kleiner war als der jetzige Dom, hing hoch oben an der höchsten Turmspitze ein großer, schwerer Schild, der dort von einem der Vorfahren Francescas aufgehängt worden war. Es soll der schwerste Schild gewesen sein, den ein Florentiner jemals zu tragen vermochte, und das ganze Geschlecht der Uberti war stolz darauf, dass einer der Ihrigen es fertiggebracht hatte, in den Turm hinaufzuklettern und es dort aufzuhängen. Diesen Turm erstieg Raniero eines Tages und kam mit dem Schild auf seinem Rücken herab.

Als Francesca dies vernahm, redete sie mit Raniero zum ersten Mal von ihrem Kummer und bat ihn, nicht in solcher Weise eine

Familie zu demütigen, der sie selber angehöre. Raniero, der gerade von ihr ein Lob seiner Heldentat erwartet hatte, wurde sehr ärgerlich. Er entgegnete, dass er es schon lange beobachte, wie gleichgültig ihr seine Triumphe seien, und dass sie immer nur an ihre eigene Familie denke.

»Ich denke an etwas ganz anderes,« entgegnete Francesca, »und das ist meine Liebe zu Dir. Ich weiß nicht, was daraus werden soll, wenn Du in dieser Art und Weise fortfährst.«

Von nun an wechselten sie des Öfteren böse Reden, denn es traf sich so, dass Raniero fast immer just das tat, was Francesca am wenigsten leiden mochte.

In Ranieros Werkstatt arbeitete auch ein kleiner, hinkender Geselle. Dieser hatte Francesca schon geliebt, ehe sie sich verheiratete, und er liebte sie nach ihrer Heirat noch ebenso treu. Raniero, der davon wusste, begann nun, ihn lächerlich zu machen, besonders bei den Mahlzeiten. Schließlich kam es so weit, dass der arme Bursche, der es nicht ertragen konnte, dem Gelächter preisgegeben zu werden, sobald Francesca es hörte, sich auf Raniero stürzte, um mit ihm zu ringen. Raniero aber stieß ihn hohnlachend beiseite. Da glaubte der arme Bursche nicht länger leben zu können, ging davon und erhängte sich.

Damals waren Raniero und Francesca etwa ein Jahr verheiratet. Francesca glaubte noch immer, ihre Liebe als ein schimmerndes Goldgewebe vor sich zu sehen, doch nun waren bereits von allen Seiten große Streifen weggeschnitten, so dass es kaum halb so groß war wie zu Anfang. Sie war sehr erschrocken bei dieser Erkenntnis und sagte sich: »Wenn ich noch ein Jahr bei Raniero bleibe, so wird er es dahin bringen, meine Liebe gänzlich zu vernichten. Dann werde ich so verarmt sein, wie ich bisher reich gewesen bin.«

Und sie beschloss, Ranieros Haus zu verlassen, um von nun an bei ihrem Vater zu leben, auf dass nicht der Tag käme, an dem sie Raniero ebenso sehr hassen müsste, wie sie ihn jetzt liebte.

Jacopo degli Uberti saß im Kreise aller seiner fleißigen Gesellen arbeitend am Webstuhl, als er sie kommen sah. Er sagte, nun sei geschehen, was er längst erwartet habe, und bot ihr ein herzliches Willkommen. Dann gebot er allen seinen Leuten, sofort die Arbeit einzustellen, sich zu bewaffnen und das Haus zu verschließen.

Er selber ging zu Raniero, den er in der Werkstatt traf, und sprach zu seinem Eidam: »Meine Tochter ist heute zu mir zurückgekehrt und hat gebeten, wieder unter meinem Dach leben zu dürfen. Und nach Deinem mir gegebenen Versprechen erwarte ich nun, dass Du sie nicht zwingen wirst, zu Dir zurückzukehren.«

Raniero schien die Sache nicht sehr ernst zu nehmen und antwortete ganz ruhig: »Selbst wenn ich Dir keinerlei Versprechen gegeben hätte, würde ich dennoch niemals die Rückkehr einer Frau verlangen, die mir nicht länger angehören mag.«

Er wusste jedoch, wie sehr Francesca ihn liebte, und sagte sich im Stillen: »Sie ist wieder bei mir, bevor der Abend sinkt.« Aber sie ließ sich weder an diesem noch am nächsten Tage blicken.

Am dritten Tage zog Raniero hinaus, um einige Räuber zu verfolgen, die den florentinischen Kaufleuten seit langer Zeit viel zu schaffen machten.

Es glückte ihm, sie zu überwältigen und als Gefangene nach Florenz zu bringen.

Nun verhielt er sich mehrere Tage ruhig, bis er sicher sein konnte, dass diese Heldentat in der ganzen Stadt bekannt geworden sei. Aber seine Erwartung, Francesca durch diese Tat zurückzugewinnen, erfüllte sich nicht.

Raniero hatte allerdings die größte Lust, sie durch Gesetz und Recht zur Rückkehr zu zwingen, fand aber, dass er es um seines Versprechens willen nicht tun dürfe. Doch erschien es ihm als ein Ding der Unmöglichkeit, in derselben Stadt mit der Frau zu leben, die ihn verlassen hatte, und so zog er von Florenz fort.

Er wurde zuerst Söldner, machte sich aber bald zum Anführer einer Freischar. Stets suchte er den Kampf und diente gar vielen Herren.

Wie er immer prophezeit hatte, gewann er als Krieger Ruhm und Ehren. Er wurde vom Kaiser zum Ritter geschlagen und den hervorragendsten Männern zugezählt.

Bevor er Florenz verließ, hatte er vor dem Bild der Madonna in der Domkirche das Gelübde getan, von jeder Kampfesbeute, die er erringen würde, das Kostbarste und Beste der heiligen Jungfrau zu weihen. Und stets sah man vor diesem Bildnis kostbare Gaben, die er gespendet hatte.

Raniero wusste also, dass alle seine Heldentaten in seiner Vaterstadt bekannt waren. Und er war höchlichst verwundert, dass Francesca degli Uberti nicht zu ihm zurückkehrte, obwohl sie von allen seinen Triumphen reden hörte.

Zu jener Zeit wurde von der Kanzel ein Kreuzzug zur Befreiung des heiligen Grabes gepredigt, und Raniero zog unter der Kreuzesfahne ins Morgenland. Teils erwartete er, dass er da draußen Schloss und Lehen gewinnen würde, über die er herrschen könnte, teils hoffte er, so glänzende Heldentaten zu vollbringen, dass sein Weib ihn wieder lieben und zu ihm zurückkehren würde.

II

In der ersten Nacht nach der Eroberung Jerusalems herrschte im Lager der Kreuzfahrer, das sich außerhalb der Stadt befand, große Freude. Fast in jedem Zelt wurde der Sieg durch Trinkgelage gefeiert, und in weitem Umkreis vernahm man Lärm und Gelächter. Auch Raniero di Ranieri saß trinkend mit einigen Kriegskameraden beisammen, und in seinem Zelt ging es fast noch wilder zu als in den anderen Zelten. Die Diener hatten kaum die Becher gefüllt, so waren sie auch schon wieder leer.

Raniero hatte allerdings den triftigsten Grund, ein großes Fest zu feiern, weil er an jenem Tag höhere Ehren errungen hatte denn jemals zuvor. Am Morgen, als die Stadt erstürmt wurde, war er, nächst Gottfried von Bouillon, der erste, der die Mauer erstieg, und am Abend war er angesichts des ganzen Heeres um seiner Tapferkeit willen hoch geehrt worden. Denn als das Plündern und Morden endlich aufgehört hatte und die Kreuzfahrer in Bußgewändern und mit noch unentzündeten Wachskerzen in die heilige Grabeskirche eingezogen waren, hatte Gottfried ihm verkündigt, dass er als erster seine Kerze an den heiligen Flammen entzünden solle, die vor Christi Grab brennen. Raniero erkannte daran, dass Gottfried auf diese Weise zeigen wollte, er betrachte ihn als den tapfersten Helden des ganzen Heeres, und er war hocherfreut über einen solchen Lohn seiner Heldentaten.

Gegen Mitternacht, als Raniero und seine Gäste in bester Laune

waren, kam einer der Narren mit mehreren Spielleuten die in dem ganzen Lager umhergelaufen waren und die Leute mit ihren Possen ergötzt hatten, in Ranieros Zelt, wo der Narr um Erlaubnis bat, ein lustiges Abenteuer zu berichten.

Raniero wusste, dass jener Narr wegen seines Witzes sehr gerühmt wurde, und er versprach, die Erzählung anzuhören. Da sprach der Narr:

»Es geschah einmal, dass unser Heiland und Sankt Peter einen ganzen Tag auf dem höchsten Turm der Burg des Paradieses saßen und zur Erde hinunterblickten. Dort gab es für sie so viel zu begucken, dass sie kaum Zeit fanden, ein Wort zu wechseln. Unser Heiland hatte sich die ganze Zeit über ruhig verhalten, aber Sankt Peter hatte bald vor Freude in die Hände geklatscht, bald aber wieder voll Abscheu den Kopf hinweggewendet. Bald hatte er gejubelt und gelacht, dann wieder geweint und geklagt. Endlich, als der Tag sich neigte und Abenddämmerung auf das Paradies niedersank wandte sich unser Heiland an Sankt Peter und meinte, nun müsse er doch wohl froh und zufrieden sein. ›Womit soll ich denn eigentlich zufrieden sein?‹ fragte nun Sankt Peter in heftigem Ton. – ›Ja, ich glaubte, Du seiest mit dem, was Du heute gesehen hast, zufrieden,‹ entgegnete unser Heiland sanftmütig. Doch Sankt Peter wollte sich nicht beschwichtigen lassen. – ›Freilich, seit Jahr und Tag beklage ich, dass Jerusalem sich in der Gewalt der Ungläubigen befindet, aber nach alldem, was heute geschehen ist, finde ich, es hätte ebenso gut alles bleiben können, wie es war.‹«

Raniero merkte bald, dass der Narr von den Geschehnissen des verflossenen Tages redete. Er und die anderen Ritter hörten nun aufmerksamer zu als am Anfang.

»Als Sankt Peter also gesprochen hatte,« fuhr der Narr in seiner Erzählung fort, indem er einen verschmitzten Blick auf die Ritter warf, »lehnte er sich über die Turmzinnen hinaus und wies auf die Erde hin. Dort zeigte er unserem Heiland eine Stadt, die auf einem mächtigen, einsamen Felsen lag, der aus einem Gebirgstal emporragte. ›Erkennst Du diese Leichenhaufen?‹ fragte er, ›und siehst Du, das Blut, das durch die Straßen rinnt, und siehst Du die nackten, elenden Gefangenen, die in der Nachtkälte jammern, und siehst Du all die rauchenden Brandstätten?‹ Unser Heiland schien

nichts entgegnen zu wollen, so dass Sankt Peter in seinen Klagen fortfuhr. Er sagte, wohl habe er dieser Stadt oft heftig gezürnt, aber niemals habe er ihr dermaßen übel gewollt, dass es dort einmal so aussehen solle. Da endlich antwortete unser Heiland und versuchte eine Einwendung zu machen. – ›Du kannst doch nicht leugnen, dass die christlichen Ritter mit der größten Unerschrockenheit ihr Leben gewagt haben.‹«

Hier wurde der Narr durch Beifallsrufe unterbrochen, aber er beeilte sich fortzufahren.

»Nein, unterbrecht mich nicht. Jetzt erinnere ich mich nicht, was ich zuletzt sagte. Ja, jetzt habe ich es, ich wollte eben erzählen, dass Sankt Peter sich ein paar Tränen aus den Augen wischte, die ihn am Sehen hinderten. ›Nimmer hätte ich geglaubt, dass sie solche wilden Tiere sein würden,‹ sprach er. ›Sie haben ja den ganzen Tag gemordet und geplündert. Ich begreife gar nicht recht, dass es Dich danach verlangte, Dich kreuzigen zu lassen, um Dir solche Bekenner zu schaffen.‹«

Die Ritter nahmen den Scherz gut auf. Sie stimmten ein lautes, fröhliches Gelächter an, und einer von ihnen rief: »Also Sankt Peter ist wirklich so zornig über uns, he, Narr?«

»Du sei jetzt ruhig und lass den Narren berichten, ob unser Heiland nichts zu unserer Verteidigung sagte!« fiel ein anderer ein.

»Nein, unser Heiland schwieg erst still,« sagte der Narr. »Er wusste ja von alters her, dass es gar nicht der Mühe lohnte, Sankt Peter zu widersprechen, sobald der sich einmal erboste. Er blieb auch gut im Zuge und sagte, unser Heiland sollte es sich nicht einfallen lassen, ihm etwa zu sagen, dass sie sich schließlich doch besonnen hätten, in welche Stadt sie gekommen wären, und dass sie barfuß und im Büßergewande in die Kirche gegangen seien. Ihre Andacht sei ja so kurz gewesen, dass es sich gar nicht verlohne, überhaupt davon zu reden. Und dabei beugte er sich noch einmal über die Turmzinne hinaus und wies auf Jerusalem hinunter. Er deutete auf das Kriegslager der Christen davor. ›Siehst Du, wie Deine Ritter ihren Sieg feiern?‹ fragte er. Und unser Heiland sah, dass im ganzen Lager Zechereien abgehalten wurden. Ritter und Knechte sahen den syrischen Tänzerinnen zu. Die vollen Becher kreisten, es wurde um die Kriegsbeute gewürfelt, und – –«

»Man hörte Narren zu, die alberne Märchen erzählten,« fiel Raniero ein. »War das nicht auch eine große Sünde?«

Der Narr lachte und nickte Raniero zu, als wollte er sagen: ›Warte, Dir werde ich es noch heimzahlen.‹«

»Nein, unterbrecht mich nicht,« bat er nochmals. »Ein armer Narr vergisst so leicht, was er sagen wollte. Ja, also der heilige Petrus fragte unseren Heiland mit strengster Stimme, ob er finde, dass jene Leute ihm große Ehre machten. Natürlich musste unser Heiland darauf entgegnen, dass er dies durchaus nicht fände. Und Sankt Peter sprach: ›Sie waren Räuber und Mörder, ehe sie ihre Heimat verließen, und noch heute sind sie Mörder und Räuber. Dieses ganze Kriegsabenteuer hättest Du ebenso gut hintertreiben können. Gutes kann dabei nicht herauskommen.‹«

»Ei, ei, Narr!« rief Raniero mit warnender Stimme. Aber der Narr schien eine Ehre darein zu setzen, zu erforschen, wie weit er wohl gehen könnte, ohne dass sich jemand auf ihn stürzte, um ihn hinauszuwerfen. Also fuhr er unverzagt fort:

»Unser Herr neigte nur das Haupt, wie jemand, der einsieht, dass er gerecht bestraft wird. Aber fast in demselben Augenblick beugte er sich eifrig vor und blickte aufmerksamer als zuvor auf die Erde hinab. Da guckte auch Sankt Peter hinunter und fragte: ›Wonach schaust Du denn nur?‹«

Der Narr beschrieb dies mit einem sehr lebendigen Mienenspiel. Alle Ritter sahen unseren Heiland und Sankt Peter vor Augen, und sie wollten gar zu gern erfahren, was unser Heiland wohl erblickt haben mochte.

»Unser Heiland erwiderte, es sei eigentlich nichts,« erzählte der Narr, »aber er blickte jedenfalls aufmerksam hinunter. Sankt Peter folgte der Richtung seines Blickes, konnte aber nichts anderes entdecken als ein großes Zelt, vor dem ein paar Sarazenenköpfe an langen Lanzen aufgespießt waren, und wo eine Menge prächtiger Teppiche, goldener Tischgeräte und kostbarer Waffen aufgestapelt lagen, die in der heiligen Stadt erbeutet waren. In jenem Zelt ging es ebenso zu wie in allen anderen Lagerzelten. Dort saßen viele Ritter, die ihre Becher leerten. Der einzige Unterschied mochte darin bestehen, dass dort noch mehr gelärmt und getrunken wurde als in allen anderen Zelten. Sankt Peter vermochte es nicht zu begreifen,

weshalb unser Heiland so befriedigt darauf hinblickte, dass seine Augen geradezu vor Freude strahlten. Petrus meinte, noch niemals zuvor so viele harte und schreckliche Gesichter bei einem Zechgelage beisammen gesehen zu haben. Und der Wirt dieser Gasterei, der obenan saß, war der schrecklichste unter allen. Es war ein Mann von etwa fünfunddreißig Jahren, unheimlich groß und ungeschlacht, mit einem glutroten Gesicht, das von Narben und Rissen wie zerfetzt war, er hatte harte Fäuste und eine kräftige, polternde Stimme.«

Hier stockte der Narr einen Augenblick, als fürchte er, noch weiter zu gehen. Raniero und den anderen Rittern machte es jedoch ein großes Vergnügen, so von sich selber reden zu hören, und sie lachten nur über seine Keckheit.

»Du bist ein freches Bürschlein,« rief Raniero ihm zu, »nun lass uns aber hören, worauf das hinauskommen soll!«

Und der Narr sprach weiter: »Endlich redete unser Heiland ein paar Worte, die Sankt Peter aufklärten, worüber er sich so sehr gefreut hatte. Er fragte Sankt Peter, ob er sich irre oder ob es sich wirklich so verhielte, dass einer der Ritter ein brennendes Licht neben sich stehen habe.« Bei diesen Worten zuckte Raniero zusammen. Zornig griff er nach einer schweren Weinkanne, um sie dem Narren ins Gesicht zu schleudern, aber er bezwang sich, um erst zu hören, ob der freche Gauch zur Ehre oder Unehre seines Namens reden würde.

»Sankt Peter gewahrte nun,« erzählte der Narr weiter, »dass jenes Zelt zwar ganz von Fackeln erleuchtet war, dass aber neben einem der Ritter wirklich eine brennende Wachskerze stand. Es war eine hohe, dicke Kerze, die bestimmt war, vierundzwanzig Stunden hintereinander zu brennen. Da der Ritter keinen Leuchter besaß, hatte er, um sie feststehend zu erhalten, eine Menge Steine um sie herum aufgehäuft.«

Bei diesen Worten brach die Tischgesellschaft in ein lautes Gelächter aus. Alle wiesen auf eine Kerze hin, die neben Raniero auf dem Tisch stand, und die ganz genau der Beschreibung des Narren entsprach. Doch Raniero stieg das Blut zu Kopf, denn es handelte sich um die Kerze, die er vor einigen Stunden am heiligen Grab hatte anzünden dürfen. Er konnte sich nicht entschließen, sie erlöschen zu lassen.

»Als Sankt Peter diese Kerze sah, wusste er allerdings, worüber sich unser Heiland so innig freute, aber er konnte es dennoch nicht lassen, mitleidig über ihn zu lächeln. ›Ach so,‹ sagte er, ›das war jener Ritter, der morgens hinter dem Grafen von Bouillon als erster die Mauer erstieg, und der am Abend vor allen anderen sein Licht am heiligen Grab anzünden durfte.‹ – ›Ja, so ist es,‹ antwortete unser Heiland, ›und wie Du siehst, hat er sein Licht noch brennen.‹«

Der Narr sprach jetzt sehr schnell, während er von Zeit zu Zeit Raniero lauernd anblickte. »Sankt Peter konnte es noch immer nicht lassen, unseren Heiland ein wenig spöttisch anzulächeln. ›Kannst Du denn nicht begreifen, weshalb er jenes Licht weiterbrennen lässt?‹ fragte er. ›Du glaubst gewiss, dass er an Deine Qualen und an Deinen Tod denkt, wenn er es betrachtet. Aber der denkt an gar nichts anderes als an die Ehre, die ihm erwiesen wurde, da man ihn nächst Gottfried von Bouillon als den tapfersten Helden des Heeres anerkannte.‹« Bei diesen Worten lachten alle Gäste Ranieros. Und er bezwang seinen heftig auflodernden Zorn und lachte auch, wusste er doch genau, dass alle es höchst lächerlich finden würden, wenn er nicht auf den Scherz einginge.

»Aber unser Heiland widersprach seinem lieben Sankt Peter und fragte ihn: ›Merkst Du denn nicht, wie besorgt er um die Wachskerze ist? Er schützt die Flamme mit der Hand, sobald jemand den Zeltvorhang lüftet, weil er fürchtet, ein Luftzug könnte sie erlöschen. Und er hat unablässig mit dem Abwehren der Nachtfalter zu tun, die um das Licht schwirren und die Flamme zu ersticken drohen.‹«

Das Gelächter wurde noch ausgelassener, denn der Narr hatte die reine Wahrheit gesagt. Raniero hatte immer größere Mühe, sich zu beherrschen. Er glaubte, es nicht zu ertragen, dass jemand mit der heiligen Lichtflamme seinen Spott trieb.

»Gleichwohl war Sankt Peter misstrauisch,« fuhr der Narr fort. »Er fragte unseren Heiland, ob er jenen Ritter kenne, und sprach: ›Er ist nicht gerade einer, der häufig zur Messe geht oder den Betschemel sehr abnutzt.‹ Aber unser Heiland ließ sich nicht irre machen und sprach in feierlichem Ton: ›Sankt Peter, Sankt Peter! Denke daran, was ich Dir sage. Jener Ritter wird von nun an frommer werden als Gottfried! Woher sollten Milde und Frömmigkeit

auch ausgehen, wenn nicht von meinem Grab? Du wirst Raniero di Ranieri noch Witwen und bedrängten Gefangenen helfen sehen. Du wirst ihn noch sehen, wie er Kranke und Betrübte pflegen und behüten wird, so wie er eben jetzt die heilige Lichtflamme behütet.‹«

Ein maßloses Gelächter unterbrach den Narren. Alle, die Ranieros Art und Leben kannten, fanden das alles sehr spaßhaft. Ihm selber jedoch war Scherzen und Lachen vergangen. Er sprang auf und wollte den Narren handgreiflich zurechtweisen. Dabei stieß er so heftig gegen den Tisch – der nichts anderes war als eine auf lose Bücke gelegte Tür – dass dieser wackelte und die Kerze umfiel. Nun aber erwies sich, wieviel Raniero daran lag, das Licht brennend zu erhalten. Er überwand seinen Jähzorn und ließ sich ruhig Zeit, das Licht aufzurichten und die Flamme wieder zu entfachen. Aber als er damit fertig war, war der Narr längst aus dem Zelt geeilt, und Raniero sagte sich, dass es sich nicht der Mühe lohne, ihn im Dunkel der Nacht zu verfolgen. »Ich treffe ihn schon ein andermal,« murrte er und setzte sich nieder.

Die Tischgenossen hatten indessen ihr Gelächter eingestellt, aber einer von ihnen wandte sich an Raniero, um den Scherz fortzusetzen. »Eins steht aber fest, Raniero, diesmal wirst Du der Madonna in Florenz nicht Deine kostbarste Kriegsbeute senden können.«

Raniero fragte ihn, weshalb er wohl, nach seiner Meinung, gerade diesmal seinem alten Brauch nicht treu bleiben sollte. Und der Ritter antwortete:

»Aus dem einen Grund, weil das kostbarste Gut, das Du diesmal errungen hast, jene Lichtflamme ist, die Du angesichts des ganzen Heeres in der heiligen Grabeskirche entzünden durftest. Und die wirst Du doch wohl nicht nach Florenz senden können.«

Und wieder lachten die anderen Ritter, aber Raniero war jetzt in einer solchen Gemütsverfassung, dass er die allerverwegenste Tat hätte vollbringen können, nur um ihrem Gelächter ein Ende zu machen. Kurz entschlossen rief er einen alten Waffenträger herbei und sagte zu ihm: »Rüste Dich zu einer langen Fahrt, Giovanni! Morgen sollst Du mit dieser heiligen Lichtflamme nach Florenz ziehen.«

Aber der Waffenträger setzte diesem Befehl ein festes Nein entgegen und sagte: »Das ist etwas, was ich nicht auf mich nehmen werde. Wie sollte es wohl möglich sein, mit einer Lichtflamme nach Florenz zu reiten? Sie würde erloschen sein, ehe ich noch dieses Lager verlassen hätte.«

Raniero fragte einen seiner Mannen nach dem anderen. Von allen wurde ihm die gleiche Antwort zuteil. Sie schienen seinen Befehl kaum für Ernst zu halten.

Die fremden Ritter, die Ranieros Gäste waren, lachten immer lauter und lustiger, als es sich erwies, dass keiner von seinen Mannen seinen Befehl ausführen wollte.

Raniero geriet in immer größere Erregung. Schließlich verlor er die Geduld und rief aus: »Diese Lichtflamme wird dennoch nach Florenz gebracht werden, und da kein anderer damit hinreiten will, werde ich es selber tun.«

»Bedenke Dich wohl, ehe Du solches gelobst!« rief ein Ritter. »Du verlässt ein Fürstentum.«

»Ich schwöre es Euch, dass ich diese Lichtflamme nach Florenz bringen werde!« rief Raniero. »Ich werde etwas vollbringen, was kein anderer auf sich nehmen wollte.«

Der alte Waffenträger verteidigte sich. »Herr, für Dich ist es ein ander Ding. Du kannst ein großes Gefolge mitnehmen, mich aber wolltest Du allein aussenden.«

Doch Raniero war wie außer sich und überlegte seine Worte nicht mehr. Er sprach: »Auch ich werde allein hinziehen.« Und damit hatte Raniero seinen Zweck erreicht. Alle im Zelt Anwesenden hörten auf zu lachen. Entsetzt saßen sie da und starrten ihn an.

»Warum lacht Ihr nun nicht mehr?« fragte Raniero. »Dieses Vorhaben ist doch nur ein Kinderspiel für einen tapferen Mann.«

III

In der Morgendämmerung des nächsten Tages stieg Raniero zu Pferd. Er war in voller Rüstung, hatte aber einen groben Pilgermantel um die Schultern geworfen, damit der Panzer nicht gar zu sehr von den Sonnenstrahlen durchglüht würde. Er war mit

Schwert und Keule bewaffnet und ritt ein gutes Pferd. In der Hand hielt er eine brennende Kerze, und am Sattel hatte er ein mächtiges Bündel langer Wachskerzen befestigt, um die Flamme nicht aus Mangel an Nahrung hinsterben zu lassen.

Raniero ritt langsam durch die von Zelten dicht besetzte Lagergasse, und alles ging soweit gut. Es war so früh, dass die Nebel, die aus den tiefen Tälern rings um Jerusalem emporstiegen, sich noch nicht zerteilt hatten, und Raniero ritt wie durch eine mattweiße Nacht. Das ganze Lager schlief noch, und Raniero kam leicht an den Wachtposten vorüber. Niemand rief ihn an, denn der dichte Nebel machte ihn unsichtbar, und die fußhohe, dichte Staubschicht ließ nichts von den Hufschlägen des Pferdes vernehmen.

Raniero gelangte bald aus dem Bereich des Lagers und schlug den Weg nach Jaffa ein. Der Weg war hier besser, aber um der Lichtflamme willen ritt er beständig ganz langsam. In dem dichten Nebel brannte die Flamme mit einem rötlichen, zitternden Schein. Fortdauernd schwirrten große Insekten herbei, die sich mit zuckenden Flügelschlägen gerade ins Licht hineinstürzten. Raniero hatte viel Mühe, es zu schützen. Er war aber in bester Stimmung und fand noch immer, dass dieses ganze Unternehmen das reine Kinderspiel sei.

Indessen ermüdete das Pferd durch diesen verlangsamten Ritt und setzte sich in Trab. Sofort begann die Lichtflamme in dem stärkeren Luftzug heftig zu flackern. Es nützte nichts, dass Raniero sie mit Hand und Mantel zu decken suchte. Er merkte, dass sie ganz nahe daran war, zu erlöschen.

Doch hatte er gar keine Lust, die Sache so bald aufzugeben. Er hielt das Pferd an und überlegte eine ganze Weile, was wohl zu tun wäre. Schließlich schwang er sich aus dem Sattel und versuchte rücklings zu reiten, um mit seinem Leib die Flamme vor Wind und Luftzug schützen zu können. Es gelang ihm auch so, sie brennend zu erhalten, doch überzeugte er sich, dass die Reise beschwerlicher sein würde, als er anfangs geglaubt hatte. Sobald er die Berge, die Jerusalem umgeben, hinter sich gelassen hatte, schwand der Nebel. Er ritt nun durch tiefste Einsamkeit dahin. Es gab dort weder Menschen noch Behausungen, weder grüne Bäume noch Pflanzen, man sah nur kahle Berghöhen.

Auf dem weiteren Weg wurde Raniero von Räubern angefallen. Es war lockeres Gesindel, das unbefugt dem Heer folgte und von Raub und Plünderung lebte. Sie hatten sich hinter einem Berghügel verborgen, und Raniero, der rücklings auf seinem Pferd saß, wurde ihrer erst gewahr, als sie ihn bereits umringt hatten und ihre Schwerter schwangen.

Es waren zwölf Männer. Sie sahen sehr verkommen aus und ritten jämmerliche Klepper. Raniero erkannte sogleich, dass es ihm keinerlei Schwierigkeiten bereiten würde, diese Schar zu durchbrechen und von dannen zu reiten. Aber er wusste auch, dass dies nur zu bewerkstelligen wäre, wenn er die Kerze von sich würfe. Und er fand doch, dass er nicht so leicht von seinem Vorhaben ablassen konnte, nachdem er in der vergangenen Nacht so stolze Worte gesprochen hatte.

Er sah also keinen anderen Ausweg, als mit den Räubern ein Übereinkommen zu treffen. Er sagte ihnen, dass sie ihn wohl schwerlich überwältigen würden, falls er sich verteidige, denn er sei stark bewaffnet und reite ein gutes Pferd. Da er aber durch ein Gelübde gebunden sei, wolle er ihnen nicht Widerstand leisten, sondern sie kampflos nehmen lassen, wonach sie gelüstete, nur sollten sie geloben, seine Kerze nicht zu verlöschen. Die Räuber hatten einen harten Kampf erwartet. Sie waren mit Ranieros Vorschlag sehr zufrieden und begannen sofort, ihn auszuplündern. Sie nahmen ihm die Rüstung und das Ross, Waffen und Geld. Nur den groben Mantel und die beiden Kerzenbündel ließen sie ihm. Doch ihr Versprechen, die Lichtflamme nicht zu verlöschen, hatten sie ehrlich gehalten.

Einer von ihnen hatte sich auf Ranieros Pferd geschwungen. Als er merkte, welch ein prächtiges Tier es war, schien er ein wenig Mitleid für den Ritter zu empfinden und rief ihm zu: »Sieh, wir wollen nicht gar zu hart gegen einen Christen verfahren. Du sollst mein altes Pferd zum Weiterreiten bekommen.« Es war eine erbärmliche Kracke, die sich so starr und steif bewegte, als wäre sie aus Holz.

Als die Räuber endlich weggeritten waren und Raniero sich bereit machte, die elende Mähre zu besteigen, sagte er sich: »Diese Lichtflamme muss mich wirklich verhext haben. Nur um ihretwillen reite ich jetzt wie ein verrückter Bettler meines Wegs.«

Er fand selber, dass er am klügsten daran täte, umzukehren, weil sein Vorhaben ja doch unausführbar sein würde. Aber ein so sehnsüchtiges Verlangen überkam ihn, es dennoch zu vollbringen, dass er der Lust, es weiter zu versuchen, nicht widerstehen konnte.

Er ritt also seines Weges dahin. Noch immer sah er ringsumher dieselben kahlen, hellgelben Höhen.

Nach einer Weile kam er an einem jungen Hirten vorüber, der vier Ziegen hütete. Als Raniero die Tiere auf dem kahlen Feld weiden sah, fragte er sich, ob sie etwa Erde fräßen. Jener Hirt hatte wohl einst eine größere Herde besessen, die die Kreuzfahrer ihm geraubt haben mochten. Als er nun einen Christen allein heranreiten sah, suchte er ihm alles erdenkliche Böse anzutun. Er stürzte auf ihn zu und schlug mit seinem Hirtenstab nach der Kerze.

Raniero war durch die Lichtflamme so behindert, dass er sich nicht einmal gegen den Hirten verteidigen konnte. Er zog nur die Kerze dichter an sich heran, um sie zu schützen. Der Hirt schlug noch einige Mal danach, blieb dann aber höchst verwundert stehen und hörte auf, nach der Kerze zu schlagen. Er sah, dass Ranieros Mantel in Brand geraten war, ohne dass dieser etwas tat, das Feuer zu ersticken, solange die Lichtflamme in Gefahr schwebte. Da schien der Hirte sich seiner Tat zu schämen. Lange folgte er Raniero nach, und an einer Stelle, wo der Weg sehr schmal war und sich zwischen zwei Abgründen hinzog, trat er hinzu und führte das Pferd am Zügel.

Raniero dachte lächelnd, dass der Hirte ihn sicher für einen heiligen Mann halte, der Buße tue.

Gegen Abend traf Raniero auf seinem Weg viele Menschen. Es hatte sich nämlich bereits in der Nacht an der Küste entlang das Gerücht von Jerusalems Fall verbreitet, und gar viele Leute hatten sich sofort angeschickt, hinaufzuwandern. Es waren Pilger, die schon jahrelang die Gelegenheit erharrt hatten, nach Jerusalem zu gelangen, und es waren frischgelandete Truppen und vor allem waren darunter Kaufleute, die mit ganzen Fuhren von Lebensmitteln dorthin eilten.

Als diese Scharen Raniero begegneten, der rücklings, mit einer brennenden Kerze in der Hand, angeritten kam, riefen sie: »Ein Wahnsinniger, ein Wahnsinniger!«

Die meisten dieser Leute waren Italiener, und Raniero vernahm es, wie sie in seiner eigenen Muttersprache riefen: Pazzo, pazzo! was bedeutet: ein Verrückter, ein Verrückter!

Raniero, der sich den ganzen Tag über so gut im Zaum zu halten gewusst hatte, wurde durch diese ständig wiederkehrenden Rufe heftig erregt. Er schwang sich plötzlich aus dem Sattel und begann mit seinen harten Fäusten die Rufer zu züchtigen. Als die Leute aber merkten, wie schwer die fallenden Schläge waren, da entstand eine allgemeine Flucht, und bald stand er ganz allein auf der Landstraße.

Nun kam er wieder zur Besinnung. »Sie hatten wahrhaftig recht, als sie Dich einen Verrückten nannten, sagte Raniero, indem er sich nach der Kerze umschaute, ohne zu wissen, was er damit angefangen hatte. Endlich sah er, dass sie vom Wege in einen Graben hinabgekollert war. Die Flamme war erloschen, aber er sah in einem dürren Grasbüschel dicht daneben Feuer glimmen und erkannte sofort, dass das Glück ihm hold sei, denn nur die Kerze konnte vor ihrem Erlöschen das Gras in Brand gesteckt haben.

»Das hätte einen erbärmlichen Abschluss nach soviel Mühe geben können,« meinte er, während er die Kerze an ihrem eigenen Feuer entzündete und wieder sein Pferd bestieg. Er war tief gedemütigt, und es schien ihm jetzt nicht mehr recht glaublich, dass seine Pilgerfahrt ihm gelingen würde.

Gegen Abend kam Raniero nach Ramle und suchte dort eine Herberge auf, in der die Karawanen zu übernachten pflegten. Es war ein großer, gedeckter Hof. Rings um ihn zogen sich kleine Holzverschläge hin, wo die Reisenden ihre Pferde einstellen konnten. Stuben gab es dort nicht, sondern die Menschen mussten neben ihren Tieren schlafen.

Es war schon alles überfüllt, aber der Wirt schaffte trotzdem noch Platz für Raniero und sein Pferd. Er brachte auch Futter für das Tier und Essen für den Ritter.

Als Raniero sich so gut behandelt fand, sagte er sich: »Ich möchte fast glauben, dass die Räuber mir einen Gefallen damit getan haben, als sie mir meine Rüstung und mein Pferd abnahmen. Sicher komme ich mit meiner Bürde leichter durchs Land, wenn man mich für wahnsinnig hält.«

Als Raniero sein Pferd in den Stand geführt hatte, setzte er sich auf ein Bund Stroh und behielt die Kerze in den Händen. Er hatte die Absicht, nicht einzuschlafen, sondern sich die ganze Nacht wach zu halten.

Aber kaum hatte er sich niedergesetzt, als er auch schon einschlummerte. In seiner schrecklichen Übermüdung streckte er sich im Schlaf der Länge nach aus und schlief bis zum Morgen.

Als er erwachte, sah er weder die Lichtflamme noch die Kerze. Er durchsuchte das Stroh, fand sie aber nirgends und sagte sich: »irgendjemand wird sie mir abgenommen und verlöscht haben.«

Und er wollte sich selber glauben machen, dass er froh sei, weil nun alles aus und vorbei wäre und er ein an sich unmögliches Vorhaben nun endlich aufgeben musste.

Aber bei diesem Gedanken empfand er zugleich eine gewisse Leere und eine tiefe Sehnsucht.

Er glaubte, noch niemals ein stärkeres Verlangen nach dem Gelingen eines Unternehmens gehabt zu haben als eben jetzt.

Er führte sein Pferd hinaus, striegelte es und legte ihm den Sattel an.

Als er fertig war, kam der Wirt der Karawanserei mit einer brennenden Kerze auf ihn zu und sagte in fränkischer Mundart: »Ich musste Dir gestern Dein Licht aus der Hand nehmen, weil Du fest eingeschlafen warst, aber hier gebe ich es Dir zurück.«

Raniero ließ ihn nichts von seinen Empfindungen merken, sondern sagte ganz ruhig: »Du hast klug daran getan, das Licht auszulöschen.«

»Ich habe es nicht ausgelöscht,« sagte der Mann. »Ich sah, dass Du es brennend herbrachtest, und so dachte ich, es könnte für Dich Gewicht haben, dass es weiter brenne. Wenn Du siehst, wieviel kürzer es geworden ist, wirst Du erkennen, dass es die ganze Nacht durchgebrannt hat.«

Raniero strahlte vor Freude. Er belobte den Wirt recht herzlich und ritt in bester Stimmung weiter.

IV

Als Raniero von Jerusalem aufbrach, beabsichtigte er, den See-weg von Jaffa nach Italien zu nehmen. Er änderte jedoch diesen Beschluss, nachdem die Räuber ihn seines Geldes beraubt hatten, und wählte den Weg über Land.

Es war eine lange Reise. Von Jaffa nordwärts zog er an der syrischen Küste entlang. Dann ging die Reise nach Westen, längs der Halbinsel von Kleinasien. Und wieder ging es nördlich nach Konstantinopel hinauf. Von dort hatte er noch eine reichlich lange Strecke bis nach Florenz zurückzulegen. Während dieser ganzen Zeit lebte Raniero von milden Gaben.

Zumeist waren es Pilger, die nun in Massen nach Jerusalem strömten, die ihr kärgliches Brot mit ihm teilten. Obwohl Raniero oft ganz allein ritt, wurde ihm niemals die Zeit lang, auch verstrichen seine Tage nicht einförmig. Er musste stets die Lichtflamme schützen, die ihn nie sorglos sein ließ. Nur eines Windstoßes oder eines Regentropfens bedurfte es ja, und es wäre aus und vorbei mit ihr gewesen.

Während Raniero auf einsamen Wegen ritt und nur daran dachte, die Lichtflamme am Leben zu erhalten, fiel ihm plötzlich ein, dass er schon früher einmal etwas Ähnliches beobachtet haben müsse. Er hatte einst einen Menschen über etwas wachen sehen, was ebenso schonungsbedürftig war wie eine Lichtflamme. Das Ganze stand ihm vorerst so unklar vor Augen, dass er sich fragte, ob er es vielleicht nur geträumt hätte. Aber während er einsam durch das Land zog, kam ihm unablässig der Gedanke wieder, dass er bereits früher einmal Ähnliches beobachtet haben müsse.

»Es ist, als hätte ich Zeit meines Lebens von gar nichts anderem reden hören,« sagte er.

Eines Abends ritt Raniero in eine Stadt hinein. Es war Feierabend, und die Frauen standen in den Türen und schauten nach ihren Männern aus. Eine unter ihnen war hochgewachsen und schlank, sie hatte tiefernste Augen. Bei ihrem Anblick dachte er an Francesca degli Uberti.

Und nun wurde ihm plötzlich klar, worüber er vorher nachge-grübelt hatte. Er musste daran denken, dass Francescas Liebe si-

cherlich einer Lichtflamme geglichen hatte, die sie stets brennend erhalten wollte, in steter Furcht, dass Raniero sie in ihrem Herzen auslöschen könnte. Er wunderte sich selber über diesen Gedanken, war aber mehr und mehr davon durchdrungen, dass es sich ganz so verhielt. Und er begann zum ersten Mal zu begreifen, weshalb Francesca ihn verlassen hatte, und dass Waffenruhm sie ihm nicht wiederzugewinnen vermochte.

Die Reise Ranieros ging nur sehr langsam vonstatten. Und nicht zum wenigsten deshalb, weil er sie bei jedem ungünstigen Wetter unterbrechen musste. Er saß dann in irgendeiner Karawanserei und bewachte die Lichtflamme, das waren sehr schwere Tage.

Als nun Raniero eines Tages über den Libanon ritt, merkte er plötzlich, dass ein Unwetter im Anzug war. Er befand sich hoch oben zwischen und über gefährlichen Schluchten und Abgründen, weit entfernt von allen menschlichen Behausungen. Endlich gewahrte er auf einem Felsenvorsprung ein sarazenisches Heiligengrab. Es war ein kleiner, viereckiger Steinbau mit einem gewölbten Dach. Er hielt es für das Beste, dort Zuflucht zu suchen.

Kaum war Raniero eingetreten, als ein Schneesturm losbrach, der zwei Tage raste. Zugleich wurde es so entsetzlich kalt, dass er fast erfroren wäre.

Raniero wusste zwar, dass es draußen auf dem Berg Zweige und Reisig im Überfluss gab, so dass es ihm nicht schwer geworden wäre, Brennholz genug für ein tüchtiges Feuer zu sammeln. Er betrachtete jedoch die Lichtflamme, die er trug, als so heilig, dass er nichts anderes damit anzünden wollte als die Kerzen vor dem Altar der heiligen Jungfrau.

Das Unwetter wurde immer heftiger, und schließlich kam ein wütendes Gewitter mit Blitz und Donner.

Und ein Blitzstrahl schlug dicht vor dem Grab ein und zündete einen Baum. Und dadurch hatte Raniero Feuer für seinen Holzstoß, ohne dass er die heilige Flamme antasten musste.

Als Raniero dann später durch einen veröderten Teil der Berggegend von Cilicien ritt, ging es mit seinen Kerzen zur Neige. Der Vorrat, den er aus Jerusalem mitgenommen hatte, war längst verbraucht. Er war aber nicht in Verlegenheit geraten, weil er bisher

noch immer an christlichen Gemeinden vorbeigekommen war, von denen er sich neue Kerzen erbetteln konnte.

Doch nun war es mit seinem ganzen Vorrat aus, und er fürchtete, seine Pilgerfahrt müsse ein vorzeitiges Ende nehmen.

Als die Kerze so tief heruntergebrannt war, dass die Flamme ihm beinahe seine Hand versengte, sprang er vom Pferd herab, sammelte Zweige und verdorrtes Gras und entzündete dies mit dem brennenden Kerzenstümpfchen. Aber es gab nicht viel Brennbares auf dem öden Berg, und das Feuer schien bald zu verlöschen.

Indessen Raniero sich noch darüber grämte, dass die heilige Flamme nun doch hinsterben solle, vernahm er vom Weg her frommen Gesang und sah, dass eine Prozession von Wallfahrern, mit Kerzen in den Händen, den Berg erstieg. Sie waren auf dem Weg zu einer Felsenhöhle, in der ein heiliger Mann gelebt hatte, und Raniero schloss sich ihnen an. Es war auch eine Greisin unter ihnen, der das Gehen recht schwer wurde. Dieser half Raniero, indem er sie bergan schleppte.

Als sie ihm dankte, bat er sie durch Zeichen um ihre Kerze, die sie ihm alsogleich gab, worauf auch noch mehrere andere ihm die Kerzen schenkten, die sie in ihren Händen trugen.

Schnell löschte er alle aus, eilte den Pfad hinab und entzündete eine der Kerzen an der letzten Glut des Feuers, das durch die heilige Flamme entstanden war.

Eines Tages war es um die Mittagsstunde sehr heiß geworden, und Raniero hatte sich im dichten Gebüsch zum Schlafen niedergelegt. Er war fest eingeschlafen, und seine brennende Kerze stand zwischen mehreren Steinen neben ihm. Bald nachdem er eingeschlummert war, begann es zu regnen, und es dauerte ziemlich lange, bis er erwachte. Als er endlich aus dem Schlaf emporfuhr, war der Boden ringsumher nass, und er wagte kaum, nach der Kerze hinzublicken, aus Furcht, dass sie erloschen sein könnte.

Aber sie brannte still und gleichmäßig im Regen, und Raniero erkannte auch bald den Grund dieser Erscheinung: Zwei kleine Vöglein flogen flatternd über der Flamme hin und her. Sie schnäbelten sich und hielten ihre kleinen Schwingen ausgebreitet, wodurch sie die Lichtflamme vor dem Regen schützten.

Raniero nahm sofort seine Kappe ab und hängte sie über die Kerze. Dann streckte er die Hand nach den kleinen Vögeln aus, weil er sie gern streicheln wollte. Und sie flogen nicht fort, sondern ließen sich ruhig von ihm haschen.

Raniero war sehr verwundert, dass die Tierchen keine Furcht vor ihm hatten, und er sagte sich: »Es rührt daher, dass sie wissen, wie ich nunmehr keinen anderen Gedanken habe, als das zu schützen, was das am meisten Verletzliche ist, und deshalb ängstigen sie sich nicht vor mir.«

Raniero kam auf seinem Ritt in die Nähe von Nicäa. Dort begegnete er einigen Rittern aus dem Abendland, die ein neues Hilfsheer ins heilige Land führten. Unter ihnen befand sich Robert Taillefer, der ein Troubadour war und als wandernder Ritter die Welt durchzog.

Als Raniero in seinem zerschlissenen Pilgermantel, mit der Kerze in seiner Hand, dahergeritten kam, riefen die Kriegsleute, wie gewöhnlich alle, die ihm begegneten: »Ein Wahnsinniger, ein Wahnsinniger!« Doch Robert Taillefer gebot ihnen Schweigen und fragte den Reiter:

»Bist Du solchermaßen weit hergezogen?«

Und Raniero antwortete: »So wie Du mich hier siehst, reite ich von Jerusalem daher.«

»Und ist auf diesem lange Wege Deine Kerze nicht oftmals erloschen?«

»An meiner Kerze brennt noch dieselbe Flamme, die in Jerusalem entzündet ward,« antwortete Raniero.

Da sprach Robert Taillefer zu ihm: »Auch ich bin einer von jenen, die eine Flamme tragen, und ich möchte sie ewig brennend erhalten. Vielleicht vermagst Du, der seine Kerze brennend von Jerusalem bis hierhergetragen hat, mir zu künden, was ich tun muss, auf dass sie nimmer erlösche.«

Und Raniero erwiderte: »Herr, das ist ein gar mühselig Tun, wiewohl es geringfügig erscheinen mag. Ich möchte Euch nie und nimmer zu solch einem Beginnen zureden, denn diese kleine Flamme fordert von Euch, dass Ihr gänzlich unterlasset, an irgendetwas anderes zu denken. Sie gestattet Euch nicht, eine Herzliebste zu haben, so Ihr danach Verlangen traget, auch dürfet Ihr um der

Flamme willen nimmer wagen, an einem Trinkgelage teilzuneh-men. Ihr dürfet an nichts anderes denken als an diese Flamme, und keine andere Freude darf Euch erfüllen. Aber warum ich Euch am allermeisten widerrate, die gleiche Pilgerfahrt zu unterneh-men, die ich jetzt versucht habe, das ist der Gedanke an das Gefühl der beständigen Unsicherheit. Wie vielen Gefahren Ihr auch die Flamme entrissen haben möget, so könntet Ihr Euch doch keinen Augenblick sicher wähnen, sondern müsstet in steter Angst schwe-ben, dass der nächste Augenblick Euch dennoch ihrer berauben könnte.«

Doch Robert Taillefer hob stolz sein Haupt und entgegnete ihm: »Was Du für Deine Lichtflamme getan hast, das werde auch ich für die meine zu tun vermögen.«

Raniero war nach Italien gekommen. Er ritt eines Tages über einsame Gebirgspfade hin. Da eilte plötzlich ein Weib auf ihn zu und bat ihn um Feuer von seiner Kerze. »Unser Feuer ist erlo-schen, meine Kinder hungern. Leihe mir Dein Licht, auf dass ich die Flammen auf meinem Herd entzünden kann, um Brot für sie zu backen!«

Sie streckte die Hand nach der Kerze aus, aber Raniero gab sie ihr nicht, weil er nicht wollte, dass jene Flamme etwas anderes ent-zünden sollte als die Kerzen vor dem Bildnis der heiligen Jungfrau.

Doch das Weib sprach zu ihm: »Gib mir Feuer, Pilger, denn das Leben meiner Kinder ist die Flamme, die ich brennend erhalten muss!« Und um dieser Worte willen ließ Raniero sie den Docht in ihrer Lampe an seiner Flamme entzünden.

Einige Stunden später ritt Raniero in ein Dorf. Es lag hoch im Gebirge, so dass dort bittere Kälte herrschte. Ein junger Bauer stand am Weg und betrachtete den armen Reiter in seinem zer-schlissenen Pilgermantel. Rasch zog er seinen kurzen Mantel aus und warf ihn jenem Armen zu. Aber der Mantel fiel gerade auf das Licht und verlöschte die Flamme.

Da gedachte Raniero jenes Weibes, das Feuer von ihm entliehen hatte. Er ritt zu ihr zurück und entzündete seine Kerze an dem heiligen Feuer.

Als er weiterreiten wollte, sprach er zu ihr: »Du sagtest, dass die Lichtflamme, die in Deiner Obhut steht, das Leben Deiner Kinder

sei. Kannst Du mir nun auch den Namen der Lichtflamme nennen, die ich auf langen Wegen hergetragen habe?«

»Wo wurde Deine Lichtflamme entzündet?« fragte das Weib. Und Raniero antwortete:

»Sie wurde an Christi Grab entzündet.«

»Dann kann ihr Name wohl nur Milde und Menschenliebe sein,« erwiderte sie.

Raniero lachte über diese Antwort, denn es dünkte ihn gar zu absonderlich, dass gerade er als Apostel und Träger solcher Tugenden gelten sollte.

Raniero ritt zwischen lieblichen, blauschimmernden Hügelketten dahin. Er merkte, dass er in der Nähe von Florenz war.

Da kam ihm der Gedanke, dass er nun bald von seiner Lichtflamme befreit sein würde. Er gedachte seines Zeltes in Jerusalem, das er voller Kriegsbeute zurückgelassen hatte, und an die tapferen Krieger, die noch immer in Palästina waren, und die sich freuen würden, wenn er wiederum das Kriegshandwerk aufnehmen und sie zu Siegen und Eroberungen führen würde.

Da merkte Raniero, dass er bei diesen Vorstellungen nicht die mindeste Freude empfand, sondern dass seine Gedanken eine ganz andere Richtung einschlugen.

Und er erkannte zum ersten Mal, dass er nicht mehr derselbe Mann war, als welcher er Jerusalem verlassen hatte. Denn jener Ritt mit der Lichtflamme hatte ihn gelehrt, sich an all denen zu freuen, die friedfertig, klug und barmherzig waren, und die Wilden und Streitsüchtigen zu verabscheuen.

Er ward frohen Mutes, so oft er an Menschen dachte, die friedlich in ihrem Heim schafften, und plötzlich überkam ihn das Verlangen, wieder in seine einstige Werkstatt einzuziehen, um dort schöne, kunstvolle Arbeiten zu vollenden.

»Wahrhaftig! Diese Flamme hat mich gänzlich verwandelt,« sagte er sich. »Ich glaube, sie hat mich zu einem anderen Menschen gemacht.«

V

Zur Osterzeit ritt Raniero in Florenz ein. Rücklings auf dem Pferd sitzend, die Kapuze tief über das Gesicht herabgezogen und die brennende Kerze in der Hand haltend, war er kaum durch das Stadttor geritten, als auch schon ein Bettler aufsprang und das gewohnte: »Pazzo, pazzo!« rief.

Auf diesen Ruf stürzte sogleich ein Straßenjunge aus einem Torweg herbei, und ein Tagedieb, der schon lange nichts anderes zu tun gehabt hatte, als am Boden zu liegen und in den Himmel zu starren, sprang auf und rief mit den anderen beiden:

»Pazzo, pazzo!«

Da nun ihrer drei schrien, genügte der Lärm, um sämtliche Straßenjungen auf die Beine zu bringen. Diese kamen denn auch aus allen Ecken und Winkeln herbeigerannt, und sobald sie Raniero in seinem zerschlissenen Pilgermantel auf seiner erbärmlichen Mähre erblickten, riefen sie: »Pazzo, pazzo!«

Doch an diesen Ruf war Raniero nun schon lange gewöhnt. Er ritt ruhig durch die Straßen, ohne der Rufenden sonderlich zu achten.

Sie aber begnügten sich nicht damit, zu rufen, sondern einer von ihnen sprang empor und wollte die Kerze ausblasen.

Raniero erhob die Hand mit der Kerze und suchte gleichzeitig sein Pferd anzutreiben, um der Bande zu entkommen.

Sie aber hielten gleichen Schritt mit ihm und taten, was sie nur vermochten, um die Kerze auszulöschen.

Je mehr Raniero sich bemühte, die Flamme zu schützen, desto hitziger wurden sie. Sie sprangen einander auf den Rücken, pusteten ihre Backen auf und bliesen mit aller Kraft. Sie warfen ihre Mützen nach der Kerze. Einzig und allein weil ihrer so viele waren, die sich gegenseitig hin und her drängten, gelang es ihnen nicht, die Lichtflamme zu erlöschen.

Ein tolles Treiben herrschte auf der ganzen Straße. In den Fenstern lagen lachende Menschen als Zuschauer. Niemand empfand Mitleid für den Wahnsinnigen, der seine Lichtflamme schützen wollte. Es war Kirchzeit, und viele Kirchenbesucher begaben sich zur Messe. Auch diese blieben stehen und schauten lachend dem Spiel zu.

Raniero stand nun aufrecht im Sattel, um die Kerze zu schützen. Er sah verwildert aus. Die Kapuze war herabgeglitten, und man sah sein Antlitz, das abgezehrt und bleich wie das eines Märtyrers war. Die Kerze hatte er emporgehoben, so hoch er es vermochte.

Die ganze Straße war ein einziges wüstes Gewimmel. Auch die älteren Leute begannen an dem Spiel teilzunehmen. Die Weiber wehten mit ihren Kopftüchern, und die Männer schwangen ihre Baretts. Alle bemühten sich, die Kerze auszulöschen.

Raniero ritt an einem Haus vorüber, das einen Balkon aufwies. Dort stand eine Frau. Sie neigte sich über das Geländer, entriss ihm die Kerze und eilte damit in ihre Zimmer.

Die ganze Menschenmenge brach in schallendes Gelächter und in Jubelrufe aus, Raniero aber wankte im Sattel und stürzte zu Boden.

Als er nun zerschlagen und ohnmächtig dalag, zog sich die ganze Volksmenge sogleich zurück.

Niemand wollte sich des Ohnmächtigen annehmen. Nur sein Pferd blieb neben ihm stehen.

Sobald die Straße menschenleer war, trat Francesca degli Uberti, mit einer brennenden Kerze in der Hand, aus ihrem Haus. Sie war noch immer schön, ihre Züge hatten einen sanften Ausdruck, und ihre Augen waren ernst und tief.

Sie trat auf Raniero zu und neigte sich über ihn. Er lag bewusstlos da, aber sobald der Lichtschein sein Gesicht traf, bewegte er sich und fuhr empor. Es war, als stehe er gänzlich im Bann dieser Lichtflamme. Da Francesca sah, dass er wieder bei Bewusstsein war, sprach sie: »Hier hast Du Deine Kerze. Ich habe sie Dir entrissen, weil ich erkannte, wie sehr Dir daran lag, sie brennend zu erhalten. Ich wusste nicht, wie ich Dir auf andere Weise helfen sollte.«

Raniero hatte sich bei dem Sturz vom Pferd übel zerschlagen und zerschunden. Doch nun konnte ihn nichts mehr zurückhalten. Er richtete sich langsam auf. Er wollte gehen, schwankte jedoch und wäre fast hingestürzt. Da versuchte er sein Pferd zu besteigen. Francesca half ihm dabei. »Wohin willst Du reiten?« fragte sie, als er wieder im Sattel saß. »Ich will zur Domkirche,« antwortete er. »Dann will ich Dich geleiten, denn ich will zur Mes-

se gehen,« sprach sie, fasste den Zügel und führte das Pferd durch die Straßen.

Francesca hatte Raniero sofort wiedererkannt. Er aber sah nicht, wer sie war, denn er nahm sich nicht Zeit und Muße, sie zu betrachten. Er blickte nur unablässig auf die Lichtflamme hin.

Auf dem ganzen Weg schwiegen sie. Raniero dachte nur an seine Lichtflamme und wie er sie wohl in diesen letzten Augenblicken sicher behüten könnte. Francesca aber konnte kein Wort hervorbringen, weil sie innerlich fühlte, dass sie keinen klaren Bescheid über das haben wollte, was sie fürchtete. Sie konnte nur annehmen, dass Raniero als Wahnsinniger heimgekehrt sei. Doch obwohl sie fast überzeugt davon war, mochte sie doch lieber nicht mit ihm reden, um nicht die volle Bestätigung dessen zu erlangen.

Nach einer Weile hörte Raniero ein Schluchzen neben sich. Er blickte zur Seite und erkannte Francesca degli Uberti, die weinend neben ihm herschritt. Aber Raniero sah sie nur einen Augenblick an und sprach kein Wort zu ihr. Er wollte einzig und allein an die Lichtflamme denken.

Er ließ sich zur Sakristei hinführen. Dort stieg er vom Pferd und dankte Francesca für ihre Hilfe, blickte sie aber noch immer nicht an, sondern schaute nur auf die Lichtflamme hin. Dann betrat er ganz allein die Sakristei und suchte die Priester auf.

Francesca ging in die Kirche. Es war am Karfreitag der Osterwoche, und zum Zeichen der Trauer standen noch alle Kerzen unangezündet auf den Altären. Francesca fühlte, dass jede Flamme der Hoffnung, die in ihr gebrannt hatte, nun auch erloschen sei.

In der Kirche herrschte eine sehr feierliche Stimmung. Viele Priester standen vor den Altären. Im Chore saßen zahlreiche Domherren, an ihrer Spitze der Bischof.

Nach einer Weile merkte Francesco, dass eine gewisse Erregung unter den Priestern entstand. Fast alle, die nicht bei der Messe beteiligt waren, erhoben sich und schritten in die Sakristei. Schließlich folgte ihnen der Bischof.

Als die Messe zu Ende war, betrat einer der Priester den Chor und redete zur Gemeinde. Er berichtete, dass Raniero di Ranieri aus Jerusalem heiliges Feuer nach Florenz gebracht hätte. Er er-

zählte, was der Ritter unterwegs erduldet und gelitten hatte. Und er pries ihn über alle Maßen.

Staunend lauschte die ganze Gemeinde seinen Worten. Francesca hatte niemals eine so glückselige Stunde erlebt. »O Gott, dies ist mehr Glück, als ich zu ertragen vermag,« flüsterte sie mit einem Seufzer.

Der Priester sprach lange und begeistert. Zuletzt rief er mit mächtiger Stimme: »Nun könnte es Euch zwar als etwas Geringfügiges erscheinen, dass eine Lichtflamme hier nach Florenz gebracht worden ist. Aber ich sage Euch: Betet zu Gott, dass er Florenz viele Träger des ewigen Feuers schenken möge, dann wird unsere Stadt zu großer Macht gelangen und die gebenedeiteste unter allen Städten werden!«

Als der Priester seine Rede beendet hatte, wurden die Hauptportale der Domkirche weit geöffnet, und eine Prozession, so gut sie in der Eile geordnet werden konnte, hielt ihren Einzug. Domherren, Mönche und Priester schritten durch den Mittelgang auf den Hauptaltar zu. Ganz zuletzt kam der Bischof, und an seiner Seite befand sich Raniero in demselben Mantel, den er auf der ganzen Pilgerfahrt getragen hatte.

Als Raniero jedoch über die Kirchenschwelle trat, erhob sich ein Greis und schritt ihm entgegen. Es war Oddo, der Vater jenes armen Gesellen aus Ranieros Werkstatt, der sich um seinetwillen erhängt hatte.

Als dieser Mann vor dem Bischof und vor Raniero stand, neigte er sich vor ihnen beiden und sprach mit so erhobener Stimme, dass alle in der Kirche es vernehmen konnten: »Es ist ein herrlich Ding für Florenz, dass Raniero mit heiligem Feuer von Jerusalem gekommen ist. Dergleichen ist niemals zuvor berichtet oder vernommen worden. Vielleicht könnten deshalb auch manche aufstehen und sagen, dass es nicht möglich sei. Darum bitte ich, der ganzen Gemeinde kundzutun, welche Beweise und Zeugen Raniero mitgebracht hat, die es glaubhaft machen können, dass dieses Feuer in Wahrheit zu Jerusalem entzündet worden ist.«

Da Raniero diese Worte vernahm, sprach er: »Nun helfe mir Gott! Wie könnte ich wohl Zeugen beibringen? Ich habe die Pilgerfahrt allein unternommen. Da müssten Wüsten und Einöden kommen, um für mich Zeugnis abzulegen.«

»Raniero ist ein ehrenfester Ritter,« sprach der Bischof, »und wir glauben ihm auf sein Wort.«

»Raniero konnte wohl selber vermuten, dass hierüber Zweifel entstehen würden,« entgegnete Oddo. »Er wird daher auch nicht ganz allein geritten sein. Da werden ja seine jungen Knappen für ihn zeugen können.«

Da eilte Francesca degli Uberti aus der Volksmenge auf ihn zu und rief: »Wozu bedürfen wir der Zeugen? Alle Frauen von Florenz wollen einen Eid ablegen, dass Raniero die Wahrheit spricht.«

Raniero lächelte und sein Antlitz strahlte für einen Augenblick. Aber dann wandte er seine Blicke und seine Gedanken wieder der Lichtflamme zu.

Es entstand nun ein großer Tumult in der Kirche. Einige sagten, Raniero dürfe die Kerzen auf dem Altar nicht entzünden, ehe seine Sache erwiesen sei. Zu diesen Widersachern gesellten sich viele seiner ehemaligen Feinde.

Da erhob sich Jacopo degli Uberti und sprach zugunsten Ranieros:

»Ich denke, hier wissen wohl alle, dass nicht allzu große Freundschaft zwischen mir und meinem Eidam geherrscht hat, jetzt aber wollen wir – sowohl ich als auch meine Söhne – uns für ihn verbürgen. Wir glauben ihm, dass er diese Großtat vollbracht hat, und wir begreifen, dass jemand, der es vermocht hat, ein solches Vorhaben bis zum Ende durchzuführen, ein kluger, bedächtiger und edelgesinnter Mann sein muss. Wir werden ihn demnach mit Freuden in unserer Mitte aufnehmen.«

Aber Oddo und viele andere waren nicht gesonnen, Raniero das heißerstrebte Glück zu vergönnen. Sie sammelten sich zu einem dichten Haufen, und es war leicht zu erkennen, dass sie ihre Forderung nicht aufgeben würden.

Raniero begriff, dass sie, falls nun ein Kampf entstände, vor allem seine Lichtflamme gefährden würden. Während er die Augen beständig auf seine Widersacher geheftet hielt, hob er die Kerze so hoch empor, wie er es nur vermochte.

Er sah todesmatt und verzweifelt aus. Man merkte ihm an, dass er doch nur eine Niederlage erwartete, obwohl er möglichst auszuharren gedachte. Was konnte es ihm nun frommen, wenn er die

Flamme entzünden durfte? Oddos Worte hatten ihm den Todes-streich versetzt. Wenn der Zweifel einmal erweckt war, so würde er sich auch verbreiten und verstärken. Ihm war es, als habe Oddo bereits für immer seine Lichtflamme ausgelöscht.

Ein kleiner Vogel flatterte durch die großen offenen Portale in die Kirche hinein. Er flog just auf Ranieros Kerze zu, der sie nicht schnell genug zurückziehen konnte. Der Vogel stieß dagegen und verlöschte die Flamme.

Ranieros Arm sank herab, und Tränen traten in seine Augen. Aber im ersten Augenblick empfand er dennoch eine gewisse Er-leichterung. Es war besser, als dass Menschen diese Flamme ver-nichtet hätten.

Der kleine Vogel setzte seinen Flug innerhalb der Kirche fort, er flatterte verwirrt hin und her, wie Vögel zu tun pflegen, wenn sie in einen geschlossenen Raum geraten.

Plötzlich durchbrauste ein lauter Ruf die ganze Kirche: »Der Vogel brennt! Die heilige Lichtflamme hat seine Flügel entzündet!«

Der kleine Vogel piepste ängstlich. Er flog wenige Augenblicke wie eine flatternde Flamme unter dem hohen Chorgewölbe umher. Dann sank er schnell herab und fiel tot auf dem Altar der Madon-na nieder.

Aber in demselben Augenblick stand Raniero vor dem Altar. Er hatte sich einen Weg durch die Menge der Kirchenbesucher ge-bahnt, nichts hatte ihn aufhalten können. Und an den Flammen, die des Vogels Schwingen verzehrten, entzündete er die Kerzen vor dem Altar der Madonna.

Da erhob der Bischof seinen Stab und rief: »Gott wollte es! Gott hat für ihn gezeugt!«

Und alles Volk in der Kirche, sowohl seine Freunde als auch seine Widersacher, vergaßen ihre Zweifel und ihr Staunen. Von diesem Gotteswunder begeistert, riefen sie: »Gott wollte es! Gott hat für ihn gezeugt!«

Von Raniero bleibt nur noch zu berichten, dass er fortan sein Leben lang viel Glück und Ansehen genoss. Er war klug, bedächtig und barmherzig. Aber das Volk in Florenz nannte ihn allzeit Paz-zo di Raniero, zur Erinnerung daran, dass man ihn für verrückt gehalten hatte. Und dies wurde für ihn ein Ehrentitel. Er wurde

der Stammvater eines Adelsgeschlechts, das den Namen Pazzo annahm und sich noch bis auf den heutigen Tag also nennt.

Des Weiteren wäre noch zu erwähnen, dass es in Florenz Sitte wurde, alljährlich am Karfreitag ein Fest zu feiern, das der Erinnerung an Ranieros Heimkehr mit dem heiligen Feuer geweiht ist, und bei dem man stets einen künstlichen Vogel brennend durch den Dom fliegen lässt. Auch in diesem Jahr wird man das Fest sicherlich auf diese Weise gefeiert haben, falls nicht neuerdings eine Änderung eingetreten ist.

Aber ob es wahr ist – wie viele annehmen –, dass die Träger heiligen Feuers, die in Florenz gelebt und diese Stadt zu einer der herrlichsten auf Erden gemacht haben, sich Raniero zum Vorbild wählten und dadurch den Mut fanden, sich aufzuopfern, zu leiden und auszuharren, darüber wollen wir schweigen.

Denn welche Wirkungen von jenem Licht hervorgebracht worden sind, das in dunklen Zeiten von Jerusalem ausgegangen ist, das lässt sich weder messen noch zählen.

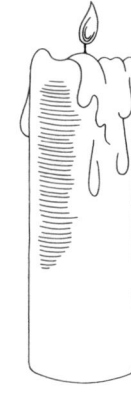

Das Kindlein von Bethlehem

Zu Bethlehem vor dem Stadttor stand ein römischer Kriegs-knecht Wache. Er war mit Harnisch und Helm gerüstet, trug ein kurzes Schwert an der Seite und hielt einen langen Speer in der Hand. Den ganzen Tag über stand er fast regungslos, so dass man glauben konnte, er sei ein Mann aus Eisen. Die Bürger der Stadt gingen durch das Tor aus und ein, Bettler setzten sich im Schat-ten des Torbogens nieder, Obstverkäufer und Weinhändler stellten ihre Körbe und Gefäße neben dem Kriegsknecht auf die Erde, er aber nahm sich kaum die Mühe, auch nur den Kopf zu wenden, um ihnen nachzublicken.

»Was soll ich Euch groß beachten?« schien er sagen zu wollen. »Was geht Ihr mich an, die Ihr arbeitet und Handel treibt und mit Ölkrügen und Weinschläuchen hergezogen kommt? Lasst mich ein Kriegsheer sehen, das sich ordnet, um auf den Feind loszu-gehen! Lasst mich das Gedränge und den hitzigen Kampf sehn, wenn ein Reitertrupp sich auf eine Schar Fußsoldaten stürzt! Lasst mich die Tapferen sehen, die mit Sturmleitern voraneilen, um die Mauern einer belagerten Stadt zu erklimmen! Nichts anderes als der Krieg kann mein Auge ergötzen. Ich sehne mich danach, die Adler Roms in der Luft blitzen zu sehn. Ich sehne mich nach dem Dröhnen der kupfernen Posaunen, nach den leuchtenden Waffen, nach umherspritzendem rotem Blut.

Dicht vor dem Stadttor lag ein herrliches Feld, das ganz mit Li-lien bewachsen war. Jeden Tag stand der Kriegsknecht, die Blicke auf eben dieses Feld gerichtet, aber nie dachte er daran, die un-vergleichliche Schönheit der Blumen zu bewundern. Zuweilen be-merkte er, dass die Vorübergehenden stehen blieben, um sich an dem Anblick der Lilien zu erfreuen, und dann verwunderte er sich darüber, dass sie ihre Wanderung unterbrachen, um etwas so Un-wichtiges zu betrachten. »Diese Menschen wissen nicht, was schön ist,« sagte er sich.

Und während er darüber nachdachte, sah er nicht mehr die grünenden Felder und die Olivenberge rings um Bethlehem vor seinen Augen, sondern träumte sich fort nach einer glühend hei-

ßen Wüste im sonnenreichen Libyen. Er sah eine Legion Soldaten in einer langen, geraden Kette über den gelben, pfadlosen Wüstensand ziehen. Nirgends gab es Schutz vor den Sonnenstrahlen, nirgends eine labende Quelle, nirgends war die Grenze der Wüste oder ein Ziel der Wanderung zu erspähen. Er sah Soldaten, die sich matt von Hunger und Durst mit wankenden Schritten vorwärts schleppten. Er sah einen nach dem anderen von der glühenden Sonnenhitze gefällt zur Erde niedertaumeln. Aber trotz alledem drang das Heer beharrlich vorwärts, ohne zu zagen, ohne daran zu denken, den Feldherrn zu verlassen und umzukehren.

»Da seht Ihr, was schön ist!« sprach der Kriegsknecht vor sich hin. »Seht, das ist wert, von einem tapferen Mann angeschaut zu werden!«

Während der Kriegsknecht Tag für Tag auf demselben Platz Posten stand, hatte er die beste Gelegenheit, die schönen Kinder zu beobachten, die um ihn herumspielten. Aber es erging ihm mit den Kindern wie mit den Blumen. Er begriff nicht, dass es der Mühe lohne, sie anzusehen. »Was kann einem dabei nur Freude gewähren?« dachte er, wenn er die Menschen lächeln sah, während sie den Kinderspielen zusahen. »Es ist sonderbar, dass man sich über so Nichtiges zu freuen vermag.«

Eines Tages, als der Kriegsknecht wie gewöhnlich vor dem Stadttor Wache hielt, sah er ein Knäblein, das ungefähr drei Jahre alt sein mochte, und das zum Spiel auf die Wiese hinausging. Es war ein armes Kind, das nur in ein kleines Schaffell gehüllt war und ganz allein spielte. Der Soldat beobachtete den neuen Ankömmling, fast ohne es selbst zu merken. Was ihm zuerst auffiel, war, dass der Kleine so leichtfüßig über das Feld lief, als schwebe er nur über die Spitzen der Grashalme dahin. Als aber der Kriegsknecht begann, seinen Spielen zu folgen, ward er noch viel verwunderter. »Bei meinem Schwert,« sagte er schließlich, »das Kind hier spielt nicht wie die anderen! Was mag das nur sein, womit es sich beschäftigt?«

Das Kind spielte in nächster Nähe des Kriegsknechts, so dass dieser genau beobachten konnte, was es tat. Er bemerkte, dass es sein Händchen ausstreckte, um eine Biene einzufangen, die so schwer mit Blütenstaub beladen auf dem Rand einer Blume saß,

dass sie kaum die Flügel zum Flug heben konnte. Er sah zu seinem großen Staunen, dass das Bienchen sich haschen ließ, ohne den geringsten Fluchtversuch zu machen oder den Stachel zu gebrauchen. Als nun der Kleine die Biene in seinen Händchen geborgen hatte, lief er zu der Stadtmauer hin, wo ein Bienenschwarm sich in einem Spalt wohnlich eingerichtet hatte, dort setzte er es ab. Und nachdem er auf diese Weise einem Bienchen geholfen hatte, eilte er schnell ans Werk, um einem anderen zu helfen. Und so sah der Soldat ihn den ganzen Tag über Bienen einfangen, um sie zu ihrem Schwarm zu tragen.

»Das Bürschlein ist tatsächlich törichter, als mir irgendjemand bisher untergekommen ist,« meinte der Kriegsknecht. »Wie verfällt er nur darauf, diesen Bienen helfen zu wollen, die sich so gut ohne seinen Beistand zurechtfinden würden und ihn noch obendrein mit ihrem Stachel stechen könnten? Was für ein Mensch soll aus ihm werden, wenn er am Leben bleibt?«

Der Kleine kam Tag für Tag wieder, um draußen auf der Wiese zu spielen, und der Kriegsknecht konnte es nicht lassen, sich über ihn und seine Spiele zu verwundern. »Das ist seltsam,« meinte er, »nun habe ich seit vollen drei Jahren an diesem Tor auf Wache gestanden, und noch nie ist mir etwas vor Augen gekommen, was meine Gedanken so erfüllt hätte wie dieses Kind.«

Aber der Kriegsknecht hatte durchaus keine Freude an dem Kind. Dagegen gemahnte der Kleine ihn an die schreckliche Prophezeiung eines alten jüdischen Sehers. Dieser hatte nämlich geweissagt, dass sich dereinst eine Zeit des Friedens auf die Erde niedersenken würde. Während eines Zeitraums von tausend Jahren würde kein Blut vergossen und kein Krieg geführt werden, denn die Menschen würden einander lieben wie Brüder. Wenn der Kriegsknecht nur daran dachte, dass so etwas Entsetzliches zur Wirklichkeit werden könnte, dann lief ihm ein Schauer über den Leib, und er umklammerte seinen Speer fester, als ob er eine Stütze suchte.

Und je mehr nun der Kriegsknecht von dem Kleinen und seinen Spielen sah, desto mehr musste er an das tausendjährige Friedensreich denken. Zwar fürchtete er nicht, dass es schon gekommen sei, aber er liebte es nicht, an so Widerwärtiges auch nur denken zu müssen.

Als der Kleine eines Tages draußen auf dem schönen Feld zwischen den Blumen spielte, kam ein sehr heftiger Regenguss aus den Wolken herniedergeprasselt. Sobald der Knabe nun gewahrte, wie groß und schwer die Tropfen waren, die auf die zarten, hilflosen Lilien aufschlugen, schien er sich um seine schönen Lieblinge zu beunruhigen. Er eilte zu der höchsten und schönsten unter ihnen und bog den steifen Stängel, der die Blüten trug, zur Erde hinab, so dass die Regentropfen die untere Seite ihrer Kelche trafen. Und sobald er mit einer Blütenstaude auf diese Weise verfahren war, lief er zu einer anderen hin und bog ihren Stängel in gleicher Weise, so dass alle Blumenkelche der Erde zugewandt waren. Und so machte er es mit einer dritten und vierten, bis sämtliche Blumen des Liliennangers gegen den heftigen Regen geschützt waren.

Der Kriegsknecht musste innerlich lachen, als er das Werk des Knaben betrachtete. »Ich fürchte, dass diese Lilien ihm dafür nicht dankbar sein werden,« sprach er. »Natürlich werden alle Lilienstängel umgebrochen sein. Die steifen Gewächse lassen sich doch so nicht biegen.«

Als jedoch der Regenschauer endlich aufhörte, da sah der Kriegsknecht den kleinen Knaben wieder zu den Lilien eilen, um sie aufzurichten. Und zum maßlosen Staunen des Mannes bog das Kind ohne die geringste Mühe die steifen Stängel gerade. Es erwies sich, dass kein einziger zerbrochen oder beschädigt war. Er lief von Blume zu Blume, und alle die geretteten Lilien erstrahlten bald in vollem Glanze auf der Flur.

Bei diesem Anblick empfand der Kriegsknecht einen seltsamen Groll. »Sieh einer das Kind!« meinte er. »Es ist doch unglaublich, dass es etwas so Törichtes unternimmt. Was für ein Mann soll aus ihm werden, wenn er es nicht einmal ertragen kann, eine Lilie vernichtet zu sehen? Wie würde es ablaufen, wenn so einer in den Krieg müsste? Wie würde er sich dazu stellen, wenn ihm befohlen würde, ein Haus mit Frauen und Kindern in Brand zu stecken, oder ein Schiff in Grund zu bohren, das mit seiner ganzen Bemannung auf den Wellen treibt?«

Wieder entsann er sich der alten Weissagung, und es beschlich ihn Furcht, dass nun wirklich die Zeit gekommen sein könnte. »Da nun ein solches Kind geboren ist, mag die schreckliche Zeit viel-

leicht ganz nahe sein,« meinte er. »Schon herrscht Friede in der ganzen Welt, und gewiss wird niemals wieder ein Tag des Krieges anbrechen. Von nun an werden alle Menschen das gleiche Gemüt haben wie dieses Kind. Sie werden sich scheuen, einander zu verletzen, ja, sie werden nicht einmal das Herz haben, eine Biene oder eine Blume zu zerstören. Mit den großen Heldentaten wird es vorbei sein. Man wird keine herrlichen Siege erringen, und kein glänzender Triumphator wird zum Kapitol hinaufziehen. Es wird nichts mehr geben, was ein tapferer Mann ersehnen könnte.«

Und der Kriegsknecht, der noch immer gehofft hatte, neue Kriege zu erleben, um sich durch Heldentaten zu Macht und Reichtum emporzuschwingen, war so zornig über den kleinen Dreijährigen, dass er drohend den Speer gegen ihn ausstreckte, als er das nächste Mal an ihm vorbeilief.

Jedoch an einem anderen Tag waren es weder die Bienen noch die Lilien, denen der Kleine zu helfen suchte, sondern er unternahm etwas, was dem Kriegsknecht noch viel nutzloser und undankbarer erschien.

Es war ein furchtbar heißer Tag, und die Sonnenstrahlen, die auf den Helm und den Harnisch des Soldaten fielen, erhitzten sie so sehr, dass ihm war, als trüge er eine Rüstung aus Feuer. Für die Vorübergehenden sah es so aus, als müsse er entsetzlich unter der Hitze leiden. Seine blutunterlaufenen Augen traten ihm aus dem Kopf, und die Haut seiner Lippen war eingeschrumpft, aber der Kriegsknecht, der sich in der brennenden Glut der afrikanischen Wüsten stählen gelernt hatte, hielt dies für eine Kleinigkeit, und er dachte keinen Augenblick daran, von seinem gewöhnlichen Platz zu weichen. Er fand im Gegenteil Gefallen daran, den Vorübergehenden zu beweisen, wie stark und ausdauernd er sei, und dass er nicht nötig habe, vor der Sonne zu fliehen.

Während er so dastand und sich lebendig fast braten ließ, kam der kleine Knabe, der auf dem Feld zu spielen pflegte, plötzlich auf ihn zugegangen. Er wusste ganz gut, dass der Legionär ihm nicht freundlich gesinnt war, und er hütete sich sonst in die Nähe seines Speers zu kommen, aber jetzt lief er dennoch auf ihn zu, blickte ihn lange und aufmerksam an und rannte in vollem Lauf über die Straße. Als er nach einer Weile zurückkam, hielt er seine beiden

Händchen wie eine Schale ausgebreitet und hatte so einige Tropfen Wasser mitgebracht.

»Ist dieses Kind jetzt gar auf den unnötigen Einfall gekommen, für mich Wasser zu holen?« fragte sich der Soldat. »Das hat doch wirklich keinen Verstand. Ein römischer Legionär sollte nicht ein wenig Hitze ertragen können? Wozu muss dieser kleine Bengel umherrennen, um denen zu helfen, die keiner Hilfe bedürfen? Ich mag seine Barmherzigkeit nicht. Ich wünschte, dass er und jeder seinesgleichen vom Erdboden verschwände.«

Der Kleine kam sehr langsam näher. Er hielt seine Fingerchen fest zusammengepresst, damit nichts verloren ginge oder überlaufe. Während er sich dem Kriegsknecht näherte, hielt er seine Augen ängstlich auf das wenige Wasser geheftet, das er mitbrachte, merkte also nicht, dass jener mit finster gerunzelter Stirn und abweisenden Blicken dastand. Endlich blieb er dicht vor dem Legionär stehen und reichte ihm das Wasser.

Auf dem Weg waren ihm seine schweren, blonden Locken immer tiefer über Stirn und Augen gefallen. Er schüttelte ein paarmal sein Köpfchen, um das Haar zurückzuwerfen und aufblicken zu können. Als es ihm endlich gelang und er den harten Ausdruck im Gesicht des Kriegsknechts wahrnahm, war er dennoch gar nicht erschrocken, sondern stand ruhig da und forderte ihn mit einem bezaubernden Lächeln auf, von dem mitgebrachten Wasser zu trinken. Aber der Kriegsknecht verspürte keine Lust, eine Wohltat von diesem Kinde anzunehmen, das ihm als Feind galt. Er blickte nicht in sein schönes Antlitz hinunter, sondern stand starr und unbeweglich da und machte keinerlei Miene, als verstände er, was das Kind von ihm begehrte.

Aber der Kleine spürte gar nicht, dass dies eine Abweisung sein sollte. Er lächelte immer noch ebenso zutraulich, hob sich auf die Zehenspitzen und streckte seine Ärmchen so hoch wie möglich, damit der riesige Soldat das Wasser leichter erreichen könne.

Der Legionär jedoch empfand es als eine Schmach, dass ein Kind ihm helfen wollte, und hob seinen Speer, um den Kleinen in die Flucht zu jagen.

Aber gerade in diesem Augenblick trafen die Glut und die Sonnenstrahlen den Kriegsknecht mit solcher Gewalt, dass er rote

Flammen vor seinen Augen auflodern sah, und dass ihm war, als schmelze das Gehirn in seinem Kopf. Er fürchtete, dass die Sonne ihm den Tod bringen könnte, wenn er nicht sofort Erleichterung fände.

Und ganz verwirrt vor Schrecken über die drohende Gefahr, schleuderte er seinen Speer von sich, umfasste mit beiden Händen das Kind, hob es zu sich empor und schlürfte das Wasser aus dessen Händchen.

Es waren zwar nur wenige Tropfen, die er so zu sich nahm, aber weiterer Labung bedurfte er auch gar nicht. Sobald er das Wasser gekostet hatte, durchrieselte wonnige Kühlung seinen ganzen Körper, und er fühlte weder die Glut noch die Schwere von Helm und Harnisch. Die Sonnenstrahlen hatten ihre mörderische Macht verloren. Seine trockenen Lippen wurden wieder geschmeidig, und die roten Flammen tanzten nicht länger vor seinen Augen.

Ehe er noch Zeit gehabt hatte, all dies zu bemerken, stellte er das Kind wieder auf die Erde, und es lief zu der Wiese, um weiterzuspielen. Dann aber begann der Kriegsknecht sich verwundert selbst zu fragen:

»Was für ein Wasser hat mir das Kind eigentlich dargeboten? Das war ein köstlicher Trank. Ich muss mich ihm wirklich dankbar zeigen.«

Da er den Kleinen jedoch hasste, ließ er diese Gedanken bald fallen.

»Es ist doch nur ein Kind,« sagte er sich, »es weiß nicht, weshalb es so oder so handelt. Es spielt eben das Spiel, das ihm am meisten zusagt. Sind ihm die Bienen oder die Lilien etwa dankbar? Um dieses Bürschlein brauche ich mir keinerlei Ungelegenheiten zu machen. Es weiß nicht einmal, dass es mir geholfen hat.«

Als er nach kurzer Frist den Anführer der römischen Soldaten, die in Bethlehem lagerten, durch das Tor kommen sah, war er - wenn möglich - noch ärgerlicher über das Kind.

»Sieh einer,« sagte er sich, »in welcher Gefahr ich durch den Eifer des Kleinen gewesen bin! Wäre Voltigius ein klein wenig früher gekommen, so hätte er mich mit einem Kind in den Armen gesehen.«

Der Hauptmann schritt indessen geradeswegs auf den Kriegsknecht zu und fragte ihn, ob sie hier ganz unbelauscht miteinander

reden könnten, er hätte ihm insgeheim etwas mitzuteilen. »Wenn wir uns nur zehn Schritt vom Tor entfernen, so kann uns niemand hören,« antwortete der Kriegsknecht.

»Du weißt,« sagte der Hauptmann, »dass der König Herodes wiederholt versucht hat, sich eines Kindes zu bemächtigen, das hier in Bethlehem aufwächst. Seine Seher und Priester haben ihm kundgetan, das Kind werde seinen Thron besteigen, und außerdem ihm prophezeit, dass der neue König ein tausendjähriges Reich des Friedens und der Heiligung gründen würde. Du begreifst also wohl, dass Herodes dieses Kind gern unschädlich machen will.«

»Ja, das begreife ich schon,« sagte der Kriegsknecht eifrig, »aber das muss doch die leichteste Sache auf der Welt sein.«

»Sicherlich wäre es sehr leicht,« entgegnete der Hauptmann, »wenn der König nur wüsste, welches von allen Kindern in Bethlehem das rechte ist.«

Der Kriegsknecht runzelte nachdenklich die Stirn und sprach: »Schade, dass seine Wahrsager ihn darüber nicht aufklären konnten.«

»Herodes hat aber jetzt eine List gefunden, durch die er den jungen Friedensfürsten unschädlich zu machen hofft,« fuhr der Hauptmann fort. »Er verspricht jedem einzigen, der ihm darin beistehen wird, ein kostbares Geschenk.«

»Was Herodes auch immer gebietet, wird selbst ohne Belohnung oder Geschenk vollbracht werden,« sagte der Soldat.

»Ich danke Dir,« erwiderte der Hauptmann. »Höre nun des Königs Plan! Er beabsichtigt zum Jahrestag von seines jüngsten Sohnes Geburt ein Fest zu feiern, zu dem alle Knaben in Bethlehem, die zwei bis drei Jahre alt sind, mit ihren Müttern geladen werden sollen. Und auf diesem Fest – – –«

Er hielt inne und lachte, als er den Ausdruck von Widerwillen sah, der das Gesicht des Kriegsknechts überflog.

»Freundchen, Du brauchst nicht zu befürchten,« fuhr er fort, »dass König Herodes uns als Kinderwärter verwenden will. Neige Dein Ohr zu meinem Mund, dann werde ich Dir seine Entschließung anvertrauen.«

Der Hauptmann flüsterte geraume Zeit mit dem Kriegsknecht, und als er ihm alles mitgeteilt hatte, sprach er:

»Ich brauche Dir wohl nicht zu sagen, dass strengste Verschwiegenheit nötig ist, wenn nicht das ganze Unternehmen misslingen soll.«

»Du weißt, Voltigius, dass Du Dich auf mich verlassen kannst,« entgegnete der Kriegsknecht.

Als der Anführer sich entfernt hatte und der Kriegsknecht wieder allein auf seinem Posten stand, blickte er sich nach dem Kind um. Es spielte noch immer inmitten der Blumen, und plötzlich kam dem Krieger der Gedanke, dass der Kleine sie so leicht und anmutig umgaukle wie ein Schmetterling.

Da begann der Kriegsmann zu lachen. »Es ist ja wahr,« sagte er, »ich werde mich nicht mehr lange über dieses Kind zu ärgern brauchen. Es wird ja heute Abend auch zum Fest des Herodes eingeladen werden.«

Der Kriegsknecht blieb den ganzen Tag auf seinem Posten stehen, bis der Abend kam und es Zeit wurde, die Stadttore für die Nacht zu schließen.

Als dies getan war, wanderte er durch enge, dunkle Gassen zu dem prächtigen Palast, den Herodes zu Bethlehem besaß.

Im Innern dieses gewaltigen Palastes befand sich ein großer Hof mit Steinfliesen, der von Gebäuden umringt war, an denen drei übereinanderliegende offene Galerien sich hinzogen. Der König hatte bestimmt, dass jenes Fest für die bethlehemitischen Kinder auf der obersten Galerie stattfinden solle.

Diese Galerie war gleichfalls auf den ausdrücklichen Befehl des Königs so umgewandelt, dass sie einem gedeckten Laubgang in einem herrlichen Lustgarten glich. Weinranken schlangen sich an der Decke hin, von denen üppige Traubenbündel herabhingen, und an Wänden und Pfeilern standen kleine Granat- und Orangenbäume, die von Früchten schwer waren. Der Fußboden war mit frischen Rosenblättern bestreut, die dicht und weich wie ein Teppich dalagen, und Girlanden von weißen, strahlenden Lilien zogen sich längs der Balustraden, der Friese, der Tische und der niedrigen Diwane hin.

In diesem Blumengarten waren hier und da große Marmorbassins, in denen sich gold- und silberglänzende Fische im durchsichtig klaren Wasser tummelten. Auf den Bäumen saßen bunte Vögel

aus fernen Ländern, und in einem Vogelbauer sah man einen alten Raben, der unablässig schwatzte.

Als das Fest seinen Anfang nahm, zogen Kinder und Mütter in die Galerie. Gleich beim Eintritt in den Palast waren die Kinder mit weißen, purpurumrandeten Gewändern geschmückt worden, und ihre dunkellockigen Köpfchen hatte man mit Rosenkränzen geziert. Stattlich angetan kamen die Frauen in ihren roten und blauen Gewändern, und weiße Schleier wallten ihnen von hohen, spitzen Kopfbedeckungen herab, die mit Goldmünzen und Ketten behangen waren. Einige trugen ihre Knaben hoch auf den Schultern sitzend, andere führten sie an der Hand, und einige, deren Knaben scheu und ängstlich waren, hatten sie auf ihre Arme genommen.

Die Frauen ließen sich auf dem Fußboden der Galerie nieder, und sogleich kamen Sklaven, stellten niedrige Tische vor ihnen auf und brachten erlesene Speisen und Getränke, wie die Sitte es bei einem königlichen Fest erheischt, und alle diese glücklichen Mütter begannen zu essen und zu trinken, ohne jene stolze, anmutige Würde abzulegen, die die schönste Zier der bethlehemitischen Frauen ist.

Längs der Galeriewand und fast verborgen durch die Blumengirlanden und die fruchtbeladenen Bäume waren doppelte Reihen von Kriegsknechten in voller Rüstung aufgestellt. Sie standen ganz unbeweglich da, als hätten sie nichts mit dem zu schaffen, was rund um sie vorging. Die Frauen konnten es nicht lassen, bisweilen einen erstaunten Blick auf diese Schar von Eisengepanzerten zu werfen. »Wozu bedarf es ihrer dort?« flüsterten sie. »Denkt Herodes, dass wir uns nicht zu benehmen wüssten? Glaubt er, dass eine solche Schar von Kriegsknechten notwendig sei, um uns zu überwachen?«

Andere aber meinten wiederum, es sei eben alles ganz so, wie es bei einem König sein müsste. Herodes gäbe eben niemals ein Fest, ohne dass sein ganzes Haus von Kriegsknechten wimmle. Nur um seine Gäste zu ehren, ständen diese schwertbewaffneten Legionäre wachend dort.

Während der ersten Feststunden blieben die Kinder zaghaft und unsicher und hielten sich ruhig neben ihren Müttern. Dann aber

setzten sie sich nach und nach in Bewegung, um von den Herrlichkeiten, die Herodes ihnen darbot, Besitz zu ergreifen. Es war ein Zauberland, das der König für seine kleinen Gäste geschaffen hatte. Als sie die Galerie durchwanderten, fanden sie Bienenkörbe, deren Honig sie plündern konnten, ohne dass eine einzige zornige Biene sie stach. Sie fanden Bäume, die ihre fruchtbeladenen Zweige tief zu ihnen hinabsenkten. In einer Ecke fanden sie Zauberkünstler, die in einem Nu ihre Taschen voller Spielzeug steckten, und in einem anderen Winkel der Galerie sahen sie einen Tierbändiger, der ihnen ein paar Tiger zeigte, die so zahm waren, dass sie auf ihrem Rücken reiten konnten.

Aber in diesem Paradies voll Wonnen gab es doch nichts, was die Aufmerksamkeit der Kleinen so auf sich zog als die lange Reihe von Kriegsknechten, die unbeweglich längs der einen Seite der Galerie stand. Ihre Blicke waren gefesselt von den funkelnden Helmen, den strengen, stolzen Gesichtern und den kurzen Schwertern, die in reich verzierten Scheiden saßen.

Während sie spielten und umhertollten, dachten sie doch immer an die Kriegsknechte. Noch hielten sie sich in einem gewissen Abstand von ihnen, aber sie sehnten sich danach, ihnen nahe zu kommen, um zu sehen, ob sie lebendig wären und sich wirklich bewegen könnten.

Das Spiel und die Festesfreude steigerten sich mit jedem Augenblick, die Soldaten aber standen immer noch regungslos. Den Kleinen erschien es unglaublich, dass Menschen so dicht bei diesen Weintrauben und all den Leckerbissen stehen konnten, ohne die Hand zu rühren.

Endlich vermochte einer der Knaben seine Neugier nicht länger zu zügeln. Leise, und zu schneller Flucht bereit, näherte er sich einem der Eisengepanzerten, und da der Soldat noch immer unbeweglich stehen blieb, schlich er immer näher an ihn heran. Schließlich war er ihm so nahe, dass er nach seinen Sandalenriemen und seinen Beinschienen tasten konnte.

Da, als wäre dies ein unerhörtes Verbrechen gewesen, gerieten alle diese Eisenmänner auf einmal in Bewegung.

In unbeschreiblicher Wut stürzten sie über die Kinder her und ergriffen sie. Einzelne schwangen sie wie Wurfgeschosse

über ihren Köpfen und schleuderten sie zwischen den Lampen und Girlanden über die Balustrade der Galerie hinab, wo sie zerschmettert auf den Marmorfliesen liegen blieben. Einige zogen ihre Schwerter und durchbohrten damit die Herzen der Kinder, andere wiederum zerschmetterten die Köpfchen der Kleinen an den Wänden, ehe sie die Leiber in den nachtdunklen Hof hinabschleuderten.

Im ersten Augenblick nach diesem Überfall vernahm man keinen einzigen Laut. Die kleinen Körper schwebten noch in der Luft, und die Frauen waren vor Entsetzen versteinert. Aber plötzlich kam ihnen das volle Verständnis dessen, was geschehen war, und die Unseligen begriffen, und mit einem einzigen furchtbaren Schrei stürzten sie sich auf die Mörder.

Oben auf der Galerie waren noch Kinder, die beim ersten Überfall nicht aufgegriffen worden waren. Die Kriegsknechte jagten ihnen nach, und die Mütter warfen sich vor ihnen nieder und umklammerten mit bloßen Händen die blanken Schwerter, um den Todesstreich abzuwenden.

Einige Frauen, deren Kinder schon hingemordet waren, stürzten sich auf die Kriegsknechte, packten sie an der Kehle und versuchten sie zu erdrosseln, um für ihre Kleinen Rache an den Mördern zu nehmen.

Während dieser wilden Verwirrung, in der entsetzliches Geschrei den Palast durchgellte, wo so grausige Bluttaten verübt wurden, stand der Kriegsknecht, der die Wache am Stadttor zu halten pflegte, ganz unbeweglich an der obersten Stufe der Treppe, die von der Galerie hinabführte. Er nahm weder am Ringen noch am Morden teil; er zückte nur das Schwert gegen jene Frauen, denen es geglückt war, ihre Kinder an sich zu reißen, und die versuchten, über diese Treppe zu entfliehen. Sein bloßer Anblick, wie er dort finster und unbeweglich stand, war so schrecklich, dass die Fliehenden lieber sich über die Balustraden hinabstürzten oder in das Kampfgewühl zurückkehrten, als dass sie sich der Gefahr aussetzten, sich an ihm vorbeizudrängen.

»Voltigius, der mir diesen Posten anvertraute, hat wahrlich recht daran getan,« sagte sich der Kriegsknecht. »Ein junger, unüberlegter Krieger hätte seinen Platz aufgegeben, um sich in das

Gewühl zu stürzen. Hätte ich mich von hier fortlocken lassen, so wären mindestens an zehn Kinder entkommen.«

Während er darüber nachdachte, fiel sein Blick auf ein junges Weib, das sein Kind an sich gerissen hatte und in schnellster Flucht auf ihn zugestürzt kam. Keiner der Legionäre, an denen die Frau vorbeistürmte, konnte ihr in den Weg treten, weil sie sich alle im vollen Kampf mit anderen Frauen befanden, und auf diese Weise war sie bis zum Ende der Galerie gelangt.

»Sieh da, eine, die dicht daran ist, glücklich zu entwischen!« dachte der Kriegsknecht. »Weder sie noch das Kind sind verwundet. Wenn ich nun nicht hier stände – – –«

Die Frau kam in so raschem Lauf auf den Kriegsknecht zu, als flöge sie. Er hatte auch gar keine Zeit, ihr Gesicht oder das ihres Kindes zu erkennen, sondern streckte nur sein Schwert aus, dem sie mit dem Kind in ihren Armen entgegenstürzte. Er erwartete, dass beide im nächsten Augenblick durchbohrt zur Erde sinken würden.

Da aber vernahm der Soldat ein heftiges Summen über seinem Haupt, und gleich darauf fühlte er einen rasenden Schmerz in seinem Auge, der so stechend scharf und peinigend war, dass er ihn gänzlich betäubte und verwirrte. Das Schwert entfiel seiner Hand und sank zu Boden.

Er fasste nach dem Auge, ergriff eine Biene und wusste nun, dass nur der Stachel dieses Tierchens ihm den wilden Schmerz verursacht hatte. Blitzschnell bückte er sich nach dem Schwert, in der Hoffnung, dass es noch nicht zu spät sein würde, die Fliehende aufzuhalten.

Das Bienchen jedoch hatte seine Sache sehr gut gemacht. In der kurzen Zeit, für die es den Kriegsknecht geblendet hatte, war es der jungen Mutter geglückt, an ihm vorbei die Treppe hinabzujagen, und obwohl er ihr schleunigst nacheilte, vermochte er sie nicht mehr zu finden. Sie war und blieb verschwunden, und niemand in dem ganzen großen Palast konnte sie entdecken.

Am nächsten Morgen stand der Kriegsknecht mit mehreren Kameraden innerhalb des Stadttores auf Wache. Es war in früher Morgenstunde, und man hatte soeben die schweren Tore geöffnet.

Aber es hatte den Anschein, als hätte niemand erwartet, dass sie an diesem Morgen geöffnet werden würden. Man sah nicht wie sonst dichte Scharen von Feldarbeitern aus der Stadt hinausströmen. Alle Einwohner von Bethlehem waren über das nächtliche Blutbad so entsetzt, dass sie nicht wagten, ihre Häuser zu verlassen.

»Bei meinem Schwert,« sprach der Soldat, der dort stand und auf die enge Gasse hinstarrte, die zum Tor hinführte, »ich glaube, dass Voltigius einen unklugen Beschluss gefasst hat. Es wäre besser gewesen, die Tore verschlossen zu halten und jedes Haus in der Stadt durchstöbern zu lassen, bis man den Knaben gefunden hat, der bei dem Fest entkommen ist. Voltigius rechnet darauf, dass seine Eltern versuchen werden, ihn von hier wegzubringen, sobald sie erfahren, dass die Tore offen sind, und er hofft, dass ich ihn just an diesem Tor ergreifen werde. Ich fürchte, dass dies keine kluge Berechnung ist. Wie leicht kann es ihnen gelingen, ein Kind zu verbergen!«

Und er fragte sich, ob sie wohl versuchen würden, das Kind in einem großen Fruchtkorb auf dem Rücken eines Esels oder in einem ungeheuren Ölkrug oder zwischen den Getreidesäcken einer Karawane zu verstecken.

Während er so stand und wartete, ob man versuchen würde, ihn auf diese Weise zu überlisten, gewahrte er einen Mann und ein Weib, die hastig die Gasse hinabkamen und sich dem Tor näherten. Sie gingen sehr schnell und warfen ängstliche Blicke hinter sich, als flüchteten sie vor irgendeiner großen Gefahr. Der Mann hielt eine Axt in der Hand und umklammerte sie mit so festem Griff, als wäre er entschlossen, sich mit Gewalt den Weg zu bahnen, wenn sich jemand ihm hindernd entgegenstellen sollte.

Aber der Kriegsknecht betrachtete das Weib viel genauer als den Mann. Er sah, dass sie ebenso hochgewachsen war wie jene junge Mutter, die ihm am vergangenen Abend entwischt war. Es fiel ihm auch auf, dass sie den Kleiderrock über den Kopf gezogen hatte. Sie trägt ihn vielleicht so, um zu verbergen, dass sie ein Kind auf ihrem Arm hat, dachte er.

Je mehr sie sich näherten, desto deutlicher sah der Kriegsknecht die Umrisse des Kindes, die sich auf dem hochgehobenen Kleid sichtbar abzeichneten. »Ich bin sicher, dass sie es ist, die mir ges-

tern entschlüpfte,« sprach er bei sich. »Ihr Gesicht konnte ich nicht sehen, aber die hohe Gestalt erkenne ich wieder. Und nun kommt sie hier mit dem Kind auf dem Arm vorbei, ohne auch nur den Versuch zu machen, es verborgen zu halten. Ich hätte es nicht gewagt, auf solch einen Glücksfall zu hoffen.«

Der Mann und die Frau setzten ihre rasche Wanderung bis zum Stadttor fort. Sie hatten augenscheinlich nicht erwartet, dort angehalten zu werden, und zuckten erschrocken zusammen, als der Kriegsknecht seinen Speer fällte und ihnen den Weg versperrte.

»Warum hinderst Du uns an unsere Feldarbeit zu gehen?« fragte der Mann.

»Du wirst sofort gehen können,« antwortete der Soldat, »ich muss nur zuvor sehen, was Dein Weib unter ihrem Kleid verborgen hält.«

»Was ist denn da zu sehen?« sprach der Mann. »Es ist ja nur Brot und Wein, und gerade soviel wie wir den Tag über zu unserer Nahrung brauchen.«

»Du redest vielleicht die Wahrheit,« sagte der Soldat, »wenn es sich aber so verhält, möchte ich wissen, weshalb sie sich abwendet und weshalb sie mich nicht freiwillig sehen lässt, was sie trägt?«

»Ich will nicht, dass Du es siehst,« antwortete der Mann. »Und ich rate Dir, uns hier vorbeigehen zu lassen.«

Und schon erhob er seine Axt, doch die Frau legte ihre Hand auf seinen Arm.

»Lass Dich nicht in Streit und Kampf ein!« bat sie. »Ich werde etwas anderes versuchen. Ich werde ihn das sehen lassen, was ich trage, und ich bin sicher, dass er ihm nichts Böses antun kann.«

Und mit einem stolzen und vertrauensvollen Lächeln wandte sie sich dem Soldaten zu und hob einen Zipfel ihres Kleides.

In demselben Augenblick wich der Soldat zurück und schloss die Augen, als sei er von einem starken Glanz getroffen. Das, was die Frau unter ihrem Kleid verborgen hielt, strahlte ihm so blendend weiß entgegen, dass er vorerst gar nicht wusste, was er dort sah.

»Ich glaubte, Du trügest ein Kind im Arm,« sagte er.

»Du siehst, was ich trage,« entgegnete das junge Weib.

Da endlich erkannte der Soldat, dass ein Bund weißer Lilien,

gleich denen auf dem Feld draußen, ihn blendete und anstrahlte. Nur war ihr Glanz noch reicher und leuchtender. Er vermochte es kaum, sie genau zu betrachten.

Er griff nach den Blumen, weil er nicht von dem Gedanken loskommen konnte, dass dieses Weib dennoch ein Kind tragen müsse, seine Hand aber fasste nur die kühlen Blumenblätter.

Er empfand eine bittere Enttäuschung und hätte in seinem Jähzorn gern Mann und Weib gefangen genommen, doch wusste er nur zu gut, dass zu solchem Verfahren keinerlei Gründe vorlagen.

Als die junge Frau seine Bestürzung sah, fragte sie: »Willst Du uns nun weitergehen lassen?«

Der Kriegsknecht zog schweigend den Speer zurück, mit dem er die Toröffnung versperrt hatte, und trat beiseite.

Nun zog die Frau ihr Kleid wieder über die Blumen und betrachtete zugleich das, was sie im Arm trug, mit einem holden Lächeln. »Ich wusste, dass Du nichts Böses tun könntest, wenn Du dies zu sehen bekämst,« sprach sie zu dem Kriegsknecht.

Dann eilten sie von dannen, der Kriegsknecht aber blickte ihnen nach, solange sie noch in Sehweite waren.

Und während er ihnen mit den Augen folgte, glaubte er wieder ganz sicher zu sein, dass sie nicht ein Bund Lilien, sondern ein wirkliches, lebendes Kind in ihrem Arm trüge.

Wie er nun dastand und den beiden Wanderern nachschaute, hörte er von der Gasse her laute Rufe erschallen. Voltigius und einige Leute seiner Mannschaft kamen angejagt.

»Halte sie fest!« riefen sie. »Verschließe das Tor vor ihnen! Lass sie nicht entkommen!«

Und als sie vor dem Kriegsknecht standen, berichteten sie, dass sie die Spur des entronnenen Knaben entdeckt hätten. Eben hätten sie ihn in seinem Heim gesucht, aber er sei von dort wieder entflohen. Sie hätten seine Eltern mit ihm forteilen sehen. Der Vater sei ein kräftiger Mann mit graugesprenkeltem Bart, und er trage eine Axt. Die Mutter sei ein junges, hochgewachsenes Weib, das unter dem hochgenommenen Kleid ein Kind verborgen halte.

In demselben Augenblick, als Voltigius dies berichtete, kam ein Beduine auf einem guten Pferd durch das Tor geritten. Der Kriegsknecht stürzte, ohne ein Wort zu reden, auf den Reiter zu. Er riss

ihn mit Gewalt vom Pferd herab und warf ihn zu Boden, dann schwang er sich mit einem Satz selbst in den Sattel und jagte davon.

Einige Tage später ritt der Kriegsknecht durch die furchtbare Felsenwüste, die den südlichen Teil Judäas bildet. Noch immer verfolgte er die drei bethlehemitischen Flüchtlinge und war außer sich, dass noch kein Ende der fruchtlosen Jagd abzusehen war.

»Es hat wahrhaftig den Anschein, als vermöchten diese Leute in die Erde zu versinken,« sprach er grollend. »Wie oft war ich ihnen in diesen Tagen so dicht auf den Fersen, dass ich dem Kind meinen Speer nachschleudern wollte, und gleichwohl sind sie mir stets entkommen! Ich fürchte beinahe, dass ich niemals bis zu ihnen gelangen werde.«

Er fühlte sich mutlos wie jemand, der zu erkennen glaubt, dass er gegen etwas Übermächtiges ankämpft. Er fragte sich, ob es wohl möglich wäre, dass die Götter diese Menschen vor ihm beschützten.

»Es ist eitle Mühe. Lieber kehre ich um, als dass ich in diesem wüsten Land vor Hunger und Durst sterbe,« sagte er sich wieder und wieder.

Dann aber packte ihn Angst, wenn er daran dachte, was ihm bei einer Heimkehr unverrichteter Dinge bevorstände. Gerade er hatte schon zweimal das Kind entrinnen lassen. Es war nicht anzunehmen, dass Voltigius oder Herodes ihm das verzeihen würden.

»Solange Herodes weiß, dass noch eins der bethlehemitischen Kinder lebt, wird ihn stets dieselbe Furcht peinigen,« sagte sich der Kriegsknecht. »Es ist höchst wahrscheinlich, dass er mich zur Linderung seiner Qual kreuzigen lassen wird.«

Das war in der glühenden Mittagsstunde, und er litt entsetzlich, während er diese baumlose Felsengegend auf einem Pfad durchritt, der sich durch tiefe Talschluchten hinschlängelte, in denen sich kein Lüftchen regte. Pferd und Reiter waren dem Umfallen nahe.

Seit einigen Stunden hatte der Kriegsknecht jede Spur der Flüchtlinge verloren, und er war mutloser als je zuvor.

»Ich muss es aufgeben,« meinte er. »Ich glaube wahrhaftig, dass es nicht der Mühe wert ist, sie noch weiter zu verfolgen. In dieser entsetzlichen Wüstenei müssen sie ja ohnehin umkommen.«

Während er darüber nachsann, gewahrte er eine Felswand nahe am Weg, die den gewölbten Eingang zu einer Höhle zeigte.

Er lenkte sein Pferd sogleich dorthin und meinte: »In dieser kühlen Felsenhöhle werde ich eine Weile ausruhen. Vielleicht kann ich dann mit frischen Kräften die Verfolgung fortsetzen.«

Als er in die Höhle treten wollte, bot sich ihm ein überraschender Anblick. Zu beiden Seiten des Einganges wuchs je eine schöne Lilienstaude. Dort standen sie rank und schlank, von Blüten übersäet. Ein berauschender Honigduft entströmte ihnen, und eine Menge von Bienen summte in ihren Kelchen.

In dieser Wüste wirkte der Anblick so außerordentlich, dass auch der Kriegsknecht etwas ganz Ungewöhnliches tat. Er pflückte eine große, weiße Blüte und nahm sie mit in die Felsenhöhle.

Die Höhle war weder tief noch dunkel, und sobald er unter die Wölbung trat, sah er, dass sich drinnen schon drei Wanderer befanden: ein Mann, ein Weib und ein Kind, die in tiefem Schlaf ausgestreckt auf der Erde ruhten.

Noch nie zuvor hatte der Kriegsknecht ein solches Herzklopfen verspürt, wie jetzt vor diesem Bild. Das waren ja gerade die drei Flüchtlinge, die er so lange verfolgt hatte. Sofort erkannte er sie wieder. Und hier lagen sie nun schlafend, außerstande, sich zu wehren, gänzlich in seiner Gewalt!

Rasselnd fuhr sein Schwert aus der Scheide, und er beugte sich über das schlummernde Kind.

Er senkte sein Schwert langsam auf seine Brust hinab und zielte genau nach dem Herzen, um es mit einem einzigen Stoß zu durchbohren.

Mitten im Stoß zögerte er einen Augenblick, um des Kindes Antlitz zu sehen. Da er nun seines Sieges sicher war, gewährte es ihm eine grausame Freude, sein Opfer zu betrachten.

Als er aber das Kind deutlich sah, war seine Freude, wenn möglich, noch viel größer, denn er hatte den kleinen Knaben wiedererkannt, den er auf dem Feld vor dem Stadttor mit Bienen und Lilien spielend gesehen hatte.

»Ja, gewiss,« meinte er, »das hätte ich von Anfang an wissen können. Darum habe ich dieses Kind stets so gehasst. Das ist ja der verheißene Friedensfürst.«

Wieder senkte er das Schwert und sagte sich: »Wenn ich den Kopf des Kindes vor Herodes' Füße lege, so wird er mich zum Anführer seiner Leibwache machen.«

Während er dem schlafenden Kind die Schwertspitze immer näher brachte, sprach er froh zu sich selber: »Diesmal zum mindesten wird niemand dazwischen kommen, um ihn meiner Macht zu entreißen.«

Aber der Kriegsknecht hielt noch immer die Lilie in seiner Hand, die er am Eingang der Höhle gepflückt hatte, und während er noch so in Gedanken versunken dastand, flog eine Biene, die im Blumenkelch versteckt gewesen war, zu ihm empor und umschwärmte summend seinen Kopf.

Der Kriegsknecht fuhr zurück. Er gedachte der Bienen, die der Knabe zu ihrem Heim getragen hatte, und er dachte auch daran, dass es eine Biene gewesen war, die dem Kind geholfen hatte, vom Gastmahl des Herodes zu entrinnen.

Dieser Gedanke machte ihn ganz bestürzt. Er hielt sein Schwert ruhig in der Hand und horchte auf die Biene.

Das Tierchen hatte indessen aufgehört zu summen. Und während er so ganz still dastand, fiel ihm der starke, liebliche Duft auf, der der Lilie in seiner Hand entströmte.

Da gedachte er plötzlich der Lilien, denen der kleine Knabe beigestanden hatte, und er besann sich auch, dass es ein Bund Lilien gewesen war, die das Kind seinen Blicken verborgen und ihm geholfen hatten, durch das Stadttor zu entfliehen.

Er wurde immer nachdenklicher und zog das Schwert zurück.

»Die Bienen und die Lilien haben ihm seine Wohltaten vergolten,« flüsterte er vor sich hin.

Und er dachte daran, dass der Kleine einmal auch ihm eine Wohltat erwiesen hatte, und eine tiefe Röte stieg ihm ins Gesicht.

»Kann ein römischer Legionär es jemals vergessen, einen ihm erwiesenen Dienst zu vergelten?« flüsterte er.

Er kämpfte einen kurzen Kampf mit sich selbst. Er dachte an Herodes und an seinen eigenen Wunsch, den jungen Friedensfürsten zu vernichten.

»Es steht mir nicht an, dieses Kind zu töten, das mein Leben gerettet hat,« sagte er sich zu guter Letzt.

Und er beugte sich nieder und legte sein Schwert an des Kindes Seite hin, auf dass die Flüchtlinge beim Erwachen erkennen mochten, welcher Gefahr sie entronnen waren.

Da sah er, dass das Kind erwacht war. Es schaute ihn mit seinen schönen Augen an, die gleich Sternen erglänzten.

Und der Kriegsknecht beugte ein Knie vor dem Kind.

»Herr, Du bist der Mächtige,« sprach er. »Du bist der starke Held. Du bist der von den Göttern Geliebte. Du bist jener, der auf Schlangen und Skorpione treten kann.«

Er küsste des Kindes Füßchen und schritt dann leise aus der Höhle, während der Kleine ihm mit großen, verwunderten Kinderaugen nachschaute.

Die Flucht nach Ägypten

In weiter Ferne, in einer der Wüsten des Morgenlandes wuchs vor vielen, vielen Jahrhunderten eine Palme, die mächtig alt und riesig hoch war. Alle, die durch die Wüste zogen, mussten stehen bleiben, um sie zu betrachten, denn sie war sehr viel größer als alle anderen Palmen, und man pflegte von ihr zu sagen, dass sie gewisslich noch höher emporragen würde als die Obelisken und Pyramiden.

Wie nun die hohe Palme in ihrer Einsamkeit dastand und über die Wüste hinschaute, bekam sie eines Tages etwas zu sehen, worüber sie vor Verwunderung ihre gewaltige Blätterkrone auf dem schlanken Stamm hin und her wiegte. Fern am Wüstensaum kamen zwei einzelne Menschen hergewandert. Sie waren noch in einem Abstand, in dem sogar Kamele so klein wie Ameisen erscheinen, aber zwei Menschen waren es ganz gewiss. Zwei, die Fremdlinge in dieser Wüste waren, denn die Palme kannte die Wüstenanwohner genau.

Ein Mann näherte sich mit einem Weib. Sie hatten weder Wegführer noch Lasttiere, weder Zelte noch Wasserschläuche mit sich.

»Wahrlich, die beiden sind hergekommen, um zu sterben,« sprach die Palme leise vor sich hin.

Sie blickte rasch umher.

»Es wundert mich,« sagte sie, »dass die Löwen nicht schon darauf aus sind, diese Beute zu erjagen. Aber ich sehe nicht einen einzigen heranspringen. Ich sehe auch gar keine Wüstenräuber. Doch sie kommen wohl noch.«

»Ein siebenfacher Tod harret ihrer,« meinte die Palme. »Die Löwen werden sie fressen, die Schlangen werden sie durch ihren Biss töten, der Durst wird sie ausdorren, der Samum wird sie begraben, die Räuber werden sie hinschlachten, die Sonnenglut wird sie verbrennen, die Furcht wird sie umbringen.«

Und sie versuchte, an anderes zu denken. Das Geschick dieser Menschen bekümmerte sie.

Aber der weite Wüstenraum, der sich unter der Palme hinbreitete, bot ihr nichts, was sie nicht schon seit tausend Jahren gekannt

und betrachtet hätte. Nichts vermochte ihre Aufmerksamkeit zu fesseln. Sie musste wiederum an die beiden Wanderer denken.

»Bei der Dürre und dem Sturm,« sprach die Palme (des Lebens gefährlichste Feinde anrufend), »was trägt denn nur dieses Weib auf den Armen? Ich glaube gar, diese Toren führen auch noch ein kleines Kind mit sich!«

Die Palme, die weitsichtig war, wie es alte Leute zu sein pflegen, hatte wirklich recht gesehen. Die Frau trug auf ihren Armen ein Kind, das sein Köpfchen an ihre Schulter gelehnt hatte und schlief.

»Das Kind ist nicht einmal vollständig bekleidet,« sprach die Palme. »Ich erkenne, dass die Mutter ihren Rock hochgehoben und über das Kind geworfen hat. Sie hat es in aller Eile aus dem Bettchen gerissen, um mit ihm wegzustürzen. Jetzt verstehe ich alles: diese Menschen sind auf der Flucht.«

»Und dennoch sind sie Toren,« fuhr die Palme fort. »Wenn kein Engel sie beschützt, hätten sie besser daran getan, sich dem schlimmsten Tun ihrer Feinde zu unterwerfen, als sich in die Wüste hinaus zu wagen.

»Ich kann es mir vorstellen, wie alles zugegangen ist. Der Mann stand bei seiner Arbeit, das Kind schlief in der Wiege, die Frau war ausgegangen, um Wasser zu holen. Sobald sie aus der Tür tretend zwei Schritte weit gegangen war, sah sie Feinde heraneilen. Sie stürzte zurück, sie riss das Kind an sich und rief dem Mann zu, ihr zu folgen, dann machte sie sich davon. Seither sind sie schon tagelang auf der Flucht und haben keinen Augenblick gerastet und geruht. Ja, so wird alles zugegangen sein, und dennoch sage ich, wenn kein Engel sie behütet – – –

»Sie sind so verängstigt, dass sie weder Müdigkeit noch andere Leiden verspüren können, aber ich erkenne, dass der Durst in ihren Augen brennt. Ich muss mich doch wohl in dem Gesicht eines verdurstenden Menschen auskennen.«

Und als die Palme an den Durst dachte, ging ein krampfhaftes Beben durch ihren hohen Stamm, und die zahllosen Spitzen ihrer langen Blätter rollten sich zusammen, als würden sie über Feuersglut gehalten.

»Wäre ich ein Mensch,« sagte sie, »so würde ich mich niemals in die Wüste hinauswagen. Hohen Mutes ist, wer sich hier hin-

ausbegibt, ohne Wurzeln zu haben, die bis zu den niemals versiegenden Wasseradern hinabreichen. Hier kann es sogar für Palmen gefährlich werden. Auch für eine solche Palme wie ich es bin.

»Wenn ich ihnen einen Rat geben könnte, würde ich sie veranlassen, umzukehren. Ihre Feinde können nie so grausam gegen sie sein wie die Wüste. Vielleicht halten sie es für leicht, in der Wüste zu leben. Ich aber weiß, dass es sogar mir zuzeiten schwer geworden ist, mein Leben zu erhalten. Ich entsinne mich noch, wie einst in meiner Jugend der Samum einen ganzen Berg von Sand über mich warf. Ich wäre fast erstickt. Und wenn ich hätte sterben dürfen, so wäre es meine letzte Stunde gewesen.«

Die Palme fuhr fort laut zu denken, wie alte Einsiedler tun.

»Ich höre ein wundersam melodisches Rauschen durch meine Krone ziehen,« sprach sie. »Alle Spitzen meiner Blätter müssen in Schwingung geraten sein. Ich weiß nicht, was mich beim Anblick dieser armen Fremdlinge durchbebt. Aber die traurige Frau ist so schön. Sie bringt mir das wunderbarste Geschehnis meines Lebens in Erinnerung.«

Und während die Blätter fortfuhren in einer leisen Melodie zu rauschen, erinnerte sich die Palme, wie einst vor langer, langer Zeit zwei strahlend schöne Menschen diese Oase besucht hatten. Es war die Königin von Saba, die in Begleitung des weisen Salomo hierhergekommen war. Die schöne Königin sollte in ihr Land zurückkehren, der König hatte sie des Weges geleitet, und nun sollten sie voneinander scheiden.

»Zur Erinnerung an diese Stunde«, sprach die Königin, »senke ich nun einen Dattelkern in die Erde, und ich will, dass daraus eine Palme erstehe, die wachsen und gedeihen soll, bis im Land Judäa ein König ersteht, der erhabener ist als Salomo.« Und bei diesen Worten senkte sie den Kern in die Erde, und ihre Tränen netzten ihn.

»Woher kommt es wohl, dass ich gerade heute daran denken muss?« sagte die Palme. »Sollte diese Frau so schön sein, dass sie mich an die herrlichste aller Königinnen gemahnt, an sie, auf deren Geheiß ich bis zum heutigen Tage wuchs und gedieh?

»Ich höre meine Blätter immer stärker rauschen, und es klingt wehmutsvoll wie eine Totenklage. Es ist, als prophezeiten sie, dass

jemand bald aus dem Leben scheiden würde. Es ist gut zu wissen, dass es nicht mir gilt, da ich ja nicht sterben kann.«

Die Palme glaubte, das Todesrauschen der Blätter müsse den beiden einsamen Wanderern gelten. Sicher glaubten sie auch selbst, dass ihre letzte Stunde gekommen sei. Das erkannte man an ihrem Gesichtsausdruck, als sie an einem der Kamelskelette vorbeiwankten, die den Weg begrenzten. Man sah es auch an den Blicken, die sie ein paar vorbeifliegenden Geiern nachsandten. Es konnte ja nicht anders sein. Sie mussten hier elend umkommen.

Nun hatten sie die Palme und die Oase erblickt und eilten dorthin, um Wasser zu finden. Als sie aber endlich ihr Ziel erreicht hatten, brachen sie in Verzweiflung zusammen, denn die Quelle war versiegt. Die todesmatte Frau legte ihr Kind nieder und setzte sich weinend an den Rand der Quelle. Der Mann warf sich neben ihr hin und hämmerte mit beiden Fäusten gegen den dürren Erdboden. Die Palme vernahm, wie sie davon redeten, dass sie sterben müssten.

Sie vernahm auch aus ihrem Gespräch, dass König Herodes alle Knaben von zwei bis drei Jahren töten ließ, weil er fürchtete, dass der große, erwartete König der Juden schon geboren sei.

»Es rauscht immer stärker in meinen Blättern,« sprach die Palme. »Diese armen Flüchtlinge werden bald ihr letztes Stündlein nahen sehn.«

Sie vernahm nun auch, dass die Wüste ihnen Furcht einflößte. Der Mann sagte, es wäre besser gewesen, dort zu bleiben und mit den Kriegsknechten zu kämpfen, als hierher zu fliehen. Er sagte, dass sie dann einen leichteren Tod gehabt hätten.

»Gott wird uns beistehen,« sagte die Frau.

»Wir sind allein unter Raubtieren und Schlangen,« entgegnete der Mann. »Wir haben weder Speise noch Trank. Wie soll Gott uns helfen können?«

Voller Verzweiflung zerriss er seine Kleider und presste das Gesicht gegen den Erdboden. Er war hoffnungslos wie ein Mensch mit der Todeswunde im Herzen.

Die Frau saß aufrecht, die Hände über den Knien gefaltet. Aber die Blicke, die sie über die Wüste schweifen ließ, zeugten von grenzenlosem Jammer.

Die Palme hörte, wie das wehmutsvolle Rauschen in ihren Blättern immer stärker wurde. Die Frau musste es auch vernommen haben, denn sie richtete ihre Blicke zur Baumkrone empor. Und zugleich streckte sie unwillkürlich ihre Arme und Hände aus.

»O, Datteln, Datteln!« rief sie.

Es lag dabei ein so sehnsüchtiges Verlangen in ihrer Stimme, dass die alte Palme gewünscht hätte, sie wäre nicht höher als ein Ginsterbusch und ihre Datteln so leicht erreichbar wie die Früchte am Dornenstrauch. Sie wusste zwar, dass ihre Krone voll von Dattelbüscheln hing, wie sollten aber die Menschen zu dieser schwindelnden Höhe hinaufgelangen?

Der Mann hatte schon bemerkt, wie unerreichbar hoch die Dattelbüschel hingen. Er hob nicht einmal den Kopf empor, aber er bat die Frau, nicht Unmögliches zu begehren.

Doch das Kind, das nun allein umhertrippelte und mit Reisig und Halmen spielte, hatte den Ausruf der Mutter vernommen.

Der Kleine konnte es sich nicht vorstellen, dass seine Mutter nicht alles bekommen könnte, was sie sich wünschte. Sobald von den Datteln gesprochen wurde, begann er den Baum anzustarren. Er überlegte und sann nach, wie er wohl die Datteln herunterbekommen könnte. Seine Stirn zog sich unter den blonden Locken in Falten. Endlich überflog ein Lächeln sein Gesichtchen. Er hatte das rechte Mittel gefunden. Auf die Palme zuschreitend, liebkoste er sie mit seiner kleinen Hand und sprach mit seiner holden, kindlichen Stimme:

»Palme, beuge Dich! Palme, neige Dich!«

Aber was war das nur, was war das?

Die Palmenblätter rauschten, als wäre ein Orkan über sie hinweggebraust, und Schauer um Schauer durchrieselte den hohen Palmenstamm. Die Palme erkannte, dass der Kleine übermächtig war. Sie vermochte nicht, ihm zu widerstehen.

Und mit ihrem hohen Stamm neigte sie sich vor dem Kind, wie man sich vor Fürsten neigt. In einem gewaltigen Bogen senkte sie sich zur Erde herab und lag endlich so tief, dass die große Krone mit den bebenden Blättern den Wüstensand streifte.

Das Kind schien weder erschrocken noch verwundert zu sein, es lief nur mit einem Freudenruf herbei und löste Frucht auf Frucht von der alten Palmenkrone.

Als das Kind genug hatte und den Baum noch immer am Boden liegen sah, kam es nochmals zurück, streichelte ihn und rief mit der lieblichsten Stimme: »Palme, erhebe Dich! Palme, erhebe Dich!«

Und der große Baum erhob sich still und voller Ehrfurcht auf seinem biegsamen Stamm, während die Blätter gleich Harfen erklangen.

»Nun weiß ich, für wen sie die Totenklage spielen,« sprach die alte Palme vor sich hin, als sie wieder aufrecht stand. »Es geschieht nicht für einen von diesen Menschen.«

Aber der Mann und das Weib lagen auf den Knien und lobten Gott:

»Du hast unsere Angst gesehen und sie von uns genommen. Du bist der Mächtige, der den Stamm der Palme beugt wie ein Weidenrohr. Vor welchen Feinden sollten wir bangen, wenn Deine Macht uns schützt?«

Als die nächste Karawane durch die Wüste zog, sahen die Reisenden, dass die Blätterkrone der großen Palme verdorrt war.

»Wie konnte das geschehen?« fragte einer. »Diese Palme sollte ja nicht sterben, ehe sie einen König gesehen hätte, der mächtiger wäre als Salomo.«

»Sie hat ihn wohl gesehen,« antwortete ein anderer unter den Wüstenwanderern.

Gottesfriede

Es war einmal ein alter Bauernhof, und es war ein Weihnachts-abend mit grauem Himmel, wie vor einem großen Schneefall, und mit scharfem Nordwind. Am Nachmittag war es, gerade um die Zeit, wo alle Leute es eilig hatten, ihre Arbeit zu Ende zu bringen, damit sie dann in der Badehütte baden konnten. Dort drinnen feu-erte man so heftig ein, dass die Flammen zum Schornstein hinaus-schlugen und eine Menge Funken und Rußflocken mit dem Wind flogen und auf die schneebedeckten Schindeldächer niederfielen.

Wie die Flamme so aus dem Schornstein der Badehütte aufstieg und sich gleich einer Feuersäule über den Bauernhof erhob, be-gannen alle zu spüren, dass Weihnachten vor der Tür stand. Die Magd, die im Hausflur lag und scheuerte, fing leise zu singen an, obgleich das Scheuerwasser in dem Kübel neben ihr zu Eis gefror, die Knechte, die im Schuppen standen und das Weihnachtsholz hackten, begannen zwei Scheite auf einmal zu spalten und schwan-gen die Axt so lustig, als wäre die Arbeit nur ein Spiel.

Aus dem Speicher kam eine alte Frau mit einem großen Hau-fen runder Biergewürzbrote auf dem Arm. Sie ging langsam über den Hof in das große rotgestrichene Wohnhaus und trat vorsichtig in die Wohnstube, wo sie die Brote auf die lange Bank niederleg-te. Dann breitete sie ein Tuch auf den Tisch und legte das Brot in Häuschen, in jedes ein großes und ein kleines. Sie war eine seltsam hässliche alte Frau, mit rötlichem Haar, schweren, schlaffen Augen-lidern und einem eignen so strammen Zug um Mund und Kinn, als wären die Halssehnen zu kurz. Aber nun am Weihnachtsabend war eine solche Freude und ein solcher Friede über ihr, dass man gar nicht sehen konnte, wie hässlich sie war.

Einen Menschen aber gab es auf dem Hof, der nicht vergnügt war, und das war das Mädchen, welches die Birkenruten band, die beim Baden benutzt werden sollten. Sie saß am Herd, einen ganzen Arm voll feiner Birkenreiser vor sich auf dem Boden, und band; doch hatte sie keine haltbaren Gerten, um die Zweige zu-sammenzubinden. Die Wohnstube hatte ein breites, niedriges Fenster mit kleinen Scheiben, und durch diese fiel der Schein aus

der Badehütte ins Zimmer, spielte auf dem Fußboden und vergoldete das Birkenreisig. Aber je lustiger das Feuer brannte, desto unglücklicher wurde das Mädchen. Sie wusste, dass die Rutenbüschel auseinanderfallen müssten, sobald man sie nur anrührte, und dass sie darum Spott und Schmach erleiden würde, zum mindesten so lange, bis ein neues Weihnachtsfeuer in diesem Schornstein flammte.

Wie sie so dasaß und sich unglücklich fühlte, trat der Mann in die Stube, vor dem sie die allergrößte Angst hatte. Es war der Hausvater Ingmar Ingmarson in eigner Person. Sicherlich war er in der Badehütte gewesen, um sich zu vergewissern, dass der Ofen heiß genug würde; und nun wollte er sehen, wie es mit den Rutenbüscheln stünde. Er war alt, Ingmar Ingmarson, und er hielt auf alles, was alt war. Und gerade weil die Leute es jetzt aufzugeben begannen, in der Badehütte zu baden und sich mit Birkenreisern peitschen zu lassen, legte er großen Wert darauf, dass es auf seinem Hof geschehe, und ordentlich geschehe.

Ingmar Ingmarson trug einen alten Schafpelz und Lederhosen und Pechdrahtstiefel. Er war schmutzig und unrasiert und kam in seiner bedächtigen Art so leise herein, dass man ihn ebenso gut für einen Bettler hätte halten können. Er zeigte ungefähr dieselben Züge und dieselbe Hässlichkeit wie die Frau; sie waren miteinander verwandt, und sie hatte von alters her gelernt, eine heilige Ehrfurcht vor jedem zu haben, der dieses Aussehen hatte. Denn es bedeutete viel, dem alten Geschlecht der Ingmarsöhne anzugehören, das allezeit das vornehmste in der Gegend gewesen war; aber das Höchste, was ein Mensch sein konnte, war Ingmar Ingmarson selbst, der Reichste, der Klügste und der Mächtigste im ganzen Kirchspiel.

Ingmar Ingmarson kam auf das Mädchen zu, bückte sich, nahm eines der fertigen Rutenbüschel und schwang es durch die Luft. Sogleich flogen die Ruten auseinander; eine landete auf dem Weihnachtstisch und eine andere im Himmelbett.

»Hei, min Deern,« sagte der alte Ingmar und lachte, »glaubst du, dass man solche Ruten brauchen kann, wenn man bei den Ingmarsöhnen badet? Oder hast du solche heillose Angst um deine Haut?«

Da der Hausvater es nicht übel aufnahm, fasste das Mädchen Mut und sagte, sie wolle schon Rutenbüschel binden, die hielten, wenn man ihr nur Gerten zum Binden gäbe.

»Dann muss man dir wohl Gerten schaffen, min Deern,« sagte der alte Ingmar; denn er war in rechter Weihnachtsstimmung.

Er ging aus der Wohnstube, kletterte über die Magd mit dem Scheuereimer hinweg und blieb auf der Türschwelle stehen, sich nach jemand umzusehen, den er in den Birkenhain um Gerten schicken könnte. Die Knechte waren noch bei dem Weihnachtsholz, der Sohn kam mit dem Weihnachtsstroh aus der Tenne, die beiden Schwiegersöhne schleppten eben die Arbeitswagen in die Schuppen, damit der Hof feiertäglich aussähe. Keiner von ihnen hatte Zeit, sich aus dem Hause zu entfernen.

Da beschloss der Alte ganz gelassen, sich selbst auf den Weg zu machen. Er ging schräg über den Hof, als wolle er in den Stall, sah sich um, sich zu vergewissern, dass niemand auf ihn Acht gäbe, und schlüpfte dann hinter die Stallwand, wo ein halbwegs gebahnter Weg in den Wald hinaufführte. Der Alte hielt es nicht für nötig, jemand zu sagen, wohin er ging, denn sonst hätte es vielleicht dem Sohn oder einem der Eidame einfallen können, ihn abzuhalten. Und alte Leute wollen nun einmal am liebsten ihren eignen Willen haben.

Er schlug den Weg über die Felder durch das kleine Tannenwäldchen ein und kam zu dem Birkenhain. Hier bog er vom Wege ab und watete in den Schnee hinauf, um ein paar einjährige Birkenschösslinge zu finden.

Um diese Zeit hatte der Wind endlich erreicht, woran er den ganzen Tag gearbeitet hatte: er hatte den Schnee aus den Wolken losgerissen, und jetzt kam er den Wald heraufgefegt, mit einer langen Schleppe von Schneeflocken hinter sich.

Ingmar Ingmarson bückte sich eben, um einen Zweig abzuschneiden, als der Wind, ganz mit Schnee beladen, heransauste. In dem Augenblick, als der alte Mann sich aufrichtete, pustete der Wind los und blies ihm einen Haufen Flocken ins Gesicht. Er bekam die Augen voll Schnee, und der Wind wirbelte so heftig rings um ihn, dass er sich ein paarmal herumdrehen musste.

Das ganze Unglück kam wohl daher, dass Ingmar Ingmarson alt geworden war. In seinen Jugendtagen hätte ihn ein Schneesturm

wohl kaum schwindelig gemacht, aber jetzt drehte sich alles im Kreis, als wenn er sich in einer Weihnachtspolka herumgeschwungen hätte. Und als er heimwärts gehen wollte, ging er kurzerhand in die verkehrte Richtung. Er ging geradewegs in den großen Tannenwald hinein, der hinter dem Birkenhain anfing, anstatt zu den Feldern hinunter.

Die Dunkelheit brach schnell herein, und unter den jungen Bäumen am Waldessaum trieb das Schneegestöber sein Spiel weiter. Der Alte sah wohl, dass er zwischen Tannen ging, aber er merkte nicht, dass er fehl gegangen war; denn auch auf der Seite des Birkenwaldes, die dem Hofe zugekehrt war, wuchsen Tannen. Aber nun kam er so tief in den Wald hinein, dass es ganz ruhig und still wurde; von dem Sturm war nichts mehr zu spüren, und die Bäume wurden hoch und großstämmig. Da sah er, dass er in die Irre gegangen war, und wollte umkehren.

Er war ganz traumselig und erregt davon, dass er sich hatte verirren können; und wie er so mitten in dem weglosen Wald stand, war er nicht klar genug im Kopfe, um zu wissen, wohin er gehen müsste. Er schlug zuerst eine Richtung ein und dann wieder eine andre. Endlich kam es ihm in den Sinn, in seinen eignen Fußstapfen zurückzugehen, dann aber brach die Dunkelheit herein, und er konnte die Fußstapfen nicht mehr finden. Und höher und höher wurden die Bäume um ihn. Er mochte gehen, wie er wollte, – er merkte schon, dass er sich weiter und weiter vom Waldsaum entfernte.

Es war rein wie verhext und verzaubert: den ganzen Abend musste er hier im Wald herumlaufen und kam gewiss zu spät zum Baden.

Er drehte die Mütze um und knüpfte sein Strumpfband anders, aber er blieb ihm ebenso wirr im Kopf wie zuvor, und es wurde ganz dunkel, und er fing an zu glauben, dass er die Nacht über im Wald bleiben müsste.

Er lehnte sich an einen Tannenbaum und stand still, um seine Gedanken zu sammeln. Mit diesem Wald war er doch so wohl vertraut. Er war hier so viel umhergegangen, dass er fast jeden Baum kannte. Als Knabe war er hier umhergelaufen und hatte die Schafe gehütet, war er auf Schleichwegen gegangen und hatte den Wald-

vögeln Fallen gestellt. In seiner Jugend hatte er mitgeholfen, den Wald zu fällen. Er hatte ihn abgeholzt daliegen und er hatte ihn aufs Neue wachsen sehen.

Endlich kam es ihm vor, als ob er wieder wüsste, wo er war, und er glaubte, wenn er nur so und so ginge, müsste er auf den rechten Weg kommen. Aber wie er auch ging, – er kam nur tiefer und tiefer in das Waldesdickicht.

Einmal fühlte er festen, glatten Boden unter dem Fuß, und da sagte er sich, dass er nun endlich auf einen Weg gekommen wäre. Den versuchte er nun weiterzugehen, denn ein Weg musste doch irgendwohin führen. Aber nun lief der Weg auf eine Waldwiese aus, und da hatte das Schneegestöber freien Spielraum, da gab es keinen Pfad mehr, – nur Schneehaufen und Schneegruben. Da sank dem Alten der Mut, und er fühlte sich als ein armer Wicht, der draußen in der Wildnis sterben müsste.

Er begann es müde zu werden, sich durch den Schnee zu schleppen; und einmal ums andere setzte er sich auf einen Stein, um auszuruhen. Aber sobald er sich setzte, wurde er schläfrig, und er wusste, dass er erfrieren musste, wenn er einschlummerte. Darum versuchte er zu gehen und zu gehen, – das war ja das Einzige, was ihn retten konnte.

Aber wie er so ging, konnte er der Lust nicht widerstehen, zu rasten. Er dachte, wenn er nur ruhen dürfte, fragte er gar nicht viel danach, ob es ihn das Leben koste.

Es bereitete ihm ein solches Wohlgefühl, stillzusitzen, dass der Todesgedanke ihn gar nicht beängstigte. Er empfand sogar eine Art Freude, wenn er daran dachte, dass lange Personalien über ihn in der Kirche verlesen werden würden, wenn er tot wäre. Er erinnerte sich, wie schön der alte Propst über seinen Vater gesprochen hatte, und sicherlich würde auch über ihn etwas Schönes gesagt werden. Es würde gesagt werden, dass er den ältesten Bauernhof im Tal gehabt hätte, und es würde von der Ehre gesprochen werden, die darin läge, einem so ansehnlichen Geschlecht zu entstammen. Und auch von der Verantwortung würde die Rede sein.

Ja, ja. Verantwortung war bei der Sache, das hatte er immer gewusst. Man musste bis zum äußersten ausharren, wenn man einer von den Ingmarsöhnen war.

Und plötzlich durchzuckte es ihn blitzartig, dass es nicht rühmlich für ihn wäre, erfroren im wilden Wald gefunden zu werden. Das wollte er nicht in seinem Nachruf haben. Und so stand er wieder auf und begann zu wandern. Doch da hatte er so lange stillgesessen, dass ganze Schneemengen sich aus seinem Pelz wälzten, als er sich zu rühren begann. Und nach einem Weilchen saß er wieder da und träumte.

Jetzt kamen die Todesgedanken noch lockender zu ihm. Er dachte das ganze Begräbnis durch und alle die Ehren, die seinem toten Leib erwiesen werden würden. Er sah den großen Gastmahltisch im Festsaal des oberen Stockwerkes gedeckt, den Propst und die Pröpstin auf dem Hochsitz, den Richter mit der weißen Krause über der schmalen Brust, die Majorin in schwarzer Seide, die dicke Goldkette viele Male um den Hals geschlungen. Er sah alle Gastzimmer weiß bezogen, weiße Laken vor den Fenstern. Weiß auf allen Möbeln. Tannenreisig auf dem Weg vom Hausflur bis hinab zur Kirche. Und ein Backen und Schlachten und Brauen zwei Wochen vor dem Begräbnis. Zwanzig Klafter Holz in vierzehn Tagen verheizt.

Die Leiche auf einer Bahre im inneren Zimmer, Kohlendunst in den frischgeheizten Stuben. Gesang an der Leiche, wenn der Sargdeckel zugeschraubt wird, Silberplatten auf dem Sarg. Der Hof voll Gäste. Das ganze Dorf in Bewegung, um das »Mitgebrachte« zu bereiten, alle Kirchenhüte gebürstet, der ganze Herbstbranntwein beim Leichenschmaus ausgetrunken, alle Wege voll von Menschen wie an einem Markttag.

Wieder fuhr der Alte auf. Er hatte sie beim Leichenschmaus von sich sprechen hören. »Aber wie konnte er denn in dieser Weise erfrieren?« fragte der Amtsrichter. »Was hatte er denn überhaupt oben im Hochwald zu tun?« Und da antwortete der Kapitän, das habe wohl das Weihnachtsbier und der Branntwein gemacht.

Und dies weckte ihn aufs Neue. Die Ingmarsöhne waren nüchterne Leute. Es sollte nicht von ihm heißen, er wäre in seiner letzten Stunde nicht bei Sinnen gewesen. Er begann wieder zu gehen und zu gehen. Aber er war so müde, dass er sich kaum auf den Füßen halten konnte. Er war jetzt ganz hoch oben im Wald, das merkte er, denn es war ein unwegsamer Boden voll von großen

Felsblöcken, wie sie weiter unten nicht zu finden waren. Er blieb mit dem Fuß zwischen ein Paar Steinen hängen, so dass er sich kaum losmachen konnte; und nun stand er da und jammerte laut. Jetzt war es um ihn geschehen.

Und plötzlich fiel er zu Boden in einen großen Reisighaufen. Er fiel ganz weich auf Schnee und Reisig, so dass ihm kein Leid geschah; aber jetzt konnte er nicht mehr aufstehen. Er wollte nichts andres mehr auf dieser Welt als schlafen. Er schob das Reisig ein bisschen beiseite und kroch hinein, als wäre es ein Fell. Aber wie er so den Körper unter die Zweige schob, spürte er, dass dort drinnen im Haufen etwas lag, was warm und weich war. »Hier liegt gewiss ein Bär und schläft,« dachte er.

Er fühlte, wie das Tier sich rührte, und hörte, wie es rings um sich witterte. Er lag ganz still. Er dachte, seinethalben könne der Bär ihn schon auffressen. Er vermochte kein Glied zu regen, um ihm zu entkommen.

Aber der Bär schien ihm, der in einer solchen Unwetternacht unter seinem Dach Schutz suchte, nichts zuleide tun zu wollen. Er schob sich etwas tiefer in seine Höhle, als wolle er dem Gast Platz machen, und gleich darauf schlief er mit gleichmäßigen, sausenden Atemzügen.

Unterdessen hatten sie unten auf dem alten Ingmarshof nicht viel Weihnachtsfreude gehabt. Den ganzen Heiligen Abend hatten sie Ingmar Ingmarson gesucht.

Zuerst waren sie im ganzen Wohnhaus und in allen Wirtschaftsgebäuden umhergegangen. Sie hatten vom Boden bis zum Keller gesucht, dann waren sie in die Nachbarhöfe gegangen und hatten dort nach Ingmar Ingmarson gefragt.

Als sie ihn nirgends fanden, hatten Söhne und Schwiegersöhne sich auf die Felder und Äcker hinausbegeben. Die Fackeln, die den Kirchenwanderern auf dem Weg zur Weihnachtsmette hätten leuchten sollen, wurden nun angezündet und in dem rasenden Schneegestöber auf allen Wegen und Stegen umhergetragen. Aber der Wind hatte alle Spuren verweht, und sein Heulen übertönte den Laut der Stimmen, wenn sie zu rufen und zu schreien versuchten. Bis weit über Mitternacht waren sie draußen, aber end-

lich sahen sie ein, dass sie bis zum Tagesanbruch warten müssten, wenn sie den Verschwundenen finden wollten.

Kaum dämmerte das Morgenrot, so waren alle Leute im Ingmarshof wieder auf den Beinen, und die Männer standen im Hof, bereit, in den Wald hinauszuziehen. Aber ehe sie sich noch aufgemacht hatten, kam die alte Hausmutter und rief sie in die Wohnstube. Sie hieß sie, sich auf die langen Bänke in der Stube setzen, und sie selbst setzte sich an den Weihnachtstisch, mit der Bibel vor sich, und begann zu lesen. Und als sie nach ihren schwachen Kräften gesucht hatte, was in einer solchen Stunde angemessen wäre, da hatte sie die Geschichte von dem Mann gefunden, der von Jerusalem gen Jericho ging und unter die Mörder fiel.

Sie las langsam und singend von dem armen Mann, dem der barmherzige Samariter zu Hilfe kam. Söhne und Schwiegersöhne, Töchter und Enkeltöchter saßen ringsumher auf den Bänken. Sie alle glichen ihr und einander: groß und schwerfällig, mit hässlichen, altklugen Gesichtern, denn alle waren sie von dem alten Stamm der Ingmarsöhne. Alle hatten sie rötliches Haar, eine sommersprossige Haut und lichtblaue Augen mit weißen Wimpern. Im Übrigen konnten sie verschieden genug voneinander sein, aber alle hatten sie einen strengen Zug um den Mund, schläfrige Augen und ungelenke Bewegungen, als fiele ihnen alles schwer. Aber jedem von ihnen konnte man doch ansehen, dass sie zu den ersten in der Gegend gehörten und selbst wussten, dass sie vornehmer waren als die andern.

Alle Ingmarsöhne und Ingmartöchter seufzten bei dem Bibellesen tief. Sie fragten sich, ob wohl ein Samariter den Hausvater gefunden und sich seiner erbarmt hätte. Denn für alle Ingmarsöhne war es, als verlören sie etwas von ihrer eignen Seele, wenn jemand, der zum Stamme gehörte, von einem Unglück getroffen wurde.

Die alte Frau las und las und kam zu der Frage: »Welcher dünkt dich, der unter diesen dreien der nächste sei gewesen, dem, der unter die Mörder gefallen?«

Aber ehe sie noch die Antwort lesen konnte, ging die Tür auf, und der alte Ingmar trat in die Stube.

»Mutter, Vater ist da,« sagte eine der Töchter, und es wurde nicht mehr gelesen, dass des Mannes Nächster der gewesen war, der Barmherzigkeit an ihm getan hatte.

Etwas später am Tag saß die Hausmutter wieder auf demselben Platz und las in ihrer Bibel. Sie war allein. Die Frauen waren zur Kirche gegangen, und die Männer waren auf der Bärenjagd im Hochwald. Sowie Ingmar Ingmarson gegessen und getrunken hatte, hatte er die Söhne mitgenommen und war in den Wald auf die Bärenjagd gegangen. Denn es ist nun einmal so, dass es eines Mannes Pflicht ist, den Bären zu fällen, wo und wann er ihm auch begegnet. Es geht nicht an, einen Bären zu schonen; denn früher oder später findet er doch Geschmack am Fleisch und verschont dann weder Mensch noch Tier.

Aber seit sie auf die Jagd gegangen waren, war eine große Angst über die alte Hausmutter gekommen, und sie hatte zu lesen begonnen. Jetzt machte sie sich daran, was an diesem Tag in der Kirche gepredigt wurde, aber sie kam nicht weiter als bis zu dem Wort: »Friede auf Erden und den Menschen ein Wohlgefallen.« Sie blieb sitzen und starrte mit ihren erlöschenden Blicken diese Worte an, und von Zeit zu Zeit stieß sie einen tiefen Seufzer aus. Sie las nicht weiter, sondern wiederholte nur einmal ums andere mit langsamer schleppender Stimme: »Friede auf Erden und den Menschen ein Wohlgefallen.«

Da kam der älteste Sohn in die Stube, als sie sich gerade aufs Neue durch diese Worte schleppte.

»Mutter,« sagte er sehr leise.

Sie hörte ihn, schlug aber die Augen nicht vom Buche auf, als sie fragte: »Bist du nicht mit im Wald?«

»Doch,« sagte er noch leiser. »Ich bin dort gewesen.«

»Komm hierher zum Tisch,« sagte sie, »so dass ich dich sehen kann.«

Er kam näher, aber als ihr Blick auf ihn fiel, sah sie, dass er zitterte. Er musste sich auf die Tischkante stützen, um die Hände still halten zu können.

»Habt Ihr den Bären erlegt?« fragte sie wieder.

Jetzt konnte er nicht mehr antworten, er schüttelte nur den Kopf.

Die Alte stand auf und tat, was sie nicht getan hatte, seit der Sohn ein Kind gewesen war. Sie ging auf ihn zu, legte liebkosend die Hand auf seinen Arm, streichelte ihm die Wange und zog ihn

auf die Bank. Dann setzte sie sich neben ihn und hielt seine Hand in der ihren. »Sag mir jetzt, was geschehen ist, mein Junge.«

Der Bursche erkannte die Liebkosung wieder, die ihn in den Jahren der Kindheit getröstet hatte, wenn er unglücklich und hilflos war; und das rührte ihn so tief, dass er zu weinen anfing. »Ich kann mir denken, dass es etwas mit Vater ist,« sagte sie.

»Ja, aber es ist noch schlimmer,« schluchzte der Sohn.

»Noch schlimmer?«

Der Bursche weinte immer heftiger; er wusste nicht, wie er Macht über seine Stimme bekommen sollte. Endlich hob er die grobe Hand mit den breiten Fingern und wies auf die Stelle, die sie eben gelesen hatte: »Friede auf Erden.«

»Hat es etwas damit zu tun?« fragte sie.

»Ja,« antwortete er.

»Mit dem Weihnachtsfrieden?«

»Ja.«

»Ihr wolltet heute Morgen eine böse Tat tun.«

»Ja.«

»Und Gott hat uns gestraft?«

»Gott hat uns gestraft.«

Endlich erfuhr sie, wie es zugegangen war. Sie hatten die Bärenhöhle gesucht, und als sie so nahe waren, dass sie den Reisighaufen sehen konnten, waren sie stehen geblieben, um die Gewehre in Ordnung zu bringen. Aber ehe sie noch fertig waren, kam der Bär aus der Höhle gestürzt, gerade auf sie zu. Er sah weder nach rechts, noch nach links, er kam gerade auf den alten Ingmar Ingmarson zu und versetzte ihm einen Schlag auf den Kopf, der ihn zu Boden streckte, als wäre er vom Blitz getroffen. Aber niemand sonst fiel der Bär an, sondern stürzte an ihnen vorbei in den Wald hinein.

Am Nachmittag fuhren Ingmar Ingmarsons Frau und Sohn in den Pfarrhof und meldeten den Todesfall an. Der Sohn führte das Wort. Die alte Hausmutter saß dabei und hörte zu, mit einem Gesicht, das regungslos war wie ein Steinbild.

Der Pfarrer saß in seinem Lehnstuhl am Schreibtisch. Er hatte seine Bücher hervorgenommen und den Todesfall aufgezeichnet. Er tat das ein wenig langsam: er wollte Zeit haben, darüber nach-

zudenken, was er der Witwe und dem Sohne sagen solle, denn dies war doch ein ungewöhnlicher Fall. Der Sohn hatte ganz offen erzählt, wie sich alles zugetragen hatte; doch der Pfarrer wollte gern wissen, wie sie selbst die Sache auffassten. Es waren sehr eigentümliche Menschen, die Leute vom Ingmarhof.

Als nun der Pfarrer das Buch zuschlug, sagte der Sohn: »Wir wollten Euch auch sagen, Herr Pfarrer, dass wir keine Personalien über Vater verlesen haben wollen.«

Der Pfarrer schob die Augengläser auf die Stirn und sah scharf forschend zu der alten Frau hinüber. Sie saß ebenso regungslos da wie zuvor. Sie zerknüllte nur das Taschentuch, das sie zwischen den Händen hielt.

»Wir werden ihn an einem Werktag begraben,« fuhr der Sohn fort.

»So, so, so, so,« sagte der Pfarrer. Es schwindelte ihm förmlich. Der alte Ingmar Ingmarson sollte unter die Erde kommen, ohne dass jemand davon wüsste. Die Dorfbewohner sollten nicht auf dem Hügel stehen und sehen, mit welchem Staat er zu Grabe getragen würde.

»Wir werden keinen Leichenschmaus halten. Wir haben es den Nachbarn mitgeteilt, damit sie kein ›Mitgebrachtes‹ bereiten.«

»So, so, so, so,« sagte der Pfarrer abermals. Er konnte nichts anderes über die Lippen bringen. Er wusste wohl, was es für solche Leute bedeutete, vom Leichenschmaus abzusehen. Er hatte gesehen, wie sehr es Witwen und Vaterlose tröstete, einen stattlichen Leichenschmaus abzuhalten.

»Und es wird auch kein Trauerzug sein, nur ich und meine Brüder gehen mit.«

Der Pfarrer sah gleichsam Antwort heischend zu der Alten hinüber. Konnte sie dem wirklich zustimmen? Er fragte sich, ob der Sohn auch ihren Willen aussprächte. Sie saß ja da und ließ sich alles dessen berauben, was ihr kostbarer sein musste als Silber und Gold.

»Wir wollen kein Glockengeläute haben und keine Silberplatten auf dem Sarg. Das wollen wir so, Mutter und ich. Aber wir sagen es Euch, Herr Pfarrer, um zu hören, ob Ihr es als ein Unrecht gegen Vater anseht.«

Nun ergriff auch die Frau das Wort. »Ja, wir wollen wissen, ob Ihr meint, Herr Pfarrer, dass es ein Unrecht gegen Vater sein kann.«

Der Pfarrer schwieg noch immer, und da fuhr die Frau eifrig fort: »Lasst Euch sagen, Herr Pfarrer: Hätte mein Mann sich gegen den König oder den Vogt vergangen, und hätte ich ihn vom Galgen herunterschneiden müssen, er würde doch ein ehrliches Begräbnis bekommen haben, wie sein Vater vor ihm, denn die Ingmarsöhne fürchten niemand, und sie brauchen keinem aus dem Weg zu gehen. Aber um die Weihnachtszeit hat Gott Friede gesetzt zwischen Tieren und Menschen, und das arme Tier hielt Gottes Gebot, aber wir brachen es, und darum sind wir jetzt unter Gottes Strafgericht. Und es steht uns nicht an, in Prunk und Staat einherzugehen.«

Der Pfarrer stand auf und ging zu der Alten hin. »Es ist ganz recht, was Ihr sagt,« antwortete er, »und Ihr sollt Euern eignen Willen haben.« Und unwillkürlich fügte er hinzu, vielleicht mehr für sich selbst: »Die Ingmare sind doch großangelegte Menschen.«

Bei diesen Worten richtete sich die Alte ein wenig empor. Und der Pfarrer sah sie für einen Augenblick als das Sinnbild des ganzen Stammes. Er begriff, was Jahrhundert um Jahrhundert diesen schwerflüssigen und wortkargen Menschen die Macht gegeben hatte, die Führer eines ganzen Kirchspiels zu sein.

»Es kommt den Ingmarsöhnen zu, dem Volk ein gutes Beispiel zu geben,« sagte sie. »Es ist an uns, zu zeigen, dass wir demütig sind vor Gott.«

PETERSBERG

ist ein Imprint der

HEEL Verlag GmbH
Gut Pottscheidt
53639 Königswinter
Tel.: 02223 9230 - 0
Fax: 02223 9230 - 13
E-Mail: info@petersberg-verlag.de
www.petersberg-verlag.de

Die Zusammenstellung der Erzählungen für den Band *Geschichten zu Weihnachten* (übersetzt von Marie Franzos) besorgte Johannes Rougnon. Orthografie und Interpunktion wurden der neuen deutschen Rechtschreibung angepasst, grammatikalische Eigenheiten und Lautstand wurden geringfügig modernisiert. In wenigen Fällen fand eine Bearbeitung der Texte statt.

Umschlaggestaltung: Christine Mertens, HEEL Verlag GmbH
Umschlagmotiv: © Adobe Stock: Tatsiana Tsyhanova
Abbildungen im Innenteil: © Adobe Stock
Satz: HEEL Verlag GmbH
Lektorat: HEEL Verlag

Printed in Czech Republic

ISBN 978-3-7553-0036-6